Dracula

惊情四百年

(爱尔兰)布莱姆·斯托克 ● 著　　阚萌萌 ● 译　　何亮 ● 丛书编辑

首都师范大学出版社

CAPITAL NORMAL UNIVERSITY PRESS

图书在版编目(CIP)数据

惊情四百年/(爱尔兰)斯托克著；阚萌萌译.—北京：首都师范大学出版社，2015.11(2019.7重印)
(奥斯卡经典文库)
ISBN 978-7-5656-2267-0

Ⅰ.①惊⋯ Ⅱ.①斯⋯ ②阚⋯ Ⅲ.①恐怖小说－爱尔兰－近代 Ⅳ.①I562.44

中国版本图书馆 CIP 数据核字(2015)第 078556 号

JINGQING SIBAI NIAN

惊情四百年

(爱尔兰)布拉姆·斯托克 著 阚萌萌 译

责任编辑 刘志勇
首都师范大学出版社出版发行
地 址 北京西三环北路 105 号
邮 编 100048
电 话 68418523(总编室) 68982468(发行部)
网 址 www.cnupn.com.cn
印 刷 龙口市新华林文化发展有限公司
经 销 全国新华书店发行
版 次 2015 年 11 月第 1 版
印 次 2019 年 7 月第 2 次印刷
开 本 880mm×1230mm 1/32
印 张 13.25
字 数 293 千
定 价 29.00 元

总序： 电影的文学性决定其艺术性

不是每个人都拥有将文字转换成影像的能力，曾有人将剧作者分成两类：一种是"通过他的文字，读剧本的人看到戏在演。"还有一种是"自己写时头脑里不演，别人读时也看不到戏——那样的剧本实是字冢。"为什么会这样，有一类人在忙于经营文字的表面，而另一类人深谙禅宗里的一句偈"指月亮的手不是月亮"。他们尽量在通过文字（指月亮的手），让你看到戏（月亮）。

小说对文字的经营，更多的是让你在阅读时，内视里不断地上演着你想象中的那故事的场景和人物，并不断地唤起你对故事情节进程的判断，这种想象着的判断被印证或被否定是小说吸引你的一个重要原因，也是作者能够邀你进入到他的文字中与你博弈的门径。当读者的判断踩空了时，他会期待着你有什么高明的华彩乐段来说服他，打动他，让他兴奋，赞美。现实主义的小说是这样，先锋的小说也是这样，准确的新鲜感，什么时候都是迷人的。

有一种说法是天下的故事已经讲完了，现代人要做的是改变讲故事的方式，而方式是常换常新的。我曾经在北欧的某个剧场看过一版把国家变成公司，穿着现代西服演的《哈姆莱特》，也看过骑摩托车版的电影《罗密欧与朱丽叶》，当然还有变成《狮子王》的动画片。总之，除了不断地改变方式外，文学经典的另一个特征，是它像一个肥沃的营养基地一样，永远在滋养着戏剧，影视，舞蹈，甚至是音乐。

我没有做过统计，是不是 20 世纪以传世的文学作品改编成电影的比例比当下要多，如果这样的比较不好得出有意义的结论的话，我想换一种说法——是不是更具文学性的影片会穿越时间，走得更远，占领的时间更长。你可能会反问，真是电影的文学性决定了它的经典性吗？我认为是这样。当商业片越来越与这个炫彩的时代相契合时，"剧场效果"这个词对电影来说，变得至关重要。曾有一段时期认为所谓的剧场效果就是"声光电"的科技组合，其实你看看更多的卖座影片，就会发现没那么简单。我们发现了如果两百个人在剧场同时大笑时，也是剧场效果（他一个人在家看时可能不会那么被感染）；精彩的表演和台词也是剧场效果；最终"剧场效果"一定会归到"文学性"上来，因为最终你会发现最大的剧场效果是人心，是那种心心相印，然而这却是那些失去"文学性"的电影无法达到的境界。

《奥斯卡经典文库》将改编成电影的原著，如此大量地集中展示给读者，同时请一些业内人士做有效的解读，这不仅是一个大工程，也是一件有意义的事。从文字到影像；从借助个人想象的阅读，到具体化的明确的立体呈现；从繁复的枝蔓的叙说，到"滴水映太阳"的以小见大；各种各样的改编方式，在进行一些细致的分析后，不仅会得到改编写作的收益，对剧本原创也是极有帮助的，是件好事。

——资深编剧　邹静之

主编的话： 跟随文学人物走进各种 各样的命运险境

　　能参与《奥斯卡经典文库》丛书的编辑工作，我感到特别的荣幸和高兴。说实话，这套丛书的编辑过程不仅给我，也给我们整个编辑团队带来了莫大的兴奋感。

　　兴奋之一：这是国内首次以大型丛书的形式出版经典电影的文学原著，这无疑是奉献给广大读者的一场阅读盛宴，我们相信无论何种口味的读者，都会从这套丛书里找到自己的最爱，甚至找到陪伴自己一生的精神伴侣。

　　兴奋之二：我们选择的书目全部是奥斯卡奖得奖或者提名的电影原著。奥斯卡本身就是全球最值得大众信赖的品牌之一，在奥斯卡异常严格的选拔标准下，这一批电影原著小说的艺术质量，还有部分原著是第一次出中文版本，我们之前也并未读过，但读过之后，深为震撼——世界一流的小说确实能带给人直击心灵而又妙不可言的独特感受。

　　兴奋之三：这套丛书让我们重新认识了文学原著和电影作品之间的互动关系。有的作品我们只看过小说，没有看过电影；而有的作品我们只看过电影，没有看过小说（后一种情况更多一些）。于是在编辑的过程中，我们重新补课，将同一故事的两种艺术形式尽量都补看完整。补完课才发现，文学与电影之间的关系真是太有趣了——电影或者因为时长所限、或者因为视听特性的发扬、或者因为求新求变，通常都要对原来的文学作品做出取舍和改动，电影编剧和导演如何取舍如何改动，背后其实都隐藏着电影创作者的深入思考。而很多文学名著又被不同的电影创作者多次改编，这些不同的电影版本所体现出来的电影创作者的不同趣味、不同表达以及独特个性，每每让我们生发出一种"又发现了一片新大陆"的感觉。我们作为读者和观众，往往会为哪一个电影版本改得更好而争论得面红耳赤——而对于那些两种艺术形式都没看过的朋友来说，我个人的建议，最好先读小说，充分展开自己的想象世界之后，再去看电影，收获绝对不一样。

兴奋之四：比起编剧和导演对文学作品的改编，演员、明星们对文学人物的演绎无疑更能引起大家的好奇和关注，在看完小说之后，带着悠闲而挑剔的眼光，再去评论、比较电影里的明星的表现，甚至去评论、比较不同版本的明星的表现，这给我们带来了数不清的快乐时光。

因为部分原著小说和电影也是我们第一次接触，以上所呈现的，都是我们在编辑过程中非常真实的感受。我们也非常期望我们的工作能带给广大读者同样的兴奋和快乐。《奥斯卡经典文库》为您精心挑选的这些非常优秀的原著小说，完全值得您腾出一点业余时间，全身心投入其中，跟随着那些精彩的文学人物走进各种各样的命运险境，去迎接那些意想不到的感动和震撼。

——北影老师　何亮

导读： 我穿越时间的浩瀚来寻找你

布拉姆·斯托克（Bram Stoker，1847—1912），爱尔兰小说家。儿时体弱多病，在病房中度过了大部分时光。母亲是一名作家，为帮助孩子度过病榻时光，常为他讲精彩的恐怖冒险故事。小小的他开始做一个大大的作家梦，在他的梦中，有大量超自然存在的邪恶幽灵，在一个迷幻世界风云诡谲，引人入胜。他愿意用自己的一生编织这样的梦，在大学毕业之后，曾提出做专职作家这样的愿望，父亲则为他在现实生活中的生活而担忧，为他在伦敦谋了份公务员差事。但品尝过美梦甘露的人是不愿轻易醒转的，于是在业余时间，他继续进行着文学创作。他广交文坛朋友，同时笔耕不辍，发表了《夕阳下》、《国王的城堡》等优秀中短篇小说。

《惊情四百年》（*Dracula*）创作于1897年，出版后广受读者的欢迎，成为吸血鬼小说中的经典之作。

在斯托克的笔下，德古拉伯爵是万恶不赦的吸血鬼，穿越特兰西瓦尼亚大地，千里迢迢来到伦敦，通过各种邪恶手段以期统治世界。他的到来给很多人带来悲痛，乔纳森·哈克在不知情的情况下为他工作，发现真相后受到了深深的伤害；活泼迷人的露西因他而死，深爱着她的霍姆伍德先生、苏华德医生、莫里斯先生，联合麦娜与乔纳森夫妇，在梵海尔辛的带领下，追击这个吸血恶魔，为露西报仇，将世界拯救。一路上危机重重，披荆斩棘，直捣伯爵老巢，在城堡附近战胜了德古拉伯爵，再次向读者展示邪不胜正这一观念。

德古拉伯爵有其历史原型，是十五世纪罗马尼亚的民族英雄威拉德三世，他为捍卫国家独立和民族身份与土耳其进行了殊死斗争。然而，斯托克只是借用其名，他笔下的德古拉形象冷血无情，狡猾贪婪。小说中其他人物形象与之形成鲜明对比，梵海尔辛教授的睿智沉着，麦娜的聪慧善良，莫里斯的勇敢豪放等等，形成了光明与黑暗，正义与邪恶的强烈反差。

这是一个阴森诡异的吸血鬼传说，饮血以求长生的邪恶躯壳下，隐藏的是无尽的欲望，在恐惧的笼罩中，罪孽弥漫，斯托克试图以独特的方式展示这样一片瑰丽的天地，又以人的爱与正义划破那一片黑暗。

1912 年 4 月 20 日，斯托克于伦敦心力衰竭而逝世。然而他的文学世界并没有随他而去，仅《惊情四百年》这部小说，便在他逝世后，多次被搬上舞台与电影屏幕，从史蒂芬·金到安妮·赖斯，以德古拉为主角的电影便有 160 部之多，可见其受欢迎的程度。1992 年，由弗朗西斯·福特·科波拉导演的《惊情四百年》将其改编成一个深沉的爱情故事，在好莱坞一经上映便相当卖座，获得了奥斯卡最佳服装设计奖、最佳音响效果奖等多个奖项。

第一章

乔纳森·哈克的日记（速记）

五月三日　比斯特里察

五月一日晚上八点三十五离开慕尼黑，第二天早上到达维也纳。照理说六点四十六就该到了，可火车晚点了一个小时。我在火车上所瞥见的，以及在街上散步片刻所看到的景致，让我觉得布达佩斯是一座奇妙的城市。只是我不敢离车站太远，我们到的时候已经晚点了，火车会尽可能准点出发。

一路上，我能感觉到我们是在离开西方世界，进入东方世界；多瑙河广而深，我们经过了一座座架在其上的西方国家壮丽的大桥，来到土耳其统治下的传统世界。

我们离开的时间正好，夜幕降临时分便到达了科伦森堡。我在瑞亚乐旅馆过夜，吃了晚餐，是一份以红辣椒调味的鸡肉，十分美味，只是吃完后会口渴。（备忘：为麦娜要食谱）我问了服务员，他说这叫"红椒鸡肉"，是一道具有民族特色的菜肴，在喀尔巴阡山脉随处可见。

我对德语只是略知一二，却在这里派上了大用场，我确实不知道离开德语，在这里我还能怎样与别人沟通。

那时在伦敦，尚有一些空余时间，我参观了大不列颠博物馆，在图书馆研究过关于特兰西瓦尼亚的书和地图。要与一个国家的贵族打交道，对那个国家先行了解一番是必不可少的。

我发现他说的那个地方在国家的最东边，正好位于三个国家的边界处：特兰西瓦尼亚、摩尔达维亚和布科维纳，处于喀尔巴阡山脉中央，是欧洲最为荒无人烟、人迹罕至的区域。

就我所能找到的地图和书籍来看，都没有发现关于德古拉城堡的精确的地理位置，这个国家也没有像我们国家那样的地形测量图，但我发现了比斯特里察。那个由德古拉伯爵亲自命名、单独拥有邮政编码的小镇，却是闻名于众。我将在这里插入我的日记，这样当我和麦娜谈起此次旅程的时候，便能唤醒我的记忆。

特兰西瓦尼亚由四个民族组成：南部的撒克逊人，与之混住的是达西亚人的后裔瓦拉赫人，西部是马扎尔人，东部和北部则住着斯泽凯利人。我要去往斯泽凯利人所住之处。他们自称为阿提拉与匈奴人的后裔，这可能有据可循，扎马尔人在十一世纪统治整个国家的时候，匈奴人已经在这里定居了。

我所了解的世界上的每一种迷信都汇集于喀尔巴阡山脉马蹄形区域，就好像这个地方是想象力的旋涡中心。如果是

这样，那么此行将非常有趣。（备注：我必须向伯爵询问有关这一切的事情）

虽然床足够舒服，但我睡得并不是很好，一直做着各种各样的怪梦。有只狗整夜在我窗外狂吠，这可能是导致我睡眠不好的原因；或者就是那一份红椒鸡肉，我将整瓶水都喝光了，却仍然感到口渴。早上被一连串敲门声吵醒，所以我猜想那一段时间我睡得很酣。

早饭又吃了些红椒鸡肉，喝了些他们称为马马黎噶的玉米粥，吃了一道非常美味的碎肉茄子，他们称为尹普利塔塔。（备注：这道菜也要问他们要菜谱）

火车在八点之前便要发动，所以我吃得很快，其实并没必要，七点三十分我急匆匆地赶去车站，却在马车里等了一个多小时才出发。于我而言，越往东走，火车越不准时，不知道到中国时会怎样呢？

一整天，我们似乎都在一个满是美景的国家徘徊。有时候能看到陡峭山顶上坐落着小城镇或是城堡，就如传统的弥撒书所描绘的那样；有时候会经过河流，从宽阔的石缝间妙曼而来，水流丰盈而湍急，冲刷着两岸。

每一站都有很多人，成群成队。他们穿着迥异，各有特色。有些就像家乡的，或是法国、德国的农民，穿着短夹克，配着自家做的裤子，戴着圆边帽；另外一些人则穿着别致。

女人们都很标致，但别近看，肥肥的腰部显得很臃肿。她们的衣着有不少共同点，都是白色的衣袖，饰有流苏的宽腰带，就如芭蕾舞裙；不同的是里面穿着衬裙。

最奇怪的是斯洛伐克人，相比其他人，他们显得更为野蛮：头上戴着大大的牛仔帽，身穿垮垮的、脏兮兮的白色裤子，内搭白色亚麻衬衫和笨重的皮制腰带，接近一英尺宽，镶嵌有铜质铆钉。脚上穿着一双长筒靴，还将裤管塞入里面。他们留有一头黑色长发，脸上则蓄着浓密的黑色胡须。他们美丽如画，却并不给人好感。如果他们在舞台上，一定会被人视为一伙来自东方的强盗。无论如何，我从他人口中得知，他们并无攻击性，只是看上去个性十足。

我们到达比斯特里察时，薄暮昏沉。看上去这是一个非常有趣的地方，实际已处于边界，波尔格通道从这里一直延伸进布科维纳——这里饱经风霜，在城中可见一斑，五十年前，发生了一系列火灾，五处地方损坏严重。十七世纪之初，这儿被围困三周之久，导致一万三千人的死亡，其中包括了为战争而牺牲的人，以及饿死病死之人。

德古拉伯爵告知我前往金色克朗旅馆，令我兴奋的是，这所旅馆样貌陈旧，正是我所想见的这个国家的特色住所。

显然他们早知道我要到来，当我走近门口之时，一位满面笑容的老太太迎面而来。她身着寻常的农民装束：白色的衬衣，长长的围裙，彩色的布料紧裹着腰身。她向我鞠了一躬，说道："您是从英国来的那位先生吗?"

我回答道："对的，我叫乔纳森·哈克。"

她微笑着，对身后跟着她的一名白衬衣老人嘱咐了几句话。

他随即离去，又很快回来，这回带了一封信，信上的内容是：

我的朋友，欢迎来到喀尔巴阡山。非常期待能够见到你。希望你今天有个好梦。明天早晨三点整，会有出发至布科维纳的马车，已经为你预留了一个位置。到了波尔格通道，我的马车会在那里等你，请坐上去，如此便能来见我了。我相信你从伦敦来的旅途上一定非常愉快，当然在我的这片美丽领土上的时光你也会非常享受。

你的朋友，德古拉

五月四日

我发现德古拉伯爵写了一封信给房东，指示他为我在马车上找到一个最为舒适的位置。但是在问到一些安排的细节时，他似乎有些保留，假装自己无法听懂我的德语。

听不懂是假的，一开始他便能完全明白我说的话，至少他能够准确地回答我提出的问题。

他与他的妻子，就是那位接待我的老太太，互相瞧了对方一眼，然而眼中显露的却是惊恐。他含糊不清地对我说德古拉伯爵已经把钱放进了信封里，而他所知道的就只有这么多了。当我问及他是否了解德古拉伯爵，是否能告知我一些他所在城堡的事情时，他与他的妻子都在胸前画了十字架，回应我他们对此一无所知，并且拒绝进一步的沟通。时间已经接近三点了，我没有时间再问其他人，整件事情都充满了神秘气息，我一点也感觉不到心安。

就在出发前，那位老太太来到我的房间，歇斯底里地问我："您一定要去吗？哦！年轻的先生，您非去不可吗？"她整个人处于特别激动的状态，说出来的德语含糊不清，似乎混合着其他我完全不懂的语言。我问了她很多问题，才勉强能够理解她所说的。当我告知她我必须马上出发，完成我的工作时，她再一次问我："您知道今天是什么日子吗？"我回答说今天是五月四日啊。她摇了摇头，说道："哦，是的！这我知道！我知道今天几号，但是您知不知道今天是什么日子？"

我说我不知道，她继续说道："今天是圣乔治日前夜。您知不知道，今天晚上，当午夜的钟声响起，万恶便将猖狂于世？您知不知道自己将去往何处，将行何事？"她显得如此悲痛，我试着安抚她，但并不奏效。接着，她双膝跪地，恳求我不要前行，或者至少延迟一两日。

整件事听上去荒谬至极，我感到很不自在。然而工作还是得继续，我不愿被任何事所左右。

我试着扶她站起来，尽可能严肃地对她说，谢谢她，只是我的任务必须完成，我必须出发。

她站了起来，擦干了眼泪，然后从脖颈上取下一个十字架，递给了我。

我不知道该怎么办，作为一名英国教士，受到的教育告诉我不得盲目迷信。然而拒绝一位心善的老太太，倒显得没有教养了。

她看出了我脸上的迟疑，将其戴在我的脖颈上，说了声"愿您的母亲保佑您"，便走了出去。

在等车的时候，我写了这部分日记。车晚点了。十字架仍旧挂在我的脖子上。

不知道是因为感觉到老妇人的害怕，还是了解到这个地方太多鬼神传说，抑或是这个十字架的缘故，我的内心涌起了一种不同寻常的感觉。

如果在我回去之前麦娜就能见到这本日记，那代我说一声再见吧，马车来了！

五月五日　城堡

天色渐亮，太阳在遥远的地平线升起。不知是否是山或树的原因，地平线显得参差不齐，但那离我太过遥远，我已分辨不清。

我并没有睡意，睡着的时候也没有人来唤醒我，一直睡到自然醒。

太多事情让我觉得奇怪。为避免以后看这本日记的人臆想我离开比斯特里察之前吃得有多么丰盛，我要在这里详细地记录一下我吃的晚饭。

我吃了一份他们称为"强盗牛排"的食物，里面有培根、洋葱和牛肉，配以红辣椒，用签子穿起来，放在火上烤，如此简单，就如伦敦猫咪吃的肉一样！

酒是金美迪克酒，入口后舌头会有奇怪的触感，却并不反感。我只喝了一杯，别的也没吃什么。

我坐上马车时，车夫还不在位置上，我看到他正和房东太太在讲话。

他们显然是在谈论我，不时地朝我所在的方向观望，一些坐在门外长凳上的人也走了过去，听他们讲话，然后看看我。大多数人面露同情的神色。我听到很多词不断地被重复，都是些很奇怪的单词。人群中不同国籍的人很多，我悄悄地从包里拿出多语字典，查看那些词的意思。

我承认当我知道这些词的意思时，我并不感到愉悦，"ordog"是恶魔的意思，"pokol"是地狱的意思，"tregoica"是女巫的意思，"vrolok"与"vlkoslak"，前一个是斯洛伐克的单词，后一个是塞尔维亚的词语，两个词的意思都是狼人或吸血鬼。（备注：有关这些迷信，我需要咨询德古拉伯爵）

我们出发时，汇集在旅馆门口的人越来越多，他们都在胸前画十字，并将两指指向我。

费了一番周折，身边的旅客才告诉我他们这么做的意思，一开始他不愿意回答我，但当其得知我是英国人时，便解释说这么做是保护我抵抗恶魔之眼。

听完之后我并不开心，我将去往一个陌生的地方会见一个陌生人。这里的每一个人都看起来善良而忧伤，富有同情心，对此我很感动。

我不会忘记那最后一瞥，那个旅馆的院子与熙熙攘攘的人群，大家都在画十字，围在宽大的拱形门廊里，身后是一片茂盛的夹竹桃，院子中央是一丛又一丛橘黄色的植物，栽种于绿色的盆子里。

车夫的亚麻衬裤遮盖住了整个前排驾驶座，当地人称这种裤子为"高札"。他扬鞭抽打车前四匹并肩而行的小马，之后，我们便出发了。

沿途一路的美景，使我很快就将对鬼神传说的那份恐惧抛之脑后。假如我听得懂同车旅客说的那种语言，准确地说是那些语言，那么我可能就没那么容易释怀了。我眼前是一面斜坡，满是森林树木，时不时能看到点缀着农庄的陡峭山峰，单调的山墙一直延伸至大路上。放眼望去，鲜花遍地：苹果花、梅花、梨花、樱花。落英缤纷，星星点点装饰着草地，人们将这块地方称为"米特尔地"。道路在此葱翠的山丘中蜿蜒伸展，时而隐藏于高低起伏的草地，时而隐藏于参差不齐的松树林中。沿着山坡，松树林一路向下伸展，好似一簇簇火焰。虽然道路崎岖，我们却仍向前极速奔驰。我不知道为什么要如此快速，但明显可以看出来，车夫不愿在波尔格通道耽误太久。同车的旅客对我说，在夏天，这条路的路况很不错，一旦到了冬天，大雪过后，道路被雪掩埋，来不及清理。所以，马车行驶在这条路上时，和在喀尔巴阡山的感觉不一样，因为按照古老的传统，这条路并不会井然有序。以前是为防止土耳其人想要引进外国军队这样的想法，以避免加剧战争，才修建这条路的。

郁郁葱葱的森林覆盖在米特尔地的山丘之上，几乎能与喀尔巴阡山脉陡峭的山峰比肩。午后阳光星星点点洒落，色彩斑斓：在山峰阴影下是紫色和深蓝色的，石头与青草生长的地方则是褐色与绿色的，一望无际的是参差的石岩与峭壁，蔓延至远方，消失于山顶覆盖的皑皑白雪之中。山中裂缝多，太阳慢慢落山之际，我们便能从这裂缝之中，窥见白光莹莹的瀑布。马车行至山脚处，同车的一名旅客碰了一下我的手臂，跟我说起那耸立着的白雪皑皑的高山。当我们在这条蜿蜒盘旋的小路迂回前进时，那山峰似乎是近在咫尺了。

"快看！易斯顿斯泽克！上帝的宝座！"接着他便虔诚地在自己胸前画着十字。

太阳渐渐向西沉，我们迂回前进于那无尽之路。黑夜离我们越来越近，我们对黑暗的感觉越来越强烈，特别是见到满覆白雪的山顶依旧沐浴在夕阳之中，闪烁着优雅的粉红之光时。路上不时会碰到一些斯洛伐克人与捷克人，衣着光鲜亮丽，只是甲状腺肿大似乎在他们这边非常肆虐。路旁边竖立着一个又一个十字架，每经过一个十字架，同车旅客便在胸前画着十字。有时候，我们会看到农夫农妇虔诚地跪在神龛前，即便我们靠近，他们也不会回转身，似乎沉浸于自己的世界，与外部相隔绝。于我而言，一路新鲜的事物太多，比如摆放在树与树之间的干草堆，比如风声过耳沙沙作响的白桦林。树叶葱翠，树干白银闪闪，这样的对比，十分美丽。

一路上，经常有四轮马车经过，这种四轮马车在农村很常见，车厢很长，像蛇一般，但非常适合这边高低起伏的路。农民赶车回家，有的是捷克人，身穿白羊皮大衣；有的是斯洛伐克人，身穿彩色的羊皮衣，带长矛一般的斧头。每当夜晚来临，天气便开始转冷，渐沉的夕阳与榉树、橡树、松树的影子相融合。我们的车沿着道路往上行，看见渐渐显露出来的冷杉，在幽深的山谷里，在陈年的积雪下，显得阴森。有的时候，道路两边的松树漆黑一片，仿佛要压倒在我们的身上，那气氛古怪而沉重，我又回想到之前那些有关鬼怪的恐怖想法。夕阳渐渐消失于喀尔巴阡山脉上空神秘的云雾之中。车夫使劲地赶着车，但有时候山坡陡峭，马儿不得已慢慢行走。我想自己下车走路，就如在自己的家乡一般，但车夫绝不赞同。"不，不可以！"他说道，"这里的野狗非常凶狠，你不能下车。"紧接着，他便又开口，"在你睡着之前，也许会碰到一系列相似的事情呢。"他朝其他人看看，显然他这句话比较幽默，已取得他人的共鸣。之后他没有停车，除了有一次把灯点亮。

车上的旅客显得越来越兴奋，他们不断与车夫交谈着，大概是在催促他加速前进。车夫用长长的鞭子抽打着马背，大声吆喝，让马跑得更快。黑暗之中，我似乎望见前方貌似像山的裂口，一片灰蒙蒙的。旅客显得更为兴奋，座下的皮质弹簧因马车疯狂的速度而颠簸，似是大浪之中的一叶扁舟。我暗暗使劲，让自己坚持住。道路渐渐平坦，两边的大山向我们迎来，我似乎有一种飞一样的感觉。终于快到波尔格通道了，很多旅客要送礼物给我，他们是如此热情，我没有拒绝。各种稀奇古怪的礼物，但每一份都是他们的诚意与祝福。与比斯特里察旅馆外的人们一样，他们在胸前画十字架，伸出两指指向我，以护佑我免受恶魔之眼的伤害。

车继续往前走着，车夫身子向前倾，座上的旅客也迫切地向外面的黑暗之中探望。虽然任何一名旅客都不愿向我解释，但我可以肯定将有动人心弦的事情正在发生或马上要上演。大家兴奋的状态持续了一段时间。然后我便见到了前方的波尔格通道。雷声阵阵，乌云滚滚。山似乎被劈成了两半，一半天气良好，而我们进入的则是雷声滚滚的另一半。我四处张望，寻找等我的马车。但外面漆黑一片，盼望的那一点光亮总是不出现，整片区域唯一亮着的，是车中点点灯光，从车厢往外望去，还能看得见马儿气喘吁吁呵出的白气。终于，白色的大道就在前方，沙土之中并无任何车马的痕迹。大家如释重负地舒了一口气，我却感到十分失望。我开始思索自己下一步该如何是好，车夫看了一下时间，对车上的其他旅客说了一句话，那声音很轻，并且低沉，我不清楚他说的是什么，似乎是"提前了一个小时"。接着他用蹩脚的德语对我说道："没有马车在这里。真正的绅士不该在这个地方出现。去布科维纳吧，明天或后天回到这里，最好的情况就是后天回来。"他说话之时，马儿嘶鸣，气喘吁吁，前蹄一跃而起，车夫立即拉紧了缰绳。忽然之间，我们身后奔来一辆驷马马车，停在我们这辆马车边上，乘客见状，纷纷惊叫，画起了十字。透过灯光，我见到了那辆马车，是由四匹上等的黑马拉牵而来。车夫是一名高高的男子，棕色长胡须，头戴宽大的黑帽，将整个脸都遮住了，几乎看不到。他转头面对着我们，眼神灼灼，在灯光的映照下，显得有些红。

"我的朋友，今天你到得很早啊。"他对我们的车夫说道。

"是英国的这位先生催得急。"车夫的回答结结巴巴。

那人说道："我想这也就是为什么你希望带他去布科维纳吧。不要试图欺骗我，那是徒劳的，朋友，我的马儿可快极了。"

他一边说，一边微笑，灯光照他的脸上，显出了他猩红的嘴唇，以及比象牙还要白的尖牙。

同车的一名旅客轻声对另一名旅客说话，引用了伯格《蕾诺尔》里的台词："死去之人行得快。"

那人抬起头，朝那同伴望了一眼，诡异地笑了起来，很显然，他听到了对方所说的话。我那同伴赶忙将头扭转至另外一边，伸出两个手指画十字。

那人吩咐道："把绅士的行李递给我吧。"有人迅速地将我的行李递了出去，将其放入他的车内。接着，我下了车，他扶我上了停靠在一边的马车，我感到自己的胳膊被钳子夹住了一样，那力气大如牛。

那人一言不发，摇了摇缰绳，马儿便拉着车调转了方向，将我们拉入黑暗的通道中。我回过头，见到了灯光之下马儿的呼吸，见到了那些画着十字的同车伴侣。车夫挥鞭吆喝，然后带着他们消失在去往布科维纳的道路上。我忽然感觉到冷与孤独。但是，不久我便披上了斗篷，膝盖上也盖着新车夫提供的毛毯。他德语说得十分流利："先生，夜晚天冷，主人吩咐，要照顾您周全。您的座位下面有梅子白兰地酒，假如您有需要。"

有如此考虑，我感到十分舒心，但我并没喝。我感觉到一些怪异，然而并不害怕。如果需要二选一，那么我会选择喝酒，而非一路保持清醒，去经历这段未知旅程。马车向前走得很艰难，先是大拐弯，然后进入另外一条道路。我有一种感觉，我们是在兜圈子，为了证实自己的猜想，我特意记住一些路标，果不其然。我不敢问车夫如此行为的原因，于我现在的处境而言，若是他有意如此，我做任何的抗议都无济于事。

过了一会儿，我划亮一根火柴，借着亮光看了看时间，再过几分钟便到午夜了。心中不免一惊，毕竟联系最近发生

的种种事情，我便想起了人们所说的那个午夜传说。我怀着
忐忑的心情，等待着午夜的到来。

远处农舍的地方，有狗狂吠，那声音似乎透露着恐惧，
更像是痛苦的号叫。一条又一条狗开始遥相呼应，有风吹来，
漫山回响着狗吠声。紧接着又是一阵狂吠，那声音似乎来自
四面八方，遥远飘忽，难以想象。

马从第一声狗吠开始便不安地将前蹄抬起，车夫安抚着
它们，使其平静下来，然而马儿却依然颤抖着，像是刚从恐
怖场景死里逃生一般。远处山中继而传来比前阵更响亮更尖
锐的叫声，那是狼的声音，我与马儿一样，受到惊吓。我想
要跳下马车，马儿却开始疯狂挣扎，马车夫使尽浑身解数，
安抚它们，避免它们脱缰。过了几分钟，我开始习惯那号叫
声，马儿也开始安静，于是，车夫下了马车，走到它们面前
站住。

他在马儿的耳边低声细语，安抚着它们，就如我印象中
的驯马师一样，很显然，他的做法行之有效，马儿虽然依旧
颤抖着，却开始温顺起来。他又重新回到座位上，抖动手中
的缰绳。马车飞快地行驶着，在通道尽头，忽然向右拐弯，
进入了一条狭窄小路。

我们的四周满是树木，在道路两旁仿佛形成了一扇扇拱
门，马车行驶其中，就如穿越隧道。往前进，两边变成了石
岩，我虽然坐在车子里，却听得见风的声音，越来越大。一
路行驶，一路听见树枝相互拍打的声音。天气越来越冷，并
不离谱。然后，下起了雪。

过了不久，茫茫大地被白雪覆盖，就如雪白的毛毯。呼
啸的寒风中依旧夹杂狗吠声，我们行驶得越来越远，那声音
越来越弱。然而狼号声却越来越接近，四面八方都像是有那

声音，团团包围着我们。我很害怕，马儿也很害怕，唯有马车夫，一脸镇定，没有丝毫不安。他一直左顾右盼，我呢，除了黑暗，却什么都看不见。

忽然，我看到马车左面有微微的蓝光闪烁。马车夫也注意到这一点了。他马上检查马匹的情况，紧接着跳下马车，走向黑暗之中，消失不见了。狼的声音越来越近，我完全不知道该怎么办是好。正当我六神无主之时，车夫又回来了，一言不发地坐上马车，重新上路。后来我可能睡着了，因为脑海中不断梦见刚刚发生的事情，现在想起来，仍是噩梦。只要蓝光出现，不论是在路两旁或是周围黑暗之处，车夫都在重复刚才的一举一动。蓝光的光线微弱，车夫走近亮光处，与周边的石岩形成了非常诡异的画面。

还有诡异的光影，如鬼魅一样闪烁，让我感到害怕，但那光影持续的时间不长，我便当成是眼睛欺骗了自己。后来的一段时间没有看见蓝光，黑暗之中，我们加速前行，只是狼叫声仍然环绕在我们的周围，像是围成了一圈，跟随着我们。

最后一次蓝光出现，车夫走得最远，他一离开，马儿便开始极度恐惧，颤抖着，喘息着，嘶鸣着。接着不知为何，所有的狼号声都消失不见。月亮从乌云之中走出，来到满是松树林的凹凸山峰之后，我看到，月光之下，是围成圈的狼群，它们伸出猩红的舌头，露出雪白的牙齿，个个四肢矫健。狼群的安静远比号叫更恐怖，我害怕得全身瘫软，独自一人身临其境，这种感觉太过可怕。

突然之间，群狼开始号叫，月光似乎对他们有着特别的含义。马儿不断骚动着，无助地四下观望。狼群从四周包抄而来，离我们越来越近，我和马儿只能坐以待毙。我呼唤车夫，让他赶快回到我们身边，对于我们来说，唯一的出路便是突破重围。我大喊大叫，用力敲打着马车，想要帮助车夫靠近，用自己的声音使群狼吓退。我没看清车夫是如何回到我们身边的，但听到了他的大声呵斥，顺着声音的那个方向，我看到他正在路边，挥舞着胳膊，像是驱逐障碍物一般，将群狼赶走了。这个时候，乌云飘来，遮住了月亮，我们又开始被笼罩在一片黑暗之中了。

我的眼睛适应了黑暗，便看到车夫正往马车上爬，狼群已经消失不见。一种说不出的怪异可怖使我感到深深的恐惧，我保持沉默，一动也不敢动。这条路似乎很漫长，总也走不到头。

我们一直在向上爬，偶然快速下坡。忽然，我看清楚了，马车正向一座凋敝的城堡驶去。城堡的窗户又黑又高，没有一点光亮，破旧的城垛在天空之下，像锯齿一般。

第二章

乔纳森·哈克的日记

五月五日

想必我是睡着了，如果我醒着，肯定能觉察到车子正靠近这座引人注目的城堡。黑暗之中，庭院显得很大，有几条路从圆拱门延伸去远方，我不知道白天的时候这里会是什么样子。

车停了，车夫从车上下来，伸出手，将我扶下去。我再一次惊叹于他的大力。他的手有如铁钳，仿佛随时都能将我捏碎。他拿起我的行李，放在我身旁。我则站在大门前面，那是一扇陈旧的大门，周身钉满了大铁钉，门框的四周则围砌着石块。灯光微弱，但透过那微弱的灯光，我依稀能分辨雕琢的石头上面饱经风霜的痕迹。继而车夫又驾着马车，抖动着缰绳，向前出发，就这样消失在昏暗的小路之上。

我静静地站着，不知所措。大门上面没有门铃，没有门环，而我如果叫喊，显然声音也无法穿透那厚重的墙与漆黑的窗。等待总是那么漫长，好似永无尽头，我的内心充满了恐惧与疑虑。这里到底是一个怎样的地方？我所见的又都是些什么人呢？我是否开始了一段恐怖的经历？难道作为一名律师事务所的员工，这是常见的生活吗？事务所指派我来到外国，向一个外国人来解释他在伦敦购买的房产情况，然后便来到了这样诡异的地方！麦娜不喜欢律师事务所办事员这样一个称呼。我离开伦敦之前通过了考试，如今我是一名名副其实的律师！我揉了揉眼睛，掐了一下肉，以确认自己是否是在做梦。于我而言，发生的这一切，真像是一个恐怖的梦。真希望现在能够突然醒来，发现自己原来躺在家中，就如无数个疲劳的工作日，早上醒来，就会有这样的感觉。但我感觉到了疼痛，眼睛也能看清楚周围的一切。这并不是梦，如今的我真真切切地身处于喀尔巴阡山。我现在可以做的只有等待，等待早晨来临。

这时，门后传来脚步声，从门缝中可以看到，有一盏灯光越来越亮。然后便听到了锁链解开的声音，门闩打开的叮当声。钥匙在孔中转动，许久不用，所以发出的声音十分刺耳，接着，大门开了。

来者是一个老人，长得很高，留着一脸白色的长胡须，却很整洁，一身黑色的服装，不掺杂任何其他的颜色。他提了一盏银灯，样式古董，因为没有灯罩，门开后在风中闪烁，投下长长的影子，微微颤抖着。那位老人十分客气，伸出右手，招呼我进去。他说着一口流利的英语，只是语调比较怪异："欢迎你来到我家！请随意，不必拘束！"他如雕像一般地站着，保持着迎接的姿势，并没有上前欢迎。当我踏入大门那一刹那，他十分激动，上前用手紧握住我的手，那力量大得惊人，致使我想退缩，他的手冷冰冰的，像是死人的温度。

接着，他又说："欢迎你来我家！请进吧，注意走路。希望你的到来能为我家增添欢乐！"他与我握手的感觉让我想起了车夫，我从没见过车夫的长相，有点怀疑他们是否是同一个人。我尝试着确认："您是不是德古拉伯爵？"

"是的，欢迎你的到来，哈克先生。夜来天冷，请进吧，奔波一天，你需要吃饭，休息。"他向我优雅地鞠躬，一边回答，一边将灯挂在墙上凸出的灯架上，接着出门，将我的行李取来，我本想阻止，不想他动作之快，已经回来了，并坚持帮我拎行李。

"夜已深，仆从们都已入睡，你是我的客人，得让我照顾你。"他提着行李，穿过回廊，步上楼梯，这里的楼梯呈螺旋状，设计得很宽大。接着又穿过另一条长廊，走到尽头，伯爵将大门推开，依稀还能听到我们沉重的脚步声在楼道里回响。见到敞亮的房间，我十分欣喜，房间里摆放了一张桌子，晚餐置于其上，壁炉中新添了燃料，火焰熊熊。

德古拉伯爵将我的行李放下，把门合上。接着，走到房间的另一头，将那边的门打开，里面是一间呈八角形的房间，十分小巧。房间无窗，有一盏灯。之后他又往里走，在房间的另一头，又打开了另一扇门，他向我示意，招呼我过去。里面是一间大卧室，温暖又明亮，有壁炉，有新加的燃料，火焰熊熊，还能听到大烟囱发出沉闷的声响。我感到十分欣慰。伯爵帮助我把行李拿了进来，即刻就离开了，帮我关门的时候他说："路途奔波许久，你需洗漱提神。需要的东西都已为你准备妥当。洗漱完毕后来外面的那间房，晚餐已备好。"

房间让我感到温暖，伯爵的照顾很周到，这一切渐渐驱散了我脑海中的恐惧与疑虑。等我洗漱完毕，恢复正常状态，发现自己饥肠辘辘，便去到了外间。

晚餐已准备好，德古拉伯爵就站在一旁的壁炉边，倚着墙面，优雅地挥手指向桌面，道："请坐吧，尽情享用晚餐。我已吃过晚餐，且从不吃宵夜，请原谅我不与你共进晚餐。"

我将哈金丝先生委托带来的信件交给他。他打开信封，读了起来，神情认真，接着，他微笑着把信递给我，示意我阅读。里面有一段内容让我觉得欣慰：

> 无法亲自前来，我感到十分抱歉。痛风这个老毛病又犯了。但是值得高兴的是，我所委派的是一位值得信任的先生，他能够胜任这份工作。他很年轻，精力充沛而富有才干，性情温和，谨慎而寡言。与我一起工作的那段时间里，他越来越成熟。希望他能够陪伴您，为您效劳。

德古拉伯爵走至餐前，打开菜肴上的盖子，呈现于我面前的是一盘烤鸡，看起来十分美味。烤鸡、奶酪、沙拉，以及两杯陈年白葡萄酒，便是我的晚餐了。用餐之际，他关心了一下我旅途中的情况，我便将所经历的事情告诉了他。

用餐结束后，伯爵邀请我在壁炉边坐下，他将一支雪茄递给我，并请我谅解他不吸烟这个事实。这个时候，我才有机会仔细地观察他，他的相貌很特别。

脸如鹰，棱角分明；鼻梁挺拔而瘦削，鼻孔呈拱状，额头饱满。他的头发十分浓密，除了太阳穴周围的毛发比较稀疏之外；眉毛浓而长，几乎连成了线，耳朵尖而白。透过浓密的胡子，能看到他严肃又固执的嘴巴，牙齿则非常锋利，雪白。下巴宽大，面容瘦削而坚毅。总体来说，他的脸极为苍白。

借着火光，我能看到他放在膝盖上的手，远看起来，他的手白而美，近看则十分粗糙，手指也非常短。令我感到奇怪的，是他的手心里居然长着汗毛，指甲长而尖。他向我靠近，用手触碰我，我居然打了一个寒战。他呼吸之间传来一阵难闻的气味，我难掩厌恶神色。很明显，伯爵注意到这一点，便坐了回去。他面露微笑，十分诡异，露出了更多的牙齿。有一阵子，我们彼此沉默，周围极其安静，第一抹清晨的光亮透过窗户，我仿佛听到远处传来的狼号声。伯爵眼光闪烁，对我说："你听，歌声多美妙，这些属于黑夜的孩子。"也许他看到我脸上露出的异常的表情，又说道，"先生，你是从城市来的，无法切身感受山里猎人的心情。"

他站起身来："想必你是累了，卧房已备好，你可以尽情休息。明天下午之前，我都不在城堡。希望你能有美梦！"他很有礼貌地向我鞠了一躬，帮我打开房门。于是我进到卧室里。

疑惑、恐惧包围着我，我脑海中不断涌现奇奇怪怪的事物，这些事物我一直不敢坦诚面对。上帝啊，看在我所爱的人份上，请保佑我！

五月七日

醒来已是隔天清晨，我足足休息了二十四个小时，自然醒。我穿戴整齐，来到前天吃晚饭的地方。桌子上已经摆放好早餐，咖啡温在壶中，放在了炉子上。桌上放着一张卡片，是伯爵留的信息："外出一会，莫等我。德古拉。"我独自吃完这顿丰盛的早餐，想要按铃告知佣人，却没有找到铃。环顾四周，这里的一切都告诉我主人的家境富有，只是有一些不足，让我觉得奇怪。桌上的纯金餐具制作精美，价格不菲。座椅、沙发、窗帘织物，以及坠挂于床上的织物选用的是最为奢华精美的材料，虽然已经陈旧，经历了几个世纪却依旧完好无损。我在汉普顿宫见过相似的，然而那些是被虫蛀过破损了的。我没有看到镜子，甚至是一面梳妆镜都不曾看见，于是我从行李箱中拿出自己的一面小镜子，为自己刮胡须，梳头。在此期间，我没有见到一个佣人，周围一片寂静，只听得到外面狼的号叫声。在没有征得伯爵同意以前，我不准备出门，吃过饭后，本想找一些读物来消遣时光，但找遍整个房间，没有找到任何书、报纸或者写字纸。我将房中的另一扇门打开了，原来里面是图书室，当我想将图书室的对门打开时，发现门被锁住了。

于是我在图书室里浏览，发现居然有满满一大书架的英文书，以及装订好的报纸与杂志。一张书桌摆放在房间的中央，上面是一些英文报纸和杂志，都已经是过期了的。书的种类十分广泛，但有一个共同点，那就是所有书都是关于英国的，上至天文地理，下至政治经济、历史法律、植物学，还有地质学。书架上甚至还有《红皮书》《蓝皮书》《伦敦地址姓名录》《魏泰克年鉴》《陆军海军军官名录》以及《法律事务人员名录》，看到这些参考书，我感到莫名的喜悦。

正当我看书之际，门被打开了，原来是伯爵。他十分礼貌地向我问好，关心了一下我昨晚的睡眠情况。然后他说道："很高兴你找到了这个图书室，想必这里的很多书籍都能吸引到你。这些书，"他拿起其中一本，"是我长久的朋友，自从我萌发去伦敦的这个想法以来，它们就为我带来诸多乐趣。

也正是因为这些书，我开始对你们伟大的祖国有所了解，渐渐爱上她。我渴望能够在繁华的伦敦街头，置身于人山人海，感受她的日常，改变与消亡，切身体验组成她现在容貌的所有事物。但是，到现在为止，要了解英语，我只能通过书籍。希望你能够听懂我说的英语，我的朋友。"

我说道："伯爵，你说的英语堪称完美!"听到这句话，他郑重地向我鞠了一躬。

"我的朋友，谢谢，谢谢你给我的赞美。我只是个初学者而已，虽然懂得词汇与语法，却不知如何组织和运用。"

"我说的是真话，伯爵，你的英语说得很棒。"我再一次说道。

"并非如此。要是我在伦敦，与人交谈的时候，不会有人注意到我是一个外国人。但我想要的远非如此。我是一名贵族，在这里大家都知道我，我是这里的主人。然后我一旦背井离乡，便什么都不是了。对大家来说，我就是一个陌生人，没人认识我，就不会在意我。要是我如其他任何一个普通人，外貌与语言看不出我是异国人，我便会心满意足。那么长时间以来，我都是主人，以后也会是，至少不是别人当我的主人。你到这里来，不仅是我的朋友彼得·哈金丝与律师事务所交代你做的代理人，前来告知我伦敦房产的情况。另外，我希望你能多待一段时间，如此我便能与你交流，学习你们的英语语调。我一犯错你便告知我，哪怕是一个小小的错误。很抱歉我今天很长时间不在城堡，希望你能原谅我，太多重要事务需要处理。"我当然说了一些乐意效劳的话，还向他征得能随时进出此房间的同意。

他作出了肯定回答，还说："除了上锁的地方，城堡任何的地方你都能去。不过想必你也不愿意去那些地方。它们之所以像现在这样，是有一定的原因的。如果你从我的角度看待事物，思考问题，也许你能更好地去理解。"

我向他保证会按他说的去做，他继续说道："现在在我们身处特兰西瓦尼亚，而非英国。我们的生活方式不一样，对你而言，可能会觉得这里怪事多。当然，你也告诉过我你所经历的了，所以你应该已经知道，哪些是奇怪的事情了。"

就此话题我们讨论了许久，他是打心底愿意与我谈论，并非只为敷衍而交谈。我向他询问了很多问题：有关那些我观察到的以及于我身上发生的事情，有的时候他故意将话题转移，或是假装听不懂，从而回避。但总体而言，他十分坦诚。随着话题的深入，我的胆子越来越大，开始向他了解前一天晚上发生的怪事，车夫为何要去蓝光出现的地方，他解释说，大家都相信，昨晚是一年中很特别的一个夜晚，世上一切邪恶之魂都苏醒，而蓝光现身的地方，便是宝藏掩埋之处。

"昨天晚上你所经过的地方，便是宝藏掩埋之地，这是不争的事实。瓦拉齐人、撒克逊人以及土耳其人，几个世纪以来都在这片土地上战斗着。鲜血浸染着这里几乎每一寸的土地，不论是入侵者，还是爱国者，都在此献身。过去那个年代，动荡不安，匈牙利与奥地利大举入侵，为保护这片土地，不管男女老少，都集体上阵，他们站在通道的上方，等待着侵略者的到来。甚至还人为地制造了雪崩，以此消灭敌军。即使失败，侵略者什么也找不到，因为所有的宝物都长埋于土地里。"

"可是，现在大家都知道有宝藏这一回事，知道通过什么途径找到它们，宝藏还能像以前一样不被别人发现吗？"我问道。

他咧开嘴笑着，露出如犬般长长的尖牙，回答说："这里的农民太愚蠢，而又胆小！蓝光一年之中只有一个晚上会出现，但是却没人敢在这一晚出门。就算某一个人足够胆大，他也不知如何是好。即使晚上在蓝光出没之处做上标记，白天也没有人能再找到那个地方。我敢发誓，就算是你也找不到。"

"完全正确，死去之人比我知道的要多。"我回应说，之后我们便换了一个话题。

最后，他问道："跟我描述一下伦敦吧，再和我讲讲你们为我购置的房子。"我为自己的疏忽深表歉意，接着，我进入房间，将文件从包中取出来，然后整理了一下。这时听到隔壁房间有瓷器与银器碰撞而发出的叮叮当当声，回那间屋子的时候桌子已经整理完毕，灯也亮了起来。外面已然天黑。书房中灯也亮了，伯爵正坐在沙发上面，阅读《英文指南》。见我进来，他便将桌子上的报纸和书整理了一下，我俩开始研究房地产的规划、房契与数据，所有的事情他都非常感兴趣，还询问我关于所买房子的位置与环境等。想必他预先做足了功课，研究了房子周围的环境状况，显然到了最后，他了解的比我还要多。

我向他说起这一点时，他回答道："这是我应该做的啊，朋友。等我到了那里，就孤身一人了，哈克·乔纳森，我的朋友，哦对不起，我习惯了我们这里的叫法，把你的姓氏放在了前面，我的朋友乔纳森·哈克，肯定不会在我的身边帮助我。他肯定在律师事务所，离我几英里之外，也许还和我的另外一个朋友，彼得·哈金丝一块儿解决他们的法律文件呢。因此，我必须得这么做啊！"

我将代伯爵购买地处帕福利特房产的完整过程描述了一

番。所有情况交代完毕之后，我请他在一些必要的文件上面签字，然后写完一封信，连同文件将一起寄给哈金丝先生。伯爵又问我怎么遇到这么合适的房产的，我拿出当时写的日记，讲给他听。现在一并写在这里：

　　走在帕福利特的路上，我遇见一幢符合要求的房屋，边上竖着一块牌子，很破旧了，上面写着房屋待售。这座房子结构古老，石头堆砌，四面都是高大的围墙，一看便是多年未经修葺。大门紧闭，门是铁与栎木制成的，锈迹斑斑。房屋的名字叫喀尔珐科斯，户型方正，整体呈四边形。大约有十二亩的占地，石墙将四周包围了起来。院里种着很多树，处处都有树荫，还有一个深水池塘，准确说是一个迷你湖，因为它有源头，水质清澈，流动性很强。房子年代久远，也许中世纪就已建成了，非常宏大，几扇窗户高高地镶嵌于房屋之上，以铁栏杆围住，像是城堡一样。房屋附近，有一座年代久远的教堂。门是锁着的，我没有进去，但我从多个角度将其拍了下来。附近其他的房屋寥寥无几，只有一处最近刚刚扩建的房屋，一所私人精神病疗养院，但从院子往外是看不到的。

　　听我读完，他便说道："听到房子宽敞又古老，我非常高兴。我出生在一个古老家族，住新房子对我来说简直无法忍受。一座房屋并不是住一天便适宜居住的，只住过几天的肯定不如上个世纪就有人住的房屋舒服。附近有古老的教堂也非常不错。身为特兰西瓦尼亚的贵族，是不愿意与凡人共同埋葬的。骄奢淫逸不是我的追求，活力四射也只是年轻人与喜欢寻欢作乐之人的梦想。我已不再年轻，多年来，我的心为死去之人哀悼，早已不知何为快乐。我的城墙已经破旧，冷风吹进残破的窗户。我偏爱阴暗之处，也喜欢与自己的心灵独处。"我有一种感觉，不知为何，他的样子与说的话并不匹配，因为相貌的关系，他微笑起来显得十分阴森邪恶。

接着，他说要离开一会儿，对我感到抱歉，嘱咐我将文件收好。我开始在他出行的这一段时间里阅读起周围书架上的书籍。有一份地图册，随手一翻便能翻到英格兰，很显然，这一页经常有人翻阅。地图上有一些地方被人画上了圆圈，仔细一看，有一处便是伯爵在英格兰的新住所，其他两处是埃克塞特，以及约克郡的惠特比。

伯爵回来的时候正好，他对我说："还是在看书？太棒了！可也不能一味地工作。佣人说晚餐已经备好，来吧。"他拉起我的胳膊，来到隔壁的房间。桌子上的饭菜十分丰盛。他又一次致歉，说回来之前已经吃过晚饭了。他和昨天晚上一样，坐在一边与我聊天。吃完晚饭，我开始吸烟，他一直和我聊着天，只要是能够想到的各种问题，他都会问我。时间过得很快，我觉得已经太晚了，但我没有提起，客随主便，能够迎合他对于我来说是应该做的。我倒不觉得疲惫，因为昨晚睡眠充足，所以到现在还精力充沛。我只是觉得很冷，这种寒冷就像是潮水退去之时的感觉。民间流传说，临死之人通常会是在黎明之前，又或是退潮之时辞世。不得不工作的疲倦之人，如果感到这种寒冷，必定相信此种说法。这时，一声鸡鸣响起，似是划破黎明的苍穹。

伯爵忽地站起来，说："怎么又到清晨了！实在抱歉，害你一个晚上没有睡觉。你口中的英格兰太过有趣，我都忘记了时间。"他很有礼貌地向我鞠躬告辞，迅速地走开了。

我回到自己的房间，将窗帘拉开，没什么值得一看。窗户是向着院子的，我只能见到天空渐渐泛白。所以我将窗帘合起来，开始写日记。

五月八日

不知我的日记是否太过啰唆，但我十分庆幸自己记录得如此详细，在这里我觉得很多事情都太过奇怪，我十分不安。我希望自己可以活着回家，但愿自己从没来过这个地方。这种不安之感仅仅只是因为这诡异的一晚吗？要是身边有人陪我聊天，或许我还能胆大些，但是并没有其他人。我唯一能与之说话的是伯爵，但是他——我真怕自己是这个地方唯一一个活着的人。还是记录一些具体的事情吧，不能太天马行空，要不然，真是要发疯。我现在来谈谈自己的情况。

回房之后我就睡了几小时便起床了。我将自己的镜子放在窗边，准备修理一下自己的胡须。忽然，有一只手搭在我的肩膀上，然后听见伯爵的声音，向我说"早安"。我吓了一跳，我并没有在镜中见到他走过来，可我能看到我身后房间里的一切啊！我由于吃惊而刮伤了自己，不过一开始并没察觉。与他道过早安之后，我回身，想要证实自己刚才是否看花了眼。但我发现并没有，镜子里根本没有伯爵，虽然他现在就站在我的身边。整间房间都能在镜中显现，唯独没有伯爵。

这简直让我瞠目结舌，我所遇到的所有事情里，这件事最为怪异，他让我觉得，之前他每次靠近我便能感觉到的不祥之感，逐渐强烈。从镜中我看见被自己刮破的地方在流血，而且开始往下滴。于是我将剃须刀放下，转身找药膏。此时伯爵一见到我，眼中居然好似燃烧起熊熊怒火，他突然用手将我的喉咙卡住。我赶忙闪开，他碰到了挂在我脖子上的十字架念珠，脸色立马改变，我都不敢相信自己的眼睛，那短暂的愤怒是否真正存在过？

"不要刮伤自己，小心为妙，"他说道，"在这个国家，远比你想象中的危险。"他将我的镜子拿起来，继续说道，"这种东西害人不浅，只能满足人的虚荣心，太华而不实了，你应该离它远一点！"他打开窗户，将镜子扔出了窗外，镜子摔在了石头上面，粉身碎骨。接着他没再说什么，径直走了出去。我突然开始厌恶这一天，没有了修面镜，就不能修脸了，只能借助眼镜盒或者壶底之类的，我很庆幸它们是金属制作的。

来到餐厅时，早饭已经备好，我没有找到伯爵，只得一个人吃完早饭。让我觉得奇怪的是，到现在为止，我都没有看到过他进餐或是饮水。多么奇怪的一个人！吃完早饭以后，我随意在城堡中兜了一下。我下楼，走进了一个朝南的屋子。

从我站着的角度望出去，视线很不错。窗外的景色十分优美，城堡处于陡峭的悬崖边，要是有石头从窗户扔下，估计坠落一千英尺也碰不到什么东西！放眼望去都是绿树，偶尔能看到峡谷。河流好似银线，在森林中间蜿蜒前进。

本来有心情欣赏美景，之后便再也不想了。整个城堡处处是上锁的门，真是一个监狱，而我呢，则变成了这里的囚犯！

第三章

乔纳森·哈克的日记

五月九日

当我得知自己像囚犯一样被囚禁了起来，我发疯了似的在楼与楼之间徘徊，见到一扇门，就尝试去打开；找到一扇窗，便向外张望着，没过多久，无助感便凌驾于我。几个小时之后，我回想自己刚刚的行为，觉得自己就如被捕鼠器夹住了的老鼠一般。我确定自己在孤军奋战，没有依靠，便安静了下来，与往常处理事务时一样，我静坐着思考该如何是好。但绞尽脑汁，也没有得出什么有用的结论。但有一点我很确定，那便是将我自己的想法说与伯爵听毫无用处。因为就是他将我囚禁起来的，就是他有着不为人知的目的。如果我信任他，只会受到欺骗。于我而言，现在可以做的唯一——

件事便是将一切，包括我已知的信息与恐惧吞进肚子里，并且擦亮双眼注意周围的一切。如果不想如婴儿般被欺骗，那必须清楚自己现在所陷入的困境，集中精力渡过难关。

想到这里，我突然听见楼下大门闭合的声音，是伯爵。他没有去图书室，我蹑手蹑脚来到自己的房屋，却发现他在帮我整理床铺。多么怪异的一件事，然而一直以来我的猜测却得到了证实，那便是整座城堡并没有佣人。之后我又在门链的缝隙中窥见他整理餐桌，我更加肯定了。若非如此，为何连佣人该做的事情他都要亲力而为，而带我来城堡的车夫也必定是伯爵乔装打扮的。若是如此，那太可怕了，这便意味着他能够控制住狼群，就如之前看到的那样，挥动一下手臂即可。比斯特里察和我同行的旅客又为什么那么担忧我的安危呢？十字架、野玫瑰、大蒜有什么特殊的含义呢？

上帝啊，保佑将十字架送予我、为我挂在脖颈上的那位善良的老夫人吧！每一次触摸这个十字架，我都能得到力量与安慰。没想到我一向厌恶的盲目崇拜，竟能在我孤身一人遭遇麻烦时帮到我。这便是十字架本身的意义吗？抑或它只是传达慰藉的媒介？等我有时间的时候，一定认真研究，将这份神秘的疑惑调查清楚。为了更清楚自身的处境，我要尽量掌握有关伯爵的一切。今天晚上，如果谈话时我故意提及此类话题，相信他也会谈及自己。但我需要加倍小心，以免惊动他。

午夜时分。

我与伯爵进行了一次长谈。我向他了解特兰西瓦尼亚的相关历史。他显然兴致勃勃。他说起一些人和事，说起那一场场战争，栩栩如生，就如他亲身经历一般。他解释说，作为一名贵族，家族的骄傲便是他的骄傲，家族的荣誉便是他的荣誉，家族的命运也是他的命运。每一次说起他的家族，他都是用复数"我们"，就好像是国王讲话一般。如果能把他讲的一字一句都能一一记下就好了，他说的太过引人注目，仿佛将自己国家的历史全部囊括。他边说边在屋里踱来踱去，越说越感到兴奋，他用手捋着白色长胡须，紧握住任何他能触摸的物品，就好像要将它们粉碎一般。有这么一段话，我尽我所能记录了下来，是关于他家族的历史的：

> 我们斯泽凯利人有骄傲的资本，在我们的身体里，流淌着的是民族勇敢的血液，我们可以为了王位，像狮子一样征战。欧洲的多个民族汇集于此，乌格瑞克人将冰岛战士的精神继承下来，那是雷神托尔与奥汀神所赋予的。他们残暴地将此精神展现于欧洲、亚洲与非洲沿岸，人们都认为是狼人来袭。他们来到此地，知道匈奴人凶猛好战，将这片土地如火焰一般扫荡，濒临死亡之人认定他们有着远古女巫的血液，远古女巫与沙漠魔鬼通婚，从而被驱逐。傻瓜，一群傻瓜！魔鬼与巫婆怎能和阿提拉相提并论？我们在征战中获胜，难道不是奇迹吗？我们引以为傲。马扎尔人、龙巴人、阿瓦尔人、保加尔人以及土耳其人，千军万马迫近我们的边境，我们全数击退，难道这不引人好奇吗？阿帕德率领军队扫荡匈牙利，当其到达边境时发现我们在此，而汉弗格拉拉却在彼，随后匈牙利大军东进，马扎尔人大获全胜，直称斯泽凯利人为其亲戚。于我们而言，守卫边境几个世纪，职责无尽之时，就如土耳其人所流传的："水都有休息的时候，敌人却无休息之时。"我们荣获"血剑"之称，无人能与之媲美。当瓦拉赫与马扎尔的旗帜降服于土耳其

新月旗之下，如何清洗卡索瓦之耻？正是我们的家族成员沃伊沃德，横跨多瑙河，痛击土耳其！我们德古拉家族的成员！但惋惜的是，他于战场倒下，而他不争气的兄长却将国家出卖给了土耳其，使他们蒙受奇耻大辱。我们德古拉的这名成员，开启了后代一次次横渡大河，征战于土耳其人的土地之上。每一次挫败，都激励着我们重回战场。他独自一人，从战场归来，只有他，能够最终获得胜利。而他们却诬蔑他自私自利，只顾自己。群龙无首的农民啊，没有将领的智慧，就如失去了心脏与大脑，将何时才能结束征战所受的苦痛？莫哈克之战后，我们终于摆脱了匈牙利人，我们，德古拉家族，终成统治者，我们的灵魂，无法忍受被奴役的不自由。年轻的先生啊，正是因为斯泽凯利人，我们德古拉身上的血液，脑中的智慧与身上的佩剑，才能创造骄傲的记录。就连哈布斯堡王朝与罗曼诺夫王朝也望尘莫及。战争年代已不再，和平时期的鲜血太过珍贵，以至于我们家族的伟大事迹只有在传说中被颂扬。

谈话结束，时间快接近清晨，我们便各自睡去。（备注：来这里之后所记的日记就如《一千零一夜》的开头，充满了恐怖，所有的事情需要在黎明前终结。又或是像哈姆雷特之父的魂魄。）

五月十二日

就让我以事实的陈述来开始这篇日记吧。这是被很多书本与数字证明了的事实，赤裸裸的，不加修饰，毋庸置疑。我绝对不会将其与我观察所得的经验或是记忆相混淆。昨晚伯爵问了我一些问题，是关于法律和生意的。我一整天都在阅读，又回忆了当时酒馆中人家问我的问题，乏味的一天，只希望自己的脑袋没有放空。伯爵的问题都有据可循，这些信息可能以后有用，按照顺序，我将其一一记录下来。

一开始，他问道，有没有可能在英国雇佣两个及以上的律师。我跟他说，只要是他愿意，多少个律师都可以，可是同一件事务让几名律师共同处理，显然不明智，因为一个时间只能一人处理，更换律师会损害到他自己的利益。他好像理解了。然后继续问，如果让律师们分工，一个替他处理银行相关的事务，一个替他处理航运相关的事务，尽量因地制宜，这样有没有实际操作的可能。为避免他误解，我进一步解释清楚。然后他说道："举一个例子，我们共同的朋友彼得·哈金丝先生，他为我在埃克塞特购置房产，远离伦敦。说得更清楚一些，避免你感到奇怪。我之所以要在远离伦敦的地方找一个律师，而不是随便找一个本地的律师，是因为我认为他们无法完完全全听从我的意愿，身在伦敦的律师会有他的顾虑与为朋友利益着想的考虑。因此，远离此地是非的律师便能完全听命于我的利益。假如现在我有很多事务需要处理，比如航运的货物要运到纽卡索、达拉谟、哈里奇，或者多佛，要是在这些港口找律师，不是更为便捷吗？"

我说："那是当然，但是律师有相互代理这样一个制度，任何律师都能让异地律师处理相关的异地事务。如此说来，一个律师也可以将所有事务通通解决，省去很多麻烦。"

他问道："指挥权在我，是吗？"

我回答："那是肯定的，假如做生意的人不愿意自己所有的事务都让一个人知晓，那么这是经常使用的一种方法。"

"好的！"他表示理解，接着又询问了委托方式以及所需的手续，所有将会遇到或者可以避免的问题。我尽可能向他解释这一切。从我对他的认识来看，我相信他肯定可以找到一名优秀的律师，他考虑十分周到，对于从没去过英国，对做生意比较陌生的人而言，他很聪明，理解力强。他要问的问题都已经问清楚，突然他站了起来，问道："你有没有写过其他的信，除了写给彼得·哈金丝先生的那一封以外？"

我的心中泛起一阵苦涩，至今为止，我找不到任何机会写信给任何人。

"我的朋友，现在你可以开始写信了，"他边说边将他的手搭在我的肩膀上面，我感到十分沉重，"要是你愿意，就给我们共同的朋友或是其他人写信，告诉他们，你还要在这里陪伴我一个月。"

听到这句话，我的心一沉，问道："这是你希望的吗？"

"当然，并且我拒绝接受任何托词。雇佣你的人希望你全权代表他，我想有个人陪我聊天，这是我唯一的要求，这项权利我不会放弃的，难道不是吗？"

除了向他鞠躬，表示接受之外，还有什么是我能做的呢？我必须考虑哈金丝先生的利益，而不是我的利益。德古拉伯爵的眼神和举止让我觉得自己是一名囚徒，别无选择。在我向他鞠躬，面露为难之色时，我看见他眼中的胜利神色，他即刻使用他对我的控制权，以温柔的让人无法拒绝的方式对我说道："我的朋友，我建议你在信中别写与生意无关的事情。不然大家会认为你在这边十分顺利，兴高采烈地盼望你回家，难道不是吗？"

他边说边将三个信封与三张纸递给了我。信封和信纸都是国外最薄的那一种，我看了一眼它们，又望了一眼伯爵，发现他正安详地笑着，露出像犬一般的利牙。我知道，他的意思是他会看我写的信，让我注意自己要写的东西。由此，我决定写正式信件，但当给哈金丝先生与麦娜写私人信件时，采用速记文字，就算他偷看，也看不懂我写的是什么内容。我写了两封信，然后就坐着，静静地阅读着书籍，而伯爵在一旁书写着，他是说自己在做读书笔记。接着，他把我的信件与他写的一起摆放在信纸边上。伯爵一离开，我便立马倾身看他反放着的信件。深知自身处境艰难，但我竭尽所能保护自己，这么做的时候我毫无负罪感。

这当中有一封信是给萨缪尔·比灵顿的，位于惠特比新月大街七号，第二封信是写给瓦尔那的洛伊特纳先生的，第三封信是写给位于伦敦的考茨公司的，还有一封信的收信人是海伦·克拉普斯托克与比尔鲁斯，两位都是布达佩斯的银行家。第二与第四封信还没有封好，刚想读一下，就听到门把手转动的声音。于是我马上回到原来的座位，继续看书。伯爵走进房间，手里拿着一封信，他将桌上面的信很仔细地贴上邮票，转过身来对我说："很抱歉，今天晚上我要处理很多私人事务。希望你可以在这里找到你想要的一切。"走至门口，他再次转过身，微微停顿了会，说："我亲爱的朋友，我建议，不，是我郑重警告你，要是你走出了这些房间，千万别在任何其他的地方睡着。这座城堡太古老了，回忆太多，要是择不当地方而睡，是要噩梦连连的。千万小心！要是你觉得有睡意，立马回自己的寝室或者常待的这些房间，这样你睡觉才能有安全感。假如你不在意的话，那就——"他就这样结束了谈话，令我感到毛骨悚然。他的话我都懂，唯一一点让我疑惑的是，有没有其他什么噩梦，比现在正接近的神秘与黑暗更加恐怖呢？

过了片刻。

　　我保证，自己写下来的每一个字都真实可信，毫无疑问。悔不该昨晚因为他不在，我睡觉的时候感到害怕，便把十字架放了床头，以避免做梦。

　　伯爵离开后，我便回到自己的那间卧室。周围一片寂静。过了一会儿，我便走出了房门，来到另一个房间，能看得到南面。相比之下，院子狭小而阴暗，而广袤的天空却能给我自由的感觉，虽然现在对我来说是奢望。透过窗户，看看外面的世界，呼吸新鲜空气，即便是夜晚的空气。夜晚似乎在与我低声交谈，我紧张的神经几乎崩溃，感觉自己真是身陷囹圄。对着自己的影子凝望，脑海中不断涌现各种各样恐怖的想象。上帝应该能够理解，在这里有充足的原因使我们害怕。夜空浸润于柔和的月光之中，光亮如昼，远方的山脉也仿佛在温柔的月光中融化，峡谷的阴暗处则如黑色丝绒一般。远眺美景，使我感到平静，身心受到了抚慰。然而当我倚立在窗边，突然注意到在我下面一楼稍微靠左的地方，有一个东西。按照房间的顺序，我想那里便是伯爵的房间。我现在所位于的窗户，十分陡峭，又高高在上，石制的框架久经风雨，但是完好无损，不过一看便知年代久远。我往后退了退，专注地观察外面的情况。

　　先是一个头伸出了窗外，虽然没见到脸的相貌，但通过脖颈，背部与手臂的一系列动作，我便知道那是伯爵，对于那双我多次观察过的手，我深信不疑。起初我觉得很有趣，甚至是好笑，对于被剥夺自由之人，小小的事情都能引起我的兴趣与笑点。但接下来发生的事情让我感到恐惧、恶心。我看到，他小心翼翼地爬出窗户，沿着城堡的墙壁，脸朝下，往下面爬行，他那斗篷张开，就仿佛是一对大大的翅膀，下面便是万丈深渊。我以为是月光的原因，让我产生了错觉，怎么也不敢相信，但再仔细一看，就证明所见非虚。他的手指与脚趾在石板边缘爬着，墙上的石灰年代久远，已经脱落了，他就是凭借墙面上凸出来的物体，飞速向下移动，像是一直沿着墙面爬行的蜥蜴。

他到底是什么种类的人啊，又或者说到底是什么种类的生物，伪装成了人？这个恐怖的地方，到处让我感觉恐惧，我完完全全被吓坏了，不敢再想下去。

五月十五日

再一次，我看到伯爵如蜥蜴一般向外爬去，他倾斜着朝下，往左边爬行了几百英尺，最后消失在像洞口的一个地方，或者是窗户。他的头一消失，我便将身子探出去，想看看究竟是怎么一回事，但这么做是徒劳。距离太远，角度不适合观察。知道他已不在城堡里，我便想好好珍惜这难得的机会，去探究一下城堡中我至今为止未知的领域。我回去卧室里拿了一盏灯，尝试着打开每一扇门。和我预料的一样，门都上锁了，而且锁都是崭新的。我步下石阶，走到一开始到过的大厅中。我发现这扇大门往后拉门闩，就可以把锁解开，只是门上没有钥匙，我敢肯定，钥匙必定是在伯爵房里。我要去他的房间看一看，不知他的房门有没有上锁，要是找到钥匙，我就能离开这里了。接着，我继续将每一个楼梯与走廊都逐一地检查，遇到的每一扇门都试图去打开。有两个小房间是开着的，就在大厅的附近，但里面除了满是灰尘的老家具之外，其他什么都没有。终于，我在楼梯尽头发现一扇门，看似被锁住了，实则加把劲推一下便能露出缝隙。我更加用力地往后面一推，大门便倒地了，原来它并没有上锁，推不开的原因只是合页有些脱落。这是一个千载难逢的机会，我走进房间，发现这是城堡之中最靠右的一个房间。从窗户中望出去，便可以看到一个个房间排成一排，延伸到了城堡南面。离我最遥远的那间房间，窗户则朝西面与南面。整座城堡位于一块巨石的角上，其三面不可攻，窗户不会被武器攻击到，包括弹弓、石弩，以及火枪，所以设计轻巧，看上去很舒服，在其他地方，是不可能的。西面有大峡谷，向外远眺，层峦叠嶂，山峰陡峭，荆棘密布。这个房间一看便知以前是一名女子居住的，这里面的家具是我看过最为舒适的。

整个房间没有窗帘，月光透过玻璃窗洒进房间，仿佛都能看得清楚月光的颜色，它温柔地照在厚厚的灰尘之上，将时间与虫蛀过的痕迹所掩盖。月光如此皎洁，我手中的灯似乎已无用处，但我愿意放在身边。我感到孤独得可怕，心已寒冷，神经脆弱。但是，比起经常待的那几个房间，我更喜欢这里，因为没有伯爵，我厌恶他在我待的房间里出现。胆怯过后，便是平静，我在一张栎木桌边坐下来。也许以前坐在这里的是一位美丽的女子，满脸通红却又全神贯注地写着情书，即使错字连篇，而现在，是我在用速记文字写我的日记，从上一篇日记过后发生的一切都被记录了下来。现在已是十九世纪，但过去仍未过去，始终占有一席之地，不会被现代所掩埋，这是我真切的感觉。

五月十六日

早上的时候，我还依然神志清醒，理性控制着我。现在我只希望自己不要发疯，或是还没发疯。要是我如今仍觉得伯爵是这里所有可恶之事当中最不可怕的，我顺从他之后，他便能给我安全感，那我肯定是发疯了。上帝啊，你多么伟大，多么仁慈，帮助我恢复平静吧，否则我要疯了！之前困扰着我的事情，现在开始有了新认识。我不明白为什么莎士比亚要让哈姆雷特说出"我的毒药！快，我的毒药！吞它下肚是明智之选"类似的话，我心乱如麻，为防冲动，我开始记日记，来安抚我狂躁的神经。

之前伯爵警告我的时候，我吓坏了，想到这件事我倒并不觉得恐惧，只是以后我就在他掌心里了，真害怕他再会对我说什么！

记完日记，将钢笔与本子又重新放进口袋里，我便泛起阵阵困意，虽然脑中依然记得伯爵对我的警告，我却有种与他对着干的快感。我全身不仅充满了困意，也还充满了固执。月光温柔地抚慰着我，无边无际的天空让我顿感自由。今天晚上我决定住在这里，不想回到那黑漆漆的鬼一样的房间。想当年，这儿曾端坐着一名安静的淑女，浅吟低唱，生活安宁，心中却为在外打仗的丈夫黯然神伤。我在角落里找到一把躺椅，将其拖了出来，不顾灰尘遍布，躺了下来欣赏窗外的美景，悄然入睡。我想我是睡着了，最好是这样，不然之后发生的事情太过吓人。即便现在的我已经坐着享受晨光，但我依然无法相信有过如此真实的梦境。

我当时独自一人，房间与我进来之后一样，没有什么改变。月光皎洁，地板上积了厚厚的一层灰尘，我走过的地方都留下了脚印。眼前出现了三名年轻貌美的女子，从她们的穿衣打扮，以及举手投足间可判断是有教养的淑女。我一定是在做梦吧，她们在我面前出现，地板上面并没有她们的影子。她们向我走近，盯着我看了一会，便相互低声细语起来。有两个人皮肤黝黢，长着挺拔的鹰钩鼻，就像伯爵一般，黑色的大眼睛似乎能看穿一切，在月光的照拂下似乎又变成了猩红色。还有一名女子长得十分美丽，金发碧眼。她的样子我觉得很熟悉，但总也想不起在什么地方见到过，又好像与梦中的恐怖故事有联系。她们三人都有着一口雪白的牙齿，闪闪发亮，嘴唇鲜红，看起来十分风骚。我心中竟然涌起一阵邪恶的想法，想要她们的红唇来亲吻我。在日记中把这个写下来不是很好，万一哪一天被麦娜看见了，她肯定会不开心，虽然事实便是如此。三名女子先是低声地说着话，接着便开怀大笑，声音悦耳，如银铃一般，但是却不似人类声音那样柔软，就像手击打玻璃杯那样，刺耳却甜腻，令人难以忍受。又见那名美貌女子被其他两人催促着什么，她摇着头，十分风骚。

一名女子说道："快上啊！你先去，我们接着过去。你应该开这个头。"

另外一个接着说道："看他正值壮年，我们都能被亲吻到。"

我躺在那里，静静地看着发生的一切，不断挣扎着，却又愉快地期待着。那位美女向我走来，俯身弯下腰，我感觉到了她在我身上游移的气息。那种感觉非常甜蜜，就如她的声音，使我的神经都颤动着，然后这种甜蜜却又生出一份苦涩的滋味，带着攻击性。

我闭着双眼，不敢睁开，透过睫毛，却能清楚地看见一切。那名女子双膝跪地，趴在我身上卖弄风骚，使我心满意足，这种感觉动人心魄，却又令人抗拒。她像一只动物，舔弄着我，在月光的映照之下，我看到她猩红而湿润的嘴唇与舌头，都闪闪发光，牙齿洁白而锋利。她离我越来越近，嘴唇轻轻拂过我的唇、下巴、喉咙，接着便停留在那个地方，我可以感觉到自己脖颈边她的气息多么温暖，然后那儿的皮肤便开始颤抖，那感觉像是有一只撩人的手，渐渐靠近皮肤一般。

　　她轻颤着抚摸我的皮肤，两颗利牙一碰到我，便立刻停下来。我闭上眼睛，享受着这一刻，等待着，心怦怦直跳。

　　突然，另外一种感觉风驰电掣般笼罩着我，我知道是伯爵回来了。我自然而然地睁开眼，便看见他十分愤怒，一把抓住那名美貌女子的脖颈，用力往后拉。他的眼睛呈深蓝色，怒火中烧，咬牙切齿，显得很激动，两颊露着红光。伯爵太可恶了！我并没见过谁如此愤怒，即便是地狱恶魔。他那双眼睛闪着红光，就如地狱之火，熊熊地燃烧着，脸色异常苍白，线条僵硬。两道浓眉高高竖起如发热的金属棒。突然，他猛地往后一掷，那名女子便被甩了出去，接着他又对另外那人打了个手势，准备将她们击退。我想起了他驱赶狼群的时候，那动作与现在一模一样。

　　"你们胆子可真大？居然敢未经过我的允许打他的注意？你们三个人，往后退去！这个男人是我的！小心你们的行为，不然我可就真的不客气了。"他的声音低沉，几近窃窃私语，但声音在空气中传播开来，回响在屋里。

　　那名美女哈哈大笑，声音格外风骚，转过身来对他说道："你从来没爱过，不懂得爱是什么，从来没有过！"另外两人也加入了，一齐大笑，整个屋子都回荡着那坚硬的笑声，仿佛是魔鬼的狂欢，我非常害怕，都不敢听。

　　伯爵转身看了看我，对她们轻声说道："不是的，我也爱过，过去你们也见到过，不是吗？我可以保证，等我利用完他，我便随时让你们亲吻。但是现在，你们走吧！走！我得把他叫醒，完成工作。"

　　"难道今晚我们一无所获？"三个女人中的一个低声笑问，指了指被伯爵扔在地上的袋子，里面似乎有什么活的东西，袋子抖动着。他点了点头，表示允许。一名女子上前，将袋子打开来。如果不是我耳朵的错觉，那么我听到的便是一名小孩的喘息声，他大声哭着，快要窒息了。那个女人立刻扑了上去，看到那一幕，我惊呆了。我重新将眼睛睁开时，她们连同那个袋子都已经消失不见了。旁边并没有门，且任何人绝不可能在我没在意的时候从我身边走过。也就是说她们是通过窗户离开的，我看到窗外模模糊糊的身影，渐渐消失在月光之下。

我恐惧万分，昏了过去，再也没有知觉。

第四章

乔纳森·哈克的日记

五月十七日

我醒来的时候，发现躺在自己的床上。要是我没有做梦，那么就是伯爵把我送回了自己的房间。我想要将发生过的事情理顺，但无论如何却无法得到什么确定结果，只有一些细节，比如说我并没有叠衣服的习惯，但现在我的那些衣服被叠好了；比如我在上床之前都会将手表上发条，这是我一直以来的习惯，但是醒来的时候发现昨晚并没这么做。当然要是把这些当作证据来推断，那并不充足，最多可以证明我昨晚心态不寻常，之前发生的种种将我折磨得心烦意乱。但我一定得搜集到证据。值得庆幸的是，要真是伯爵送我回来，帮我脱的衣服，那么他肯定有事急于离开，因为我口袋里的东西没有被人动过。我的这一本日记他肯定觉得十分神秘，不会容忍它的存在。如果被他发现，肯定是将日记拿走或直接撕毁了。环顾四周，这间房间于我而言充满了恐惧，可笑的是，现在却成了我的避难之所，到现在为止，最可怕的便是那几个女人，她们想过，并且现在依然想着，等待着吸食我的血液。

五月十八日

为了了解真相，我必须在白天去下面看一看昨天待的那一个房间。但我发现楼梯最顶端出口的门已经被锁住了。因为有人曾用力关闭这扇门，导致周围的木质结构有一些已经开裂了。门闩没被拴上，然而里面却上了锁。恐怕昨晚的一切并不是梦，我必须采取行动，以证明此猜测。

五月十九日

我就像给伯爵做苦力一样。昨天晚上，他很强硬地命令我写三封信，第一封的内容是工作即将结束，几天之内便会出发回家，第二封信的内容是写信的后一天早上我就要出发了，而最后一封的内容是我已出发，到达了比斯特里察。虽然我非常想反抗，可现在这种情况，伯爵已经完完全全地控制了我，要是公然提出反对，只有死路一条。拒绝他的话，他会发怒，怀疑我。我知道太多，他明白，这就是我不会活着回去的原因，避免我成为他的威胁。现在我希望的就只是尽我所能拖延时间。可能中间会有机会，那我便能逃跑了。那天他将那名美貌女子扔了出去，我看到了那个时候他愤怒的眼神。他和我说这个地方的邮局比较少，做事不靠谱，现在我写的那几封能够让我朋友放心。接着他保证，看上去十分诚恳，要是我停留的时间延长了，那他便将后面的两封信件取消，这三封信会在比斯特里察滞留，直至到期。我假装是同意了他的意见，还向他咨询信件上面应该写上哪个日期。

他思考了一分钟左右，接着回答我说："在第一封信上写上6月12号，第二封写上6月19号，最后一封信则写6月29号。"

我终于知道我还能够活多久了。上帝啊，救救我！

五月二十八日

曾经有一次，我有逃走的机会，或是捎口信给家人。城堡中来了一群斯则哥尼人，在庭院里扎营露宿。我将他们记录在本子上面了，他们之于此地非常特别，是吉卜赛人，长相与其他世界各地的吉卜赛人没有区别。特兰西瓦尼亚与匈牙利都有着成百上千个吉卜赛，法律几乎约束不了他们，他们与贵族往来，称自己与贵族同姓。吉卜赛人无所畏惧，迷信而无信仰，只用吉卜赛语与他人进行交谈。

我该给家中写一封信，拜托他们寄出去。我在窗边和他们聊天，与他们混熟。他们脱帽致敬，并比画了些手势，虽然我对他们的手势与语言都不了解。

我给麦娜写了信，用的是速记符号，也给哈金丝先生写了信，让他联系麦娜。我大致和她描述了自己现在的状况，有意略过了自己现在的恐慌，要是让麦娜知道，她肯定会被吓坏的。假如这两封信没暴露的话，伯爵到现在为止仍然不知我心中的秘密，以及我现在所知道的一切。

我将信件从窗户交给他们，还给了枚金币，我将自己会的所有手势都做给他们看，拜托他们帮我把信寄出去。接信的那人把信放在胸前，向我鞠了一躬，然后将信放入他的帽子里。我尽力了，自己能做到的也就到这个程度了。我小心翼翼地回到图书室，看起书来。德古拉伯爵没来，我便在这记下了日记。

之后伯爵便走了进来。他在我身边坐下来，拿出两封信，打开来对我说，声音听上去很平静："这两封信是斯则哥尼人给我的，我不知道他们是从哪里拿到的，但我会认真地阅读，"他肯定已经知道了信中的内容，"其中一封我知道是你写给我朋友彼得·哈金丝的。另外一封呢，"这个时候，他将信打开来，看着那些奇怪的字符，脸色阴沉，眼露邪恶，"还有一封信很糟糕，那是对我们友谊的践踏，对我的盛情款待的否定！这一封信上面并没有写署名，因此对我们也没影响。"接着，他便很冷静地把那信封连同信一起扔进了灯火中，看着它们化成灰烬。

他继续对我说："这一封信呢，是你写给哈金丝先生的，我会尊重你的行为。但希望你能原谅我，我的朋友，我一不小心拆开了它，你能不能把它们再包起来呢？"他将那封信递给了我，礼貌地向我鞠躬，并且又递了个新的信封给我。

我不得不将收件地址更改，黯然地将信交给了他。他走出房间，我听到了一声钥匙转动的声音。大约一分钟之后，我到门口查看，门已经上了锁。

过了一两个小时，伯爵又静悄悄地来了，当时我趴在沙发上睡着了，听到声音，我便醒了。见我在睡觉，他显得十分愉快，客气地对我说道："你肯定是累了吧，我的朋友？快上床去睡觉。今天晚上我就不和你聊天了，有很多事情需要处理。我相信，你会睡着的。"

我回到自己的房间，上床睡觉。居然没做梦，这让我觉得奇怪，也许，人处于绝望的情境下，反而也有冷静之时。

五月三十一日

早上我醒来，想着应该将一些信封和信纸从包里取出来放进口袋中，只要有机会，便能够写信了。意想不到的事情又发生了。简直让我震惊！

所有的纸都消失不见，包括我记录的和铁路、旅行相关的笔记，我的备忘录，借贷信，对我而言，一切有用的东西都不翼而飞了。我坐了下来，思考了一会，得出了一些想法，我打开自己的皮箱子与衣柜。我的围毯和大衣不见了！路上要穿的衣服也不见了！它们不知道什么时候全都消失不见，我感到这又是一个新阴谋。

六月十七日

今天早晨，我坐在床边暗自伤神，突然听见鞭子抽打的声音，马儿在庭院石板路上面行走。我很高兴，便冲到床边，只见两辆四轮马车驶了进来，由八匹健壮的马拉着一辆车子，每两匹马骑坐一名斯洛伐克人，他们戴着宽边帽，腰系铆钉皮带，身穿肮脏的羊皮大衣，脚蹬高筒靴，还手握长棍。我想要下楼与他们汇合，跑到门前，却惊讶地发现，门上锁了。

我发现自己所做的任何事情都是徒劳，喊叫、哀号、求救，他们也不会来看我一眼，每个人都对我视而不见。马车上面放着方形的大箱子，用粗绳固定住。不过都是些空箱子，我看到他们搬运起来十分轻松，箱子拖在地面上的声音也不沉。

他们把箱子卸了下来，放在院中的角落里，堆成一摞一摞的，斯则哥尼人给了他们钱，他们则朝着钱吐唾沫，接着回归原位。过了不久，我便听到他们挥动鞭子，渐渐消失了。

六月二十四日

昨天晚上，伯爵很早便回到他自己的房间，然后将自己锁在里面。我提起勇气，沿着蜿蜒的楼梯，来到朝南的窗边，透过窗户往外望去。我心想肯定有事情要发生了，希望能够看到伯爵。斯则哥尼人在城堡中干活，不时传来锄头与铲子的声音，无论他们在做什么，我相信有些阴谋快要接近尾声了。

半个小时不到，我便看到了伯爵，首先是有一些东西出现在窗户那儿，我往后退了几步，想要仔细地看看，便看到了伯爵。他竟然穿着我来时穿的衣服，肩膀上面挂着袋子——就是那三个女人曾经拿走的那个。毫无疑问，我的衣服就是他偷走的。阴谋！新的阴谋！这样别人就会以为我在城镇与村落中出现，去寄信件，同时，他还能将他干的坏事推脱给我。

我气愤极了，在这个地方，我一点权利都没有，实实在在就是一名囚犯，就连法律规定的罪犯应有的权利，我都没有。

我坐在窗户前面，很久很久，固执地要等伯爵回来。月光洒下来，光线之中漂浮着细小的颗粒，它们像灰尘一般旋转起舞，接着又像云雾一般汇聚成团。我注视着这一些有趣的小颗粒，感到一丝欣慰，顿时觉得自己平静了不少。后来索性靠在了墙上，换了一个舒服的姿势，以便欣赏空中上演的这一段有趣的故事。

突然响起了一阵狗叫声，我跳了起来，那叫声听上去楚楚可怜，像是从峡谷的深处传过来的，我却看不见它们。狗叫声越来越响，在月光中跳跃的尘埃也随声变幻，形状各异。

我挣扎着去聆听这呼唤。那是我的灵魂在不停挣扎，半睡半醒间，我也在努力地回应着这呼唤。我真的是着了魔！

小颗粒跳得越来越快，聚合得越来越多，它们颤抖着从我身边经过，融入我身后的漆黑之中，仿佛形成了幽灵一般的形状。我突然惊醒，大声尖叫了一声，迅速逃离。因为月光之中出现的幽灵，便是那三个如同鬼魅的女子。

我回到自己的卧室，顿感安全。我的房间并没有月光，但是，灯光却十分明亮。

又过了几个小时，伯爵的那个房间发出了一声尖锐的哭喊，很快就被压制住。之后便陷入了寂静之中，那是一种死一般恐怖的寂静，我感到不寒而栗，心跳加快。我尝试着打开房门，却发现门又被锁住了。不能做任何事，于是我坐了下来，号啕大哭。

接着，院子里突然传来了女子的哭喊声。我立刻冲到窗边，将窗户打开，往下张望着。

真的是一个女人，她披头散发，将手按压在胸口，像刚刚经历了奔跑一样。我在门口的角落里站住，眼光扫到我，立马冲过来，威胁着叫喊道："恶魔，还我孩子！"

她双膝跪地，双手上举，重复着刚刚的话语，撕心裂肺。接着她就捶胸顿足，十分狂躁，实在无能为力，便冲到大门边，我看不见，但能听到她在拍打大门。

这时，伯爵的声音传来，刺耳，无情，他似乎是站在什么高地，也许是塔上。他呼唤着，远处有狼号叫着应和。不久之后，它们便如开闸后的洪水，蜂拥进院子。

我没再听到女人的声音，只听到狼群的号叫。之后它们舔着嘴唇，一一离去。

对那个女人，我并没有感到怜悯，相比她的孩子，她的死法已算不错。

而我该做些什么呢？我可以做些什么呢？究竟怎样做，我才能脱离这恐怖的夜晚，恐怖的黑暗呢？

六月二十五日

要是没有夜晚，怎会有人知道早晨对于人身心而言有多甜美可人？今天早上，阳光洒进房间窗户对面的通道里，所接触的地方于我而言便像是挪亚方舟里面的鸽子。恐惧感消失不见了，就如阳光中一件由蒸汽制作的衣服。

白天所给予我的勇气使我想要采取行动。昨天晚上，写有最晚日期的那一封信被寄了出去，这件事与我的性命攸关，便是将我从地球抹去的第一步。

我将其抛于脑后，开始行动吧！

夜晚到来，我总是饱受折磨，深感威胁，像是时刻处在恐惧与危险之中。我从没有在白天见到过伯爵。难道他与常人相反，白天睡觉，晚上清醒吗？我要去他的房间看一看！但门总是上着锁，我无路可走。

但有一条路可行，要是敢于尝试。为什么我不能走他走的那条路呢？他从窗户爬进爬出，我何不模仿他，爬到他的窗边再进去呢？这个方法孤注一掷，但这是我唯一可行的方法。冒险的最坏结果便是死亡，而人与牛不一样，我死后仍能期待来世。上帝啊！帮我一起将这个任务完成吧！麦娜，再见，要是我失败了的话。我的父亲，我的朋友们，再见。所有人，再见，最后，麦娜，再见！

上帝助我，几天之后，我的尝试成功了，安全回到了我的卧室。我将按照顺序将每一个细节记录。那天我鼓起最大的勇气，径直走到那边的窗户往外爬。墙上的石块十分粗糙，每一块都很大，石头与石头之间的灰泥因为年代久远，已经被冲刷掉了。我脱下靴子，开始了这条不归路。我先向下面看了一眼，确保万一在爬行途中不小心往下看到万丈深渊而吓坏，之后再也不往下面张望。伯爵房间的窗户，在哪个方向，距离我有多远，我都十分清楚。我竭尽所能慢慢向它靠近。并没有自己想象中的头晕目眩，也许是我太过兴奋导致的。很快，我便到了窗边，准备推窗而入。我太过激动了，弯腰伸脚，进了房间。环顾四周，并不见伯爵的身影，事实上里面空无一人，这让我感到十分惊喜！整个房间只有一些怪异的家具，看上去没人用过。样式与南边那个房间相差无几，只是堆积了一层厚厚的灰尘。我试图寻找钥匙，但并没有找到。唯一的收获是看到墙角堆了一堆金币，有各种式样的，罗马、奥地利、英国、匈牙利、雅典，甚至还有土耳其的金币。金币上也积着灰尘，看来它们存在的时间已经很久了。这些金币的历史都超过了三百年。还有一些装饰物与锁链，还有一些珠宝，因为年代久远，颜色都已经褪去。

我发现有扇门在房间的一个角落里，走过去尝试了一下，门居然能够打开。其实来这里主要是想寻找该房间门的钥匙以及城堡大门的钥匙，如果不进一步搜索，那么我的一切努力都是徒劳。进入我眼帘的是一条长长的石板路，一直延伸至一个环状楼梯，盘旋而下，十分陡峭。

我小心翼翼地走下台阶，这个地方十分黑暗，唯一有亮光的地方是石块间的缝隙。下面是一条幽暗似隧道的走廊，散发着一股死亡一般恶心的味道，那是一种在地下埋藏多年而被翻出来的泥土的味道。我在走廊上行走，那味道似乎越来越靠近了，越来越浓重。走到尽头有一扇半开半掩的门，进去居然是一个废弃了的教堂，年代久远，一看便知是被用来做墓地了。天花板已经破烂，两边有楼梯通往的是地下室，地板不久前被撬开，木箱中装满了泥土，很明显，这些木箱是斯洛伐克人搬运过来的。

为免遗漏，我仔细检查了每一个地方，发现四周并没有人。地下室里灯光十分昏暗，我心中忐忑，前两个房间并没什么东西，只有些棺材碎片和遍地灰尘。第三个房间里面，居然有五十个箱子，其中有一个箱子，堆满了新挖的泥土，而伯爵就躺在泥土上！他眼睛睁开着，既没死又没睡着，纹丝不动，但又不是死人那种呆滞，他的脸颊苍白，却有生命力，嘴唇还是猩红色。奇怪的事，他的脉搏停了，呼吸停了，心跳也静止了！

我贴近他，想要找寻一丝生命的痕迹，结果一无收获。但从泥土味几个小时之内会消散的原理而言，可以判定他并没躺多久。箱子盖放在了旁边，上面布满了孔。我猜想钥匙可能会在他的身上，我在他身上寻找着，却看到了他那眼睛，像死人的一样，即使不动弹，也能看到满眼的仇恨。他并不知道我就在他身边，但我因为害怕，仍然迅速地逃了出去，按照原路爬回了自己的房间，我一下倒在了床上，气喘吁吁，回忆着刚刚那恐怖的场景。

六月二十九日

今天，是我写的第三封信上面的日期，事实证明，伯爵也用行动来告知于众。我目睹他又穿了我来时的那套衣服，从窗口爬了出去，离开城堡了。我看着他沿着墙壁往下爬，真像一只壁虎，那个时候，我多么希望有把枪，或是其他的什么致命武器也好，那我就能杀死他了。当然，到底有没有人造的武器能够对他致命，我深表怀疑。我不敢一个人在那里，等待他回来，我不敢见到那几个恐怖的女人。还是回到了图书室，开始看书，读着读着，就睡着了。

是伯爵把我喊醒的，他看着我，眼神极其冷酷，说："我的朋友，明天我们就要说再见了。你要踏上回家的步伐，回到你美丽的故乡英格兰，而我呢，也得去办一件事情，明天一别，也许我们再也不会再见面了。你写给家里的信已经寄了出去。明天我不在城堡，但明天你需要的东西我都已经准备妥当。斯则哥尼人早晨会过来，斯洛伐克人也是，他们有他们的任务。等他们做完该做的事情，马车便会过来接你，把你带到波尔格通道，在那儿便会有布科维纳出发至比斯特里察的车子。不过，我还是期待能再次在德古拉城堡见到你。"

我对他的诚意深表怀疑，所以想要测试一下。但是把诚意这个词语与魔鬼联系起来，好像是对该词的玷污一般。我问他："我为什么不可以今天晚上就出发呢？"

"我亲爱的先生，今天晚上没有马车，它们有任务在身，不在城堡。"

"我倒是很喜欢步行，现在我希望能马上出发。"

他微微笑着，看似柔和却面露险恶，我很清楚，在他的温柔后面，满是阴谋诡计。他问道："那么你的行李怎么办？"

"这个无所谓，以后不管什么时候都可以寄回去。"

伯爵站了起来，对我说道，那声音很亲切，我甚至揉揉眼睛想要看清楚一些，却发现此刻他的神情如此真实："你们英语中有一个句子与我想表达的接近，'客至欢迎，客离祝福。'来吧，跟着我，亲爱的朋友。要是你不想，那便不需要在我这里多停留一分钟。对于你的突然离去，我会非常伤心，来吧！"他手中提着一盏灯，郑重地将我带下楼，穿过大厅。

突然，他停了下来，对我说道："你听！"

是狼群的号叫声，随着他抬高手臂，那声音似乎变得更大声了，就好像指挥者指挥下的交响乐团。接着他停住，神情严肃，走到门口，撤回门闩，解开链索，将门打开了。

令我吃惊的是，门没有锁，环顾四周，也没看见钥匙的影子。

门打开之后，狼号声渐渐变大，听起来狼群也越发愤怒了。我仿佛看到它们的血盆大口张开，摩拳擦掌，正往屋子中间而来。我知道，在此时对伯爵提出反抗只是徒劳。这群狼任凭他指挥，我无能为力。

大门依旧在缓缓打开来，唯独伯爵站在了门口。我惊讶地感觉到，也许这便是我命运终结的时候了，以及我是以什么方式死亡的，是狼群的猎物，还是自食其果。伯爵真是魔鬼，可恶至极，我便做最后的尝试，对他喊道："把门关上！我明天早上再出发。"接着我双手遮面，以防别人看到自己绝望的泪水。

他将手臂一挥，大门合闭，门闩还是回归了原位，巨大的身形在大厅中发出有力的声音。

我们一路沉默，回到图书室，几分钟之后，我回到卧室。在这之前伯爵吻了吻了我的手，和我说晚安，我看见他眼里满是胜利的光芒在闪烁，嘴角微微笑着，就如地狱之中的犹大。

临睡之前，我好像听到门外面有轻声细语。我蹑手蹑脚地走到了门口，侧耳倾听。要是我的耳朵没听错，那便是伯爵在外面讲话："都回去！该回哪儿回哪儿去！还不是轮到你们的时候呢。耐心地等待着！今天晚上他还是我的，明天晚上你们才有机会！"

接着便听到一阵开怀大笑的声音，我非常愤怒，打开房门，居然看到那三个女人，正恶心地舔嘴唇。我一出现，她们便更加放开了声音，然后离开了。

我关上门，回到房间里，一下跪在了地上。要结束了吗？明天！明天！快救救我，爱我的人，我的上帝！

六月三十日

可能这一次是我最后一次写日记了。黎明到来之前，我醒了过来，便跪在地上。如果真的要面临死亡，那么我已经准备迎接。

每当早晨到来，空气中便有一种微妙的改变。鸡开始啼鸣，我产生了一种安全感，于是随即跑下去，准备打开大门，门并没有上锁，我十分开心，心想这正是逃跑的好机会。我急忙解开链索，打开门闩，手都是颤巍巍的。没动，但是门没动。我又一次感到绝望，一次一次的尝试，门在我的摇晃之下吱吱作响。我相信是伯爵在我离开以后锁上了大门。

我迫切想要拿到钥匙，不管风险多大。我决定通过爬墙的方法再去伯爵的房间一趟。他要是发现了，也许会把我杀了，但死又有什么可怕，现在而言那也许是更好的选择。我没有犹豫，直接冲上楼，按原来的方法爬行着来到他的房间里。里面依然没有人，像我所期待的一样，我还是没找到钥匙，便打开墙角的那一扇门，沿着楼梯蜿蜒而下，穿过长廊，来到教堂。我很清楚，那个魔鬼会在什么地方了。

箱子的位置没有改变，依然在墙边上，但盖子已经盖上去了，只是没盖紧而已，钉子已放在了上面，准备钉住了。

我很清楚，想要找到钥匙，必须搜查他的身体，所以我把盖子掀开来，靠在墙壁上面，进入我眼帘的便是我终日惶惶不敢见的东西。伯爵在里面躺着，但看上去却年轻了不少。原本雪白的头发与胡须变成铁青色了，面颊饱满，苍白的皮肤也见血色了。只是嘴巴空前地血红，有鲜血的味道，而且血从他嘴里流出来，顺着下巴，流到脖子，滴了下来。那双原本深深凹陷的眼睛，如今眼皮与眼袋也膨胀开来了。这个恐怖的生物就好像满血复活，像吸血鬼一般躺在那儿，是酒足饭饱后的筋疲力尽。

我哆哆嗦嗦地弯腰，在他身上摸索，哪怕全身没有一条神经都在反抗自己的行为，我也一定要将钥匙找到，这是唯一的出路。我不想在夜晚来临后变成那些女人的晚餐。但就算我摸遍全身，也不知道钥匙放在了哪里。我停了下来，望着伯爵。他似乎面露一丝微笑，充满了嘲讽，我更感到疯狂了。这个人，是我助纣为虐，领着他去伦敦，在熙攘人群之中，他也许能够满足嗜血之欲，制造一群半人半鬼，规模空前，再以无辜的人类为食物。

我都快发疯了，一想到这，我便有一个疯狂的念头，何不摧毁这大魔头？周围没有致命武器，我便抄起一把铁锹，也许是工人填土用的，我将刀口往下，举起来向那恶魔之脸砸去。这时他的头抬了起来，怨恨地朝我看来。我吓坏了，铁锹随即转了方向，绕过他的脸，落在了他额头上方的泥土中，砸了一条很深的裂缝。

铁锹滑出了我的手，架在了箱子上面，我再一次拿起它，刀口凸起的地方触碰到了盖子边缘，使得盖子又回归原位，怪物便在我的眼前消失了。我脑中对他的印象定格在最后一眼，他的脸肿胀着，充满了怨恨，龇牙咧嘴沾着鲜血，我想，他会不会带着这样的表情下到地狱最底层呢？下一步是什么，我的脑子燃烧着，充满了绝望。这个时候，我听到吉卜赛人欢快的歌声由远及近，还伴随着车轮滚滚声与鞭子抽打之声。正如伯爵所说，斯则哥尼人与斯洛伐克人今天来了。于是我再一次环顾四周，看了看这装着恶魔的大箱子，迅速离去，回到别的房间，准备趁房门打开那一刻往外面冲。我双耳竖起，神经紧绷着，听见大门中钥匙转动已经被打开的声音。这里肯定有其他入口，有人手里会有上了锁的其中一扇房门的钥匙。

脚步声叮叮当当，消失在某条走廊之中。我转过身，想要再一次回到地下室，寻找新出口。这个时候，一阵强烈的风刮来，将房门一下子关上了，动静很大，尘土飞扬。我急忙冲上前去，想要推开房门，但太晚了。我再一次成了囚徒，死亡一步一步地靠近着我。

我在写这些文字的时候，听到了地下室走廊中有人走动，重物撞击的声音，想必肯定是那几个箱子。接着又听见锤子在敲打，想必是给箱子钉上钉子。沉重的步伐再一次响了起来，穿过大厅，后面是很多懒散的步伐。

我知道有人将大门关上，带上锁链，然后是锁门的声音。钥匙被拔了出来，他们又打开了另外一扇门，然后又关上了，门锁与门闩发出了嘎吱嘎吱的声音。

听！车轮滚动在石板路上，他们抽打着鞭子，唱着歌，渐渐远去。

如今，只剩下我一人待在这城堡里，还有那三个恐怖的女人。麦娜也是女人啊，但怎么就没有一丝相同的地方。她们简直就是魔鬼，地狱中的魔鬼！

　　我不该在城堡中独自待着，应该试着爬行在墙壁上，到更远的地方去。我拿了那些金币，以防万一。要是幸运的话，能够找到逃离这地方的道路。

　　这样便能离开这儿了，回到家乡！我要往火车站去，找一班最快的火车离开这里，这个地方是被诅咒了的，这片土地是被诅咒了的，魔鬼和子孙依旧能在这里惬意生活！

　　至少上帝保佑着，悬崖极其高深，极其陡峭，也许我会长眠于此，但那样便是一个真正的男人。所有的人们，麦娜，再见了！

第五章

麦娜·默里小姐给露西·韦斯滕拉小姐的信件

五月九日

我最最亲爱的露西：

　　这么久才写信给你，我表示抱歉，最近工作太过忙碌。当一个助理女老师好辛苦。真希望能够和你待在一起，去海边畅聊，去搭建我们的城堡。最近我很认真地在学习，很努力地练习速记，以便使自己能够与乔纳森渊博的学识相配。我们结婚以后，便能够助乔纳森一臂之力，要是我熟练掌握了速记，那就可以以速记的方式记下他的话，用打字机打印出来，当然，现在我也很努力地在学习打字。

　　我们俩有的时候写信会使用速记文字，他自己也用这种方法记录出国之后的日记。要是我和你待在一起，那我也会用速记法来写日记。当然，我并非想记流水账，而是那种我随时随地想要写，便可以写的日记。

别人怎么想，我不在乎，因为那是写给自己看的，而不是别人。某一天，也许我也会给乔纳森阅读，要是想要与他分享一些有价值的东西，实际上它就是一册练习本。就像女记者那样，我会学着采访，描述，然后尝试着记录下一段一段的谈话。据说，人有能力记住一天所有发生的事情，以及所有听见的声音，只要稍加练习。

不管怎样，我们总要见面的。下次见面我将详细地告诉你这个小小的计划。就在刚刚，我收到了乔纳森的信，是他从特兰西瓦尼亚寄来的，上面只有寥寥几笔，告诉我他目前一切安好，大约一个星期之后，就会回到家。我迫切想要听他说一切的事情，去一个陌生的国家，这样的体验肯定非常有趣。我不知我们，我是指我和乔纳森，有没有机会一起去国外旅行。

铃声响起，已经十点了，再见。

爱你的，麦娜

回信时记得将你的近况都和我说一遍。那么久没有告诉我你的消息了。倒是听见一些传言，和一位高大英俊，而又幽默风趣的卷发男子有关。

露西·韦斯滕拉给麦娜·默里的信件

扎塔姆大街 17 号

星期三

我最最亲爱的麦娜：

我要抱怨你这个不喜欢写信的人，你对我可真不公平。我们上一次分别过后，我写了两封信给你，而你到这次才寄了第二封信给我。我这边没有什么新鲜事，真的没什么能够引起你注意的。

汤姆最近心情很好，我们两个常常一同去参观美术馆，一起在公园骑马散步。至于你信中提及的那名卷发男子，只是在伊顿公学辩论联谊俱乐部认识的。很显然，有些人在散布流言，编造故事。

他是霍姆伍德先生，常常来看我。我妈妈与他相处得非常愉快，找到了很多共同的话题。

前一段时间，我们认识了一个和你特别相配的人，但你已经与乔纳森订婚了。他人十分不错，英俊潇洒，家庭富裕，出身高贵。他是医生，为人聪敏。你能想象吗！他才二十九岁，却已经拥有了一个属于自己的大型的精神病疗养院。霍姆伍德先生引荐给我们认识的，然后便经常来我们家拜访。他是我认识的所有人中意志最为坚定的人，看上去非常冷静沉着，所以我可以判定，他能够成功控制他的病人。只是他的一个习惯比较奇怪，那便是常常直直地盯着别人的面孔看，像是要读懂别人在想什么。他对我也经常如此，我猜想是不是他遇到了什么困难。这是我自己看镜子时猜想的。

你有没有试过去阅读自己的脸？我尝试了，里面可是大有学问，要是你试一次，便会发现问题比你想象的要难很多。

他告诉我，是我给他出了一道有趣的心理难题。我认为他说得对，你知道的，我对追随裙子的时尚潮流并没有什么兴趣，那是很无聊的事情，这也是个俚语，亚瑟天天说，所以没有什么关系。

最近发生的就这么多，麦娜。我们从小玩到大，彼此坦诚，没有秘密。我们一起吃饭，一起睡觉，一起哭闹，一起玩笑。现在我想告诉你，虽然这个事情我以前和你说过，但还想说。哦，麦娜，你能想象吗？我爱亚瑟。写信给他的时候我居然会脸红，他从没对我说他爱我，虽然我已经知道了。麦娜，我爱他！我爱他！

亲爱的，真希望现在和你一起，脱了衣服，在火炉边坐下，和以前一样，我会跟你描述我的感觉。这种感觉是写不出来的，就算是写给你的。我该停止了，我该将这封信撕毁，但我不想，我多想把一切的一切写给你看。收到信赶紧回复，跟我谈谈你对于这事是什么看法。麦娜，为我幸福的生活祈祷吧！

露西

附：不必多言，你知道这是秘密。晚安。

露西·韦斯滕拉给麦娜·默里的信件

五月二十四日

我最最亲爱的麦娜：

谢谢，谢谢，谢谢你写给我的信！它是多么可爱！能够把秘密告诉给你，并得到你的回应我真是太开心了。古语说得好，不鸣则已，一鸣惊人。到今年九月份，我便要二十岁了，在今天以前，从没有任何一个人向我求过婚，可是，今天却来了三个人向我求婚。你能想象吗！一日之内我被求了三次婚！是不是很糟糕？对于其中两位先生，我感到非常的抱歉。但是麦娜我好开心，已经完全不知所措了。三位先生来求婚！看在上帝的份上，请别告诉任何一个人，不然的话她们又会有乱七八糟的想法，会认为自己一天得不到至少六次求婚，那便会受到伤害，那便是别人轻视她。就是这样爱慕虚荣！亲爱的麦娜，我们两人都已经订婚，不久之后便会结婚，安心地过日子，我们会鄙视那些爱慕虚荣之人。接下来我将跟你描述这三次求婚过程，你要保证不许泄露，除了乔纳森之外，这是当然。换作我是你的话，也一定会将事情跟亚瑟说的。妻子与丈夫之间，应该互相坦诚，亲爱的，难道你不是这样认为的吗？我要做到公正，虽然女人很难一直保持。

第一名求婚者来的时候，我们还没吃午餐。我之前和你说起过他，是那名约翰·苏华德，拥有精神病疗养院的那位先生。他的下巴线条坚毅，额头生得十分好看。他来的时候，外表平静，内心紧张。之前他一定提醒自己注意一些细节，并且表现得非常好，但他差点往自己放着的礼帽上面坐下了，若是平常，男人肯定不会犯这种错误。接着，为了维持自己的冷静，他就一直捏着自己的手术刀，我差一点就尖叫了。麦娜，他的表白十分直接，告诉我，对他而言我多么的珍贵，虽然并没有多了解我，另外，要是我在他身边逗他开心，那么他的生活会多么不一样。本来他还想说要是我不在乎他，他会如何的不高兴，可是一见到我哭，他就骂起自己是畜生，不应该为我添麻烦。过了一会儿，他问我以后有没有爱上他的可能性。我摇了摇头，只见他的手颤抖起来，犹豫了一会儿，便问是不是我已经爱上其他人了。他说这话的时候十分委婉，并非八卦，而是想要了解，因为要是一名女子的心还没有男人占据，那他还是有希望的。麦娜，我觉得自己应该跟他说我的心已经属于另一个男人了。我点到为止，他便站起了身，依然坚强，稳重。他捧起我的双手，祝我幸福，并对我说如果需要朋友，那他一定是最好的那一个。

麦娜我差点要哭了，原谅我把信纸都弄湿了。有人向我求婚，这是一件十分高兴的事情，但你必须看着钟爱你的人心碎，离开，这是多么的伤心。无论他对你说过什么，你再也不会是他生活中的那个人了。亲爱的麦娜，我不得不停下来，现在我既高兴，又伤心。

晚安。

亚瑟刚走，现在我的精神恢复了很多，继续和你说那天发生的事情。

吃过午饭，来了第二位先生。他人很好，来自美国的得克萨斯，年纪轻，有朝气，他去过的地方出奇的多，冒险经历也十分丰富。我和戴丝·得蒙娜一起听了很多甜言蜜语，即使是从黑人的口里说出的。女人胆小，男人便从女人的恐惧之中英雄救美，因此我们会嫁给他们。要是我是一个男人，我现在便知道如何让女人爱上我了。不对，我并不知道，莫里斯先生跟我们讲了许多他的事情，可是亚瑟从没跟我说过，但仍……

亲爱的，也可能是我操之过急。昆西·P.莫里斯在我独处的时候来了，男人似乎总是有办法知道什么时候女人会独处。亚瑟有两次都想要干扰我们，我尽量阻止了，没有什么感到羞愧的。先跟你说，莫里斯先生并没有将俚语老是挂在嘴边，换句话说，他举止优雅，有教养，不会在陌生人的面前说俚语。但他知道我喜欢听他讲美国的俚语，每次我在场的时候，他便会适当地说一些有趣的事情。可能都是他编造的，因为这便是俚语该有的特征。我自己不知能不能说，因为不清楚亚瑟喜不喜欢，至今为止，我从来没有听他说过呢。

莫里斯先生在我身边坐下，显得十分高兴，并且紧张。他将我的手握住，深情地对我说道："露西小姐，我知道自己并没有资格让你跟我走，可要是你等的人总是不来，来的时候已白了双鬓。如果是这样的话，何不与我结婚呢，我们可以携手同行啊。"

他的脾气温和，为人开朗，拒绝他的话比拒绝苏华德先生要容易很多。我尽量表现得平静一些，对他说我现在还不想结婚，喜欢独处。接着他便说自己太过轻率，要是有什么冒犯到我，希望我能够原谅他。说这些话的时候，他显得十分严肃，我却欣喜万分，已经是同一天第二个人向我求婚了。接着他便倾盆大雨般向我诉说他的爱意，看起来十分诚恳，我收回自己以前的观点，认为男人应该幽默，而不该诚恳。他忽然停了下来，我猜想是看到我脸上有阻止的神情，要是我还没爱上其他的人，那一定会被他接下来的那番充满着男子气概的话语所打动，爱上他。他对我说道："露西，我知道你为人诚实，内心光明磊落，否则我也不会像这样与你面对面地说话。请你诚实地对我说，是不是你已经爱上了别的男人？要是如此，我一定不再打扰你。如果你愿意接受我，那么我便会是你的朋友，忠实的朋友。"

麦娜，我亲爱的，男人为什么如此高尚，相比之下，我们女人不值一提？我伤害了一位胸怀广大的真正绅士。我又想哭了，恐怕不论从哪个角度，这封信都是一封充满眼泪的信了。我是真的非常伤心。

一个女人为什么不可以同时嫁给三名男子呢，或者是所有爱慕着她的男子呢，这样便能避免不幸的发生，当然，这种想法太过荒谬，我不该说出口。令我欣慰的是，当时我揉着眼泪，却望着他的双眸，直截了当地跟他说："你说得对，我爱着其他人，虽然我没和我说过他爱我。"我觉得坦率地告诉他是一件正确的事情。我看到他脸上露出高兴的笑容，伸出了双手，握住我的双手，衷心地对我说："你才是我那勇敢的女孩子。我来得太迟了，没得到你的芳心，但是我却觉得值得，比能够追到任何其他的女生都值得。别哭，我的姑娘。要是你的眼泪为我而流，我是个硬汉能够承受这一切；要是你的眼泪为他而流，那他趁早醒悟，意识到自己有多么幸运。不然的话，就试试我的厉害吧。你坦诚，勇敢，我已经是你的朋友。不管怎样，爱就是自私的，你难道不准备吻一下我吗？通往天国之路，我注定独行，你的吻能帮我抵挡住黑暗。你知道，要是那家伙没开口，你想的话，你便可以。"

他那么勇敢，又那么贴心，面对对手，他表现得也十分高尚，这样的行为征服了我。于是我靠近了他，给了他一个吻。

他紧握住我双手，低下头凝视我的脸庞，当时我的脸肯定通红。他对我说："我牵过你的手，你也亲吻过我，要是这一切还不足以使我们成为好朋友，那就没什么能够的了。感谢你真诚地对待我，再见。"他紧紧握住了我的双手，拿起帽子，走出了房间，没有回头，没有颤抖，没有眼泪，也没有停顿，我居然像婴儿一般，号啕大哭。

为什么呢，要伤害这样一名男子，而有那么多女子爱着他？要是我还没爱上其他人，也一定倾心于他的，但是，我的心已属于别人，真是让我心烦意乱。现在我怎么也写出不来自己的快乐。等我心情好一些，再告诉你第三个求婚。

永远爱你的，露西

我其实不需要再告诉你那第三个是谁了？一切都是那么的混乱，他走进我的房间，双臂拥抱着我，用几分钟亲吻了我。我好开心，并不知为什么他会这么做。只能用以后的努力证明，我有多么感谢上帝对我的恩赐，赐给我这样的一个男人，朋友，以及丈夫。

再见。

苏华德医生的日记（留声机录音）

五月二十五日

今天一点食欲都没有，吃不下，睡不着，所以开始记一下日记。昨天我被拒绝了，浑身觉得空虚，仿佛世界上的一切都已经没意义。我知道，工作是唯一的疗法，我便全神贯注于帮助病人治病。我选了一名病人，非常值得研究。他的病情十分离奇，我将尽我所能研究清楚。今天收获很大。

相比以往，我更全面地向他问了很多问题，尽量掌控他的幻觉。虽然现在想来自己的做法有些残酷。我似乎是想让他保持疯狂状态，这是我对待其他病人时尽量避免的，就像躲避地狱入口一般（发生了什么我才不会躲避地狱呢）。

地狱也有价值！要是他本心背后有隐藏着什么，那么准确追踪肯定值得，最好这样开始，于是……

R. M. 壬菲尔德，五十九岁，多血质，力大而敏感，有着消沉的意志。他脑中出现的问题我无法解决。据我推测，之所以现在会这样，是因为一些干扰因素以及多血质共同作用的结果，危险是潜在的。如果一个人自私而谨慎，那么不论对自己还是对敌人，都有安全的盔甲。如果问题在于自己的自愿，那么需要以离心力来平衡一下向心力。假如问题在于义务或是动机诸如此类的方面，那么离心力就最为强大，只能用一连串的突发事件来平衡。

昆西·P. 莫里斯给亚瑟·霍尔姆德的信件

五月二十五日

亲爱的亚瑟，

在大草原的篝火晚会上，我们曾经畅聊奇遇；在登陆马奎萨斯的时候，我们相互包扎着彼此的伤口；在提提卡卡海岸边，我们为健康畅饮。我们会有更多的事情要聊，还有更多的伤口要包扎，还要再次畅饮，为健康举杯。明天晚上我举办营火晚会，你何不过来参加呢？我毫不犹豫地邀请你，因为那一位小姐正在准备宴会，然而你是没空的。另外一个人也要来，我们那个在韩国认识的老朋友，约翰·苏华德。我们都想要互诉衷肠，开怀畅饮，为世上最最幸福之人干杯，因为这个人刚获取了世界上最为高贵有价值的女子的芳心。我们真心地欢迎你来，亲切问候你，衷心祝福你。要是你喝太多，我们发誓，会让你留宿。来吧！

你永远的，昆西·P. 莫里斯

电报：亚瑟·霍尔姆德发送至昆西·P. 莫里斯

五月二十六日

　　每次都要算上我。有两个激动人心的消息要告诉你们两个。

亚瑟

第六章

麦娜·莫里的日记

七月二十四日　惠特比

　　露西来车站接我，我觉得相比以前她看上去更加甜美可人了。我们开车来到了他们位于新月大街的住处。这个地方很是可爱。艾斯克河穿过深邃的峡谷，缓缓地流淌着，出了峡谷进入海港，顿时又变得宽阔起来。高架桥横跨艾斯克河，桥墩十分高，站在上面往远处眺望，视野广阔。美丽的峡谷葱葱郁郁，十分陡峭。你若是站在两岸高地之上，视线可及之处只是对岸，要想看到下面的风景，必须走得够近。古镇的房子有着红色的屋顶，层层叠叠，离我们很远，就好像我们以前欣赏过的纽伦堡图片。小镇的另外一边坐落着惠特比大教堂的遗址，已是废墟，是丹麦人破坏的，这也是《马米翁》里面的场景之一，女孩被砌进了教堂的墙里。这个废墟非常宏伟，规模庞大，满是浪漫美丽的故事。传说，曾经有一名白皮肤女子曾经出现在教堂的某一扇窗户后。惠特比大教堂与古镇之间，是另外一座教堂，位于教区，周围是一大片墓地，充满了墓石。我觉得惠特比最美的地方就在这，刚处于小镇外围，能够一览海港全景，还能看到海湾一个叫凯特尔尼思的岬角，向外延伸，进入海中。海港陡峭，部分海岸坍塌了，以至于建于此的一部分坟墓也毁了。

其中一个地方，坟墓的部分砖石已经延伸到了砂石路。教堂的墓地中间有过道，过道旁有座椅，很多人整整一天都坐在这里，在微风吹拂下，欣赏着美景。

我决定常来这里，坐在这个地方工作。事实上，现在我就将日记本置于膝盖之上，边写着日记，边听身旁三位老人在讲话。他们整天似乎也不干什么，就是坐在这里，聊着天。

我的脚下便是海港，远处的一面花岗岩墙已经延伸至海中，最末尾突出的地方坐落着一个灯塔。堤岸在灯塔之外延伸开来；较近的一面，堤岸则朝相反方向弯曲着，最尾处也坐落着一个灯塔。两条堤岸的中间，是一个十分狭窄的海港入口，往外面视线便宽阔许多。

潮涨潮落，潮涨时很美，潮落时水位下降，只有艾斯克河的水在沙岸间流淌着，处处都是石头。海港之外，是一片暗礁，约莫高半英里，是从南边那个灯塔的后面延伸出来的，末端便是一个带着铃铛的浮标，恶劣天气已到来，它便随风摆动着，发出哀鸣声。

这里的人流传着一则传说：要是穿迷失了，海里的铃便会响。我想向老人咨询一下这一件事，便看见他正往这边走来……

这位老人十分有趣，看上去已是高龄，脸上满是皱纹，就像树皮。他说自己已经快一百岁了，当年滑铁卢战争开始的时候，他在格陵兰的捕鱼船队当水手。他可能拥护的是怀疑论，我问他有关铃铛与教堂里女人的事情时，他粗暴地对我说："这种事情已经老掉牙了，小姐，我可不愿意将时间浪费在这里。我的意思是，它们并非不存在，只是在我那个时候不存在。访问者与游客对于这些事情能够津津乐道，但你这么年轻的小姐不适合谈论。有些人从利兹与约克步行而来，口中嚼着鲱鱼，喝着茶，买的都是些便宜货，对他们而言，什么都是可信的。但没人愿意花时间说这些，连报纸上也竟是些愚蠢至极的话题。"

与他聊天，能知道很多十分有趣的事情，我向他询问以前捕鲸的事情，他刚想说，钟声响了，已经是晚上六点钟。他费劲站起身，对我说："小姐，我要回家了。我孙女已经准备好茶水，她不想老是等我。要是对你讲起那些旧事，会花费很长时间，而且我真的饿了，小姐。"

他步履蹒跚，尽其所能地沿着台阶快速走下去，我目送着他离开。这里的台阶从古镇一直可以延伸至大教堂，我不清楚具体数目，可能有数百个台阶，弧线优美。这是一个缓坡，马车可以非常轻松地上坡下坡。直觉告诉我这里与大教堂以前肯定有着什么关系。我也起身回去。露西与她妈妈不在家，是去拜访某人了。这是一次礼节性的拜访，我并不需要一起前行。

八月一日

露西和我在这里已经待了几个小时了，我们与我那位老朋友，就是那位上一次认识的老人，以及他的另两位伙伴，一起聊着天，十分有趣。他们三人中，很显然他是领导者，我猜想他是一个喜欢独断之人。

他对每一个人都使脸色，不赞同任何一件事情。要是他辩论处于下风，便对他们进行恐吓，以迫使他们同意他说的观点。

露西穿了一身纯白色的薄纱裙，看上去美极了，来到这里以后，她一直保持着很好的气色。

三位老人一过来，都忙不迭坐在她的身边。她对他们十分友好，我猜想，他们三个说不定已经都爱上了露西。就算我那个老朋友那么固执，都好像已经臣服于她，对她的观点不反驳。看到这些我更加开心了，于是我故意将话题往那个传说方向引，他却偏了题，对我说教。我将他说的话一一记载在这里。

"疯话连篇，什么锁啊，股票啊，木桶啊，统统不是什么，就是些疯话，就像是一阵阵风，就像是一个幽灵，一个在酒吧喝酒的客人，这些东西让人害怕，是哄骗蠢女人用的。它们就是些气泡，是牧师编造的，以利用它们来欺骗大众，让他们做些原本不愿意做的事情。一想到这，我就很生气。报纸上面有，牧师布道的时候讲，为什么还要刻上墓碑？放眼四周，墓碑挺立着，显得十分骄傲，却因为墓碑上面的那些谎言，从而丧失了自身的价值，墓碑上面千篇一律，都刻着'某某长眠于此'，又或是'纪念某某某'，但是这里几乎有一半的坟墓是空的，纪念他们还不如一小撮鼻烟来得神圣。这里遍布着谎言！等到世界末日，一个个身穿寿衣而来，用坟墓来昭告世人他们活着的时候有多么多么的好。"

看得出来，这老家伙想要炫耀，他的表情里透露着自满，他的眼神扫过大家，希望得到赞许。我对他说了一句话，鼓励他继续说：

"哦，斯威尔斯先生，别开玩笑了，这么些墓碑不会都有错吧？"

"少得可怜。墓碑主人都非常好，但所有事情充满了谎言。你对这个地方来说是陌生人，所以很难理解。"

我点头表示赞同，我想最好是这样，虽然听不太懂，但我的直觉告诉我，这里与教堂有关系。

他轻轻推了一下同伴，他们一起笑了出来。"说得对，看那个坟墓，把上面的文字读出来！"

我走了过去，开始读道："爱德华·斯宾克拉芙，1854年4月被海盗杀于安德烈海岸，享年三十岁。"

我回到原位，斯威尔斯先生接着对我们说："他不知是被谁带回家的，安葬在了这个地方。谋杀于安德烈海岸，那么你认为他的尸体会在这个墓碑之下吗？类似的例子我能说出一打来，尸体都还在格陵兰海呢，"他的手指指向北面，"风或许将他们都吹散了。用你年轻的双眼瞧一瞧，读读这些文字写的谎言。这个墓碑的主人是布雷思韦特·洛厄里，他父亲与我相识，二十岁的时候，他失踪于格陵兰莱夫利。这一位是安德鲁·伍得豪斯，1777年于格陵兰海淹死。这一位是约翰·帕克斯顿，1778年于法韦尔海角死亡。还有这位，老约翰·骆灵思，我和他祖父还一同出海过，五十岁那一年，他在芬兰海湾被淹死了。所以你还会认为他们在号角声响起之时会来到惠特比吗？我是持怀疑态度的。而且我跟你说，要是他们回来，便会你争我夺，和以前一样战斗着，我们则需要时时刻刻相互包扎伤口。"很明显，这是当地的一则玩笑，他讲的时候，另外几个老人也很有兴致地加入了他。

我对他说道："可你说的肯定不正确，要是真到了世界末日，所有这些可怜人，或他们死之后的灵魂，都把墓碑带来，这有什么必要，你认为呢？"

"这样的话，要墓碑干什么？小姐，请你回答！"

"我猜想是希望亲人能够高兴吧。"

"亲人高兴，还是你猜想的！"他语气显得十分轻蔑，"这如何让亲人高兴呢，他们要是知道墓碑上的都是谎言。"

他朝我们脚旁边一块石头指了一指，说道："看看这石头上面的谎言。"这一块石头已做铺路石，安在椅子下面，靠近着悬崖边。

石头上的字母从我这边望过去是反写着的，而露西则正对这那些字母，她弯下腰来，读道："乔治·开南纪念碑，1873年7月29日于凯特尔尼斯石块上面跌落而死，心中抱着希望，希望光荣复兴。这一块墓碑便是她母亲竖立的，悲痛万分以此纪念心爱的孩子。他母亲是一个寡妇，只有这一个儿子。斯威尔斯先生，这件事上我并不觉得好笑。"她十分郑重地发表她的见解，我甚至觉得看上去有些严肃。

"你不认为这件事情可笑，原因是你并不知他母亲居然是泼妇，他们俩互相憎恨，所以他才自杀。这样做后，他母亲便不能拿到保险费。他用旧式步枪将自己结果了。这把枪原本是驱赶乌鸦的，没想到却招致了牛虻。他所说的对于光荣复兴这件事情的希望，只是他认为他的母亲异常虔诚，死后会上天堂，所以他想下地狱。他不希望与她待在同一块地方。现在的这个墓碑，满是谎言，这个墓碑代表着乔治的胜利，以此减轻他自己的忧伤。"

我无言以对，此时话题也在露西的言辞中转移了。她一边说，一边站了起来："为什么要告诉我们这些事情呢？我最喜欢这个位置了，并不想挪动，但现在的话我便知道了我坐的下面是自杀之人的坟墓。"

"没有关系，亲爱的小姐，要是乔治知道有一个美丽的姑娘坐在了自己的怀中，他会非常高兴的。没有关系。我在这里坐了将近二十年了，也没发生什么事情。要是你不在乎那些谎言，那么他们便不存在！一段时间过后，你会感觉墓碑全都消失不见了，一片荒芜。钟声响起来了，我得走了。女士们，我随时愿意效劳。"他步履蹒跚，离开了我们。

露西与我接着又坐了一会，眼前景色十分美丽，我们俩手牵着手，她对我讲述着亚瑟以及马上要举行的他们的婚礼。我的心情不是很好，已经有整整一个月的时间没有收到乔纳森的任何消息了。

当天晚些时候。

没有收到任何信件，我十分难过，独自来到了这个地方。我真希望乔纳森没出事。钟声刚刚响过，已经九点钟了。整个古镇都亮起了灯光，街道成排地亮了，孤独的小道也亮了起来。沿着艾斯克河，它们渐渐消失于峡谷曲线之中。教堂边的老房子屋顶将我左边的视线给挡住了。在我的身后，羊儿们在咩咩叫唤，驴子在下面的小路走着。海岸边有乐队在演奏着华尔兹，声音刺耳，后街则有救世军会面。他们各自听不见，而我则双方都能听见。乔纳森不知道现在究竟到哪儿了。他会不会也在想着我呢？真希望他现在就在这里。

苏华德医生的日记

六月五日

关于壬菲尔德研究，我越是往深处挖掘，越是觉得有趣。我发现了他一些特征，为人自私，有秘密，有目的。

　　我想借此机会达到他的目的，他看上去已计划好了什么，但我并不知道具体内容。他爱动物，但事实是他这个癖好显得十分怪异，有时候我觉得他有着残忍的诡异。他所养的宠物种类奇奇怪怪的。

　　他现在的嗜好是捉苍蝇，他已经捉住了很多只，我忍无可忍，开始劝导他。他并不生气，态度严肃地看待这件事情，这是出乎我意料的。他想了会，对我说："给我三天的时间，我会将它们清理掉的。"我当然答应了，但我决定监视他。

六月八日

　　如上次的苍蝇一般，现在他改为养蜘蛛，真是一件麻烦事，我今天对他说必须尽快处理这些生物。

　　他看上去很伤心，我便缓和道，不管怎样，先解决掉一部分。他欣然同意，我给的时间期限和原来一样。

　　与他相处的时候，他给我一种恶心的感觉。有一只绿头苍蝇吃了腐烂食物，十分讨厌地飞了进来，他居然把它抓住，用食指与拇指捏住，兴高采烈的，我还不知他想要做些什么，不料他居然将苍蝇放进嘴里吃掉了。

　　为此我斥责了他，他居然十分冷静，反驳我说，吃苍蝇有益身体健康，那是一个活生生的生命，十分强健，也为他带来了生命。如此说来，我决定观察他如何处理蜘蛛的。

　　很明显，他脑子是有非常严重的问题的，他经常在一本小本子中记载东西，堆满了数字，而且很多都是单独的一些数字，排列成组合，他将其相加，似乎是像审计员一样在制作报表。

七月八日

　　有一种方法可以治疗他所犯的精神病，我初步在脑海中形成了一个想法。不久之后这个想法便会周全，到那时大脑的无意识运动便会变得有意识了。

有好几天我都没去他那里，这么做是想看清楚他有无变化。一切依旧，他倒是对原先的宠物疏远了，找了新的宠物。

是一只麻雀，他抓住它并驯养了。他对它十分宠爱，宠爱的方式十分简单，我发现少了很多蜘蛛，剩下的蜘蛛看上去都是酒足饭饱，我看到他依旧用吃的东西在引诱苍蝇上钩。

七月十九日

事情在进展着。他已经拥有一群麻雀了，而蜘蛛与苍蝇已经差不多消灭干净了。我去的时候，他跑过来对我说，希望我能够帮忙，一个大忙。跟我说这些话的时候，他就像条狗一样，用心地讨好我。

我就问他什么事情，他手舞足蹈，声音中也透露着一种欣喜："我想要一只小猫咪，健康活泼，美丽可爱的小猫咪，我能够与它一块玩耍，教它，喂养它，喂养它，再喂养它！"

我并没有意料到他会向我提出这个要求，他的那些宠物越长越大，也是越变越活泼，我当时并没有任何预感，他的麻雀会和苍蝇与蜘蛛一样，消失不见。我答应他去找一找，并且问他是不是不要大的猫咪，只要小猫咪。

他显得十分激动，反对道："你说错了，我要的是大猫咪！我是怕你不愿意把大猫咪给我，所以才说要小猫咪的。我想没人愿意拒绝把小猫咪送给我的，对不对？"

我摇摇头，告诉他说现在我没这个能力，但是会帮他找。他脸色变得阴沉，我直觉预感到这是危险的信号，突然，他向我瞟了一眼，眼神十分凶狠，像是要谋杀一般。我想他是一个未发展成型的杀人狂魔。要是能够测试他，根据测试结果，我便能了解得更多。

夜晚十点。

我又去看望了他一次，那个时候他正在某个角落里坐着，认真计算着什么。见我进去，便立马冲过来，在我面前跪下，恳求我能够把一只猫送给他，他说猫是他的救命稻草。

七月二十日

今天我早早地去看望壬菲尔德，那时候值班人员还没有开始巡视。他那个时候已经起床，嘴里哼唱着小曲。我看见他将自己省下来的糖往窗户撒去，很显然，他开始捕捉苍蝇了，而且心情十分不错。

我环顾四周，并不见小鸟，便问他，他的那些鸟儿在哪里。他没有回头，说它们飞走了。我发现房间中有羽毛，枕头上有血迹。后来我便没说什么，离开的时候叮嘱看门人，要是他今天有任何异常的情况，立即跟我说。

早晨十一点。

值班人员刚刚跟我说，壬菲尔德现在十分虚弱，呕吐了很多羽毛出来。他对我说："医生，我想他是把自己的鸟都吃掉了，并且是生吃！"

夜晚十一点。

我为他打了一针强力麻醉，他安然入睡了。接着，我将他的那一本小本子拿走翻看了起来。我脑海中关于他的观点已经渐渐成熟，而阅读过后，便更加证实了我的想法。

他是一个杀人狂，但十分罕见，应该帮他发明一个新的名词，叫食肉狂，即进食活物。他想要尽可能地以别的生命为食，而且需要累计进行。他将苍蝇喂养蜘蛛，再用蜘蛛喂养鸟儿，接着想要将鸟儿喂食猫咪。接下来呢，他会怎么做？

　　我认为这项试验十分有意义。我只需有一个非常强烈的动机便能完成，人们对解剖嗤之以鼻，那么看看他现在的样子。大脑的科学最为重要，但十分艰难，可是，为什么我们不研究发展这项科学呢?

　　要是我知道他在想什么，要是我能掌握他脑中的答案，我想我便能开拓一个新的科学分支，伯登·桑德逊生理学研究与费里尔大脑研究便会一文不值。只需要一个强烈的动机!我不可以想太多，不然会着迷。那可能对于我的研究来说是决定性的因素——为什么我就没有天才一样的大脑呢?

　　壬菲尔德太有说服性了! 精神病患者做事尽心尽力。我不清楚他的世界中，一个人有多少条命，或是他只认为有一条。他清楚地将以前的账目都结清了，今天有了新记录。我们之中，会有多少人，每天都有一个新记录呢。

　　于我而言，我全部的生命就在昨天与燃起的新希望一块结束了。今天我开始记录新的情况，一直到结清总账，计算出我自己的得与失。

　　露西，哦，露西，我不可以生你的气，也不可以生我朋友的气。你所要的幸福存在于他的幸福之中，而我呢，只能在无望中等待，工作，工作。

　　要是我也动机强烈，就像我那个可怜而发疯的朋友，促使我去工作，对我来说就是幸福，真正的快乐。

麦娜·莫里的日记

七月二十六日

　　我感到十分焦虑，能够用日记抒发自己的心情，我感到欣慰，像是自言自语，自己倾听自己的心声。速记文字符号相对于一般书写，有些特征比较特别。乔纳森与露西两个人都让我觉得不安。很久都没有乔纳森的信件，本来就担忧，就在昨天，和蔼可亲的哈金丝先生带给我一封信。之前我写过信给他，他告知我这个函内附件是刚刚才收到的。只有一行字，就是说他准备回家了。信是从德古拉城堡那边寄过来的。但这种写信风格并不像乔纳森，我不知道为什么，我感到更加不安了。

还有露西，她身体没什么问题，就是又开始梦游了，这是她的老毛病了。我和她母亲商量过后，决定每天晚上将房门都锁上。

韦斯滕拉女士说，梦游之人常在屋顶行走，或是在悬崖边上行走，突然惊醒，便会跌落，发出绝望哭喊之声，响彻云霄。

她对露西的状况十分担心，同时她跟我说，她丈夫，即露西的父亲和露西有相同的习惯。他在晚上会起床，穿戴整齐而出门，要是没人阻止他。

秋天，露西就得结婚了。她开始准备婚纱，布置房间了。我非常能理解她。我也会这样。不同的是乔纳森和我两个人想要开始简单生活，争取以后一起去天堂。

霍姆伍德先生，也就是霍恩·亚瑟·霍尔姆德，他的父亲是高达明爵士，他是他父亲唯一的儿子。他最近会尽快来到这儿，他父亲身体状况不好。我觉得露西在数着他来到这儿的日子。

她想要将他带去悬崖墓地，有椅子的那个地方，让他能够欣赏到惠特比的美丽风景。她因为等待而变成现在这个状态，他要是来了，她便会恢复。

七月二十七日

乔纳森依旧没有任何消息，我越来越担心他，虽然说不清原因。真希望他写信给我，哪怕是短短一行也行。

露西梦游的状况更严重了，次数更多，每天晚上她在自己屋中来回走动，把我吵醒。还好现在温度比较高，她不会着凉。但对乔纳森的担忧，以及睡眠不佳让我感到更加紧张了，更加睡不着。

感谢上帝，露西渐渐恢复了。

霍姆伍德先生忽然推迟了到达时间，露西感到十分苦恼，但还好，并没影响她的气色。她不在乎小事情，面色红润，泛着玫瑰般的粉色，不似原来贫血之时的气色。我向上天祈祷，希望她能够保持下去。

八月三日

一个星期又过去了，依然未曾收到乔纳森的任何消息。哈金丝先生那边也没有他的消息。他千万不是生病了。他应该要给我写信啊。最后那一封信并不能满足我，我感到担心，因为那句话并非他平时的风格，但确实是他的字，这一点上并没有问题。

上周露西梦游状况有所改善。只是我不懂她的一个问题，十分奇怪，当我睡觉之时，她似乎也是在盯着我看的。她试着开门，但门是锁着的，于是她便到处寻找钥匙。

八月六日

三天又过去了，依然没有消息。这件事情让我觉得可怕，如果我知晓信件可以寄去哪里，或者是知道去哪里找他，我还能感觉好一点。但最后那一封信过后，便没有人知道他的任何消息了，哪怕是一丁点。上帝啊，恳请赐予我一些耐心吧。

露西变得空前兴奋，状况不好。昨天晚上很恐怖，渔夫对我们说，风暴快要到来了。我仔细地观察着有没有什么天气信号。

今天天气阴沉。我记日记之时，太阳躲藏在云层之后，大地一片灰蒙蒙的，青草是例外，就像是绿色的宝石镶嵌于灰色的石块之间。云层之间的阳光为乌云染了色彩，漂浮于灰色海面的上空。沙滩向大海延伸，就像灰色影子。海水怒吼着，翻滚着撞上浅滩，包裹在海雾中。雾气笼罩着海平面，使其消失不见。乌云滚滚，涛声阵阵，如死亡一般靠近着。海滩遍布着黑影，有时是雾气笼罩，看上去如人穿越丛林。海上的渔船则尽力往回赶，最好到达海港，系在绳索上面，在波浪的冲刷中上下起伏。斯威尔斯先生径直向我走来，脱下帽子，我能够看出来，他想要和我谈一谈。

我感动于这位老人的变化。他往我的身边坐下，彬彬有礼地对我说道："小姐，我想要和你聊一聊。"

看得出来，他并不自在，于是我拉住他那双布满皱纹的手，示意他慢慢道来。

他将手放进我的手中，对我说："几个星期以前，我对你说了些关于死去之人的怪事，恐怕把你给吓坏了吧，但我并非故意，只是希望你能够记住。我们并不爱想那一些事情，也不希望感知到那些事情的存在，所以我才要轻视它们，以便让自己高兴。但上帝爱你，亲爱的小姐。死亡对于我来说并不可怕，我完完全全不怕死，但我不想死去，要是还可以坚持得更久一些。但我时日无多，年纪太大了，对任何一个人而言，一百年都太过漫长。我太靠近死亡了，现在是在等死。你看我总是在谈论死亡，不久之后，死亡的天使便将对我吹响号角。但你别感到悲哀，亲爱的小姐。"他看到我在哭泣。"要是今天晚上它便来，我并不会拒绝。生命的意义在于等待，并不是我们现在正做着的事情。死亡是我们的依靠。它向我走来，我感到满足。或许在注视与惊叹之际它便来了，或许在海风阵阵的时候它也随之而来了。你看！"他忽然叫嚷起来，"是什么东西在那一阵风里，它闻起来是死亡的味道，看起来是死亡的影像。我感觉得到，上帝啊，我会愉快地答应您的召唤！"他举起帽子与双手，看上去十分虔诚。嘴巴在动着，似乎是祈祷。片刻沉默之后，他站了起来，跟我握了一下手，祝福我，然后与我说了再见，步履蹒跚地离开了。我十分感动，但也很伤心。

海岸的警卫人员向我走来，手臂间夹了架小型的望远镜，我感到欣喜。他在我身边停下，一如既往地与我聊天，只是眼睛一直盯着前方一艘怪船。

他对我说道："从外形看来，那是艘俄国船。它很奇怪，到处飘荡着，不知何去何从，我感到很疑惑。看上去它已经发现了风暴，只是没决定是要去北面呢，还是停留在这个地方。你看！这艘船行驶得多么怪异，每次一刮风，船员就改变航行方向。我们将听到更多关于这艘船的消息，在明天这个点之前。"

第七章

八月八日《每日电讯报》简报

来自一名通讯记者的报道。

惠特比。

史上空前绝后的一场大风暴突然而至，这里出现了一片奇异景象。天气有些闷热，但现在是八月份，属于正常现象。周六的傍晚与以往任何时候一样安静。昨天，各个景区，包括马尔格雷夫树林、罗宾胡德海湾、瑞格米尔、伦斯维克、斯泰兹，以及惠特比周边景区，都拥挤着一大批游览者。艾玛号与斯卡伯拉号穿梭于海岸线，这一天，惠特比往来的船只特别多。直到下午，这一天都平静得有些诡异。一群常常在教堂墓地出没的喜欢说长道短之人，喜欢俯瞰海水的流向，告诉大家西北方天空突然惊现海市蜃楼的景象。这时候的风是西南风，缓缓吹来，专业术语称之为"二级，微风"。

值班人员报告说，有一名老渔夫在东崖观察了半个世纪的天气变幻，他十分肯定地预告道，风暴即将到来。落日瑰丽，云彩缤纷，夕阳之景十分美丽，吸引人流连驻足，好多游人都在教堂墓地沿着悬崖欣赏。太阳在完全沉下去以前，穿过西边天空，下方簇拥着形态各异的云朵，全都染上了夕阳的余晖，有紫色，有粉色，有绿色，也有金色，但每一处都带着黑色，完美地将云朵的轮廓勾勒了出来。画家抓住机会进行速写，这一场"风暴序幕"，即将悬挂于来年五月份英国皇家艺术学院墙壁之上。

不止一位船长当场就决定将他的"鹅卵石号"或是"倔驴号"（不同等级的船的称呼）入港停泊，直到风暴结束。傍晚时分，狂风已经平息，到了午夜，天气诡异地闷热，平静，接着便是雷声阵阵，那强度使本身敏感之人不知如何承受。

海面上几乎看不见任何灯光。即便在近海岸航行操作的轮船，也严格遵守不往更远的方向行驶。肉眼所见的海面几乎没有渔船，唯一映入眼帘的便是国外而来的一艘双桅纵帆船，船上所有帆大张着，往西面航行着。看起来船长十分无知，空有蛮干之力，观看之人热烈地讨论着这艘船，同时也有信号发出，示意他应该降帆，以便容易应对危险。夜晚来临之前，船上的帆微微摆动，船身在海浪的起伏中缓缓地摆动着。

快到晚上十点的时候，天气越来越沉闷，有羊咩咩叫着，有狗汪汪吠着，海岸边乐队正在演奏法兰西曲，声音动听，却与大地本身的宁静形成了鲜明的对比。午夜之后，海面上传来了一阵怪异的声音，天空中的气流也夹杂着轻轻的轰隆声，沉闷而古怪。

暴风雨就这样毫无征兆地来了，速度之快，简直让人们难以置信，即便风暴过后，大家都无法理解。这场风暴太过震撼，海面波涛汹涌，就在几分钟之前，海水还一片平静，几分钟过后，却变成了怪物，大张着血盆大口咆哮着。白色的海浪一阵又一阵地冲刷在沙滩里，拍打在悬崖上。一些海浪还越过了堤岸，拍打在海港的灯塔灯室之中。

狂风如惊雷，力大无比，身强力壮的男性要是站在风中，也得紧抱住柱子，很难站稳。旁观者必须大批撤离海岸，否则当天晚上，死亡人数肯定大幅上升。一团又一团的海雾飘向了陆地，让情况更加危急，海雾潮湿阴冷，就如迷失于海上的魂灵用那黏腻潮湿之手触摸鲜活的生灵。人们在狂风浪卷之中，瑟瑟发抖。

海雾渐散，电闪雷鸣，以迅雷不及掩耳之势阵阵而来，人们从电光之下清楚地看见了远方的大海，上方的天空都仿佛在颤抖着。

这样的场面太过壮观，看上去十分有趣。海水上涨，有如山高，每一朵浪花向天空抛去，携带着白色的泡沫，仿佛是风暴将泡沫抓住后扔向了天空。渔船撑着破烂的风帆，随处可见，都想在下阵狂风席卷之前，迅速找到避难之所。海鸟在风暴之中摇曳着白色的翅膀。东崖之顶，工作人员安装好了全新的探照灯，做实验之用，只是还没开始使用。负责人员将其运转起来，趁着狂风停歇的间隙，让其灯光与海雾一起，在海水的上空漂浮着。作用是有的，有一艘渔船快速驶进海港的时候，因为这个灯光的指引，成功避开了危险。每次有船安全驶入海港，岸边的观众便会发出欢呼之声，那声音在一瞬间似乎可以战胜风浪，但又转瞬即逝。

不久，在探照灯的照明之下，人们发现一艘所有风帆都大张着的双桅纵帆船。很显然，这艘船便是早些时候大家看到的那一艘。这个时候，风已经转向了东面，在崖岸边观察之人浑身瑟瑟发抖，大家都意识到，眼前看到的这一艘船岌岌可危。

若是它往海港驶来，那必定会经过一片平坦的巨型暗礁，已经有很多船在那儿失事了，现在风速那么大，它能够找对海港入口的机会十分渺茫。

海浪依旧很大，就算是在海槽之中，都能见到岸边的浅滩。那艘船正全速向前冲刺，正如一位老水手所说"除非这里是地狱，否则它必须找一个停靠之所"。

又飘来一阵海雾，空前强烈。那大团雾气潮湿，像是灰幕，将一切东西笼罩住，人们失去了一切感觉，只能够听见咆哮的风暴，轰隆的雷鸣，以及将一切淹没的惊涛巨浪。探照灯的灯光停留在海港入口处，人们屏息等待惊天动地的事情发生。

突然，风变化了方向，成了东北风，残留在空中的海雾在风中融化了。那一艘船依旧全速前进着，避过了汹涌的浪潮，居然安全进入海港。探照灯的灯光随时跟随着这艘船，每一个见到它的观众都不禁一阵冷战，一具尸体摆在舵柄边上，随着船的颠簸，低头来回地摆动着。除此之外，甲板上不见任何其他的东西。

大家都瞠目结舌，这一艘船，在无人掌舵的情况下，要么便是死人掌舵，居然顺利进入了海港，这简直就是一个奇迹！不管怎样，这一切发生得太过突然，根本来不及将这一切记录下来。那船并没停靠下来，而是越过了海港，停在东南角沙滩上面，岸边的沙滩经历了无数次风暴浪潮的冲刷，它一直延伸到了东崖，当地人把它称作"塔特山码头"。

船在沙滩上停下那一刻，受到了猛烈的撞击，每一根绳索，支锁与桅杆全部都被拉近，有一些顶锤居然变得粉碎。最为奇怪的是，一到海岸，船上便有一条狗跳上了甲板，一路往前，跳出船身，到达沙滩上面，像是在这次撞击中被吓坏了一样。

它一直跑着，往悬崖那个方向，沿着教堂墓地的那一条路，一直消失在黑暗之中。探照灯的亮光与这黑暗形成了鲜明的对比。

这件事发生之时，塔特山码头空无一人，附近的居民若不是睡着了，就是站在高地俯瞰着，所以海港东边的值班人员赶忙冲向堤岸，他是冲那儿的第一个人。在观察到海港入口的地方并没有什么东西过后，探照灯负责人员便将灯照在那一艘船上，固定住了方向。值班人员向船尾跑去，来到了船轮边，弯下身体，进行检查，忽然，他往后退缩，像是受到刺激一样。大家十分好奇，许多人都跑过去查看。

从西崖到塔特山码头这条路，会经过德劳大桥，路况很好。我是一名不错的跑步选手，领先于人群。我到的时候，好多人都已经聚集于大堤之上，警察与海岸的警卫人员禁止大家上船。租船老板允许我上船，所以我有幸看到，因撞到船轮而死亡的水手。

这种场面十分罕见，也怪不得那名值班人员会那么吃惊，甚至感到害怕。那人的手系在轮子辐条之上，一只连着另外一只，靠里的那只手与木头之间挂有一枚十字架，将手腕与轮子缠绕住了，紧紧地系着。他也许本来是坐着的，但风帆绞入船舵，把他来来回回地拖曳，那绳子便切入了他的骨头中。

有人将这件事情发生的经过详细记录了下来。在我到达后，东伊利亚特医院三十三岁的外科医生 J. M. 卡芬也随后赶赴现场，当场检查了尸体，宣布这个人死亡已经超过两天了。

他口袋中有一个用软木塞塞住的瓶子，瓶中有一张纸条，经证实，那是航行日志补遗。

那名海岸的警卫值班人员猜测，这人肯定将自己双手系紧，用牙齿打结。他是上那艘船的第一人，这个事实也避免了后来可能出现的一些纠纷。海岸警卫队在海事法庭并不能索取海难的救助酬金，这却是第一个去失事船只公民的一项权利。只是律师抓住不放，有一位年纪轻轻的法学生，宣称货主权利依然丧失，财产被人非法占有，违反永久管业权这项法律。舵柄若不是证据，也是象征，象征着委托财产，被一名死者掌握。

毋庸置疑，尸体已被移走，离开了他那至死坚守着的岗位，他们将其放在停尸房，等待着法医验尸。他的临危不惧忠于职守，如卡萨布兰卡一般精神高尚。

突然而来的这一场风暴，力度逐渐减弱了，人群也已散场，荒原上空渐渐转红。

更多有关这艘在风暴之中奇迹入港的无主船的信息，我将及时向大家报道。

八月九日

昨天晚上，关于这艘无主船穿越风暴安全靠岸的神奇事件还有后续，并且更加骇人。据证实，这艘船叫德墨忒尔，来自俄国，由瓦尔纳出发，船内的压舱物是细沙，几乎装满了船舱，还有一些是货物，以及装满了泥土的木箱子。

所有这些委托给了惠特比的一名当地律师，名叫 S. F.

比灵顿，位于新月大街七号。今天早上，他登上了船，正式接管了受委托的那一些货物。

根据租船合约，俄国领事馆正式将这一艘船接管过去，并且支付一切的入港费用。

贸易委员会非常满意，他们的所有要求都依照规章制度实现了。这一件事情将会是昙花一现，显然他们已确定，没有什么事情会引起其他的不满了。

倒是那一只从船上跳下来的失踪的狗让有些人感到恐惧，怕它成为一个潜在的威胁。这只狗十分凶狠。有一只大狗在今天早上死去，它是塔特山码头附近一个煤炭商人的。它的尸体被人扔在主人院子对面的马路上，显然死之前它进行了搏斗，但对手太过凶残，撕掉了它的喉咙，肚子也似乎被锋利爪牙剖开了。

在这之后。贸易委员会检察人员十分友好，允许我查看德墨忒尔号的航行日志。在这三天内，保存得十分完好，只是里面没有特殊的事情记载，除了将海员失踪这样的事实记录在日志之中。最为有趣的便是在尸体中找到的瓶子里的那一张纸条，今天在审讯的时候被展示出来了。

这张纸条不需要隐藏，所以他们允许我复制，给读者提供副本阅读，我将船员与货物的经管人员的技术细节删去了。船长似乎在船出发之前便得了狂躁症，并且在航行过程中不断地恶化。我这样叙述，真实性有待证实，只是将俄国领事馆秘书的口述记载了下来，他为人热心慷慨，很快就帮我将需要的信息翻译出来了。

"德墨忒尔号"从瓦尔纳到惠特比的航行日志

七月十八日

发生了非常奇怪的事情,从今天开始,到本次航行结束,我将准确记录所发生之事。

七月十一日

今晨,到达博斯普鲁斯海峡,土耳其的海关人员上船检查。一切正常。

下午四点,起航。

七月十二日

船经过了达达尼尔海峡。这次不仅有海关人员上船,连警卫分舰队旗舰也过来了,他们检查十分全面,动作迅速,希望我们尽快离开。

黄昏时分,驶入爱琴海。

七月十三日

船经过了玛塔潘角,船员们看起来对一些事情不满意,好像是吓坏了一样,就是不愿意将事情说出来。

七月十四日

我有些为船员们担心。都是一些老船员了,以前与我一起出海过。不知道大副发生了什么事情,他们只是告诉他船里面有东西,接着便在胸前画十字。他对一名船员发了脾气,还打他了。他们激烈地争吵了一番,随后又平息下来了。

七月十六日

据大副报告说，早上发现有名船员失踪了，他叫佩车洛夫斯基，昨天晚上在左舷值了四个小时的班，艾姆拉莫夫后来接了他的班，可是他没回铺位上。这件事情需要引起重视了，大家看上去垂头丧气的。每个人都似乎预感到了什么，但只肯说船上有东西，其他就闭口不言。大副为此感到不耐烦，不知道以后会有什么麻烦。

七月十七日

昨天有一名叫奥格兰的船员来找我，十分紧张地告诉我说，我认为船上有一个神秘的人物。他看见那个人躲藏在甲板室里。暴风雨来临的时候，他见到一名瘦高个子的男人，不是我们当中的任何一个人。他从升降口扶梯往上走，沿着甲板，往前走去，接着便消失不见。他小心翼翼地跟踪着，却没有看到任何人，并且所有舱口都关闭着。他感到十分恐慌。我担心这样的情绪会蔓延，为了消除不良情绪，我打算让大家一起彻头彻尾地将整艘船认真的检查。

当天晚一些时候，我命令大家集合，对他们说，大家认为船上还有一个人，那么为了消除疑虑，我们将船的每一个部分检查一下。大副知道后，十分生气，认为这个想法很愚蠢，要是认可这个想法，那么我们的士气便会减弱。他向大家保证，要是遭遇麻烦，他会使用棍棒保护大家。我命令他来操作舵柄，其余船员全面检查，每一个人都要提灯，并排前进。除了那几个木箱子，我们将船的每一个地方都检查了一遍，排除了所有可疑的地方。这个结果让大家都觉得轻松不少，心情愉悦地重新投入工作之中了。大副表情严肃，一言不发。

七月二十二日

前面三天的天气十分糟糕。大家都忙于工作，没有时间害怕什么，不过似乎大家都忘记了之前的恐惧。大副十分开心，还夸奖船员们即使天气恶劣，依然能够努力工作。船已经行驶过直布罗陀海峡，一切十分正常。

七月二十四日

这艘船似乎染上了什么噩运，之前已经有一个人不见了，到比斯科湾时，天气十分糟糕，昨天晚上又有一个船员不见了。就如前一名船员那样，值班结束便消失不见了。船上所有的船员又开始恐慌了，他们提出要两名船员一起值班，不敢一个人独处了。大副很生气，因为他担心会有什么麻烦，不知道船员会做什么过激的举动。

七月二十八日

连续四天像进入了地狱，还遭遇风暴。每一个人都筋疲力尽了，却都不睡觉。我们不知该如何安排值班合适，因为没有合适的值班人员。二副主动提出他来值班，掌舵，以便大家睡几个小时。风渐渐变弱，海面虽然还是凶险，但比之前好一些，船渐渐平稳了。

七月二十九日

又发生悲剧了，今天晚上只有一个人值班。船员都太过劳累，两个人值班实在撑不住。早晨换班时发现甲板上又少了一个人，我们大声叫喊，集中所有人到甲板。经过全面的搜查，依然没有找到，消失的是二副，这时候，大家都手足无措了。我和大副都同意，现在开始全副武装，找出原因。

七月三十日

昨天晚上，大家都很高兴，马上要达到英格兰了。天气晴朗，我们将风帆全部张开。因为太累的缘故，一躺下便酣畅淋漓地睡着了。突然，大副将我喊醒，告诉我说舵手与值班人员失踪了。现在只有大副和我两个人能够驾船。

八月一日

连续两天，海面上漫天大雾，连一艘船都看不见。真希望到英吉利海峡时能够用信号求助，或是停靠在哪里。已经没什么能源可以撑帆，我们要在大风到来之前赶快行驶。我们像是被恐怖的命运摆布着。大副感到前所未有的沮丧，这种沮丧感超过了任何一名船员。他性格坚强，似乎是在与自己的命运对抗着。大家已不再害怕，而是坚持工作着，十分有耐心，已经做好了接受最糟糕结果的准备。他们都是俄国人。

八月二日

半夜刚睡下，没几分钟便听到一声叫喊声，似乎就在我的船舱之外。浓雾中看不见什么，我便冲上了甲板，来到大副身边，他说他听见跑步和叫喊声，却没见到值班人员。有一名船员消失了。上帝啊，救救我们！大副告诉我，刚刚我们应该是经过了多弗海峡，他在雾散的时候看见了北峡。要是这样，我们现在位于北海，那么除了上帝，没人能够指引我们，雾一直笼罩在我们身边，而上帝，好像已经将我们抛弃。

八月三日

半夜我去替班，却没有看见舵手。风十分平稳，我们并没偏离航线。我不敢跑到别的地方，便将大副叫了过来。没过几秒钟，他便穿着自己的法兰绒，冲上了甲板，直勾勾地瞧着我，神情十分憔悴，从他的脸上我便知道事情发生的原因了。他朝我走了过来，声音嘶哑地对我说："他就在这里。昨晚我值班，看见了他，就像一个人，高高的，瘦瘦的，却又像鬼那般脸色苍白。他在船头站住，往前望去。我静悄悄地跟着他，拿出小刀向他刺去，但小刀却穿过了他的身体，他的身体就像空气。"他一边说，一边将小刀用力往空气中一捅。接着，他便说道："他就在这里，我一定会找到他。说不定就在货仓的某一个大木箱中。我要一个一个地把箱子拆开来。你负责开船。"他露出警告的神情，将手指摆在嘴巴前面，便走了下去。突然之间，一阵大风刮来，我不得不待在那里，掌着船舵。过了会儿，他又来到甲板上，手中提着灯，还有工具箱，从前方那一个升降口下去。我无法阻止他，因为他发疯了，为人固执，又说着胡话。箱子他破坏不了，货物票面上写有黏土，就算撬开箱子，也没什么关系。我待在原地掌舵，写着航海日志。现在唯一能相信的便是上帝，真希望这些雾能够赶快散去。要是我无法在风中将船顺利驶进海港，那么我便将风帆收下，将船停下，发出信号，等待救援……

一切都将结束。我在甲板上能够听见货仓中发出的声音，希望大副能够冷静地办好事情。这个时候，升降口传来了惊叫声，我身体里的血液都似乎停止了流动。接着便看见了大副跑上来，就像身体中了枪一样，狂躁不安，他的眼睛不停转动，神情恐慌，大声叫喊着："救我！快救我！"他环顾四周，大雾依旧弥漫，恐惧的神色便转为了绝望。接着，他一个字一个字地对我说道："船长，我们最好一起走，不然来不及啦。他在那里！我现在知道了这个秘密。大海会帮助我的，帮助我一起逃出他的魔爪，这便是唯一的方法！"我来不及说一句话，或是抓住他，便看见他纵身一跳，沉入了大海。现在，我也已经知道了秘密。是那疯子把我的所有船员一一赶走。上帝啊！救救我！要是我成功抵达海港，真不知道如何解释清楚发生的这一切？我还有可能到达海港吗？

八月四日

今天依然雾气弥漫，阳光都无法穿过大雾，我靠着自己做水手的经验得知现在已是傍晚时分。我不敢离开甲板，离开船舵，一整个晚上，我都在这个地方不动。夜幕渐渐笼罩，我看到那个人了，是他！原谅我啊上帝，大副跳海是明智的选择，也让我像男人一般死去吧。作为一名水手葬身于碧蓝的大海之中，没人会提出抗议吧。但我是一船之长，绝对不能离开船。我得与那魔鬼拼死对抗，就算没有力气，也要把手系在轮上，系在他不能触碰的十字架上面。这样，不论遇到的是顺风，或者是逆风，我的灵魂都能得到保存，以及自己身为船长所拥有的荣誉。夜晚缓缓来临，我却越发地虚弱。要是他再次出现，那么我也没有反抗的时间……船如果失事，那么瓶子便会被人发现，大家就明白是怎么一回事……要是没有的话，所有人也会理解我是如此忠实于自己所有的信仰。上帝啊，圣母玛利亚，圣徒们，请帮助我，我尽职尽责，可怜又无知……

裁决是公之于众的，现在没证据能够证明，船上所有的船员是否被船长所杀，无从知晓了。大家都觉得船长是一名英雄，要为船长举行公开葬礼。他的尸体已经用船或是火车运到艾斯克河的上游，接着带回塔特山码头，抬进教堂，葬于悬崖的教堂墓地。已经有一百多名船主登记要出席葬礼，希望能够陪伴着他，一直到进入墓地安息。

依然没有任何关于那只狗的消息，整个古镇氛围凝重。到现在为止，从公众对待这件事的态度，我能肯定古镇已经接纳了船长，明天将举办葬礼，这件来自海洋的神秘事件也将告一段落。

麦娜·莫里的日记

八月八日

一整个晚上，露西都没有好好休息，我也睡不着。风暴十分恐怖，掠过烟囱，发出了响亮的轰鸣声音，我情不自禁地发抖了。风呼啸而过，像是远处响起了枪声一样。但露西并没被吵醒，只是晚上她穿上衣服起床了两次。还好我及时醒来，帮她脱衣服，扶着她上床躺下，并不惊醒她。她梦游这件事情十分奇怪，一旦她在梦游时被某一种力量阻止了，那她所执的意图便消失不见了，她几乎是完全屈服于自身所有的生活习惯。

第二天早上，我们起床后一起来到海港，来看一看昨天晚上是否发生了什么事情。四周没什么人，阳光灿烂，空气清新，但海浪看上去很恐怖，颜色呈现的是黑色，顶端泡沫就像是雪，排排涌进海港入口，如野蛮人穿越人群。不知为何，我心情很好。我庆幸乔纳森昨晚并不在海面上，而在陆地。可是，上帝啊，他究竟在海上还是陆地呢？他究竟是在哪儿？什么情况？我变得越发担心他的状况。要是我知道应该怎么去做，我愿意赴汤蹈火。

八月十日

今天最为感人的事便是为那位船长举办的葬礼。几乎所有船都在场，安放船长的那口棺材一路上从塔特山码头被抬到教堂墓地。我和露西一起过来参加了葬礼，来得很早，坐在了我们经常坐的位置上面，等着葬礼船队的到来。这里的视野十分开阔，我们几乎观看了队伍行进的全过程。可怜的船长就葬于我们所坐的位置边上。

露西似乎心烦意乱，坐立不安，我想肯定是她晚上的梦境告诉她什么事情了，所以她表现得比较奇怪。她告诉我，她也不知为什么，但是心中不安是事出有因的。

还有，斯威尔斯先生去世了，是今天早晨被人发现的，就在我们的这个座位上面，脖子受了伤。医生说他当时肯定是受到了惊吓，从座位摔下来的，他脸上流露着一副惊骇的表情，看到的人都说不寒而栗。这位老人太可怜了。

露西一向温柔，太过敏感，观察力比别人都敏锐。就在刚才，她还为一个东西而心烦，而我自己根本没有察觉到。

有一个人过来看船，带了一条狗，可总是跟在他的身后。他们十分安静，我从没见过那人生过气，他的狗也从来没有叫过。这一次，他坐在我们旁边，而狗却站在了几码以外，不停地吠叫着。他最开始轻轻地呼唤它，接着越来越严厉，到了最后，开始生气了。

可是狗却依然不愿意走过来，而且不断地制造着噪音，看得出来，它也在生气，眼露凶光，毛发耸立，像猫一样，竖起尾巴准备战斗。

那人跳了起来，用脚踢狗，然后抓住狗背，拖拽着将它带到了有椅子的墓碑之上。那个可怜的家伙一碰到墓碑，便开始发起抖来。后来它也不曾逃离，就是在那里颤抖着蜷缩起来，处于恐惧的状态，让人怜惜，我试图安抚它，但并不起作用。

露西面露痛苦的神情，看着那条狗，但并没有抚摸它。她太敏感了，我再次强烈起感受到，以后恐怕要生活得舒服很困难。我敢肯定，今晚她会梦见白天发生的所有事情，包括由死去之人开进港口的船，死人的样子，被绑在轮子上面的手，十字架以及念珠，葬礼，愤怒而惊恐的狗，这些都是梦境的素材。最好她在上床前筋疲力尽，为此，我带着她沿悬崖走了很久，一直走到了海湾，才折返回家。今天晚上，她想必没精力做梦了吧。

第八章

麦娜·莫里的日记

八月十日

当天晚上十一点

我感到十分疲倦，但写日记已经是我的一项任务了，不然今天晚上我便不会打开来写。这次散步经历让我感到愉快。露西的心情也变好了，想必是我们去到了灯塔边上的那一片土地，有一群奶牛朝我们凑过来，往我们身上闻，太可爱了，以致我们都失去了理智。我们似乎将一切遗忘，除了各自心中的恐惧，它们的到来扫清了心中的阴霾，似乎是一个新开始。我们来到了罗宾汉海湾一个式样老旧的酒馆中，点了份质量上乘的浓茶，透过窗户，正好能看见满是海草的岩石。要是新女性们看见我们，肯定会吃惊于我们俩的食欲。男人则比较宽容，祝福他们。回家的那段路我们走走停停，心中很恐慌，怕有野牛出现。

露西是真的累了，我们希望能够尽快上床睡觉。可是有一位青年牧师走了进来，韦斯滕拉夫人便留他在家吃晚饭。露西和我两个人都持反对意见。虽然这件事对我来说并不容易，但是我十分勇敢。我希望有天主教们能够在一起集体商量发展一批新的牧师：不论怎么盛情难却，他们也不会留下来吃晚饭。更重要的是，他们能够观察到女孩子什么时候看上去疲倦了。

露西已经入睡，轻轻呼吸着。相比以往，她的气色看上去更加不错，人也漂亮了许多。要是霍姆伍德先生只是在客厅便对她一见钟情，如果他现在在这儿，见到露西，不知道他反应会如何呢。有一些称为新女性的作家突发奇想，觉得男女双方在答应求婚之前，就应该允许对方看看自己睡觉时候的模样。但是她们可能不会这么做，而是亲自去求婚，将事情办成。今晚我感到特别的开心，原因是露西恢复得不错，我相信，她已经克服了这个困难，我们俩都不再受噩梦困扰了。要是知道乔纳森……我就会更开心的，愿上帝祝福他。

八月十一日

辗转反侧无法入眠，还是来写日记吧。我心情激动，没有睡意。我们经历了一次冒险，经历了一场苦恼。我刚将日记本合上，便沉沉入睡……突然便惊醒了过来，我坐起身，感到一阵莫名的恐惧和空虚。屋中一片黑漆漆的，我看不到露西睡在哪里，于是走过去，想要摸摸她，以确保她安稳地睡着，结果发现床上并没有人。我点燃了火柴，环顾四周，门依然关着，没锁，睡觉之前我没有上锁，露西却不在这间屋子中。她母亲最近病重，我也没敢去喊她。我自己独自一人，穿上衣服，准备出门去寻找露西。正要出门，却灵机一动，可以从她此时穿的什么衣服推测她现在梦中的意图。要是穿的是晨衣，那便是在房子中；要是穿的是裙子，那肯定是外出了。我检查了一下，两者皆在。我自言自语道："谢天谢地，穿着睡衣，她并不会走远。"

我下楼在客厅中找寻，没有发现她的身影，我将其他各个房间找了个遍，也没有找着。心上袭来一阵前所未有的恐惧感。之后来到厅堂，发现大门开了，虽没有大开，但是门钩被揭开了。这扇大门每天晚上都有人将其小心关好，由此推测，一定是露西跑了出去。已经没有时间再去想到底是什么事情了，我感到一阵强烈的莫名的恐惧感。

我拽了一条披肩，便跑出去了。来到新月大街的时候，听到一点钟的钟声响起，大街上空无一人。我沿着北特勒斯大街不断奔跑，希望见到的一点白色身影都看不到。站在西崖码头，越过海港，我眺望东崖，说不清楚自己内心是期待还是害怕，要是见到露西坐在那儿我们最爱的座椅上面的话。

一轮满月升起在上空，层层乌云堆积，围绕在其周围，它们飘动着的时候，地上便出现了移动的光影画面。我什么都看不见，云影遮挡住了教堂与周边所有的东西。云层慢慢移动着，教堂也慢慢地出现在我的眼前，逐渐清晰。不管我有什么语气，只是并不让我失望的是，我看见有个人影半躺在我们最爱的座椅上面，银白色的月光笼罩着她，看上去是雪白的。但云漂移的速度很快，我看清楚之前，月亮就又被云层遮挡了。可是，我依稀看到人影的后面有一个黑色东西站着，伏在人影上。是什么东西，是人是兽，我并不是很清楚。

　　我没有再看第二眼，便迫不及待地走下码头边陡峭的阶梯，经过鱼市，来到大桥，这条路是唯一一条可以通往东崖的。整个古镇一片死寂，空无一人。但见此状况我反而很高兴，因为并不希望有人看到露西现在这样可怜的情况。时间仿佛没有了尽头，终点也好像遥不可及，我费力地沿着教堂的阶梯往上爬，双膝颤抖，大口喘着粗气。我应该要跑得更快，可腿中似乎灌满了铅，身体中的每个关节也像是生锈了一样。快到顶端时，我已经可以看到我们的那一个座位与上面白色的人影，我们距离十分近，足够辨认。有一个又黑又长的东西，在白色人影的身上伏倒着。我大声惊叫道："露西，露西！"那团黑色抬起头来，我看到了一张雪白的脸庞，一双猩红的眼眸。

　　露西并没有答应我，我便继续奔跑着，来到了教堂墓地入口的地方。我走进去，教堂将我的视线挡住了，一时之间，我见不到她。云层已飘走，我又可以看清楚，皎洁的月光洒下来，只见露西半躺在座椅上，头靠着椅子靠背。她独自一人，并不见其他生物。

　　我来到她的身边，弯下腰，见她依旧睡着。双唇分开着，呼吸不像往常那般轻松，喘着气，十分沉重，像是要将肺部全部装满空气。睡梦之中，她无意识地用手拉了拉睡衣的领子，似乎是觉得冷。我把披肩盖在了她的身上，在脖颈那边系紧了。晚上赤身裸体在外面，肯定会着凉。我没有立即把她喊醒，而在披肩上面别上一枚别针，然后腾出双手扶她起来。因为自己惊慌失措，反而笨手笨脚了。也许是无意中扎到或是碰到了她，本来逐渐沉静的呼吸声，没过多久又沉重起来，她将手置于喉咙之上，开始呻吟。我将她小心翼翼地包裹了起来，自己则脱下鞋子，穿在了她脚上，然后轻轻呼唤她，把她喊醒。

开始她并不回应，过了一会儿，她在睡梦中逐渐不安，一会呻吟着，一会叹息着。时间飞逝，我希望能够立刻把她带回家，所以我开始用力摇晃她，最后，她睁开双眼，醒了过来。她看见我，并没有很意外，因为当时她并不知道自己身处何方。

即便是这种时刻，露西总是以优雅的姿态醒过来，虽然身体肯定冻得不轻，她没有忘记优雅，即使知道自己深夜赤身裸体，在教堂墓地中醒过来。她微微颤抖着，靠近我。我跟她说我们必须立刻回家，她便安静地站起身，就如小孩一般听话。走着走着，碎石子磕疼了我的双脚，显然露西感受到了我的迟疑，于是她便停了下来，执意让我把自己的鞋子穿好，我拒绝了。走到教堂墓地外那一条道路，我留意到了那天风暴后留下的水坑，我将泥巴涂在脚上，双脚互相蹭着涂抹。这样回家的路上即便遇到人，大家也不会知道我是赤脚在走路。

我们运气不错，一路上没有遇见什么人，只有一次，有一名男子从我们面前穿过，但他似乎并不清醒。我俩藏在了门后面，等他走远了才出来。一路上我的心狂跳着，甚至觉得自己马上就要晕倒了一样。

我很担心露西，她的健康问题是一方面，还是她穿得那么少，万一着凉了该怎么办，还有一点便是她的声誉问题，一旦人们知道了便会以讹传讹。我们回到家，将自己的双脚清洗干净，一起做祷告感谢上帝。我将露西裹进被窝之中，睡着之前，她恳求我说，这件事情不要让任何人知道，她母亲也不行。

一开始，我有些犹豫，并没有许下诺言，但一想到她母亲身体状况很差，万一知道了这件事，不知道会怎么苦恼呢，同时，要是这件事情被人知道了而可能加以歪曲，不，是一定会歪曲。闭口不言比较明智。我将门锁上，钥匙挂在了手腕上。如此，我不会被再次打扰了。露西沉沉睡去。黎明之光在海的另一端慢慢升起来……

当天中午。

一切如常。露西一直睡着，动也没有动一下，直到我喊她起床。昨天晚上的冒险经历似乎并没伤害她什么，反而带来有益的因素，早上起床的时候，她看起来比以往气色都好。我感到抱歉的是，昨天晚上在弄别针的时候还是刺伤了她。她喉咙的一处皮肤都被刺破了，想必十分严重。我想当时碰到了她较松弛的某块皮肤，还刺穿了，上面有两个小小的像针眼一样的红点。睡衣带子上还发现有一滴血迹。我跟她说了对不起，她反而大声笑起来，过来拥抱我，表示她并没有感觉到。伤口太小了，我想应该以后不会有疤痕。

当天晚上。

这一天我们过得十分愉快。阳光灿烂，空气清新，微风阵阵。我们带着午饭来到马尔格雷夫树林，是韦丝滕拉夫人开车送我们到路边，我们来时，那个人便沿着悬崖旁边的小路散步过去，到大门与夫人回合。我自己心情有些低落，要是现在乔纳森就在我的身边，我都不知道该有多么高兴。可是我现在只能保持耐心。夜晚降临后，我们在别墅的庭院中散着步，欣赏着麦肯锡与斯伯尔演奏的优雅音乐。接着便上床睡觉了，露西很容易就睡着了。我应该把门锁上，确保钥匙的安全性，再也不希望今晚会出现麻烦事情了。

八月十二日

我的估计出现了错误，夜里露西把我吵醒了两次，她想要出门。就算她是睡眠状态，发现门锁着，她也会表现得不耐烦，抗议着回床上躺下。清晨醒过来之时，听到了窗外小鸟欢快的歌唱，这时露西也醒过来了，她的身体状况看起来空前的好，这让我感到开心，而她似乎也回归了原来快乐的样子，走到我的身边，依偎着我，向我诉说有关亚瑟的事情。我则对她说出我对乔纳森的担心。露西试图安慰我，虽然改变不了现状，但我心里确实舒服了一些。

八月十三日

这一天十分平静地过去了，我如往常一样将钥匙戴在了自己的手腕，上床睡觉。半夜醒来，发现露西在床上坐着，手指向窗户。我悄悄起床，将窗帘拉开，往外看去。今晚月光明亮，海天一色，在光的笼罩中变得柔软，如神话一般静静地交融，一时之间，竟不知如何形容这样的美丽。一只蝙蝠向我飞来，在我前面来回绕圈子。有两次它离我特别近，也许是我吓着了它，它便飞走了，穿越海港，往大教堂的方向飞去。我转身发现露西躺回了床上，静静地睡着。接下去的一整个晚上，她便没有起过床。

八月十四日

这一天我们都在东崖度过，阅读，写字，露西似乎也爱上这地方了，她甚至在吃饭或下午茶时间都不想离开。下午，她嘀咕了一句非常奇怪的话。那时候我们正在往回走，准备回家喝茶，到了西崖台阶的顶端，便像往常一样停了下来，欣赏四周的风景。落日融融，渐渐西沉，夕阳洒在东崖与教堂之上，一切仿佛沐浴在如玫瑰色般的光芒之中。我们谁也没有说话，忽然，我听到露西自言自语："又是那一双红色眼睛，简直是一模一样。"这个表达十分奇怪，也不合时宜，令我感到惊讶。为避免太过明显，我微微转向露西，看了看她，她正处于半梦半醒的一种状态，脸上露着一种我无法理解的古怪表情，我并没有说什么话，就盯着她那双眼睛。她似乎在盯着我们常坐的那一把椅子，上面坐着一个孤独的黑影。有那么一瞬间，我看到那陌生人眼中居然流露着如燃烧般的火焰，但又转瞬即逝。夕阳渐渐转移方向，洒在圣玛利教堂那窗户之上。夕阳逐渐下沉，光线也随之变幻。我告诉露西自己观察到的特殊效果，她便渐渐恢复本来的状态，只是看上去非常忧伤。可能是她正在回忆那一个可怕的晚上。我们谁都没有再提过这件事情，因此我并没有说话，接着便一起回家了。露西说自己头痛，很早便上床休息了。我在她睡着之后，独自出门散了会儿步。

沿着悬崖，我往西走去，心中想念乔纳森，感到十分悲伤。回到家那会儿，月光皎洁，即使我们这一边的新月大街被阴影笼罩着，我依旧能看清楚周围的一切。我抬起头，朝我和露西的房间窗户望过去，看到了探出来的露西的头。我拿出手绢，向她挥了挥手，她并没注意，一动不动在停在那里。随着月光的移动，月光便落在我们的窗户纸上。我很明显地看到，露西是靠在了窗框上面。她睡着了，眼睛闭合着，窗框边停着一只像鸟的生物。我担心她着凉，于是很快跑上楼去。但我一走进房间，便看到她正往自己床的方向走去，躺下来，昏昏沉沉又睡了过去，呼吸声听上去十分沉重，她的一只手还抓住脖子，像是取暖一般。

我并没有将她叫醒，而是走过去，帮她把被子盖好了。我再次确认，门已锁好，窗户紧闭，非常安全。

看得出来，露西睡得很舒服，可脸色却比之前苍白了。

我在她的眼底看见一种我不喜欢的憔悴神情，不知道她在烦恼着什么，我感到担心，希望可以知道事实。

八月十五日

今天起床较晚。露西无精打采，没什么精神。我们被叫醒之后，她还是继续躺着。吃早饭那会儿被告知一个惊喜，那便是亚瑟父亲身体恢复了不少，并且希望可以尽快举办婚礼。露西满心欢喜，而她母亲则喜忧参半。过后她告诉我为什么，不久露西就会有一个人保护，她感到喜悦，然而却不再是她一个人的孩子了，她感到难过。夫人真可怜，她跟我说，她心脏逐渐衰弱，医生给她下了病危通知，最多几个月的时间，她便不久于世了。要是现在她突然受到刺激，那便会死去。她并没有将这件事情跟露西说，并要求我替她保守这个秘密。幸好我没有将那一晚露西梦游的可怕事件告诉她。

八月十七日

这两天我都没有心情写日记。周围笼罩着一层灰蒙的色彩，将我们的快乐遮挡住了。我得不到乔纳森的消息，露西的身体状态逐渐虚弱，而她母亲也将不久于世。我无法理解露西为什么这么憔悴，她食欲没有问题，睡眠也不错，这里整天能够呼吸新鲜空气，但她的脸色却越见苍白，那一抹玫瑰色在脸颊逐渐褪去，人变得虚弱没有精神。晚上她熟睡之时，我便听到她喘气的声音，就像是缺氧了。

将钥匙戴在自己手腕上已成了我每天晚上的习惯。现在露西晚上起床，便在房间里面到处转悠，或是在敞开了的窗户边坐下。昨天晚上，我半夜醒来，便看到她将身体探出了窗外。我叫她，却是徒劳。

后来她便晕了过去，恢复意识之后，她虚弱如水，呼吸艰难而又痛苦，还静静地在一旁哭泣。我问她，是如何在窗边坐下的，她摇摇头，没有说什么，转身便走了。

我已经肯定，那天晚上针刺到皮肤并不是她虚弱的原因。我在她躺下的时候观察了一下她喉咙那一边，发现那个细小的伤口并没愈合，甚至比上次看到的还要大，伤口的边缘呈白色，当中的一点是红色的。要是这两天伤口还没痊愈，我一定要找医生为露西看看，检查一下伤口到底是怎么回事。

惠特比律师事务所比灵顿寄
给伦敦帕特森公司卡尔特先生的信件

八月十七日

尊敬的先生：

在此附上北方铁路公司托运货物的票。货物将送达卡尔法克斯，离帕福利特不远，此时快到英王十字车站了。目前房子是空房子，信封中已附上了钥匙，所有钥匙都贴有标签。

希望将这些箱子保管好，一共是五十箱，请将其放入房子部分荒废了的楼中，并且在图标上面标上"a"字。对于您派出的代理人，地点很容易就能找到，那是一个有年代的小教堂。今天晚上九点半，货物会通过火车发出，第二天下午四点三十分到英王十字车站。客户要求从速送达货品，因此，我们也希望当货物到达火车站之时，你们可以在那里准时等候了，并且能够即刻送达目的地。随信附上了十英镑支票，以免所需日常开支导致工作的延误，收到之后请告知。此后若此数目大于所需费用，可余款退回，反之则会即刻将差额支票寄给你们。离开房子之时，请把钥匙放在大厅之中，客户将用其备用钥匙，进入房子之后便能找到你们所放的那一串钥匙。

希望你们谅解，我们要求以最快速度办理此事并非想要逾越礼仪。

衷心的，比灵顿

伦敦帕特森公司卡尔特先生寄给
惠特比律师事务所比灵顿先生的信件

八月二十一日

尊敬的先生：

接奉尊函，附信一英镑余款，以及收据。货物已按指示准确送达，钥匙亦遵嘱放入包裹留在大厅之内。

此致，

卡尔特，

帕特森公司

麦娜·莫里的日记

八月十八日

今天心情很好，在教堂墓地坐着记日记。

昨天晚上露西睡眠质量不错，一整个晚上我都没有被吵醒。所以今天她精神了不少。脸颊上似乎恢复了往日的红润，多了一抹玫瑰色彩。可是仍然显得虚弱，这一点我无法理解，她也并没有患贫血症。整个人活力四射，情绪也十分高涨，不再沉默寡言。就在刚刚，她和我说起那天晚上，似乎我需要被人提醒才记得一般，就是在我们现在坐着的这张椅子，我发现她躺着睡着了。

　　她顽皮地将靴子跟敲打石板，接着对我说道："我可没有制造太大的噪音！我敢说要是斯威尔斯先生知道了，肯定会对我说，我这样做是不想把乔治吵醒。"

　　她今天很健谈，也显得活泼可爱，所以我便问那晚她有没有做什么梦。

　　她的双眉可爱地皱了起来，亚瑟（露西习惯这么称呼，所以我随着她叫）曾经表示他喜欢露西这个表情，我当然知道他为什么喜欢，接着她开始回答，以一种半梦半醒的状态，似乎是在回忆。

　　"梦并没有多少，但似乎梦到的一切都是真实存在着的。我想要来这个地方，我也不知道原因。我害怕着什么，但又不知道是什么。我可能是睡着的当时，但却记得自己走过了大街，走过了大桥。我经过河边的时候有一条鱼跳了起来，我弯下腰，看了看它。同时我听到狗的叫声，好像整个地方的所有狗全都狂吠起来。当我走上阶梯时，依稀看到一个又黑又长的东西，一双猩红色的眼睛仿佛就像我们所见到的夕阳，在我周围我感受到了一些让我甜蜜又让我痛苦的东西，我自己则像是陷入了深绿色的水中，耳边萦绕着歌声，仿佛自己就要死去。之后那一切都远离了我，我的灵魂也像是脱离了自己的身体，游荡在空气中。有一个瞬间，我感觉到西边那个灯塔居然在我下面，然后感到了折磨，像是深陷一场地震。后来我便回来，醒后发现你在晃动我的身体。见你之前，我就感到你在做的动作。"

　　接着她便放声大笑起来。我屏住了呼吸听她诉说，知道这一切后，我只觉得不可思议。我并不喜欢这个话题，并且也不希望她一直想这件事情，因此我们转移了话题，露西又恢复成以前那样了。我们回家以后，许是轻柔的微风吹拂下，是她恢复了精神，那苍白的脸色又有了血色。她母亲见状十分高兴，我们几个在一起，那个夜晚非常愉快。

八月十九日

高兴，高兴，我太高兴了！虽然并非所有事情令人开心，至少我收到乔纳森的消息了。原来他没写信是因为他病倒了。我已经知道原因了，所以再也不害怕去想他或是说到他。哈金丝先生亲手写了封信寄给我，他人真的非常好。我打算早上出发，去找乔纳森，要是有必要，我就照顾他，帮助他，带他回家。哈金丝先生对我说，我们也可以在那儿举办婚礼，也算是好事情。我将那封信捧在怀里，一直掉着眼泪，感觉它已经石头了。这一封信是关于乔纳森的，他在我心中，所以我要将它贴近自己的心脏。我要开始旅行了，行李也都准备妥当，也就带了一件裙子作换洗之用。我那大的行李箱露西会帮着带到伦敦，并且帮我保管着。到时候我会派人去取，因为可能……我要停止写下去了，因为要把所有的话讲给乔纳森听，他是我的丈夫。这一封信他曾经见到过，也触摸过，在我们会面前，就由它来安慰我吧。

阿加莎修女（布达佩斯圣约瑟夫和圣玛丽医院）写给威廉敏娜·莫里小姐的信件

八月十二日

尊敬的夫人：

乔纳森·哈克先生嘱咐我代他写这封信，他没有力气提笔写信，现在他正处于迅速康复期，感谢上帝，感谢圣约瑟夫和圣玛丽医院。哈克先生患的是脑热病，病情十分严重，他来到医院已经有近六个星期的时间了。他希望我代为转达他对你的爱意。这封信是寄给埃克塞特·哈金丝先生的，告诉他已经尽职，对于自己的延误感到抱歉，但所有工作都完成了。他希望在我们疗养院里休养几个星期再回去，但是身边的钱已经不够，希望付清休养费用，那么其他人以后想要帮助的便能够得到帮助。

相信我吧。

祝福你同情你的，阿加莎修女

又及：病人已经入睡，我希望你能够知道多一些事情，所以又把信打开了。哈克先生已经告诉了我你们的事情，并且说你不久就会是他妻子。祝福你们。听医生说，他之前被强烈地刺激过，导致胡言乱语，精神错乱，一直会说关于什么监狱，血，狼，鬼和恶魔这类的事情，说起这些，我感到害怕。这种病会影响很久，不容易痊愈，所以接下来万事小心，别让他受到刺激，想到这些事情。其实我应该早一点就写信给你，只是我们当时并不知他的朋友有哪些，身上什么东西都没有。他是坐火车从科伦森堡到这里来的，车站站长对警卫说，哈金丝先生突然就冲进了车站，大声叫喊着要买回家的车票。从他的言行举止，他们得出结论，他是一名英国人，所以帮他买了张到这里的火车票。

希望能够好好地照顾他，他为人善良，性情温和，大家都喜欢他。现在正是康复期，几周之后便能痊愈。为以防万一，请好好照顾。我会向上帝以及圣约瑟夫和圣玛丽医院做祷告，祝你们幸福快乐。

苏华德医生的日记

八月十九日

壬菲尔德昨晚突然变化很大，十分奇怪。大概八点钟开始，他变得很兴奋，到处用鼻子嗅，像是狗一样。见状值班人员大吃一惊，他知道我对这位病人有研究兴趣，便尝试着鼓励他讲话。通常而言，壬菲尔德对值班人员很是尊敬，有的时候甚至感觉是卑躬屈膝的样子了，可值班人员说，昨天晚上他傲慢至极，竟不屑与和值班人员讲话。

他只说："现在我不想跟你讲话，你已经不再重要了。我的主人快来了。"

值班人员猜测他可能得了宗教狂热。要是如此，我们就得做好应险准备了，一个健壮之人要是有杀人的癖好，又有宗教狂热，那就是个危险人物，通常两者皆有的人非常可怕。

九点的时候，我过去看了一下他。他对我的态度傲慢起来，好像我和值班人员两个人对他而言已经没有什么区别可言了。从这个方面看来，确实像宗教狂热，很快，他就会把自己当作是上帝了。

对上帝而言，人与人之间细小的差别不足道。疯子不可能将自己出卖，上帝细心呵护一切，连麻雀都不舍得让其跌落。只是人类虚荣心创造的上帝，并不能分清楚麻雀与老鹰。要是人有自知之明就好了！

我严密地观察着他，发现他并没有假装，经过了半个小时或是更久，我发现壬菲尔德越发兴奋起来，他的双眸好像突然之间有了神采，当精神病患者脑中突现一个想法的时候，就会出现这样的状态。同时他的背部和头部都会产生变化，在精神病院值班的工作人员对于这些变化都一清二楚。现在他异常安静地坐在床的一角，双眼呆滞，向空中呆望着。

我需要查实他突然冷淡是真是假，另外，需要将话题引向他最感兴趣的、他的那些宠物上面。

开始的时候他并没有回答我，后来失去了耐心，烦躁不安，对我吼道："叫它们都去见鬼！我根本不在乎！"

我问他："你说什么？你的意思是那些蜘蛛对你而言没有意义了吗？"（目前他的爱好是蜘蛛，他本子上面满满地写着一列一列的小数字）

接着，他神秘兮兮地对我说道："处女新娘的出现，使等待她的人欢喜；倘若美丽的新娘到来了，那么她便不值一提了。"

他拒绝解释那句话的意思，神情固执地在自己的床上坐着。我就一直陪着他。

今天晚上我感到疲倦，情绪也低沉。我想念露西，不知道事情会有什么不一样呢？要是我睡不着，那便只能用麻醉了，现代发明的睡梦神！但我会小心使用，一不小心，就会上瘾。不行，今天晚上我不可以使用麻醉！我已经想念过露西了，不能将两者混为一谈，这是对她的侮辱。要是有需要，那我今天晚上就不睡觉了。

我高兴地下定决心，愉快地遵守着。刚到深夜两点，警卫人员便找到我，报告说壬菲尔德逃跑了。我立马披上衣服跑下去。要是壬菲尔德跑出来，那就太危险了。一些陌生人可能会受到伤害，他有很多危险想法。

我去的时候，值班人员在等我，他汇报说，他透过门中的观察窗看里面，还看到壬菲尔德在床上休息，距离现在还不到十分钟。过了一会，他便听到拧窗户声，跑过去看的时候，壬菲尔德的脚已经消失于窗外。他立即派人去叫我了。壬菲尔德当时穿的是睡衣，应该跑不远。

值班人员的观点是应该去他可能会去的地方找他，这样比跟着他有用，病人很可能在楼外迷路。而值班人员表示自己体形比较胖，不能通过窗户爬出去。我比较瘦，在他的帮助之下，我从窗口出去了。窗户与地面只几英尺的距离，跳下去落地之时，并没受伤。

值班人员说，壬菲尔德是往左边跑的，而且一直跑，没有拐弯。因此我得尽力快跑，等我穿过一条绿化带，便见到了往高墙爬的白色人影，那堵墙隔离的是精神病院与一所废弃的屋子。

我立马跑回去，命令值班人员帮我喊三到四个人，和我一起去喀尔珐科斯的院子，避免他有危险。我拿着一面梯子，翻墙跳入另一边，正好看到壬菲尔德刚刚消失于房屋一角，我跟着他跑着。到了房屋最远那端，他使劲地敲着教堂门，那扇门又老又旧，十分坚硬。

他正在和某一个人说着话，我不敢靠得太近，避免他吓到而又逃跑。

如果决心逃跑，那么追赶一群蜜蜂与一个精神病患者对我而言并不算什么。几分钟之后，我感到他放松了警惕，于是决定冒险，渐渐走近他。其他几个人也已翻墙过来，四面向他包抄。

我听到他对那人说："我的主人，我来到这儿，是为听您吩咐做事。您是我的主人，会奖励我，而我会忠诚于您。我早就仰慕您了，得知您现在在这里，那我便随时听您的命令。等您分发奖赏之时，肯定也不会遗忘我，是不是，我的主人？"

不管怎样，他自私自利，是一名老乞丐。他所谓的真诚，里面也认真考虑着鱼和面包。我们几个人包围住他，他便使劲反抗着，像老虎一样。他身体异常壮硕，相比人类，他反而更像野兽。

这样一位精神病人愤怒发狂，我见所未见，也不希望再次看到。幸好我们及时发现他是一名危险分子，不然，以他的蛮力与决心，要是不关起来，是要做出野蛮之事的。

壬菲尔德被我们束缚在了紧身背心之中，无法挣脱。我们接着把他拴在墙壁上，至少现在，他不具危险性了。

他叫起来十分可怕，可是紧接而来的沉默则更为恐怖，他转身，行动，每一次都可能行凶。

刚才他连贯地说出了一句话："主人，我该有耐心。他快要来了，快来了！"

我明白了一切。晚上无法入眠，因为太过激动。可是记日记让我平静下来，我想接下来应该能睡着了。

第九章

麦娜·哈克写给露西·韦斯滕拉的信件

8月24日，布达佩斯

亲爱的露西：

　　我想你肯定迫不及待要知道，我们分手之后，我发生些什么事情了吧。

　　我一路顺利抵达赫尔，换乘去汉堡的轮船，接着又坐火车。整个旅程过程中发生什么事情，我都记不起来了，唯一记得的便是我在去见乔纳森的途中。我尽可能保持睡眠充足，以便见到乔纳森以后可以照顾他。见到乔纳森的时候，惊诧于他居然那么消瘦，脸色苍白，身体虚弱。以前眼中的刚毅统统消失不见，脸上冷静庄严的神情也全都不见了。他现在只剩下一副形骸，完全不记得过去那一段时间发生的任何事情。最起码，他希望我这么相信，而我也不会去过问。

他显然是受到了严重刺激，我担心，要是他试着回忆发生了什么事情，他的大脑负担太重。阿加莎修女为人善良，是一名优秀的护士，她跟我说，乔纳森希望她代为告诉我发生的一切，可是她绝不会说，仅仅就在胸口画十字。她说，病人的胡话是上帝拥有的秘密，如果出于使命她听见了，那也需要尊重信仰。

这位温柔善良的修女，就在第二天，看到我苦恼郁闷时，她便谈起了乔纳森所说胡话的那个话题，又对我说："亲爱的，我能说的只有这么多。他本身并没做错什么事情，你是他将来的妻子，也不需要担心。亏欠你的，他并没忘记。他只是对一些极度恐怖的事情而感到害怕，而这些事情没有任何一个凡人能够解决。"

我想，善良的阿加莎修女以为我会胡思乱想，是不是乔纳森爱上了别的女孩子，怕我嫉妒。因乔纳森而产生妒忌之心！我悄悄地跟你说，亲爱的，我知道这件事情起因不是女人的时候，心中升起了一点快乐的感觉。现在，我就坐在他旁边，看着他睡梦之中的脸庞。现在他醒来了！

醒来过后，他让我帮他拿外套，想从外衣口袋中拿什么。我叫了阿加莎修女，她便把他来时所有随身行李都拿了过来。其中，我见到了他的日记本，刚想问他拿来看看，因为里面有可能找到一些线索，他想必知道了我的愿望，便叫我去窗户那边待一会，而他表示他想独处一段时间。

过了一会儿，他叫我过去，然后一脸严肃喊我"威廉敏娜"，我能感受到他的真诚。求婚过后，他便没有再这么叫过我。"亲爱的，你知道，对我而言夫妻的信任便是彼此坦诚，没有任何隐藏和秘密。我受到了刺激，相当严重，只要试着回忆当时发生了什么，脑海中便天旋地转的，我不清楚那是否意味着是疯子在做梦。你现在知道，我患了热病，快要发疯。我的秘密在这本日记本之中，我并不想知道。我希望能够继续我正常的生活，开始婚姻生活，就在这里。亲爱的，我们已达成共识，办完手续，尽快完婚。威廉敏娜，你是否愿意和我分担无知？日记本在这儿，请把它拿走，将它保存，你愿意的话，也可以翻看，可千万别让我知道。真的有需要我完成的重大任务，非得回忆那些痛苦时刻，无论清醒还是疯狂，每一时每一刻，那你便告诉我。"他翻了个身，显得十分吃力，我便将日记本藏在他的枕头下面，吻了吻他。我请求阿加莎修女让修道院长同意我们今天下午能够举办婚礼，现在我正等待着回应。

她对我说，他们已派了人去英国教堂请教士过来了。一小时内我们便能结婚，或者等乔纳森醒过来后也行。

露西，那一个时刻已经来到，却又已经结束了。我感到那一刻相当庄严，而我，感到相当的幸福。一个小时过后，乔纳森醒了，而一切全都已经准备就绪。他在床上坐着，头靠枕头。我听到他坚定有力地说着"我愿意"，我的情绪难以表达，但我已满足，即便说这些词的时候居然噎到了我。

那些修女都十分善良。敬爱的上帝，我永远会记得她们，也将永远记得自己身上所需要承担的责任，甜蜜而重要的责任。现在我一定要和你讲述一下我们的婚礼。

教士与修女将我与我的丈夫单独留下（露西，哦，这可是我第一次用"我的丈夫"这个词语），我将那一本日记本从枕头下面取了出来，用白纸将它们包裹，取下我脖子上面系着的蓝色丝带，系在白纸上面，然后用蜂蜡封住，结婚戒指则是封印。我亲吻了一下它，接着将其拿给我丈夫看，跟他说，它会一直这样留在我身边，是我们这一生彼此信任的象征。我永远也不会将它打开，除了有什么崇高的理由或是别的什么义务。之后，他拉起我的手，放在了他的手里，露西，那是第一次，他将他妻子的手握住，对我说，这便是这个世界最为珍贵的事物，要是有必要，他将重新经历过去的一切来得到。我不该觉得奇怪，最开始的时候，他还把月份，甚至年份给弄混清了。

亲爱的，我不知道自己还可以说些什么？我告诉他说，这个世界上我是最为幸福的女人，我不知道能给他什么，除了自己，以及我的生命，信任，还有一生都将伴随我左右的爱与责任。他用双手将我抱住，虽很虚弱，接着亲吻我，好像这便是我们俩郑重的誓言。

露西，亲爱的，我将这些告诉你的原因，一方面是我感到幸福甜蜜，另一方面便是你曾经也将一直都是我珍贵的朋友。对我而言，能够当你朋友是幸运，成为你走出学校迈向人生的指引者便是我这辈子最荣幸的事情。现在我希望你能看到的便是，作为一个拥有幸福感的妻子，责任将会带我去什么地方，那么你也会在自己以后的婚姻中感到幸福，就如现在的我。万能的上帝，愿生活中如许诺一样充满了阳光，没有狂风暴雨，不曾遗忘责任，也不会有猜疑。当然，痛苦是必定存在的，只是我真心希望你和我现在的生活一样，永远幸福。亲爱的，再会。我立即就将这封信寄给你，也许不久我就会再给你写信的。乔纳森醒过来了，我就写到这里。要照顾我的丈夫去了。

永远爱你，麦娜·哈克

露西·韦斯滕拉寄给麦娜·哈克的信件

八月三十日，惠特比

亲爱的麦娜：

　　我将无数的爱与吻献给你，希望你们尽快回到家中。这样我们就能够在一起了。这里空气清新，有利于乔纳森身体的恢复。我现在状况改善了很多，就像鸬鹚一样，胃口很好，浑身有活力，睡眠质量也不错。我梦游的毛病几乎不再犯了，你听了之后肯定会为我感到高兴。晚上上床开始，我便觉得自己有一个星期没下床了。亚瑟说，他觉得我越发胖了。忘记告诉你，亚瑟也在这儿。我们俩时常一起出去散步、骑马、钓鱼、网球或是开车兜风，我感觉比之前更加爱他了。他也说他更加爱我了，可我表示怀疑，因为之前他跟我说过，不能更爱我了。不过，这些全都是废话了。他在叫我，那我先写到这儿吧。

露西

此外，母亲叫我代为问候你。她看起来身体也在恢复，可怜的母亲。

还有就是我们准备九月二十八日举办婚礼。

苏华德医生的日记

八月二十日

壬菲尔德这个案例越发有趣了。到现在为止，他一直保持着安静，仿佛是他热情过后的休息阶段。他遭遇埋伏之后，第一个星期一直非常狂暴。那天晚上，月亮出来了，他便安静了，不断地喃喃自语："我现在能够等待，我现在能够等待。"

值班人员来找我，告诉了我这一切，我即刻跑了下去查看一下他的情况。他依旧身穿那件紧身的背心，在软垫病室，没有再掉眼泪，原来目光中乞求的神情再次出现，十分温顺，看上去显得战战兢兢。看到他现在这样，我感到十分满意，并让人将他松开。值班人员犹豫了一阵，但没有反对，遵照我的意愿做了。

对于工作人员对他的不信任，他觉得很可笑，这令我感到奇怪。他向我靠近，不时地偷瞄着他们，轻声对我说："他们认为我会加害于你！想象我伤害你，真是一帮傻瓜！"

即使是一个精神病患者，当我得知他看待我与看待别人不一样时，不知为何，我觉得十分舒心。我并不信任他的观点，相反，正是我们在某一点上有共鸣，才是我俩如刚刚一样站在一起了。或者，他是想在我这里拿到什么不同寻常的东西？今后我一定我找到原因。他今晚不再讲话，即便我给他大猫小猫他都无动于衷。

只听他说道："猫并不是我的兴趣所在。现在我要考虑更加重要的事情，而我能等。能够等待。"

没过多久我便走了。值班人员跟我说，他一直很安静，

直到黎明来临，开始狂躁不安起来，最后便爆发了。这一场
运动倾尽他所有力气，以至昏倒。

连续三天，他都是这样，一整天都十分狂躁，然而月亮
升起来以后，一直到太阳出来，他都很安静。希望我能够发
现什么线索。看来似乎是有什么力量作用于他，之后便消失
不见了。

想到了一个令人高兴的方法！今晚我们要和他做游戏。
上一次，他逃跑我们并不知情。今晚我们会帮助他逃出去。
我们将提供一个机会给他，接着大家一起追赶，要是有这个
需要的话。

八月二十三日

迪斯雷利曾经说过："心之所愿，必能实现。"他十分了
解生活。我们那一只笼中鸟，为他打开了笼子，却不想飞出
去，我们的精心计划全部泡汤。不管怎样，我们至少证明了
他安静的时间变长了，以后每天会给他几个小时松绑的时间。
夜间值班人员已经接到我的指令，只要将他关软垫病室即可，
一直到太阳出来的时候为止。即便他头脑不能享受自由，也
希望他的身体能够享受暂时拥有的自由。出乎我的意料，收
到报告说壬菲尔德又逃走了。

这一个晚上又是一场奇遇。壬菲尔德十分聪明，值班人
员到房间检查巡视，他便突然飞奔到值班员身后，跑到走廊
逃了出去。他又一次去到那一所废弃老房子的院落。在上次
的那一个地方，我们找到他，他那个时候正在敲教堂门。见
到我，他非常愤怒，若非值班人员及时抓住他，说不定他便
将我杀死了。我们将他捉住的时候，发生了一件非常奇怪的
事情，他猛然发力，却又转瞬安静下来。我下意识地朝四周

望了一圈，并没发现什么可以吃的食物。于是我顺着壬菲尔德望的方向看，天空中月光皎洁，有一只大型蝙蝠，安静地挥动着翅膀，如鬼魅般向西方而去，这只蝙蝠不同于一般蝙蝠打转飞翔，而是一直往前飞，似乎知道该去往何方。除此之外，什么东西都没有。

壬菲尔德越来越安静，过了一会，他说道："不必绑着我了，我乖乖地走就是了。"于是我们顺利回到精神病疗养院。我能感受到，他虽然外表平静，却预示着什么不祥之事。今天这个晚上，我并不会忘记。

露西·韦斯滕拉的日记

八月二十四日，威灵汉姆

我要向麦娜学习，养成将所有发生的事情记录下来的习惯。下次我们见面，我便能和她谈许多事情。不知道我们何时再见，希望我们能够在一起，因为我感到不开心。昨晚我又做梦了，像在惠特比时候梦见的那样。可能是空气改变的原因，又或是重回家中。于我而言，这一切都太过黑暗，太过恐怖，但这种恐怖是莫名的，隐约的。我的身体虚弱，常常感觉疲倦。亚瑟过来吃午饭，看到我的样子，他显然十分伤心，而我也没力气使自己变得开心。今天晚上我不知可不可以和母亲睡一个房间。我希望能够尝试一下。

八月二十五日

这一晚十分糟糕。母亲并不同意与我一起住。她身体本身孱弱，毫无疑问，她是怕我会担心她。我尽力使自己保持清醒，有一些作用。十二点的钟声响起来，我便醒了过来，说明我刚刚肯定睡着了。窗户边有抓挠拍打声响起，我没有理会，其他的事情记不起来了。我肯定自己睡着了。梦到了更多噩梦，我希望能够记得。早上醒来的时候我觉得自己十分虚弱，脸色苍白像鬼魂一般，而且喉咙好疼。我想肯定是肺部有问题，我总觉得呼吸困难，空气不够。亚瑟到来之前，我应该尝试着开心起来，不然他见到我，肯定又会很伤心。

亚瑟写给苏华德医生的信件

八月三十一日，阿尔比马尔旅舍

亲爱的约翰：

我请求你能够帮助我。露西生病了，没什么特殊的，但就是看上去十分糟糕，情况日益严重。我曾经问她为什么，我不敢问她母亲，她的身体状况也不好，不能再去打扰夫人，要是她知道女儿的事情，无疑是对她致命的打击。韦斯滕拉夫人已经跟我说她患有严重的心脏病，没有多少日子了。露西并不知道，我敢肯定她被什么东西折磨着。一想到她，我几乎精神失常。看见她这样，对我来说简直是打击。我跟她说让你来为她检查一下，一开始她表示反对，原因我知道的，我的朋友，我不可以在这方面犹豫，你也是。明天下午两点钟，你到威灵汉姆来吃午饭吧，未免韦斯滕拉夫人怀疑，午饭过后，露西会找机会和你单独相处。我十分担心，所以你见过她之后，尽快与我联络，希望别失约！

亚瑟

亚瑟·霍尔姆德给苏华德医生的电报

九月一日

　　我父亲病重，我去看望他了。现在我正在拍电报。今天晚上请写信详细与我谈谈，如有必要，拍电报给我。

苏华德医生写给亚瑟·霍尔姆德的信

九月二日

亲爱的朋友：

　　我迫切希望你知道韦斯滕拉小姐的身体状况，我看过她以后，发现她并没什么功能失调，也没患我所听说的任何疾病。不过她的精神状况确实欠佳，我也感到不满意。上次与她见面时她的样子和现在迥然相异。你一定要在心中默默承受。让你失望的是，我并没为她做全面的身体检查。我们俩的友谊非同一般，这使我非常为难，就算是医学或习俗所求，我也无法完成。现在我尽可能准确地将所发生的一切告诉你，使你能够自行得出某种程度的结论。我会告诉你我做了什么，我的建议是什么。

　　我见到韦斯滕拉小姐的时候，她十分高兴，那时候她母亲也在，不一会我便明白了，她全心全力地掩饰自己，以免她母亲担心。毫无疑问的是，就算她的母亲不知情，也能够体会到女儿的小心翼翼。

　　我们一起吃完午饭，尽量让自己看起来心情愉悦，某种程度上，我们也获得了一部分真心的快乐。午饭过后，韦斯滕拉夫人便回屋休息去了，我和露西便到了她的卧室，在这之前，她一直竭力保持笑容，原因我想就是仆人还在来回走动。但卧室门关上的时候，她便摘去了伪装，一声长叹便瘫坐在椅子上了，眼睛用手遮挡住。当她情绪恢复了正常，我便即刻根据她的反应来做诊断。

她对我说道，声音温柔："你不知道，我说起自己的时候，我觉得有多么恶心。"我对她说，作为一名医生，她的信任是神圣的，并且告诉她你对她有多么担心。她马上理解了我的话，接着说了一句："对亚瑟，你愿意怎么讲就怎么讲吧，我在乎的不是自己，我在乎的是他。"听完之后我轻松了不少。

她的脸色有些苍白，但症状却不像是常见的贫血症。有一个碰巧的机会，我将她的血常规检查了一下，她打开窗户的时候，不小心被玻璃割伤了，本来这件事微不足道，但对于我来说是一个好时机，我将几滴血保存起来做了化验。

定性化验的结果表明，她一切正常，我和她接触的过程中，也觉得她本身的健康状态是良好的。我对其他的生理状态也表示满意，没有什么可以担心的，但无论如何，事出有因，我得到的结论便是，她心理上面出现了问题。

她抱怨说自己呼吸十分困难，睡眠昏沉，经常做噩梦，醒来又记不得什么。她告诉我说小时候她有梦游的习惯，前段时间在惠特比，又开始梦游了，又一次甚至梦游至东崖那里，幸好莫里小姐及时找到她。最近她确定没再梦游。

我感到十分困惑，因此我做了一件事，自认为对大家是最好的选择。我写了封信给阿姆斯特丹的梵海尔辛教授，他是我的老师，也是我的老朋友了，了解世上所有有名和无名的病症。我请他过来为韦斯滕拉小姐看病。你跟我说这件事你全权负责，因此我将你的情况，你与韦斯滕拉小姐什么关系，都告诉了他。亲爱的朋友，这样做我想是与你的愿望一致的，我很荣幸，也很高兴，能为她做事。

因为私人原因，梵海尔辛愿意为我做任何的事情，不管他为何而来，我们必须要顺从他的愿望。他为人看起来专横，实际上他比所有人都清楚自己所说的。他是名玄学家，也是名哲学家，更是当今世界最为著名的科学家。我相信他为人也很开明。他性格坚强，有决定心，性情温和可以融化冰雪，包容美德，严于律己，宽以待人，还有一颗真诚友善的心。这些使他有足够的资格从事这份高尚的事业，不论是从理论上讲，还是从实践上来说，他心胸开阔，眼界也如此。之所以说这些，是因为让你知道我对他的信心来自于何处。我请求他即刻出发。明天，我还回去看望韦斯滕拉小姐，我们约在百货商店，因此便不会打扰她母亲。

你永远的，约翰·苏华德

亚伯拉罕·梵海尔辛写给苏华德医生的信件

九月二日

亲爱的朋友：

来信已收到，我正在赶往你那里。我能够立即出发，为此感到幸运，因为不许辜负信任我的朋友。要是不幸运，那便太过不公平了，特别是我的朋友希望我能够帮助他所珍视的人。你可以告诉你朋友，曾经我因受刀伤被感染，是你将我伤口中坏疽毒素迅速洗出来，而当时其他朋友却由于太过紧张而逃走了。而当他委托你要求我来帮助时，你为他所做的更多，多于他所有运气的相加所能去交换的东西。能够帮助他，我感到很荣幸，我是因为你而来，而他是你朋友。我快要到达你那儿了，请你做一下安排，未免明天太晚见到那位小姐，而我明晚必须回到这里。若是有需要，三天之后我会再来，之后可以停留的时间长一些。再见，我的朋友，约翰。

梵海尔辛

苏华德医生写给亚瑟·霍尔姆德的信件

九月二日

亲爱的亚瑟：

梵海尔辛已经来为韦斯滕拉小姐看过病了，然后他走了。我们一起去了威灵汉姆，出于谨慎考虑，露西让她母亲在外面吃午饭，因此我们才有单独见面的机会。

梵海尔辛对露西做了全面细致的检查。检查结果到时候会和我说，之后我会告诉你，我们的建议，检查的时候我并不在场。梵海尔辛表示十分担忧，他需要思考一下。我将我们之间的友谊告诉他，还有你在这事上面多么信任我的时候，他对我说："你将你的所有想法告诉他。告诉他我的想法，要是你可以猜到，要是你可以。我并非玩笑，这事性命攸关，说不定后果比我们想象的更严重。"我觉得他神情严肃，所以问他到底想说什么。

当时我们已回到镇上，在他走之前一起喝一杯茶。他不愿意提示我更多。亚瑟，你千万别生气，他极端沉默，表示他在竭尽全力地思考，一切都是为了露西。等到他完全弄明白，时机成熟时，便会清楚地解释这一切，我敢肯定。因此我跟他说，我就只将这次拜访描述一下，就如给《每日电讯报》写描述性文章一样。他并没在意太多，只说相比以前他在这儿上学，伦敦的煤炭灰没有那么严重了。明天他会将报告给我，要是能写出的话。但不管如何他都会写信给我。

这次去拜访，露西看上去比上次见面更高兴了，好像恢复了不少。脸上的苍白减少了，呼吸也变得正常，像往常一样，她招待教授招待得十分不错，尽量让他觉得舒服，我看得出来，可怜的露西正竭力做好。

梵海尔辛也肯定看得出来，我看见他浓眉之下闪现了一抹极快的眼神，一如既往。接着他打开话匣子，谈天说地，而避开她的病情与我们自身的情况。他显得那么亲切，露西假装出来的活泼已成真。过了不久，梵海尔辛便自然而然地谈到了此次的来访目的，他说："亲爱的小姐，见到你我十分高兴，你是那么的可爱。他们跟我说你最近情绪低落，脸色苍白如鬼魅。"接着他向我弹了下手指，继续道："可我们得证明给他们看，他们那么说是错误的。"他又将手指指向我，就好像在他课堂上课，以相同的姿势与表情将我挑选出来，"他如何能了解你的所有呢？他需要照顾他的精神病人，需要将快乐带给他们，对于他的那些病人，他付出很多。可是，年轻的小姐！他又没妻子，又没孩子，年轻的人不会跟年轻人讲自己的故事，可是会讲给如我一般的老年人，我听说了数不清的人诉说他们的悲伤与原因。亲爱的小姐，我们将他赶走，叫他去花园里抽烟，我们来说说我们之间的悄悄话。"得到暗示，我便出去闲晃了一圈，过了会，梵海尔辛教授便透过窗户，把我喊进去了。他神情严肃地对我说道："全面的检查我已经做过，并没有什么功能方面的问题，这一点我同意你以前所说的。她曾经失去过太多的血，现在已经恢复。但这种情况并不是贫血症。我叫她把女仆喊来了，要问几个问题，以免错漏什么重要的信息。我清楚地知道从她口中能够知道什么。可是事出有因，任何果都有因。我需要回去思考。你每天都要发电报给我，要是有事的话我还会过来。我对这个病很有兴趣，或许是女孩子的甜美吸引着我。因此，即便单纯为她，不为你也不为这个病症，我也还会过来。"

就如先前和你所说，他不愿意多说一句，即便就我们两人的时候。亚瑟，现在你所知道的便与我一样多了。接下来我将细致地进行观察。希望你父亲也在恢复当中。亲爱的朋友，对你来说，在两个你爱的人中间奔波，一定非常糟糕吧。你对你父亲负有责任，你这么做是正确的。可是如有必要，我会让你立即回到露西身边，但还是等我的消息，不必操之过急。

你永远的，约翰·苏华德

苏华德医生的日记

九月四日

我们一直对壬菲尔德保持着浓厚的兴趣。最近他只发作过一次，就是昨天，时间非常不同寻常。他于中午前便开始坐立难安。值班人员对此已十分熟悉，因此即刻寻求支援。他一路跑来，幸好十分及时，刚到中午，病人就开始异常狂躁不安，大家使尽浑身解数，才将他制伏。五分钟以后，他又开始变得安静，最后又变得忧郁，直到现在，一直保持着那种状态。值班人员给我说，他尖叫起来太吓人了。现在我的工作比较繁忙，有很多被他吓坏的病人需要照顾。但即便我远离他，也能够听见他的尖叫声。现在，精神病疗养院的午饭时间已过，壬菲尔德依然在房间的角落中，仔细盘算着什么，脸上露出了一副愁苦的表情，显得很愚钝，这一切好像暗示了什么，并不直接，因此我没有弄明白。

一段时间过后。

壬菲尔德又有变化了。我去看望韦斯滕拉小姐，她的身体状况好了很多。刚回到精神病院，又听到他大声尖叫，那个时候，我正站在门口欣赏夕阳。他房间所处的位置就在这一栋楼，因此相比于早上，我更加清楚地听到了叫声。我很受触动，伦敦烟雾迷蒙之下，夕阳缓缓落下，光芒是红色的，影子是黑色的，缤纷色彩洒落至阴暗的云层，我突然觉得，自己这一个孤独的心灵，需要应付冷冰冰的石头房中形形色色的病人。太阳渐渐下山，我来到壬菲尔德的病房，看到他随着落日西沉，情绪也没有之前狂躁不安，等到太阳消失不见，他便从他人手里滑落而下，变得毫无生气。不管怎样，精神病患者有着惊于常人的自我恢复能力，过了没多久，他便自己安静地站起身来，望着周围的一切。我向值班人员示意别去抓他，我想看看他要做什么。他走到窗台，将糖屑拂去，拿起养苍蝇的那个盒子，将里面的东西全都倒出来，盒子扔在了一旁。然后他便将窗户关上，走回床边坐下。我感到十分吃惊，便问他："你还要准备再养苍蝇吗？"

他回答道："不，那些垃圾我都觉得恶心！"很显然，他是极能引起我们研究兴趣的对象。我很想看透他的心，或是找出他突然发作的原因。总是会找到些线索的，只要我们发现为什么他于中午以及太阳落山时发作。太阳有没有一种负面的影响呢，又是对特定物种有影响，而月亮则对另外的医学物种产生影响？我们应该继续等待，继续观察。

伦敦苏华德给阿姆斯特丹梵海尔辛的电报

九月四日

今天病人状况好转。

伦敦苏华德给阿姆斯特丹梵海尔辛的电报

九月五日

病人的病情大有好转。胃口好，自然入眠，有精神，气色亦渐恢复。

伦敦苏华德给阿姆斯特丹梵海尔辛的电报

九月六日

病情变糟。请即刻过来，不要耽搁片刻！等见到了你，再给霍尔姆德发电报。

第十章

苏华德医生写给亚瑟·霍尔姆德的信件

九月六日

亲爱的亚瑟：

　　这次的消息不是很好。今天早晨，露西又和原来一样了。但是也有一件与之相关的好事情。韦斯滕拉夫人因为露西而十分担忧，向我十分专业地询问了她女儿的身体状况。我借此机会跟她说，梵海尔辛教授是我以前的老师，在医学界十分著名，他会和我一起住，露西就交给他了。因此现在我们能够自由来去她们家，不必再惊动韦斯滕拉夫人。对她而言，可能任何刺激就意味着会导致她突然死亡，这对露西来说，打击太大了。我的朋友，我们每个人都遇到了困难，希望上帝保佑，我们能够顺利渡过难关。若有必要，我会再写信给你，你要是没收到我的信息，那便默认为我也在等消息。

你永远的，约翰·苏华德

苏华德医生的日记

九月七日

梵海尔辛与我在利物浦街道碰面，他见到我便说："你有和她爱人说什么吗，就是我们那位青年朋友？"

我回答说："没，就如我电报中所说，我一直在等待与你见面。我给他写信，就说了你即将过来，还有韦斯滕拉夫人身体状况欠佳，若有必要，我另行通知他。"

他听后说道："我的朋友，你做得非常正确！最好他先不要知道。或许他会永远不知情。我希望如此，若有必要，那我会将一切告诉他的。约翰，现在我得提醒你，你去照顾你那些精神病患者，他们的疯病形形色色。你是如何认真对待你那些病人的，那便如何认真对待上帝的精神病人。不需要告诉那些病人你做什么以及原因，也不需要告诉你的想法。要是如此，你便能将自己的所知保存好，集合在一起得到全新的信息线索。现在我们都要严格守护在这儿的秘密。"他在我胸口与额头摸了摸，接着又在自己身上同样的地方摸了摸，说道："我现在有了自己的观点，之后我会将想法讲给你听。"

我问他："现在不行吗？告诉我也许能有所帮助啊，我们可以一起做出决定。"他看了看我，对我说："我的朋友，庄稼生长，还没成熟，而大地的乳汁却已充盈了它的身体各处，阳光的照耀没有使它变金黄，这个时候，农夫用那粗糙的手拉起麦穗揉搓着，将青绿色麦壳吹走，说：'看啊，这个苗长得好，以后会有好的收成的。'"

　　我没听懂，便实话实说地告诉他。他走了过来，摸了摸我耳朵，轻轻揪着，就如以前上课那会儿常做的动作一样，接着他说："好的农夫，会这么告诉你，因为他明白结果是要那时才清楚的，没有哪一个优秀的农夫会将庄稼拔出来，看有没有生长，那是不把农作当回事，只是当作游戏。约翰，现在我已经把庄稼种上去了，在大自然的呵护之下它会快速成长，在抽穗以前，我将静静地等待。"他知道我理解了，便停了下来，过了一会，又神情严肃地对我说："你一直很认真，还是学生的时候，笔记本比其他学生记录的都要多。我相信，养成一个好习惯受益终身。我的朋友，请记住知识相比于记忆要有用得多，我们不能相信没有用处的记忆。就算你的好习惯已不再保持，我也要跟你说，那位小姐的病可能，我是说可能，会非常吸引人，不管是我们两个还是其他医生，这个病症超越了其他病的研究价值，正如你所说。所以事无巨细都将其记录下来。即便有所怀疑，有所推测，也要一丝不漏地记下，过后你便能够知道自己的猜测正确率是多少。失败之中总能学到知识，而非成功！"

　　我对他说，露西的症状不仅没变，还更加严重了，他听后变得非常严肃，一言不发。他随身携带了一只包，里面装了许多药和医疗器具，就如有一次他在讲座里说的"我们谋利的必备品"。

　　我们来到露西家，见到了韦斯滕拉夫人，她见到我们显得很吃惊，还好并不严重。她的本性中包含着慈爱，觉得就算面对的是死亡，也有克服恐惧的方法。这个时候，任何一种刺激都可能造成她致命的打击，一切事情仍然安排得井井有条，在某种因素的作用下，即使她感受到了露西身上惊人的变化，但也没怎么影响到她。贵妇在自我的本性外包裹了一层不敏感组织，能够保护她，不受外界恶势力伤害。要是这么做是出于自私，那我们就得暂停控告所有人有利己主义，这中间肯定有超过我们所认知范围的深层因素。

根据自己已有的知识，思考了一下病情走势，我便得出结论，韦斯滕拉夫人不可以与露西待在一起，同时不能对自己的病情感到太过悲观。她欣然接受我的意见，看上去十分轻松，这使我刮目相看。与生命战斗时，个人的本性有着多么强大的力量。之后，梵海尔辛与我一起来到露西房间，要是昨天她的样子让我震惊，那今天看到的她的模样便令我毛骨悚然了。

她如鬼魅一般苍白得可怕，整个牙龈与嘴唇都没有了血色，脸过分消瘦。不管是听上去还是看上去，她的呼吸都十分困难。梵海尔辛的神情严肃，像大理石，两条浓眉拧紧，似乎要在鼻梁上方相撞。露西整个人无精打采，她躺在床上甚至连说话都没了力气，我们沉默了很久。接着，梵海尔辛示意我一起出去，整个过程静悄悄的，不希望打扰到露西。刚关上门，他便快速走到旁边的房间，把门推开，一把把我拉了进去，关上门说道："我的上帝，这简直太恐怖了，我们不可以耽误时间，她的心脏还在跳动，需要血液，否则就会失血而死的。我们现在要立刻给她输血，用你的还是用我的？"

"我身强力壮，年纪也轻，我来输血给他，教授。"

"马上去做准备，我去下面拿包，我已准备完毕。"

我们一起下楼，这个时候，大门外响起了敲门的声音。我们走到大厅，女仆刚去将门打开来，只见亚瑟快步而来，他向我冲来，着急地轻声问道："约翰，你写的每一个字我都看了，我感到十分担心和痛苦。父亲的身体状况有所好转，我便过来看看情况。这一位是梵海尔辛医生？您能来我真是太感谢了，先生。"

教授一开始还好奇地观察着他，接着便很生气，怪他这时候过来打扰。可当他见到亚瑟身强力壮，浑身是年轻人所有的朝气时，眼睛便发亮了。他没有停顿片刻，拉住亚瑟的手说道："先生，你来得太巧了。你是韦斯滕拉小姐的未婚夫，她现在身体状况不好，非常的糟糕！孩子，别，别这样。"亚瑟忽然脸色苍白，听到这话几近晕厥。"她需要你的帮助，你能做得比任何人都多，只要你勇敢，便能帮助你克服困难。"

亚瑟声音嘶哑地问："我可以做什么吗？我一定会做，只要告诉我。我的整个生命都属于她，我身体中流淌的最后的血液都宁愿献给她。"

教授很幽默，他回答说："年轻的先生，不需要这么多，不会用到你最后一点血的。"

"我能够做什么呢？"亚瑟双眼冒火，鼻孔大张，激动地颤抖着。梵海尔辛拍了拍他的肩膀。

他说道："你是一名男子汉，而我们需要的便是一名男人，你比我和约翰更适合做这件事情。"看得出来，亚瑟彻底糊涂了，而教授则亲切地向他解释道："韦斯滕拉小姐的情况非常糟糕。她需要新鲜的血液，否则便无法继续活下去。我们俩商量过后达成一致，准备输血来进行补救，就是从血液充足的血管输送血液至血液不足的血管。你来之前，约翰正要将自己的血液贡献出来，我没有他年轻，没有他那么身强力壮。"这个时候，亚瑟将我的手紧握住。"可现在，你来了，你是最适合的。我们专注于思考，太过辛苦，神经没有你冷静，血液没有你的纯净。"

亚瑟转身面对他，说道："要是你能懂我是多么愿意为她献出生命，那么你便会理解……"他哽咽着说道。

梵海尔辛说："真是一名好孩子，不久之后，你便会开心起来，因为你为了你的爱人付出了一切。现在，请你保持安静，在输血前去吻一下她吧，结束后你必须在我示意下离开。和韦斯滕拉夫人不许说任何有关的事情，你知道这个的重要性。她不可以受到任何刺激，任何的刺激都可能对她是致命的打击。好了，来吧！"

我们一起去了露西房间。根据梵海尔辛的指示，亚瑟一直在外面等待着。露西转过头来，望着我们，没有说一个字。她没睡，只是太过虚弱。

梵海尔辛从包中拿出了些用具，放在小桌子上面，露西看不见。他混合好麻醉剂，到床边与露西愉悦地说道："年轻的小姐，这是给你喝的药，像乖孩子那样喝下去。我扶你起来，以便你下咽。非常正确，做得很棒。"她十分努力，将其喝完。

药效什么时候发挥，我十分好奇，因为从这个角度可推断病情的严重程度。时间一分一秒地过去，十分漫长。最终她开始有睡意，眼神闪烁起来。麻醉剂开始发挥作用，她昏昏沉沉地睡了过去。教授觉得可以了，便叫亚瑟进屋，让他将自己身上的衣服脱去，对他说道："现在我到桌边去，你可以过去亲吻一下你的爱人。约翰，过来帮我的忙。"这样便给了他们俩隐私的空间。

梵海尔辛转向我，对我说："他年轻力壮，血液纯净，我们都不需要分解。"

接着，梵海尔辛精准而迅速地进行输血措施，随着血液输送进露西的身体，她的脸颊似乎恢复了生命，亚瑟开始变得苍白，但他却十分喜悦。我则逐渐开始不安，虽然亚瑟身体强壮，但他的脸越见苍白。他的变化使我联想起露西到底是经历了什么过程，才会变得如此虚弱。而亚瑟失去的血液也只是恢复了她一部分元气而已。

教授此时面无表情，他站在一旁，观察着手表，时而看看亚瑟，时而看看病人。我都听得到自己心跳的声音。接着教授轻声说道："先别动，血已经足够，你过来照顾他，我照顾小姐。"

输血结束过后，亚瑟变得十分虚弱，我将他身上的伤口包扎完毕，带着他离开房间。教授并没回头，但仿佛脑后生了双眼睛，说道："这位爱人十分勇敢，值得再拥有一个吻，现在过来吧。"因为输血已经结束，病人的枕头就调整了，她似乎在自己的脖子处习惯系上一条黑丝带，丝带上缝有爱人送她的钻石，亚瑟调整枕头之时，丝带稍稍向上带动，脖子上有一个红色印记露了出来。

亚瑟并没有注意，可是梵海尔辛却倒吸一口冷气，他总是这样不自觉地表露出自己的情感。但他并没说什么，他转向我，对我说："把他带下去吧，让他喝点红葡萄酒，躺着休息会儿。接着他得回家休养，多睡多吃，将失去的血液慢慢补回。不能再让他留在这里。等等！"教授对亚瑟说，"你担心结果，我知道的，这次输血十分成功，你拯救了她的生命，现在回家，休息休息，放松一下身心。她醒过来之后，我会将一切告知她，你为她做的这一切，会让她更加爱你。再见。"

亚瑟走了之后，我回到了房间。露西依然睡着，可呼吸声十分沉重。身上的被子跟着胸部剧烈地起伏。梵海尔辛在一旁坐着，看着露西，仿佛在思考着什么。黑丝带又重新将红色的印记遮挡住。我悄悄地问教授："她脖子上面的印记，你认为是什么？"

"你的看法呢？"

"我还没检查。"我回答说，接着便来到床边，揭开了丝带。颈静脉上是两个小孔，并不大，但对身体还是会有影响。从这两个小孔看不出有什么疾病。可小孔边缘呈白色，有破损，像被咀嚼过一样。我脑海立刻闪现这就是失血原因所在，不管它是什么。可这样的想法一出现我便否定了，因为不可能。露西失去了这么多血，要是通过这两个小孔流出来，估计整张床都被染红了。

梵海尔辛问："如何？"

我回答："我不知道。"

教授站起身来，说："今天晚上我得回趟阿姆斯特丹，我需要那里的书以及一些用品。你必须得在这里看着，整个晚上一刻都不可以离开。"

我问道："需要叫护士吗？"

"我们便是最适合的护士。整个晚上你都得看着，确保她吃东西，确保没有什么打扰她，这个晚上你就不要睡觉了。我们俩以后可以轮流睡觉。我尽早回来，回来之后便可以开始。"

"什么事可以开始？"我问道，"你究竟在说什么？"

他匆忙地要离开，对我说："我们应该等待，再看看是怎么一回事！"没过多久，他又折回来，将头探进屋子，一根手指竖起来，警告说，"记住了，负起责任，要是因为你的离开而导致有差错，以后你就不要想睡觉了。"

苏华德医生的日记

九月八日

我整夜陪着露西，没有睡觉。麻醉药效接近黄昏的时候才慢慢退去，露西逐渐苏醒，醒来之后的她与输血之前的她判若两人。现在她精神焕发，心情愉快。可我看得出来，她经历了极度虚脱的状态。我告知韦斯滕拉夫人，梵海尔辛医生嘱咐我这个晚上要陪伴在露西身边，她对此觉得不可思议，因为她觉得女儿身体已经恢复了健康，精神很好。不管怎样，我的态度很坚定，准备开始我今晚的守夜，她的侍女为她就寝做着准备，而此刻我便走进了房间，手中拿着晚餐坐在床边。

她并没有反抗，相反，每次我望向她，她都投以感激的神情。过了很久，她似乎感到睡意袭来，可又尽力使自己保持清醒，我立马就这个问题问道："你不想要睡觉吗？"

"是的，我怕睡着。"

"害怕？这是为什么？我们都希望得到这样的恩赐。"

"你要是知道我的处境，就明白了啊，睡眠对我而言是恐惧。"

"恐惧？你究竟在说什么？"

"哎，我也不明白，所以才糟糕。我一睡觉任何糟糕的事情全都发生了，我才开始感到害怕。"

"可是，今天晚上你放心睡吧。我会守在这里陪着你，我保证没有事情会发生。"

她回应说："好，我信任你！"

借此机会，我对她说："我向你保证，要是你梦到糟糕的事情，我马上会喊醒你的。"

我在一旁陪着她，一整个晚上都没睡觉。她一动不动，安静而富有生命，整个人看起来也很健康。她的嘴巴微张，胸部起伏规律，脸上挂着一丝笑容，看得出来，这个晚上她并没有做噩梦。

她的侍女一大早便过来了，我将露西交给她，自己便回到家中。有好多事情我都担心，给梵海尔辛与亚瑟各拍了封简短的电报，告知他们输血的效果很好。然后便花了一天时间在自己耽搁了的工作上面。一直到天黑，我才有时间关心壬菲尔德的事情。工作人员报告说他的状态不错，过去那一天--夜中他都很安静。晚饭时间收到了梵海尔辛从阿姆斯特丹拍来的电报，上面说我今天晚上最好到威灵汉姆，最好我在她的身边守着。他则今天晚上便出发，预计明天早上就能到达。

九月九日

我差不多已经是两晚上没有闭眼睡觉了，所以到威灵汉姆的时候，我感到非常累，大脑也变麻木了，说明我的大脑已经负荷工作，露西心情愉悦，还没有睡觉。我和她握手的时候，她敏锐地观察了我的脸色，对我说："你今天晚上不可以熬夜。你看上去太过劳累，而我也已经恢复了。这是真的，要是一定要有个人熬夜，那也应该是我。"

我并没有争论，只出去吃了顿晚餐，那时露西陪着我，与我在一起。因为她在的缘故，这顿晚餐我吃得很不错，还喝了几杯可口的葡萄酒。接着露西将我带上楼，把我领到她旁边的那个房间，里面壁火熊熊燃烧着。

她对我说："现在你就在这儿待着。我把我房间那扇门与这边的房间门敞开着，你可以选择在沙发上面休息。假如要照看病人，便没有让医生睡觉的理由，这个我懂。要是我有需要，就会喊你，你就马上来找我。"

我同意了，因为我真的很累，太累的话会无法熬夜。所以露西说有需要会叫我的时候，我已经躺在沙发上面，忘记一切了。

露西·韦斯滕拉的日记

九月九日

今天晚上我很开心。曾经的那段时间，我身体虚弱，现在我又可以自由行走，能独立思考了，对我而言就像是大风过境之后出现了阳光。不知为何，现在我感到亚瑟特别特别的接近我，他的存在仿佛温暖了我。我想虚弱与疾病是自私的，将我们身心都打开了，而爱则从健康与力量之中汲取养分、获得自由，随意游走于感觉与思想之中。我的思想处于何方，是知道的。亚瑟要是也知道就好了。亲爱的，你要是睡着了，耳朵会感到刺痛，因为我的双耳保持着清醒。昨天睡眠充足，睡觉的时候，亲爱的苏华德医生在我身边陪伴着我。今天晚上我不再害怕去睡觉，他便在不远处，随时可以呼唤他。感谢大家，每一个人都对我特别好。感谢上帝。

亚瑟，晚安。

苏华德医生的日记

九月十日

教授将他的手放在我额头上面了，突然之间我感觉到了，便立即醒了过来。不管怎样，这也是我在精神病院学习到的技能之一。

"病人怎么样了？"

我回答说："我离开她，或说是她离开我那会儿，一直很好。"

"一起去看看。"他对我说，我们一块走进她的卧室。

窗帘是拉上的，我走了过去，将其轻轻拉开，这个时候，梵海尔辛则像一只猫咪轻轻来到露西的窗前。

阳光照进房间的一刹那，我便听到了教授倒吸冷气的低沉声音，这种情况很罕见，恐惧的感觉立即涌上心头。我走过去，他则朝后退了一步，惊叫"天哪！"他十分害怕，表情显得很痛苦，举起手来指向床的方向，脸色灰白，变得扭曲，而我自己则膝盖都颤抖起来。

一眼望去，露西像昏倒在了床上，脸上没有血色，空前的苍白。甚至嘴唇也发白，牙龈萎缩，就如因病而去世的病人那副模样。

梵海尔辛十分生气，他抬起脚来又轻轻放了下去，是他经年的习惯与本能阻止了他。

他对我说道："赶快，去拿白兰地。"

我奔向餐厅，将酒瓶拿过来，教授则将露西发白的嘴唇沾湿，我们两人同时不停地在她手掌、手腕以及胸部摩擦着。他感受到了一下她的心跳，稍停片刻，他说："还没到无法挽回的地步，然而心跳太微弱了。我们需尽全力，现在需要重新开始。亚瑟现在不在这里，约翰，那这一次就要靠你了。"他边说边将手伸入包内，开始准备输血器具。我将衣服脱掉，卷起袖子，身边没麻醉剂，但也不需要了。没有耽误片刻，我们便开始了输血。

过了一会，时间也不算短，献血者无论多心甘情愿，当血液从自己身上抽离还是会感到痛苦。梵海尔辛则警告地竖起了手指头，对我说道："别动，我担心有力气之后她便醒来，后果就十分危险了。但我会千万小心，我要在皮下注射一剂吗啡。"接着他熟练果断地照做了。

露西的反应并不算坏，晕厥的现象似乎慢慢在消失，转变为麻醉起效果之后的睡眠。我觉得很自豪，因为露西的嘴唇与脸颊慢慢地恢复着一种很淡的颜色，没有之前那么苍白了。若是自己的血液流入心爱之人的血管之中，没人会知道这是什么样的一种感觉，除非亲身去经历。

教授神情严肃地对我说："行了。"

我抗议说："这就行了？亚瑟抽的血要比我多多了。"

他苦笑着回答："亚瑟属于她，是她的未婚夫。而你还有工作，需要照顾更多人，这么多血足够了。"

输血结束后，他便开始照看露西，我将自己的伤口用手指压着，躺下来等他来照顾，头还是觉得有点晕，有些恶心。过了一会，他帮我包扎了一下伤口，叫我自己去喝杯葡萄酒。

我正要离开房间，他跟着我，悄悄说道："这件事情得守口如瓶，假如亚瑟像上次那样出现，也别告诉他。不但会使他受到惊吓，还会让他感到嫉妒。不能让这一切发生。"

我重新回到房间，教授认真地观察了一下我的状况，对我说道："你好些了，去那个房间吧，躺在沙发上面，休息会儿，早餐也多吃些，接着再来找我。"

我乖乖地听从吩咐，知道教授的话是正确并且明智的。我已经尽责，接着则需要保存体力。我感到自己身体虚弱，正因如此，所以对于刚刚发生的一切没有感到震惊。躺在沙发上，思考着为什么露西会变得这样，究竟是怎样才会失掉那么多血？毫无线索。我肯定在梦中还思考着，不管是梦是醒，我的头脑中都浮现出露西脖颈上面的那两个小孔，虽然边缘粗糙，却很细小。

一直睡到中午，露西才醒过来，虽然不像昨天那么好，但状态还算不错。梵海尔辛见此便出门散了会步，严格要求我寸步不离地看着她。我听到他在客厅打听附近有没有电报厅。

露西和我随意地聊着天，我尽量让她高兴，保持着兴致。她母亲来看她的时候，并没看出任何的变化，很感激我，对我说："苏华德医生，我们亏欠你太多了，感谢你为我们做的这一切。你自己也要注意身体，不能太过疲惫。你看上去脸色很差，需要有个妻子照顾你，服侍你，赶快找一个吧。"她说话的时候，我看到露西脸红了，虽然就一会，因为那血管太脆弱，无法承受血液流向头部的刺激。她恳求似的望着我，脸色苍白，我则微笑着，向她点点头，将手指放在嘴唇上。她叹了一声，便靠在枕头上。几个小时过后，梵海尔辛回来了，对我说："你现在回家去，注意饮食，尽量让自己强壮一些，今天晚上，我会在这儿熬夜陪伴小姐。我们两个一定要在她身边守护着，绝对不可以让任何人知晓。我有我的理由，但别问我，你可以随便猜想，甚至是那些最不可能的事情。晚安。"

我来到大厅，两个侍女来到我身边，向我询问，能否让她们中间至少一个人熬夜陪伴露西小姐。她们恳求我，而我则回答梵海尔辛医生要求他和我来负责两夜，她们可怜地让我去替她们向那一位"外国绅士"说情，我为她们善良的心而感动。也许我那个时候十分虚弱，也许是为了露西，她们看上去下定决心了一样。我再一次看到女人所拥有的善良。

回到疗养院正好吃晚饭，我巡视了一遍，没有什么异常，在睡觉之前，便记录下了这个日记。

九月十一日

我下午去到威灵汉姆，梵海尔辛精神矍铄，露西的状态也不错。我刚到，教授便收到一个从国外寄过来的包裹，体型很大。他打开来，拿出了一大束白花。

他对露西说："露西小姐，这个是给你的。"

"啊，梵海尔辛医生，这是给我的？"

"对啊，可不是让你玩的，这个是药。"听到这话露西顿时愁眉苦脸。

"当然，它们不是用来熬成药的，或是其他的方式恶心地对待它们，因此你也不需要皱起美丽的鼻子，不然我要跟我朋友亚瑟说，他将来命运可悲惨了，心爱的人那张漂亮的脸蛋变得那么难看。我美丽的小姐，别再皱鼻子了，这些花有药用，你并不知其原因，我会将其挂在你窗台边，将它编成漂亮的花环挂在你脖子上面，因此你便可以有香甜的睡眠了。对，它们就像荷花，你会忘了烦恼，它们就像忘忧河中的水，像西班牙征服者于佛罗里达找寻的青春泉水。"

露西边听他说，边认真看花，还闻了花香，接着她将它们扔在旁边，边笑边厌恶地对梵海尔辛说："教授，你肯定在和我开玩笑。这只是一些平常看到的大蒜花。"

这个时候，梵海尔辛站了起来，神情严肃，浓眉紧皱，令我十分吃惊，他对露西说："别和我开玩笑！我从来不说玩笑话！我这么做有我的原因，你不能反对。若不是为你自己，也要为他人着想，小心为上。"露西听到这些话吓坏了，见状他态度变得温和，说："小姐，别害怕。我这样做是为你好，这就是些普通的大蒜花，可是对你大有益处。我将它们放你房里，编成花环戴在你的脖子上面。别和那些究根问底之人说这些事。我们要服从，沉默便是服从，而这样你会更加健康，你健康才能投入爱人的怀抱。现在安静地坐着。约翰，你跟着我，用大蒜花来装饰这间房间，这些都是哈勒姆运来的，范德普尔，我的朋友，在那里常年用玻璃瓶子来种植草药。昨天我拍了电报给他，才得到了这些东西。"

我们将这些花拿进露西的卧室，教授使用的方式非常奇怪，我从没有听过，也从没有在哪一本药典中看过。他将窗户关起来，插销插好。接着，他将花插遍了窗框，像是为了保证进来的每一丝空气都带有大蒜味。然后，他拿起一把小刷子，将大蒜涂满门框和壁炉，上下左右都不放过。我觉得十分荒诞，不久，我问他："教授，虽然我知道你做的任何事情都有原因，可这一次我真的无法理解，还好我们这儿并没持怀疑论的人，不然他便会反驳你现在是在念咒语驱散邪恶灵魂。"

"也许就是这样。"他一边编花环，一边冷静作答。

露西洗漱完毕，躺上床，教授便走过去将那串大蒜花戴在了她的脖颈上。最后他说："你要小心，别将它弄掉，屋中再闷，也别开门或是窗。"

露西说："我向你保证，你们对我太好了，谢谢你们，有你们做朋友，我什么都愿意做。"

我们坐马车离开露西家，梵海尔辛对我说："我今天晚上可以好好睡觉了，两晚上的奔波，白天又看了太多书，一天的担忧，一晚的守夜，我确实需要好好睡一觉。明天早上你到我这里来，我们一块去看露西，我的咒语会让她更加健康，哈哈！"

他看上去信心十足，我想起了自己两个晚上之前盲目自信和导致的致命结果，隐隐有些后怕。我可能太虚弱了，所以犹豫着，并没告诉梵海尔辛，但我的感觉越发强烈，就如无法流出的眼泪。

第十二章

露西·韦斯滕拉的日记

九月十二日

所有人都对我无微不至。我十分喜欢梵海尔辛医生，就是不知为何他十分在意那些花。他为人严厉，让我感到害怕。但我相信他说的话是对的，有了那些花，我觉得自己好了很多。今晚我不再害怕独自一人，也不害怕入眠。窗外响起的拍打声我将不再理会。之前的每一个夜晚，我既害怕入眠，又害怕失眠，还伴随着入眠难以言状的恐惧！有些人生来有福，在他们幸福的生活里，没有恐惧，睡眠于他们而言是每个晚上的恩赐，美梦会伴随左右。我现在躺在床上期待着美梦，就如奥菲丽娅一般，躺在这儿。我不喜欢大蒜，可今天晚上有了它，我便有了快乐，它散发的味道透着安详。我感觉到睡意袭来。各位晚安。

苏华德医生的日记

九月十三日

我去伯克利与梵海尔辛见了面，教授一如既往地准时到达。酒店帮忙预订了马车，已在酒店外等候。教授随身带着那一只包，时时如此。

我事无巨细地记录了下来。八点钟我们到达威灵汉姆。这个早晨十分美好，秋高气爽，阳光明媚，叶子变换了颜色，异彩纷呈，还挂在树上面，没开始凋落。我们一进房便见到韦斯滕拉夫人，她一贯早起，正走出晨室。

见到我们，便亲切地向我们问候，说："露西好了很多，你们听到一定很高兴。她还在睡觉，我去了她的卧室看了一下，没有走进去，怕打扰她。"

教授听后露出了笑容，欢喜雀跃起来，他双手揉搓着，说："我想我知道疾病所在了，看来治疗方法起了作用。"

韦斯滕拉夫人接着说道："医生，你可不能太自信。今天早晨露西有这样的状态，还要将部分原因归功于我。"

教授不解地问道："夫人，您的意思是?"

"晚上我担心她，便去了她房间。她看上去睡得很香甜，我进去她都没有被吵醒。但卧室里太闷了，到处都放了气味强烈的花，她自己脖颈上还戴了个花环，太可怕了。我害怕那味道太过刺鼻，会熏坏这孩子，所以我把那些花统统拿走了，还将窗户打开来，让她呼吸一些新鲜的空气。你要是看到她现在的样子，肯定会高兴的，我敢肯定。"

接着，夫人便走进了卧室，她习惯在自己卧室吃早餐。

她说这些话之时，我看到教授脸色大变，他尽量在夫人面前克制住自己的情绪，他知道这位可怜的夫人身体状况如何，任何一点儿刺激都可能要她的命。所以，即便为她开门的时候，教授还保持着微笑，她一消失，他便将我拉到了餐厅，关上门。

我生平头一次，看到梵海尔辛失控。他双手抱头，显得绝望，一句话也不说，到了最后，他用手捂住了脸，开始大声地啜泣起来，看得出来，他的心里有多痛苦，多挣扎。

接着他举起双臂，恳求上帝："上帝！上帝！上帝！我们究竟做了什么事情，那一位可怜的夫人又是做了什么，让我们这么痛苦？难道这就是我们的宿命，注定要接受异教世界带来的命运，让这件事情发生？那母亲毫不知情，以为做了好事，却不知道可能扼杀了她女儿，不管是身体还是灵魂。我们绝对不能将真相跟她说，也不能对她进行警告，不然她去世了，所有的人都将灭亡。我们周围到底存在着多强大的魔鬼力量啊？"

突然，他跳起来，对我说："来吧，我们去看一看，能不能采取什么行动。到底魔鬼是否存在，或者到底存在多少魔鬼，这些都无关紧要。我们的行动是不变的，就是和他们进行战斗。"我们走出大厅，一同上楼到露西的卧室里去。

我将窗帘拉开，这个时候，梵海尔辛来到露西床边，当他见到她的脸庞，并没有太多惊讶，只是一脸严肃，充满了无尽的悲哀与怜悯。

他喃喃自语："和我想的一样。"他深吸一口气，一言不发，走过去将门锁上，在桌子旁边准备输血用具。之前我就意识到有此需要，便开始将衣服脱掉，但他一把制止我，说道："今天我们轮换一下，你操作，我献血。你的身体已经十分虚弱了。"他边说边将衣服脱下，袖子卷起来。

再一次麻醉，输血。露西苍白的脸庞又开始有血色，呼吸开始规律起来，这一次，轮到我照顾好梵海尔辛教授，嘱咐他养身体，多休息。

过了一会儿，他找了个机会，与韦斯滕拉夫人谈了一次话，跟她说大蒜花有药的价值，那独特的气味能够帮助治疗，没有他的同意，露西卧室中的东西都不可以拿走。接着，他便亲自照顾病人，今天晚上与明天晚上他都会守夜，并嘱咐我应该在何时再过来。

露西在一个小时过后醒来，看上去很有精神，没有因为被折磨而更糟糕。

这意味着什么呢？我想，是否因为我一直与精神病患者接触，同他们一起生活，我也变得不正常了呢？

露西·韦斯滕拉的日记

九月十七日

整整四天，我都在安静中度过，现在又恢复健康了，都认不出现在的自己。我似乎做了一个很长的噩梦，现在终于醒过来，看到阳光，呼吸了清晨新鲜的空气。依稀记得，我在长时间等待与恐惧中度过，黑夜漫漫，痛苦无边无际，无以复加。遗忘了很长时间，便又重新回到了正常的生活，就像一名潜水员，经历水的压力，将头露出水面。梵海尔辛医生陪伴在我左右，寸步不离，于是那些噩梦都似乎消失不见了。曾经我十分害怕的那些声音，包括拍打窗户的声音，远方的声音，还有莫名奇妙的尖锐声，下达命令让我做事，这所有的一切，都已经结束。我不再害怕，可以安心地睡觉，甚至不再故意保持清醒。现在我喜欢上了大蒜，每天，一整盒大蒜从哈勒姆运过来，今晚梵海尔辛有事必须要回阿姆斯特丹，没有人看护我，我恢复得够好了，能够独自一人待在卧室。

为了母亲，为了亚瑟，还有那些无微不至照顾我的朋友们，感谢上帝！我应该感觉不到变化，昨晚梵海尔辛医生靠在椅子上睡了会儿。醒来的时候发现他有两次都睡着了。我已经不害怕睡眠，即便蝙蝠，树枝或者其他的东西疯狂拍打着卧室的窗户。

《波迈公报》逃离狼口的冒险旅程
——采访动物园管理员

九月十八日

经过无数次邀请，无数次拒绝，并不断拿出法宝《波迈公报》，我终于采访到了动物园负责喂养狼的管理员，托马斯·比尔德。他住在大象馆后面围墙内的茅舍之中，我找到他的时候，他正想坐下喝杯茶。他与妻子热情好客，虽然不再年轻，也没孩子。要是他们对待我的样子便是平时的样子，那他们一定生活的十分惬意。管理员不想在晚饭前谈论他称为生意的事情，等桌子收拾完毕，他便叼起烟斗，跟我说道："先生，现在你可以问你想要问的了。刚刚很抱歉，我不愿意晚饭之前谈论此话题。我在问豺，狼，鬣狗之前，习惯喂他们一些吃的。"

"向它们问问题，您的意思是?"为了引起他说话的兴趣，我说道。

他说的话充满了哲学意味："我们可以用棒打它们的头，

摩擦它们的双耳。你要知道，人类与这些动物在很多方面的天性是一致的。你现在过来问我问题，并没讽刺性的为我要不要去问院长是否允许让我回答问题。你听得懂吗？"

"能。"

"我听到你说我使用下流用语时，觉得真是哭笑不得。我没有准备反驳，只是等待食物上桌，狼吞虎咽地吃饭。现在我老婆为我准备好茶点，我点上了烟，尽管来问我吧，我不会拒绝。开始问吧，我知道你为何而来，是为了逃跑的那只狼。"

"你说得对，我希望你就这事能够谈一谈你的想法，告诉我事件发生的过程，我得知真相后，会再与你谈逃跑的原因，以及你认为事件会如何结束。"

"好，你听着，以下就是事情发生的全部过程。我们叫这条狼为博斯克，我们这里来了三条挪威灰狼，它是其中的一条。四年之前，我们买它回来，它性格温驯，从不惹麻烦。我觉得很奇怪，为什么会是它，当其他的动物没有逃出去的时候？可你也不可以相信狼，就好像你不可以相信女人那样。"

这时候比尔德夫人插话道："先生，您别介意。他与动物相处太长时间了，自己就和一条老狼一样，但他绝没有恶意。"

"昨天，先生，我喂完晚饭，大概两个小时过后，便听到狼馆那边响起了骚乱声，我那个时候在给一头小美洲豹布置窝，它生病了。一听到声音我便立即跑过去看，原来是博斯克发疯似的想出去。周围并没什么人，只有一个高高瘦瘦的男人，一脸胡子，鹰钩鼻，有几缕白发。他的脸看上去十分冷酷，眼睛是猩红色的，戴白手套，用手指着那些动物向我说道：'管理员，狼群看上去有烦心事啊。'"

"我对他说：'可能是你来了的原因吧。'我对这个人没有好感，他也没对我生气，反而露出了微笑，我看见锋利的雪白牙齿，他傲慢地说道：'不是，它们肯定会喜欢上我。'"

"我模仿他的语气，说道：'是啊，它们会，它们喝茶的时候总是想找几根骨头来剔牙，你身上骨头可多着呢。'"

"这件事情奇怪极了，我们谈话的时候，那几条狼全部躺下了，我走过去看博斯克，它一如既往地要我摸它耳朵。那人走了过来，把手伸进狼馆，居然也去摸博斯克的耳朵！"

"我对他说：'小心为上，博斯克十分凶猛。'"

"他回答说：'不必担心，我已习惯。'"

"'难道你做这行买卖？'我边说边将帽子摘下，原因在于只要是做狼生意的商人，便是我们的朋友。"

"他回答说：'并不是，只是我养了几条这种宠物。'接着他便如贵族般，摘下帽子挥了一下，离开了。博斯克的目光跟随着他，直至他消失在视线中，于是它选择了个角落，躺了下来不肯从洞里面出来。昨晚，月亮升起，狼馆的所有狼一起开始号叫。但不知是什么原因。四周都没人，除了一个从花园里走出来的人，在找他的狗。我跑过去看了两次，发现没什么特别的，过了会儿号叫声停止了。十二点以前，我又出门巡视了一遍，走到博斯克笼子前，发现栏杆已经折断，它不见了。我知道的就是这些。"

"有其他人见到吗?"

"有名园丁当时正下班回家，他说见到了一条大灰狗。他这么说我并没在意。回家之后，他甚至也没和自己老婆说到这个事情，大家知道有狼逃走之后，一整个晚上我们满动物园地找它，他才说自己当时所见到的，我觉得他肯定脑子进了水。"

"比尔德先生，你现在能否推测狼是如何逃出去的呢?"

他显得很谦虚，又有些怀疑："先生，我认为我可以的，只是不知你对这推测会不会满意?"

"当然，假如经验丰富如你都无法猜对，那也没人能够猜对了。"

"那么，好的，先生，这么讲吧，我认为这条狼逃跑的原因是它想要出去。"

他们夫妻俩显然觉得这是在讲笑话，大声笑起来。我并不像他那样能开玩笑，但我知道如何使他开口，我对他说："比尔德先生，假定现在我给了你半块金镑，博斯克的兄弟们正等待人来认领，那么你能告诉我之后可能会有什么事情吗?"

他显得很轻松，说道："先生，那好吧，请原谅我所开的玩笑，你会原谅吧，是我那老太婆使颜色让我这样干的。"

他妻子反驳道："我可没有!"

"我认为博斯克正藏身于某处。那个园丁告诉我它往北面跑去了，速度比马还快，可我并不信。先生，你知道的，狼跑得并不快，还没狗的速度快，它属于故事里的角色。可要是狼聚成群，那会比较可怕，它们会发出号叫声，像魔鬼一样。不管是什么，它们都会将之撕成粉碎。感谢上帝，现实中的狼比较低能，甚至没狗聪明伶俐，没狗胆子大，也不好斗。博斯克从没有打过架，说不定正在动物园的某角落中瑟瑟发抖，要是它能够思考，一定在思考这怎样才能拿到早餐。又或是它到了别的什么地方，正躲在煤窖中。我并不会放过那一双在黑暗之中发着光的绿眼睛。它没有食物，必定出去找寻，说不定某个时候它跑去了肉店。若不是如此，那有可能某家的侍女在外面行走，看到它——假如以后人口普查，发现有一个人莫名少了，那我可不觉得奇怪。就是这个样子。"

我将另外一半报酬给了他，这个时候，窗外响起敲打的声音，他显得十分吃惊，脸都像拉长了两倍的样子。

他说道："上帝啊，可别是博斯克回来了！"

他走到门边，将门打开，我倒是觉得他多此一举。我并不觉得野生动物在我一英里以内会可爱，因个人经历而产生这种观点根深蒂固，无法消除。

不同的人便会有不同的看法与态度。比尔德与他妻子看到狼就如我看到狗一般，狼本身是比较温顺比较安静的。

整个场面混合着难以形容的戏剧性和悲剧性，就是这一条狼，半天使伦敦整个城市都差点瘫痪，所有孩子都吓得发抖，现在正躺在人的怀中，诚心悔过，就如挥霍财产的儿子，重新被收留和爱抚。比尔德将狼的全身上下全部检查了一遍，动作仔细而温柔，接着便说道："我就知道，可怜的小家伙肯定是遇上麻烦了，我一直都这样说的。它的头部满是碎玻璃，被割伤了，肯定翻了一堵破墙或是其他什么，真该严令禁止将碎玻璃插墙头。来，博斯克。"

他将狼锁进笼子，给了它大块的肉，接着便出去汇报了。

于是我也离开了动物园，这便是本报对于灰狼出逃动物园离奇事件所做的独家报道。

苏华德医生的日记

九月十七日

午饭过后，我便一个人待在书房，整理着书记，工作上的其他事务压力很大，最近又经常去露西那儿，这一项工作拖太久了。突然之间，有人撞开门，我看到壬菲尔德冲了进来，整个人处于激动状态，脸都扭曲了。我十分惊讶，从来没有哪个精神病患者会闯进管理者书房。

一瞬间他便站在了我面前，手中握着一把主餐刀，我感到非常的危险，尽量往桌后面站。于我而言，他太过敏捷，身强力壮，我还没来得及做出什么反应，他便将我袭击，割伤了我手腕，十分严重。

我在他第二次袭击前抓住了他，他张开四肢，往地上一躺。血不停地从我手腕上流下来，地毯上面流了一摊血迹。他看上去并不想挣脱，所以我便将手臂蜷起来，严密监视他。值班人员冲进书房的时候，他的样子让我觉得非常恶心，他将肚子贴地，就像狗一般舔地毯上面的血。很顺利地，工作人员将其制伏，只是我感到吃惊的是，他被带走时很温顺，最终不停地在念："鲜血便是生命！鲜血便是生命！"

我无法承受再次失血，这已经超出了健康的身体可以承受的范围。我太过激动了，也感到非常疲倦，我所要的便是休息，不断休息。梵海尔辛并没再次召唤我，我感到很欣慰，至少不必出去了。今天晚上我必须得睡觉。

安特卫普·梵海尔辛拍给喀尔珐科斯苏华德的电报

（电报送至苏赛克斯的喀尔珐科斯，没写郡名，因此晚到二十四个小时）

九月十七日

今天晚上你务必要去威灵汉姆。就算没有寸步不离，也得经常去看望，检查一下花是否还放在原来的位置，这一点十分重要，切勿忘记。我到达之后，会尽快与你汇合。

苏华德医生的日记

九月十八日

刚下火车，到了伦敦。梵海尔辛发的那封电报让我感到非常沮丧。一整夜没有在那儿，照之前的经验判断，这一夜肯定会发生事情。也有可能什么都没发生，但是可能吗？感觉有某一种厄运降临于我们的头上，每一次发生的事情都对我们的努力造成了十分不好的影响。我该将这磁片带在身边，如此便能通过露西那儿的留声机录下我的日记。

露西·韦斯滕拉留下来的备忘录

九月十七日，晚

我将这件事情写下来，让大家日后看到，如此便能免除为了我可能引起的祸端。今天晚上所发生的事情，我全都事无巨细记录了下来。我觉得自己在慢慢死去，已经没什么力气拿笔写字了，可是我一定要将这些记录下来。

和往常一样，我检查了一遍大蒜花有没有按照梵海尔辛医生的要求原处摆放着，接着便上床睡觉了。

窗户上又有拍打声，我被吵醒了，自从上次于惠特比东崖梦游回来之后，那声音就一直存在，到现在，我感到非常的熟悉了。我并不感到害怕，只是希望梵海尔辛医生可以在隔壁房间，他也曾这样说过，那样的话我便可以呼唤他。我尝试继续睡觉，但是没成功。接着，以前对睡眠的恐惧感又回来了，我于是决定保持清醒。但我越不想睡越是困。我怕独自一人待在房间，便开门喊："有没有人？"没有任何回答。我怕把母亲吵醒，便将门关上了。外面传来一阵像猫一样的叫声，但更为尖锐，我把窗户打开来，朝外观望，除了有只巨型蝙蝠在用翅膀拍打窗户，什么都没有。我再次回到床上，下定决心不睡觉了。过了一会，门被打开了，母亲探头往房间里看。见我醒着，她便走了进来，在我身边坐下，异常温柔，说："孩子，我十分担心，过来看看你。"

我担心她就那么坐着着凉，便叫她与我一起睡，她上床躺在了我的身边。她并没将长袍脱下，说就在这儿待一会，就回自己房间了。接着我再次听到窗户那边传来的声音。她十分吃惊，叫出了声："那是什么声音？"

我尝试安抚她，她很听话，又躺了下来。但我却感到她的心脏跳动得不正常，过了不久，外面树丛中又叫了起来，然后窗户便被什么东西打碎了，散了一地的碎玻璃。窗帘则被风吹了出去，一只瘦削然而庞大的灰狼脑袋此刻出现在破窗户中。

母亲惊恐万分，大声叫喊，挣扎着，坐了起来，使劲想要去抓住什么，只要是能够救她的东西，后来她抓住的是我脖子上面的花环，便将其扯下来了。她手指那匹狼，喉咙中发出恐怖的咯咯声，接着就像被闪电一击而中倒了下来。我的额头被母亲的头撞到，晕眩了一阵。

周围的所有东西都天旋地转的，我两眼紧盯窗户，灰狼将头又缩了回去。风将很多小颗粒吹进了屋中，转着圈儿，形成了尘埃柱，像是旅行者在沙漠之中看见过的那种海市蜃楼。我本想动弹，但身体好像受什么符咒左右，我的母亲身体已经逐渐冰冷，她那心脏早已停止跳动，我被她的身体压在下面，有那么一段时间，我的记忆丧失了。

不久之后，我又恢复了直觉，觉得这一切都非常可怕。

周围有一个铃，边移动边响，不知道是在哪里。周围的狗都狂吠着，外面还有夜莺唱着歌。我感到全身疼痛，虚弱与恐惧使我显得愚蠢而不知所措。但夜莺唱的歌让我想到了死去的我的母亲，仿佛她再次回来了，在我的身边，安慰着我。我大声叫唤着女仆，她们进屋来，见到房间的一切，大声尖叫起来。风嗖嗖地吹来，门一下子就被刮上了。她们将母亲的尸体抬了起来，我起来之后，她们又将她在床上放平，盖上布。她们太过恐慌，我便叫她们去餐厅，一人喝杯葡萄酒。她们打开门又关上，大声惊叫着进了餐厅。我将大蒜花放于母亲胸前，这个时候，我突然想起梵海尔辛医生的嘱咐，可我就是不想拿开它们。我会让仆人们陪我一起熬夜。令我惊讶的是，她们一直没有回来。我叫她们也没回应，便自己走下楼梯去餐厅寻找她们。

我看到餐厅的场面，心都沉下去了。她们四人全部躺在了地板上面，显得很无助，呼吸也很沉重。桌子上面的雪莉酒还剩半瓶，周围弥漫着一股让人觉得晕眩、辛辣的味道。我觉得很奇怪，便拿起酒瓶闻了一下，那味道像鸦片酊。我检查了周围，医生为母亲开的药瓶已经空了，证实了我的猜测。我该怎么办？应该做一些什么事情呢？想了会儿，我便回房间去了，我得与母亲待在一块，不该离开她。我独自一人与死去之人待着！我又不敢出去，外面又传来了狼低沉的叫声。

空气中满是小颗粒，风通过窗户携带了进来，在空气中旋转，散发着幽幽蓝光。我应该如何是好呢？上帝啊，请保佑我熬过今夜，我要将纸藏在胸口，将来他们要是为我准备殡葬时，就可以发现它了。我最最亲爱的母亲离我而去了！我也该走了。亲爱的亚瑟，再见，今晚我是熬不过去了。愿上帝能保佑你，也愿上帝能保佑我！

第十二章

苏华德医生的日记

九月十八日

我即刻驾马车赶往威灵汉姆，很早就到达了目的地。我独自从小路走上去，将马车停在了门口。因为害怕惊扰了露西或她的母亲，我轻声敲了敲门，并点了点门铃，希望有一个仆人来开门。过了许久，没有人应门，于是我又一次敲门按门铃，还是没有动静。我心里不禁暗骂这些懒惰的仆人，已经十点钟了还在睡觉。我继续敲门并按门铃，越来越没有耐心。不过里面还是没有任何回应。刚才我想着要教训一下仆人们，但是现在一种可怕的预感向我涌来。这种死寂是不是我们可怕宿命的又一道枷锁？这里是不是已经是一座死宅？我的到来是否为时已晚？我知道转瞬的耽搁都可能给露西带来致命的危险，如果她又一次昏迷该怎么办呢？我围着房子四周转圈，试图找到房子的入口，可是我失败了。每一扇门窗都被关紧锁死了，于是我丧气地回到门口。就在此时，传来了一阵急促的马蹄声，随后马车停在了门口。须臾，梵海尔辛跑过来。他一看到我就气喘吁吁地说："是你来了，你是刚刚才到？她怎么样？是不是已经太迟了？你没收到我发的电报吗？"

我尽量简洁地向他解释，今早我刚收到电报，就马不停蹄地往这里赶，但是无论我怎么敲门，屋里都没有动静。他沉默了，脱下帽子难过地说："我们恐怕来得太迟了。上帝已经做出了决定！"

但他很快恢复了往常的斗志，继续说："来，若是没门可以打开进去，我们必须自己开辟一条路。现在，时间就是一切。"

我们绕到房子的后面，那边有一扇窗户通往厨房。教授从箱子里拿出一把小手术锯递给了我，并指了指窗户横档上的铁条。我立刻去锯这些铁条，很快就锯断了三根。随后，我们用一把细长的小刀拨开窗闩，打开了窗户。我先帮助教授爬了进去，然后自己也跟着钻进了屋子。厨房和佣人房都空无一人。我们一间一间检查了经过的所有房间。在饭厅，透过百叶窗上的微弱光线，我们发现了四个躺在地板上的女仆。她们都没死，因为她们粗重的鼾声和屋内鸦片酊的酸味已经说明了一切。

梵海尔辛和我面面相觑，然后他说："我们可以晚点再来照顾她们。"紧接着，我们上楼找到露西的房间。我们先在门外听了听，没有任何声音。我们面色苍白，手发着抖，缓缓打开房门。

　　该如何形容我们所看到的一切呢？露西的母亲和她躺在床上。前者躺在外侧，身上盖着白床单，床单一角被窗外的风吹得卷了起来，露出了那张苍白的面孔，脸上充满恐惧。躺在她旁边的是露西，脸色也十分惨白，也更扭曲。原本挂在露西脖子上的花环被放在了她母亲的胸上，露西露出了脖子上我们以前就注意到的两个小伤口，伤口发白，血肉模糊。

　　教授一言不发地走过去伏下身，头几乎要贴在露西的胸口，侧耳倾听，然后立刻跳起来大喊："还不算太晚！快！快！把白兰地拿来！"

　　我飞驰下楼去拿了一瓶白兰地。我自己先闻了闻，又尝了一下，以免这瓶酒和桌子上的那瓶雪莉酒一样，也被下药了。女仆仍有呼吸，而且越来越急促，我想药效已经慢慢消退。我没空管她们，马上上楼给梵海尔辛送酒。像以往一样，他将酒涂抹在露西的嘴唇、牙龈、手腕及掌心上。他对我说："目前我可以做的只有这些，你去叫醒仆人，用湿毛巾给她们擦脸，用力擦。让她们生火和烧热水给露西洗澡。可怜的姑娘现在几乎和她去世的母亲一样冰冷。我们采取其他措施之前，必须让她暖和起来。"

　　我立即照做，发现其中三个女仆很容易叫醒。还有一位是个年轻姑娘，身上药性最强，我把她抬到沙发上，让她接着睡。

　　其他佣人刚开始都有点神志不清，但是，当她们恢复了记忆，便都开始歇斯底里地叫嚷哭喊，但我严厉地要求她们安静下来。我对她们说，我们已经失去露西小姐的母亲了，如果再耽搁，露西小姐也会没命了。所以，她们就这样衣衫零落地去生火烧水了。还好厨房的火还没熄灭，热水也还有不少。我们弄了些热水，把露西抬进了澡盆。当我们急着给她温暖身体的时候，大厅传来了敲门声。一名女仆披衣去开门。回来之后，她小声说，有一位先生带来了霍姆伍德先生捎来的口信。我嘱咐她，请他先稍等片刻，我们现在没有时间见他。她照办了，又回来接着干活。但是，因为我们太专注，把这个人的存在给忘了个一干二净。

我从未见过教授如此尽心尽力地工作。因为我们都知道这是一场与死神的搏斗。我暂时停下来，把我的想法告诉他，但他的回答让我无法理解。

他表情极其严肃地说："如果事情可以就此结束，我就此罢手，让她平静地离开也无妨，但我没有看出她的情况有一点转好的迹象。"说完，他更加卖力、用心地继续抢救。

不久，我们都意识到，热水开始发挥作用了。我们已经能通过听诊器听到露西微弱的心跳，她的肺部也开始呼吸了。梵海尔辛露出了一丝欣慰的表情。我们把露西抬出澡盆，用热毛巾给她擦干身子。教授对我说："我们取得了战斗的初步胜利！下一步就是要赢得战争！"

我们将露西抬到了另外一个已经准备好的房间，然后把她放到床上，并给她强灌了几滴白兰地酒。我注意到梵海尔辛用一块丝绸手帕系住了露西的脖子。她依然昏迷不醒，情况跟我们之前看到过差不多。

梵海尔辛叫来其中一名女佣，叮嘱她在我们回来之前，寸步不离地守在露西身边，随后示意我一起离开房间。

"我们需要商量之后该如何操作。"他在下楼时对我说。我们走进大厅，他打开饭厅的门，我们走进去后，他又小心地把门关上。百叶窗开着，但窗帘已经拉上了，这是家里有人过世时的一种礼节，通常英国下层妇女会严格遵守。房间十分昏暗。但是我们只是在这里说话，光线也足够了。

梵海尔辛严峻的表情被沉思代替了，他显然在苦苦思索一些事情，我等他开口，然后他说："我们现在该怎么办？我们能找谁帮忙？露西需要再输一次血，越快越好，否则那姑娘就危在旦夕了。你我的精力都已经耗尽了，而我不信任那些女佣，就算她们真的有那个勇气。我们该怎样找到一个愿意为她献血的人呢？"

"这事和我有什么关系？"

这声音是从沙发传来的，这语音让我心头感到惊喜和安慰，是昆西·莫里斯在说话。

刚开始，梵海尔辛还有点生气，但当他听见我大叫"莫里斯"并伸出双手跑向他时，他又开心起来。

"你怎么会来的？"我握着他的手叫道。

"是因为亚瑟吧，我猜。"

他给我一封电报。电报写道："已经三天没有苏华德的消息了，我非常着急，但是又脱不开身，父亲的情况仍没有好转。请写信告知我露西的情况。不要耽误。霍姆伍德。"

"我猜我的到来正是时候，尽管告诉我该做什么吧。"

梵海尔辛走上前来，牵起他的手，直视着他的双眼说道："一位女士陷入困境时，一个勇敢男人的血液就是世上最重要的东西。你毫无疑问是一名男子汉。尽管恶魔一直在与我们做对。可是，在我们正需要男人的时候，上帝为我们送来了帮手。"

我们又一次开始了可怕的手术。我没有心情描述详细过程了。露西遭受了巨大的刺激，因此这次的情况比以往更严重，尽管已经有大量的血液进入了她的体内，却不像之前那样有效。她与死亡搏斗的过程可怕得让人不忍久看。不管怎样，露西的心肺功能有所恢复，梵海尔辛给她皮下注射了一剂吗啡，和之前一样，吗啡很快发挥了药效，露西很快沉沉睡去了。我和莫里斯一同下楼，教授留下来观察露西，叫一名女仆给那个一直等在门外的马车夫付钱。

我让昆西喝了一杯酒，然后让他躺下休息，并让厨子准备一顿丰盛的早餐。我突然想起什么事，便返回露西所在的房间。当我蹑手蹑脚走进去时，梵海尔辛手里正拿着几张纸条，他显然已经读过了纸条的内容，正坐在那里扶额沉思。他脸上洋溢着满足的表情，好像什么谜题被解开了。他把纸条递给我，简要地说："这是我们抬露西去洗澡时，从她胸口掉落出来的。"

我读了一遍，然后抬起头看着教授问："上帝啊，这是什么意思？她疯了吗？这是什么可怕的事情啊？"我一头雾水，语无伦次。

梵海尔辛伸出手把那几张纸拿了回去，说道："现在别想这个，先把它忘了吧。在合适时候一切你都会明白的，不过那是以后的事了。对了，你找我是想说什么吗？"他的话让我清醒过来，我这才想起找他的目的。

"我是来谈谈韦斯滕拉夫人死亡证明的事情。如果我们处理不当，警察就会进行审讯，刚才那些纸就不得不呈上去作为证物。所以我们不希望有什么审讯，否则那会要了露西的命。我、你，还有她母亲的医生都知道，韦斯滕拉夫人患有心脏病，我们可以证明她是心脏病猝发而死的。我们应该现在就把死亡证明写好，然后我就可以亲自把证明拿给有关部门登记，接着再去找人处理后事。"

"很好，我的朋友！你考虑得很周到！如果露西小姐因为所遭受的困苦而伤心，那么至少也会因为那些爱她的朋友而感到欣慰。朋友们都接二连三地，为她奉献了自己的鲜血，还有一个老人也是。是的，约翰，我不是瞎子！我因此比以前更爱你了！快去吧。"

在大厅，我碰见了昆西，他正打算给亚瑟发电报，告诉他韦斯滕拉夫人去世了，露西虽然病了，但是有所好转，梵海尔辛和我正照顾她。我告诉他我要去哪，他催我赶快去，在我离开时他说："约翰，你回来后，我们能单独谈谈吗？"我点了点头，离开了。登记很容易，我也和当地的殡仪馆方面商量好，让他晚些时候过来量制棺材，安排葬礼。

我回来时，昆西正在等我。我让他稍候片刻，我去看一看露西马上就来见他，然后马上上了楼。露西还在沉睡，教授也还原地不动地守在她身边。看他把手指放在嘴唇上的样子，我知道他希望露西尽快醒来，但又不敢操之过急。于是，我下楼找到昆西，然后带着他走进了早餐间，这里没有拉上窗帘，所以这个房间光线和环境都更舒服点。

房间里只有我们两个人，昆西对我说："约翰·苏华德，我其实并不想在与我无关的事里插一脚，但这不是件小事。你知道我爱露西，甚至愿意娶她为妻，虽然这一切都过去了，但我还是忍不住为她担心。她到底出了什么问题？那个荷兰人，我看得出他是个好人，你们两个进屋时，说你们要再为她进行一次输血，还说你们两个都已经因此筋疲力尽。我很清楚，你们两个医生说的话是不能公开的，我也并不是想打听你们的私事。不过现在情况特殊，而且无论如何，我也是其中一分子了，不是吗？"

"是的。"我回答。

他接着说："在我今天给露西输血之前，你们两个已经给她输过血了，是吗？"

"是这样。"

"我猜亚瑟也献过血了。四天前我看到他的时候，他看上去精神不振。生命这么迅速地垮掉，我还是第一次见到。以前我在潘帕斯草原①上养马时，我们喜欢在晚上带马出去吃草。有一天晚上，一匹母马，被一种称做'吸血鬼'的大蝙蝠咬破了血管，母马因为失血过多活不成了，我只好一枪结束了它的生命。自此以后，我再也没见过一个生命能如此迅速地枯萎。约翰，如果把这件事讲出来没有违背什么誓言的话，请把原委告诉我吧，亚瑟应该是第一个献血的人，是这样吗？"

他说话时十分焦虑，他爱这个女人，她身上发生的一切正折磨着他，而他对此事毫不知情更让他痛苦。他的心在滴血，即便他再英勇，也有点无法承受了。我沉默了一会儿，虽然我不能泄密，教授也曾再三叮嘱过我，但他已经了解许多，也猜到了许多，那么我似乎也没有理由继续瞒着他了，所以我诚实地回答："是的。"

"露西这种情况多久了？"

"大约十天。"

"十天了！苏华德，也就是说那个我们都爱着的美丽姑娘的身体里这些天一共输入了四个精壮男人的鲜血了。老天啊，她的身体该如何承受啊。"他凑近我，压低声音问，"她的血去哪了？"

我摇摇头说："这就是症结所在。梵海尔辛为此十分苦恼，而我也已经黔驴技穷。我甚至连猜测都不知从何处着手。

① 潘帕斯草原：潘帕斯源于印第安丘克亚语，意为"没有树木的大草原"。潘帕斯平原位于南美洲南部，为拉普拉塔平原的一部分，一般指阿根廷中东部的大平原。

这些天总有一些小状况，打乱了我们为精心照顾露西而做出的安排。但我们不会再让这些事发生了。从现在起，无论好坏，我们都会在这里守护她。"

昆西伸出手说："算上我，你和那个荷兰人叫我做什么，我都会照办的。"

下午晚些时候，露西才醒来，她醒后做的第一件事就是去抚摸自己的胸口，奇怪的是，她拿到了梵海尔辛和我已经读过的几张纸。看来为免露西醒后受到惊吓，细心的教授把纸条放回原处了。然后，露西看到了梵海尔辛和我，欣喜万分。然后她环顾房子的四周，明白了自己的处境，颤抖着，双手捂住脸大声地哭了起来。我们都明白，她意识到母亲已经过世了。

我们都尽力安慰她，虽然我们的同情让她好受了一点，但她情绪还是相当低落，她轻声啜泣了很长一段时间。我们向她保证，从此以后，我们两人中至少有一个会随时守在她身边，她看起来宽慰了不少。大约傍晚时分，她又睡着了。此时，发生了一件怪事。处于熟睡状态的露西从胸口拿出了纸条并将它撕成两半。梵海尔辛走上前夺走了她手中的纸条，但她还在持续撕纸的动作，就像纸条还在她手里一样。最后她放手一扔，好像要把碎纸屑扔掉。梵海尔辛看上去十分惊讶，他皱着眉，一言不发地陷入深思中。

九月十九日

昨夜露西睡得很不好，常常惊醒，因为她还是害怕入睡，而且每当她睡醒之后都会变得更虚弱。我和教授轮流照看她，片刻不离。昆西没有告诉我们他的用意，但我知道，他整晚都在房子四围徘徊巡视。

天亮了,阳光下的露西更显憔悴。她几乎连头都抬不起来,她吃的那点东西也没对身体起到多大改善的作用。她时不时会睡着,梵海尔辛和我都能发现她在醒着和睡着之间的差别。睡着时,她更强壮,虽然更憔悴,但是呼吸更平和。她微张的嘴里露出萎缩而毫无血色的牙龈,使得她的牙齿比平时显得更长更锋利。而当她醒来,她那温柔的眼神明显改变了面色,尽管已经病入膏肓,她也变得更像她自己。下午她说想见亚瑟,于是我们发电报通知他。然后昆西就到车站去接亚瑟了。

亚瑟抵达时已经接近下午六点钟了,温暖的阳光射进窗户,给露西的面颊增添了一点血色。亚瑟看见露西时,已经哽咽得说不出话来,我们也都无言以对。过去的几个小时里,露西惊醒的次数越来越多,也可能是麻醉药的效力减退了,因此我们的谈话经常被打断。但亚瑟的到来好像是兴奋剂,使露西的精神状态好了一点,而且她跟亚瑟说话时也更活跃。亚瑟也打起精神,尽量轻松高兴地和露西交谈。

现在已经快夜里一点了,亚瑟和梵海尔辛还陪伴在露西身边。我准备一刻钟后去和他们换班,现在,我用露西家的留声机录下以上这段录音。他们可以休息到早晨六点。我很怕露西明天就会离开我们,不再需要我们的看护了,因为她受了太大的打击,让她难以承受。求上帝帮助我们!

麦娜·哈克给露西·韦斯滕拉的信(露西还没看)

九月十七日

最亲爱的露西:

自从收到你上一封来信,或者说上一次我给你写信以来，似乎已经过了很长时间了。我相信，当你收到我的消息之后，一定会原谅我的过失。我的丈夫和我已经平安归来了。我们来到埃克斯特①时，已经有马车来接我们了，尽管哈金丝先生刚刚经历了一场痛风，他还是亲自在马车里等我们。接着，他带我们来到他家，为我们安排了又大又舒适的房间，并和我们一起用餐。晚餐过后，哈金丝先生说：

"亲爱的朋友，让我们干杯，为你们的幸福和健康，为你二人送上诚挚的祝福。我从你们小时候就认识你们了，我满心关怀和骄傲地看着你们长大。现在，希望你俩能把这里当成家，我既没有孩子也没有宠物。这一切我都让你们继承，这些我都已经写进遗嘱了。"亲爱的露西，就在乔纳森和这位可敬的老人双手紧紧相握的那一刻，我忍不住哭了起来。这是一个多么愉快的夜晚。

因此，现在我们就住在这所美丽的老房子里。无论从我的卧室还是客厅，都能望见附近大教堂院子里的那些榆树，他们矗立在古老教堂的黄石头墙旁边，墙上留下粗壮的阴影，乌鸦叽叽呱呱地叫着，它们整天盘旋在我们的头顶。不用说你也知道，我很忙，整天忙于布置房子和做家务。乔纳森和哈金丝先生每天也都很忙，乔纳森现在是公司的合伙人，所以，哈金丝先生想把所有客户方面的情况都向他交代清楚。

你母亲情况如何？我真希望可以挤出两天时间到城里看望你，但是我要做的事情太多了，我无法离开。乔

———————————

① 埃克斯特：英国的历史文化名城，也是德文郡郡治，德文郡议会也位于该城。

纳森还需要人照顾。他现在长胖了一点，但因为被疾病长期折磨，他仍然非常虚弱。直到现在，他有时还会突然从睡梦中惊醒，全身颤抖，直到我安抚他的情绪，让他平静为止。但是，感谢上帝，他发病的次数逐渐减少了，我相信随着时间推移，他一定会完全康复的。以上就是我的消息，现在我要问问你的近况了。你准备何时结婚，在何处举办婚礼，由谁来主持，你穿什么样的礼服，婚礼是公开的还是私人的？亲爱的，请告诉我所有的一切，因为让你有兴趣的东西里没有什么是我不感兴趣的。乔纳森要我代他向你表达"真诚敬意"，但是我觉得对于作为重要的哈金丝及哈克事务所的年轻合伙人来说，这是远远不够好的，正因你爱我，而他也是爱我的，而我也无时无刻地爱着你，所以我还不如直接向你献上他的"爱"。再见，最亲爱的露西，真挚地祝福你。

你的，麦娜·哈克

帕特里克·汉尼西医生给约翰·苏华德医生的报告

九月二十日

亲爱的先生：

据您的要求，我随信附上本人负责工作的详细报告。患者壬菲尔德的情况，还有很多需要补充。他的病又发作了一次，还好我们还算走运，否则将酿成大祸。今天下午，两个人坐着运输马车来到我们隔壁的空房子，您应该对那所房子有印象，病人曾两度跑到那座房子门口。两个工人都是初次造访，所以向我们的门卫问路。

我那时已经吃完晚饭，在书房的窗边抽烟，于是看见其中一个男人向我们的房子走来。当他路过壬菲尔德的窗口时，里面传来了病人用最恶毒肮脏的字眼斥责、咒骂他的声音。那个人已经够斯文了，忍不住回敬他，"闭嘴，臭乞丐"，然后病人又指责这个男人要抢劫甚至谋杀他，还说他绝不会让其得逞，会让他被绞刑而死，云云。我打开窗，让那人不要理会他，他看了看病院的周围，这才明白自己身处何处。他说："上帝保佑，先生，我并不介意在疯人院有人对我说这样的话。您和这里的管理者必须和这种野兽住在一起，我深表同情。"

接着他又非常礼貌地向我问路，我指给他隔壁空房子大门的位置。然后，在病人的恐吓和诅咒声中，他离开了。我试图下楼查看病人如此疯癫的原因。除了间歇性的狂躁发作之外，他通常举止很规矩，以前没有生过类似的情况。我看到他时，令我吃惊的一幕发生了，他看起来非常镇定温和。我尝试让他解释一下刚才的事，他却温和地问我说的什么意思。我认为他已经完全忘记了刚才的事情。我只能遗憾地说，他又在装傻了。因为不到半小时以后，我又听见他在咒骂。这一次，他居然从窗户逃走了，顺着小路跑了出去。我叫上看护一起和我追过去，因为我很怕他会闯祸。结果证实了我的担心。我看见那辆装着大木箱的运输马车驶了过来，马车夫正擦拭着额头的汗珠，脸涨得通红，好像刚刚进行了剧烈运动。我还没来得及抓住病人，他就朝马车冲了过去，把一个人拖下马车，还抓住他的头朝地上撞。幸亏我及时抓住了病人，要不然那个人当时很可能会被打死。车上另一个人也跳下来，用鞭手柄猛击病人的脑袋，下手很重，但是病人好像没有感觉。那个人也被病人一把抓住，他就这样和我们三个人就扭打了起来，把我们像小猫一样拉扯。你知道我体重不轻，另外两个男人也身形魁梧。一开始，病人只是沉默地搏斗，当我们逐渐制伏他，看护也给他套上束身衣以后，他开始大喊："我会阻止他们的！我不会让他们劫持我！也不会让他们伤害我！我要为主人而战！"他一直说着类似的胡话，我们花了好大力气才把他带回病院，锁进了禁闭室。有一名看护，哈尔蒂，他的手指受伤了。不过我已经处理好了，他现在情况良好。

那两个运货的人起初威胁我们说他们受到了损失，发誓一定要使用法律手段让我们得到制裁。他们的话语中还夹杂着一些为自己的辩解，他们说要不是因为要搬运这些沉重的箱子耗费了大量体力，他们两个壮汉不会连个瘦弱的疯子都无法对付。他们还说，长期风尘仆仆的颠簸也让他们体力不支。我十分理解他们的感受。所以我请他们喝酒，几杯黄汤下肚后，我又给了他们每个人一镑金币，他们的态度就好多了，还表示只要能遇到像我这样热情的好人，他们情愿下一次再碰到一个疯子。以防日后有什么需要，我记下了他们的姓名和住址。他们分别是：住在沃尔沃斯乔治国王路达丁公寓的杰克·斯默莱特，和住在波特纳格林，彼特法立路，盖得园的托马斯·斯内林。他们的雇主是位于苏荷区奥伦齐马斯特场的哈里斯父子搬家及运输公司。

我会随时向你汇报事情的动态的，一旦有重要的事发生，我还会拍电报给你。

请相信我，尊敬的先生。

你忠诚的，帕特里克·汉尼西

麦娜·哈克给露西·韦斯滕拉的信（未开封）

九月十八日

我最亲爱的露西：

　　最近在我们身上发生了一件不幸的事。哈金丝突然离世了。可能一些人会感觉这对我们来说不算是什么伤心事，但是我和乔纳森确实很悲痛，就像我们的父亲去世了一样。我从不知我的父母是谁，所以这位老人的离开对我打击很大。乔纳森也极度悲痛，他的悲痛不仅因为这位尊敬的老人一生都是他的良师益友，最后还把他当成亲生儿子，留下了一笔我们这种普通人家做梦都不敢想的财富，还因为他背负了哈金丝先生留下的重任，这让他深感焦虑，甚至开始怀疑自己的能力。

　　我一直尝试鼓励他，我觉得我对他的信心能帮助他找回自信。但是他受到了太大的打击，对他来说太残酷了。他是一个温柔、单纯、道德高尚又强壮的人，在他这位挚友的帮助下，他在短短几年内，就从小职员升为公司老板，但这位挚友的离开也仿佛带走了他力量的精髓，使他特别受伤。

　　亲爱的，如果我的问题影响到了你的愉悦心情，请原谅我。但是亲爱的露西，我需要倾诉，我在乔纳森的面前要装出很勇敢很快乐，这让我疲惫不堪，而在这里没人可以倾听我的心声。我害怕去伦敦，因为我们后天要过去，为哈金丝先生办葬礼。他的遗嘱中说希望和他父亲葬在一起，而他在伦敦又没有什么朋友，所以乔纳森要负责整个葬礼的筹办。亲爱的露西，我会抽空去你那里看你，哪怕只有短短几分钟也好。对不起，我让你担心了，送上我所有的祝福！

爱你的，麦娜·哈克

苏华德医生的日记

九月二十日

今晚我完全是靠毅力和习惯才进入病房。我太痛苦了，太沮丧，对整个世界的一切都感到厌倦，也厌倦了生命。如果这个时候死神扇动翅膀来带走我，我也无所谓。他已经连着带走了露西的母亲、亚瑟的父亲，现在又……我还是继续开始工作吧。

我接替梵海尔辛的位置照看露西。我们也希望亚瑟能去休息。起初他不肯离开，后来我告诉他，在白天我们还需要他的帮助，我们不能全都累垮掉，否则露西就没人照顾了，他才接受了我的建议。

梵海尔辛非常友好地对他说："来吧，孩子，请跟我来，你现在身体很虚弱，还承受了许多悲伤和痛苦，我们知道你身上负担很重。你不能一个人待着，那样会感到恐惧。去客厅吧，那里有温暖的炉火，还有两张沙发。你睡其中一张，我睡另外一张，这样即便我们不说话或者睡着了，能相互陪伴也是好的。"

亚瑟跟他走了出去，临走前还依依不舍地凝望着露西苍白如纸的脸庞。她静静地躺在床上，我环顾房间，看到所有东西都已摆放停当。教授已经在房间里放好了大蒜，另外一个房间也摆好了。整个窗框都放满了大蒜，露西的颈边也放了，在梵海尔辛给露西系的丝巾上面系了一个大蒜花编成的花环。

露西发出了微微的鼾声，她的脸色也十分糟糕，比之前都差，从她张开的嘴里可以看到完全变得苍白的牙龈。而她的牙齿，尤其在昏暗灯光的照射下，显得比早晨时更长更锋利，特别是那些犬齿，在灯光下，看起来比其他的牙齿更尖更长。

我就这样坐在她身旁，不久，她开始不安地扭动起来。同时，窗外传来了一阵翅膀拍打窗户的声音。我悄悄走过去，从窗帘边的缝隙往外看。外面月圆如盘，我发觉声音是由一只大蝙蝠发出的，它在窗前转圈，不停地用翅膀拍打窗户，无疑它是被光吸引来的，虽然灯光很暗。等我回到原位时，发现露西的位置稍微挪动了一点儿，而且脖子上的大蒜花环也被扯下来了。我尽我所能地把花环放回原处，然后坐下来继续看护她。

不久，她醒了过来，遵照梵海尔辛的交代，我喂了她一些吃的东西。她花了很大力气，但也吃得很少。现在，我从她身上看不到求生的欲望和对抗病痛的力量。但让我觉得吃惊且奇怪的是，每当她苏醒，她会把大蒜花按得更紧。这真的很奇怪，只要她处于睡眠状态时，就会试图拿走身上的大蒜花，但她醒来的时候，又把花抓得更紧。露西的行为特点不会有错，因为她在接下来的几小时里，她的这些动作一直在清醒和沉睡中不断多次重复。

早晨六点钟左右，梵海尔辛来接我的班。他没有忍心叫醒还在熟睡的亚瑟。当梵海尔辛看见露西的脸，他倒吸了一口冷气，然后低声说："快拉开窗帘，我需要光线！"然后他弯下腰，几乎要把他的脸碰到露西的脸。他查看得很仔细，接着露西脖子上的花环和丝巾被拿走了，这时，他后退了一步，吃惊地喊道："我的天哪！"这声音像来自他喉咙深处的一声嘶吼。我也弯腰查看露西，周身感到一股凉意。露西喉咙处的伤口彻底不见了。

整整有五分钟，梵海尔辛一直都站在那里注视着露西。他脸上的表情极度严肃。然后他转过身对我说："她很快就要死了，没有多少时间了。她死的时候是清醒的还是昏迷的会造成很大区别。快去叫醒可怜的亚瑟吧，让他们见最后一面。他信任我们，我们也给过他承诺。"

于是，我去餐厅叫醒亚瑟，他刚开始睡眼惺忪，后来他看见阳光从百叶窗照进来，他知道自己起晚了，而且看起来很害怕。我告诉他露西还在休息，但尽量委婉地对他说，梵海尔辛和我都担心露西要不行了。亚瑟用双手捂住脸，一下子在沙发旁双膝跪地，大约持续了一分钟，他埋着头不停祈祷，双肩也悲痛地发抖，大约一分钟后，我拉着他的手，把他扶起来，"过来吧，"我说，"我的老朋友，鼓起勇气来，这才对露西好。"

当我们走进房间时，我发现梵海尔辛一直很有远见，他已经安排妥当了，房间的摆设也尽可能让人心情愉快些。他甚至给露西梳了头发，头发像往常一样铺在枕头上呈波浪形。我们走进房间的时候，露西睁开了眼睛，她看到亚瑟，轻声说："哦，亚瑟，我的爱人，真高兴你过来了！"

亚瑟想过去吻她，但梵海尔辛阻止了他，"不行，现在不行！握着她的手，这样她会更舒服。"

于是，亚瑟握住了露西的手，跪在了她的身旁，她看起来状态很好，柔和的面部线条配上如天使一般的明眸。然后，她逐渐闭上了眼睛，又陷入了昏迷。她的胸脯轻轻地起伏，就像个疲倦的小孩子在呼吸。

然后不知不觉的，睡着的露西又发生了我昨晚发现的变化。她打起呼噜来，嘴巴张开，露出苍白的萎缩的牙龈，牙齿看上去很长很尖。她的意识很模糊，之后像在梦游状态中睁开眼睛，她的目光显得很呆滞，用一种我从未听过的妩媚、妖艳的语调说道："哦，亚瑟！我的爱人，真高兴你来了！吻我吧！"

亚瑟迫切地弯下腰要吻她，就在这一瞬间，像我一样被露西的声音吓到的梵海尔辛，一把用双手抓住亚瑟的脖子把他拖了回来，没想到他有这么大的力气以至于亚瑟几乎被拖到了房间的另一边，"此事性命攸关，请别这么做！为了你和露西的灵魂，不要这样！"然后梵海尔辛站在他和露西之间，就像一只被围困的狮子。

亚瑟被推到后面，一时间不知该如何是好，在被激动冲昏头脑之前，他显然意识到了所处环境的特殊性，于是只好静静地站着，等待着。

我一直紧紧盯着露西，梵海尔辛也一样。这时，我们发觉她的脸开始微微抽搐，锋利的牙齿紧紧咬合在一起。然后她的双眼紧闭，开始急促地呼吸。

须臾，她又慢慢地睁开眼睛，伸出她苍白瘦弱的手，把梵海尔辛古铜色的大手拉近自己，吻了一下。"您是我真正的朋友，"她虚弱而伤感地说，"您是我真正的朋友，也是他真正的朋友！好好保护他，让我离开吧！"

"我向你发誓！"教授庄严地说着，并跪在露西身边，举起自己的手，宣誓一般。接着他对亚瑟说，"来吧，孩子，握着她的手，吻她的额头，只能亲一下。"

然后他们互相凝视着对方，知道天人永隔。之后露西又一次闭上了眼睛。在旁边一直注视着的梵海尔辛拉着亚瑟的手臂，把他拉到一旁。

然后露西的呼吸又变得粗重，然后突然停止了。

"结束了，"梵海尔辛说，"她去世了。"

我搀着亚瑟来到客厅，他坐下，双手捂住脸悲痛地啜泣起来，他的样子让我不忍心看。

我回到了房间，梵海尔辛还在看着露西，他的深情比以前更凝重。露西的身体似乎产生了一些变化。死亡让她更美丽了，她的脸更舒展，甚至嘴唇上苍白的颜色也不见了。仿佛是因为血液从心脏回到了她的脸上，尽可能让她的离世看起来更安详。

"我们可以认为她是睡时死的，也是在死时睡着的。"

我站在梵海尔辛的身边，说道："可怜的女孩，她终于获得了安息。一切都结束了！"

他转过身，严肃地对我说："还没有！还没有！一切才刚开始！"

我问他，他的话是什么意思，他只是摇摇头回答："我们现在什么也不能做。等着吧。"

第十三章

苏华德医生的日记——续

九月十二日

葬礼被安排在第二天举行，这样，露西就可以和母亲埋在一起了。我参加了整个葬礼，那个温文尔雅的殡仪员摆出一副谄媚的面孔，连他的员工也都染上了这个毛病。那个负责遗体美容的女人，从灵堂走出来时，悄声悄语地对我说："她的遗体美容做得好极了，先生。能够为她服务真是荣幸。毫不过分地说，她为我们带来了好名声。"

我发现梵海尔辛一直站在近处。可能是因为露西的家事杂乱无章的关系。露西在此地没有什么亲人，而亚瑟还得在第二天赶回去参加他父亲的葬礼。因此，我们无法通知那些本来应该到场的人。在目前的状况下，只能由梵海尔辛和我亲自查阅法律文件。他坚持要求由他来查看露西的信函文件。我想知道他这样做的原因，因为我担心他作为一个外国人，不了解英国法律的规定，从而可能制造一些本可以避免的麻烦。

他回答说："我明白，我明白。但是你清楚，我不仅是一个医生，也是一名律师。因为你也知道，你想回避验尸。而比起验尸，我还有很多事情要避免。因为房间里可能有更多类似这样的文件。"

他说着，从记事本中取出那张曾经被露西放在胸口的纸条，露西在睡梦中曾经试图撕碎它。

"你一旦找到了去世的韦斯滕拉夫人的律师，请赶紧联系他，并把她所有的文件封存起来。而我，今天会整晚在这个房间和露西以前的房间检查，看看还能不能找到别的东西。如果让她的思想流落到别人手里就不好了。"

我遵照他的安排开始寻找律师的消息，我用了半小时，找到了韦斯滕拉夫人律师的联系方式。于是我给他写了一封信，告诉他夫人所有文件都已经被整理好了，还把夫人的埋葬地点的详细位置也告诉了他。

我正要把信封起来的时候，吃惊地发现梵海尔辛走进房间，问我："有什么我能帮忙吗，约翰？我现在没什么事，如果可以，我愿意随时为你效劳。"

"你需要的东西已经找到了吗？"我问。

他回答说："我也没有在找什么特别的东西，只是盼望有所收获，我找到了一些信、备忘录，和一本刚写了几天的日记。我会保管好这些东西，但是现在最好对这些只字不提。明天晚上我要去和那个可怜的男人见面，等他允许后，这些东西就有用了。"

当我们完成了手头的事，他说："约翰，我们现在应该睡了。睡眠很重要，我们要用它来恢复体力。我们明天还有许多事要做，今晚就不需要我们了。"

上床之前，我们去又看了看露西。殡仪员的工作显然完成得很好，露西的房间已经被布置成了一个小灵堂。屋子里到处装点着白花，好像死亡没那么令人反感了。他们用被单盖住了死者的脸。当教授俯身轻轻地把被单掀开时，我们都被眼前这个姑娘的美丽惊呆了。燃烧的蜡烛让我们可以清晰地看到她。露西恢复了往日可爱的样子，尽管她已经死了几个小时，但她的容貌完全没有枯萎，反倒更加富有生机，以至于我几乎无法相信眼前看到的是一具冰冷的尸体。

教授看上去神情肃穆，他没像我这样爱过她，也不会为她流泪。他对我说："待在这，直到我回来。"然后便走出了房间。不久后，他回来了，手里捧着许多野生大蒜，都是从大厅里一个从未打开的盒子里拿出来的，他把这些大蒜和其他的花一起放在床上和床的周围。然后，他取下自己脖子上一条坠着金色小十字架的项链，放在了露西的嘴上。最后他又把床单重新盖回露西的身上，然后我们就一起离开了。

后来，当我在自己房间准备脱衣服睡觉时，他敲了敲房门，随后走进来，马上对我说："明天晚上天黑之前，请你带一套手术刀给我。"

"我们需要进行尸体解剖吗？"我问道。

"是，也不是。我的确需要做手术，但和你想的手术不同。让我告诉你吧，但是可别对外人说。我需要割掉她的头，挖出她的心脏。看，你作为一个外科医生，还吓成这样！我亲眼看过你给死人和活人做手术，别人都胆战心惊，你却从没发过抖。当然我不会忘记，你爱过她，我的朋友，所以手术由我操刀，你只需帮忙。这个手术我本想今天就做，但是为了亚瑟，我不能这样。等他明天去参加葬礼以后我们就有时间了，他应该会想来再看看她。然后，等她被装殓后，你和我就可以趁夜深人静的时候再来。把棺材打开进行手术，然后移花接木，这样除了我俩，别人就不会知道了。"

"但是我们到底为什么要做这些事？这个姑娘已经死了。为何还要这样伤害她的身体？如果根本不需要尸检，这样做也没什么收获，这对于她，对于我俩，对于科学研究，对于人类的常识，都没有好处，为什么要如此？这太荒谬了。"

他把手搭在我的肩上，非常温柔地回答我："约翰，我知道你的心在流血，我为此深表同情，我愿意用更多的爱安慰你。如果可能，我情愿替你承担这些痛苦。但是，有的事是你不知道，不过你终究会知道的。感谢上帝，我知道了这些事，虽然这些事并不值得高兴。约翰，我的孩子，我们已经是多年的朋友了，你还不了解我吗？我绝不会无缘无故地去做什么事的。我可能会出错，那也是因为我只是个普通人。但是，我对我要做的事深信不疑，因为这个原因，你才会在大难临头的时候寻求我的帮助，对吗？当我阻止亚瑟吻他垂死的爱人，尽全力拉开他时，你既不吃惊也不害怕对吗？当然了！因为你也看到了垂死的露西如何用眼神和微弱的话语感谢我，你也看到她亲吻我粗糙的老手为我祝福。难道你没有看到我向她发誓之后，她感恩地闭上眼睛的样子吗？你一定看到了！"

"我要做的这一切，都具有充分的理由，这些年来你一直都很信任我。过去的几周里，虽然出现了很多蹊跷的事情，你也一定有所怀疑，但你还是选择相信我。那么就请再继续相信我一次吧，约翰。如果你选择不再相信我，我就不得不把我的想法告诉你，也许这样没什么好处。如果我要做什么，不管别人是否相信我，我都会去做。但是如果我的朋友不相信我，我只能带着一颗沉重的心去做这件事。如果我需要协助和勇气，我将会感到多么孤单！"他停顿片刻，然后继续庄严地说，"我的朋友，我们将会面对很多奇怪和可怕的事，让我们联合起来，同心协力，共同取得成功。你对我有信心吗？"

我拉住了他的手，向他保证我完全信任他。他离开后，我开着房门，目送他走回自己的房间把门关上。我站在原地，此时我看到一个女仆默默地经过走廊，走进了露西的房间。但是因为她背对着我，所以没有看到我。我被这个景象感动了。这样的奉献是弥足珍贵的，对那些没有被要求却主动奉献爱心的人，我们应该真心感激。此刻，这个女孩，忘记了对死亡的恐惧，孤身一人为她深爱的小姐守灵，只是为了让她的主人永久安息前，感到不再孤独。

这一觉我睡了很久，而且睡得很沉，当梵海尔辛来我房间叫醒我时，已经天光大亮了。他站到床边对我说："不用麻烦你拿刀来了。我们不做手术了。"

"为什么不做了？"我问他。因为前一晚他肃穆的谈话让我记忆犹新。

他严肃地说："因为已经太晚了，或者说还为时过早。你看！"他拿出了那条金色十字架项链。

"它昨天晚上被偷了。"

"什么！被偷走了？"我奇怪地问，"它现在不是在你手上吗？"

"这是从偷项链的那个无耻之徒处要回来的，那个连死人的东西都要偷的女人。她一定会遭报应的，不过我不会惩罚她。她完全不知道自己做了什么，只是因为无知而偷窃。等着瞧吧。"说完这句话他就走了，留下我在那里思来想去，完全摸不着头脑。

整个上午都很无聊，但中午的时候，马尔奎德和里德代尔律师所的马尔奎德律师来访了，他很亲切，并对我们做的一切表示感谢。于是我们把手中一些待办的琐事交给了他。午饭期间，他告诉我们，韦斯滕拉夫人以前就担心自己会死于心脏病突发，所以已经将身后事安排好了。他说，露西的父亲遗产的一部分，由于没有直系男亲，将留给家族的远亲，除此之外，剩下所有的财产，包括房子这类的不动产和其他私人物品，都全部由亚瑟·霍姆伍德继承。然后他继续说道：

"坦白讲，我们已经竭尽所能地来避免这种情况发生，因为这可能会产生几种后果：她的女儿很可能最终将身无分文，或者她的女儿将不能自由选择婚姻关系。实际上，我们针对此事产生了激烈争论，几乎要酿成冲突，她也曾质问我们愿不愿意服从她的意愿。当然，我们除了接受之外别无选择。在常规上我们是对的，在99％的概率里我们的理性判断都是正确的。"

"然而，我得承认在这个案子里，任何其他分配财产的方式都违背了她的意愿。因为只要她比她的女儿先死，那么她将自动获得财产。如果事先没有立遗嘱的话，一般这种案例也不会有遗嘱——即便女儿比母亲只多活五分钟，那么她的遗产也只能被作为无遗嘱财产来处理。在这种情况下，即便高达明勋爵是逝者最亲密的朋友，也无法获得继承权。而那位远亲，不会对一个陌生的人感情用事，从而放弃自己对这部分财产的继承权。我向您保证，先生，我对最终的结果非常满意。"

他是个好人。然而他只对这件小事感到满意，也许是由于工作造成的，这件事才是真正感兴趣的。和这样一个大悲剧相比，他确实是一个缺乏同情心的活典型。

他未曾太久停留，但是他说会在今天稍晚时候来与高达明勋爵见面。无论怎样，他的到来还是给我们带来了些许安慰。因为不再需要担心我们的作为会招来非议了。亚瑟大约会在五点钟回来，因此在那之前，我们又一次去了灵堂。发现母女二人一起被停放在同一间灵堂。殡仪员手艺精湛，将一切东西都摆放妥帖，房间里死亡的气氛立即让我们的情绪低沉下来。

梵海尔辛让殡仪员按照之前的样子摆放，他解释说，高达明勋爵马上要到了，单独安放她未婚妻可以让他不会感觉那么难受。

殡仪员对自己愚蠢的改动感到惊慌，他立刻将一切恢复成前一晚的样子。这样，亚瑟来时就不会像我俩刚才那样吃惊了。

可怜的亚瑟！他看起来异常伤心。他的男子气概在这种精神压力下有所削弱了。我知道，他和父亲感情很好，此时失去父亲，无疑是一个沉痛的打击，他对我还和以前一样热情，对梵海尔辛则温文尔雅。但我很容易发现了他的忧郁，这一点教授也发现了，于是他示意我带亚瑟上楼。我照办了，把他留在了灵堂门口，因为我觉得他或许希望单独和露西在一起，但是他拉着我的手让我也一起进去，他嘶哑地说："你也爱过她，我的老朋友。她把一切都告诉我了，而且在她心里，没有比你更亲密的朋友了，我不知道该如何感谢你为她所做的一切。我已经不能思考了……"

突然，他的情绪失控了，双手抱着我的肩膀，把头靠在我的胸前，大哭起来："哦，约翰！约翰！我不知道该如何是好！我的生活突然离我而去，这世上已经没有我活下去的理由了！"

我尽我所能给了他安慰。在这种情境，男人的安慰不需要太多言语。一只紧握的手，一副有力的肩膀，一起默默流泪，都是对一个男人表达同情的方式。我安静地站着，直到他渐渐停止啜泣，然后我轻声说："我们再看看她吧。"

我们一同来到床前，我把盖在露西脸上的布拿下来。天啊！她多么美。好像时间在增添她的美貌。这让我又惊又怕。亚瑟也开始颤抖和战栗，他沉默了很长时间，然后小声地问我："约翰，她真的死了吗？"

我伤心地给了他肯定的回答，并向他解释，经常会有死者的面孔变得更加柔和，甚至面容越来越年轻的情况。特别是那些临死前受过强烈折磨的人，这种情况更为常见。我这样说，是因为这种怀疑必须尽快打消，但他好像接受了我的解释。他跪在遗体前，深情地凝望着他的爱人，过了很长时间，他才转过脸。我告诉他这是最后一面了，因为要准备入殓了，于是他回去握起她的手，吻了它一下，然后又弯腰吻了她的额头。他离开的时候，还一步一回头地望着。

我把亚瑟留在了客厅，然后去告诉梵海尔辛，他已经跟遗体告别了。于是，梵海尔辛去厨房通知殡仪员开始准备合棺入葬。当他回来时，我把亚瑟的问题告诉了他，他回答说："这不奇怪，因为刚才我自己也产生怀疑了呢！"

我们一起用餐，我可以看出，可怜的亚瑟想尽量振作。梵海尔辛一直保持沉默，当用餐结束，大家点起雪茄后，他才说："勋爵……"

但是亚瑟打断了他："不，别这样，看在上帝的分上！请

不要这么称呼我，请原谅，先生，我并非有意冒犯。只是我
最近失去了太多亲人。"

教授温柔地回答："我这么称呼，是因为我不知道该如何
叫你，我不能叫你'某某先生'，我的孩子，我非常喜欢你，
是把你作为孩子来喜欢的。"

亚瑟热情地握着教授的双手，"您怎么称呼我都好，我希
望我可以永远是您的朋友，我不知道如何感谢您，感谢您为
我心爱的人做出的一切努力。"他停了片刻，接着说，"我知
道，她更了解您的仁慈，如果我有什么失礼或不当的举动，
您记得……"教授点了点头，"希望您可以原谅我。"

教授肃穆而慈善地回答："我知道，目前让你信任我很
难，因为你只有明白我那时用力拉住你的原因，才能理解我
当时的做法。你之所以现在无法信任我，是因为你还不了解
情况。可能以后还会有很多时候我会需要你在不能，不愿或
者不需要明白就里的情况下，尝试去信任我。但总有一天，
你会对我完全信任，那时候一切都会真相大白。而你也会彻
底地感谢我。因为我做的一切都是为了你，为了他人，也为
了我发誓要保护的露西小姐。"

"确实如此，确实如此，先生，"亚瑟热情地说，"我会无
条件地信任你。我知道，也确信你的心灵十分高尚，你和约
翰是朋友，也是露西的朋友。请你去做任何你想做的事吧。"

教授清了清嗓子，好几次都像是要说些什么，最后他说
出了口："我可以向你问一些事情吗?"

"当然可以。"

"韦斯滕拉夫人把所有遗产都给你了，你知道吗?"

"不知道。可怜的夫人，我从没有想过。"

"现在这些东西都属于你了，你有权随意处置它们。我希

望你首肯我查阅露西小姐所有的文件和信函。请相信我，我这样做绝不是因为无聊的好奇心。我这样做是有原因的，我想露西小姐泉下有知也会同意我的做法。这些东西都在这里。我拿到这些东西时并不知道它们将归你所有，我把它们收起来是为了不要让陌生人看到这些文件，通过这些文字窥视她的心。我会把它们保存好，如果可以，你现在最好也不要读它们，但我会将它们妥善保存，绝不会有遗失。等到恰当的时机，我会把这些东西都还给你。我的要求有点困难，但是我想你会同意的，你会吗？看在露西的份上。"

亚瑟像往常一样，发自内心地说："梵海尔辛医生，请完全按照你的意愿行事。如果露西还活着，我感觉她也会同意我这么做。在时机成熟之前，我不会向您发问。"

教授站起来，郑重地说："你的选择是对的。我们都在承受痛苦，但痛苦不是永恒的，最后的结局也不会是痛苦。我们，还有你——尤其是你，我亲爱的孩子，一定会苦尽甘来。我们一定要无私奉献，恪守责任，一切都将好起来！"

那晚，我睡在亚瑟房间里的沙发上。梵海尔辛则彻夜未眠。他来回踱着步，好像在房间里巡逻，眼镜一直盯着停放露西棺椁的房间。那个房间里放了许多大蒜花，它的刺鼻气味，混合着百合和玫瑰的清香，弥漫在整个房间。

麦娜·哈克的日记

九月二十二日

我现在乘坐着开往埃克塞特的火车上。乔纳森已经睡着了。感觉我像是昨天才写过日记，事实上，从还在惠特比到现在我再一次写下日记，已经很久了，也发生了太多事情。

乔纳森不在我身边，而且杳无音信。而现在，我和乔纳森已经结婚了，他从一名律师，成为合伙人和一个富有的产业主。然后哈金丝先生去世了，下了葬。又发生了一件新的事情可能会对乔纳森造成伤害。

也许有一天他会向我问起这些事，我需要记下这一切。但现在，我的速记有点生疏了，我应该重新开始练习，它也许会给我们带来意外的收获。

葬礼既简单又庄重。到场的人包括我们和主持人员，他的一两个从埃克斯特赶来的老朋友，他在伦敦的代理人，另外一位先生代表律师联合会的主席约翰·帕克斯顿（John Paxton）先生。乔纳森和我手牵手站在一起，我们明白，我们最要好最亲密的朋友已经离开我们了。

我们乘着一辆开往海德公园角的公共汽车，安静地回到城里。乔纳森觉得公园里会比较有趣，所以我们找了个位置坐下了。但是那里根本没什么人，这么多空椅子看上去很寂寥，让我们想到了家中的那把空椅子。于是我们站起身来，开始沿着皮卡迪利大街散步。乔纳森搂着我的肩膀，在我开始去学校任职以前，他就经常如此。我觉得这样不太合适，因为我在学校教给女孩道德礼仪，我自己不能这样不守规矩。但搂着我的人是乔纳森，我的丈夫，况且这里没人认识我们，就算认识，我们也不在乎他们的想法，于是我们就这样继续走着。

我看到一个很美的姑娘，戴着大圆盘帽，坐在一辆遮篷马车上，停在圭里亚诺店外面。乔纳森突然用力捏我的手，把我弄得生疼，我听见他倒吸一口冷气说道："我的天啊！"

我本来就一直担心乔纳森，害怕那些紧张情绪会再次折磨他。所以，我快速转身，问他出了什么事。

他面色苍白，双目圆睁，惊恐地盯着一个瘦高男人，他长着鹰钩鼻，蓄着黑色胡子，他也在盯着那漂亮姑娘看。那人出神地看着，以至于没有注意到我们，所以我将他好好打量了一番。他的面相不善，深情严肃，冷酷，还有一点色情的意味，他的牙齿在鲜红的嘴唇映衬下显得更白，像动物一样龇出来。乔纳森一直目不转睛地盯着这个男人，我都害怕他会发现我们。我害怕这个人生气，因为他看上去十分凶残讨厌。我问乔纳森到底怎么了，他显然认为我也知道他所想的事情，他回答："你没看出来他是谁吗？"

"不知道，亲爱的，"我回答，"我并不认识他，他是谁呢？"他的答案让我害怕，因为他听上去好像不是在和我——麦娜本人说话："这就是他本人啊！"

可怜的乔纳森很明显是被什么吓到了，怕得要死。我相信，要不是此刻我在他身旁让他可以倚靠的话，他可能已经瘫倒在地了。他还在死盯着那个人。这时，一个男人从店里走出来，手里拿着一个小包，他把包裹给了马车上的小姐，然后她就离开了。那个阴沉的人始终盯着她，随即也叫了一辆马车沿着皮卡迪利大街跟过去了。

乔纳森看着那个人，自言自语道："我确信他是伯爵，但他年轻了许多。上帝啊，如果这是真的！哦，老天！老天！我要是知道！我要是知道！"他看上去十分痛苦，我害怕我问他问题会让他一直想着这件事，所以我始终保持沉默。我拉着他走开了，他搂着我的肩膀跟着我。我们又走了一段路，然后走到了格林公园。虽然已经进入秋天，天气还是很热，我们在树荫下舒服地坐了坐。乔纳森发了一会儿呆，然后他闭上眼睛，头靠在我的肩上睡着了。我想，这对他最好不过了，所以我没有惊动他。他睡了二十分钟后醒了过来，然后愉快地对我说："麦娜，我居然睡着了？真抱歉我太无礼了。我们去喝杯茶吧。"

很显然他已经完全忘记了那个陌生人。我不喜欢他诸如此类的遗忘，我害怕长此以往会对他的大脑造成损害；但我也不敢问他，因为害怕会得不偿失。但我必须要对他那一段海外经历有所了解。时机成熟的时候，我会不得不打开他的包裹，看看日记本里写了些什么。哦，乔纳森，我相信，如果我有什么事情做错了你会原谅我的，因为我做的一切都是为了你。

后来，我们回到家还是很伤心，毕竟那位那么好的老人离开了我们。乔纳森的旧病仿佛有复发的迹象，面目苍白，头脑昏昏沉沉。这时我们收到了一位署名为"梵海尔辛"的陌生人发来的电报：

> 很抱歉通知你们，韦斯滕拉夫人已于五天前去世，昨天露西也跟着离我们而去，她们已于今日被安葬了。

天啊！这寥寥数语包含了多少伤心！可怜的韦斯滕拉夫人！我可怜的露西！她们都去了，都去了，都一去不返了！可怜的亚瑟，突然失去了生活中最重要的人！上帝啊，请帮助我们承受这些痛苦吧！

苏华德医生的日记——续

九月二十二日

一切都结束了。亚瑟走了，他是带着昆西·莫里斯一起走的。昆西是个好人！我绝对相信露西的死对他的打击和我们一样深。但他像一个负责任的斯堪的纳维亚人那样挺了下来。如果美国继续培养出像他这样的人，那么，美国必将成为世界强国。梵海尔辛正躺着休息，为晚上的旅程准备。他将在今晚回到阿姆斯特丹，然后明天晚上便会回来，他只是必须亲自回去安排一些事，如果可能的话，很快就回来和我相聚。他说他在伦敦也有事情要处理，他可能会在这件事上花费一些时间。可怜的人！即便他有钢铁般的意志，过去那一周的压力恐怕也会把他压垮了。我能看出，他在整个葬礼上都一直非常紧张。当葬礼结束，我们一起陪着亚瑟，他正在描述那次自己为露西输血的情况。我看见梵海尔辛的脸色一阵青，一阵白。亚瑟说，自那次输血之后，他就感觉露西已经成为他的妻子。我们没有人提起之后的几次输血，我们也不会提。然后亚瑟和昆西一同去了火车站，梵海尔辛和我则朝这里走。我们在马车里独处的时间里，他开始表现得歇斯底里。后来他拒绝承认他的行为歇斯底里，只坚持说那是他不合时宜的幽默感。他先开始大笑，后来开始大哭，然后他又笑了，到最后他一边哭一边笑，像个女人一样。我试图在他面前严肃起来，就像我对待一个歇斯底里的女人时的做法一样，但是没起到作用。男人和女人的发泄方法是多么不同啊！当他恢复严肃庄重的样子后，我询问他为什么要笑，为什么在这种时刻要笑。

他的回答方式特别具有"梵海尔辛"的特点——有理有据、说服力强、又充满神秘感——他答道："哈，约翰，你是不会理解的。虽然我在笑，这并不代表我不难过。在我笑得喘不过气时，我在哭泣。而我在哭的时候也不完全是因为伤心，笑的时候也如此。要记住，那些准备好的笑——敲门问：'我可以进来吗?'——不是真实的笑。笑就像国王，想来就来，笑不会征求人的意见，也不管时间是否合适，它说来就来。看，比如我为那个年轻姑娘伤心，尽管我又老又累，还是给她输了我的血。为她付出时间、经验和睡眠。然而我还可以在她的葬礼笑出来。当一铁锹一铁锹的泥土覆盖上她的棺材，我还是可以笑。直到我的面色恢复正常，我的心还在为那可怜的孩子滴血，他和我的孩子，如果他还活着的话，差不多大，他们有一样的头发和眼睛。"

"现在你该明白，我为何如此疼爱他了吧。他说话的时候深深打动了我，我那强壮的心，对他有一种父亲般的亲近，这种关系，甚至超越了我对你，让我们像一对平等的父子。这时，笑的国王朝我大喊：'笑吧！笑吧！'这种想笑的冲动让我血脉贲张，面色红润。哦，约翰，这个世界很奇怪，充满悲伤的灾祸和烦恼，然而，当笑意降临，一切感情都由它指引。滴血的心，墓中的骸骨，伤心的泪水，都被笑意不露声色地指挥。相信我，约翰，笑是一件好事。我们人类，不论男女都在被某些东西牵引。眼泪来到了，它们就像绳子，牵引禁锢着我们，但总有一天我们会挣脱束缚，斩断禁锢。而当笑意到来，它是我们放松，激励我们继继续前进，这就是笑的伟大。"

我不想假装懂得他的想法，但是我确实依然不明白他为什么笑，就再次追问。他的脸色沉重起来，用一种完全不同的语调对我说："这真是太讽刺了。这位可爱的女子沉睡在花丛中，如此鲜活，以至于我们都怀疑她是否真的死了。她躺在大理石墓地里，周围还沉睡着她的许多亲人，其中还有深爱她、也是她亲爱的母亲，丧钟缓缓地鸣响，那些神职人员，穿着洁白的长袍，假装在读经书。其实始终没往书上看一眼，所有人垂首而立。做这一切都是为什么？不就是因为她已经死了吗!"

"要我说,教授,"我说道,"我没觉得这有什么可笑的。你的解释让我越来越难懂了。就算葬礼本身很滑稽,那么亚瑟和他悲惨的处境又怎么说?他可是悲痛欲绝啊。"

"是这样。他不是提过,因为他把血输给露西,这样她就成了他真正的妻子了吗?"

"是的,这只是对他的一种安慰。"

"确实如此。但是我有一个疑问,约翰。如果这样,其他人呢?你和昆西,还有我呢?如此一来,这个少女就犯了重婚罪了。而我,虽然我的妻子已经离世了,但根据教义她还活着,虽然她的思想已不复存在,尽管我对去世的妻子保持忠诚,也变成了一名重婚者。"

"我更不觉得这有什么可笑的!"我说,况且我对他的说法并不满意。

他的手搭我的肩膀上,说:"约翰,如果我让你难过了,请原谅我。我不愿意轻易向别人表达内心的感受,唯独对你,你是我的老朋友,值得我信任的人。如果当我想笑时你能读懂我的心,如果笑意还能降临在你身边,你就能懂我了;我已经许久没有笑过了,笑的国王已经长久不曾光顾我了,也许只有你会同情我。"

我被他诚恳的话语打动了,问他为什么这么说。

"因为我就是知道!"

现在我们各奔东西,我们都与孤独为伴过了很长时间。露西躺在家族墓穴里,那一块孤独而高贵的墓地,远离伦敦的喧嚣,空气清新,太阳从汉普斯特山上升起,野花恣意地绽放。

我要写完这本日记了,只有上帝知道我是否会写下一本。

如果我真的再开始写一本日记，那也是要写别的人和别的事了，在这里，让我写下一段悲伤爱情的结尾，在我重新投入新生活和新工作之前，我必须哀伤而无望地说："一切都结束了。"

《西敏寺公报》
九月二十五日 汉普斯特的神秘事件

最近，汉普斯特区域生了一系列神秘事件，引起了新闻界的关注，比如大家熟知的"肯星顿恐怖事件"，还有"拿匕首的女人"以及"黑衣女人"。过去的两三天以来，发生了几起案件，都是小孩从家里或者在外面玩耍后失踪的事件。这些案件中的孩子年龄都很小，说不清事情的经过，但是他们都提到了一位"布鲁福女士"，他们都是和她在一起的。他们的失踪时间都是在深夜，在两件案子中的孩子到了第二天凌晨才被找到。人们都普遍认为，第一个失踪的男孩在被找到后解释说，是一位"布鲁福女士"带他散步去了，于是在其他事件中，别的孩子都沿用了这个理由。这种事情并不少见，因为孩子们最近开始喜欢玩一种用诡计诱拐别的小伙伴的游戏。一位记者报道说，孩子们把扮演那位"布鲁福女士"当成一件趣事。他说，我们的漫画家应该从这个事件中吸取教训，因为他们所画的怪诞人物往往让孩子们把虚幻与现实混淆在一起。这位"神秘女士"符合人性的基本性格，所以成了受欢迎的角色。我们的记者还天真地说，就算是埃伦·特里这样的大明星也不如这些孩子的扮演惟妙惟肖。

然而，问题并不那么简单。因为有些孩子，准确地说是那些晚上失踪的孩子，他们的喉咙上有点小伤口。这些伤口看上去像是被老鼠或是小狗咬伤的，这件事如果单独看并没什么意义，但是这些证据表明，无论是哪种动物袭击了孩子们，它们伤人的方法都是特定的。警方已经提醒大家，要特别注意那些离群的孩子，尤其是汉普斯特一带的十分年幼的孩子，还有周围的流浪狗。

《西敏寺公报》
九月二十五日　特刊汉普斯特的恐怖事件

又有一名儿童受伤

神秘女士

本报刚刚得到的最新消息，又有一名孩子于昨晚失踪，并于今早在汉普斯特舒特尔山的灌木丛中发现了。与之前的地方相比，此处发生这类事件较少。与之前的案件相同，这个孩子的喉咙处也发现了小伤口。这个孩子看起来十分虚弱和憔悴。当他恢复知觉之后，也说自己和其他孩子一样是被"布鲁福女士"诱骗了。

第十四章

麦娜·哈克的日记

九月二十三日

乔纳森昨晚不太好，但是今天好些了。他有很多事情要做，这让我很高兴，这样他就可以不用去想那些恐怖的事了；另外，让我高兴的是，他没有被新工作压垮。我知道他是一个对自己负责的人，我真的感到非常骄傲，看到他可以不断进步，能够圆满地完成身上肩负的重担。他说今天要很晚回家，也不能在家里吃午饭了。现在，我已经把家务都做完了，所以我可以待在自己的房间里，好好读一读乔纳森在国外的日记了。

九月二十四日

我昨晚心情不好，没有写日记。乔纳森写的那些恐怖的日记折磨着我，让我心里很难受。可怜的人！无论那是真实的还是虚幻的，他都一定受到了很大的折磨。这些事情的真实性到底如何，他是不是头脑一热，写下了这些奇怪的东西，还是有什么原因？恐怕我永远也不会明白这件事的原委了，因为我根本不敢去问他这个话题。另外，就是我们昨天见到的那个可怕的男人！乔纳森好像肯定认识他是谁，可怜的爱人！我想应该是葬礼让他心绪烦乱，让他记起了以前发生的事情。

他应该是相信自己经历过这一切的。我记得在结婚那天他曾这么说："除非是上帝给我任务，让我不得不重新回到那段痛苦的时光，不管我是醒是睡，是疯狂是清醒……"这件事看来还没结束。那个恐怖的伯爵随时会来到伦敦。如果真是如此，他会带来成千上万的……也许神圣的责任真的会出现，那时，我们一定不能退缩。我要做好准备。我要准备好我的打字机，把那些速记符号转译成正常文字。如果我们找到帮手时，他们就可以阅读。而且，那时我可以代表他，这样可怜的乔纳森就不用卷入这麻烦之中，也就不会因此受折磨了。等乔纳森不再因此焦虑，也许他可能会把一切告诉我，这样我就可以向他提出问题，找出问题的答案，并且给他安慰了。

梵海尔辛给哈克夫人的信（机密）

九月二十四日

亲爱的哈克夫人：

请您原谅我上次给您发的电报，因为我们并不算是亲密的朋友，却是由我向您告知露西·韦斯滕拉小姐去世的消息。感谢高达明勋爵，他允许我读露西小姐的信函和文件，因为我对某些至关重要的事情十分关注。在露西小姐的信中，有一些是您写给她的。我从信中可以看出你们是闺中密友，您又那么爱她。基于这样的爱，哈克夫人，我向您请求帮助。我这样做是为了维护他人的幸福，为了避免错误的发生，也为了挽回损失，这损失可能比您想象的要严重得多。我可以见您一面吗？请您相信我。我是苏华德医生和高达明勋爵（就是露西的亚瑟）的朋友。我暂时必须对此事保密。如果您同意会见我，并告诉我在何时何地可以见面，我会即刻赶到埃克斯特。

请您原谅，我读了您写给露西的信，这些信让我了解到您的善良，以及您的丈夫经受过的苦难。因此我恳求您，尽可能不要向您的丈夫提起这件事，我担心这会对他造成伤害。再次致歉。

梵海尔辛

哈克夫人给梵海尔辛的电报

九月二十五日

如果还来得及，请赶今天十点十五分的火车，随时恭候您。

麦娜·哈克

麦娜·哈克的日记

九月二十五日

梵海尔辛医生的来访让我感到抑制不住的兴奋，我也不明白为什么会这样。我希望他的来访能帮助我对乔纳森的可怕经历有一些了解。而且因为梵海尔辛在露西弥留之际还在照顾她，他可以对我讲讲露西的事。

这才是他来见我的原因，他是为了露西和她的梦游来的，而不是为了乔纳森。那样，我就永远不会知道真相了！我太傻！那本可怕的日记占据了我的头脑，一切东西都仿佛和它有关。

医生来访一定是为了露西。她梦游的老毛病又犯了，肯定是那次梦游到悬崖的经历诱发其他病情了。这段时间，我忙得顾不上她以后病得多严重。露西一定把这件事告诉了梵海尔辛，而且告诉他我知道此事的过程。所以，他现在来向我了解情况，这样他就可以明确病因了。我希望，我没有把这件事告诉韦斯滕拉夫人是对的。如果是因为我的某些错误，给露西造成了伤害的话，我将永远不能原谅自己。我也希望，如果真有什么隐情，梵海尔辛医生不要怪我。我最近已经经历了太多麻烦和烦恼，我再也承受不了更多了。

我想大声喊叫可能有益身心，可以消除心头的阴影。也许是因为乔纳森的日记让我心情烦躁。而乔纳森今天一早就出门了，他会在外面待一整天，这也是我们成婚以来首次分开这么久。真希望我的爱人可以好好照顾自己，别遇上什么烦恼。

现在已经是下午两点钟，医生很快就到了。除非他向我问起，否则我不会提起乔纳森写的那本日记。我真高兴我已经改写好了我自己的日记。这样，万一他问到关于露西的事，我可以把日记交给他。这样可以省很多事。

稍后。

医生来过，又走了。这是一次多么奇怪的会面，简直让我晕头转向。我仿佛在做梦。我是在做梦吗？或者其中某一部分是真实的？要不是我之前读了乔纳森写的日记，我是一点都不会相信的。我可怜的乔纳森！他忍受了多少痛苦啊！愿上帝保佑他不会再因此事而不安了。我要尽可能瞒住他。但是，如果让他知道他看到听到想到的一切都是真实的话，虽然这些东西会很可怕，甚至带来严重后果，但这可能对他来说也是一种安慰和帮助。也许他正被怀疑所折磨，一旦怀疑被打破，只要证明这些事是真的，不管是清醒的还是在梦中，他才会获得满足，也能承受更多打击。

如果梵海尔辛医生与亚瑟和苏华德医生是好朋友，他又从荷兰千里迢迢来照顾露西，那他一定是一个善良又睿智的好人。通过和他的会面，我也能感觉到他善良和蔼，且具有高尚的品格。当他明天再次到访，我要向他请教关于乔纳森的问题。然后，上帝啊，但愿现在的悲痛和焦虑能够就此消失。

我过去也想过，要不要学习采访。乔纳森有一个朋友在《埃克斯特报》工作，他曾经说过，采访的秘诀就是记忆力，你要逐字逐句记下采访中的每一句话，哪怕采访过后再来提炼。以下就是一次有趣的会面，我会尽我所能逐字逐句地把它记录下来。

大约在两点半左右，传来了敲门声。我鼓起勇气在里面等候。过了几分钟，玛丽打开门，向我传话："梵海尔辛医生到了。"

我站起来向他点点头，然后看见他朝我走了过来。梵海尔辛是一个身材中等，体格健壮，肩膀挺直，胸腔厚实，脖子粗壮的男人。他匀称的体形让我感觉他应该是富有智慧和力量的。他的后脑勺饱满，脸型坚毅，下颌方正，嘴巴灵活生动，鼻梁挺直，鼻子的形状也很适合。但他的鼻孔很敏感，他皱眉或咬紧牙关的时候，鼻孔就会放大。他的天庭饱满，两只深邃的蓝眼睛之间有点距离。他的眼神随着他的情绪而改变，时而敏捷，时而温柔，时而严峻。

他对我说："您是哈克夫人吗？"我给了他肯定的答复。

"您婚前是麦娜·莫里小姐？"我又点了点头。

"我就是来见您的。可怜的露西小姐，您曾是她的朋友。哈克夫人，我此行就是为了逝者。"

"先生，"我说，"在我眼里，您就是露西的挚友和恩人了。"我伸出了手。

他与我握手，很温柔地说："哦，哈克夫人，我相信，可怜的露西的朋友一定是个好人，但现在我还想知道……"他停下来，彬彬有礼地向我鞠了一躬。

我问他此行来见我的目的是什么，他马上说："我读了你给露西小姐写的信。请原谅我的做法，但我必须开始调查，却无从着手。我知道你曾和她一起生活在惠特比。她偶尔会写一些日记，你不必觉得吃惊，哈克夫人。就是从你离开之后她才开始写日记的，她这是在效仿你。在她的日记里，提到她的一次梦游经历，并说是你救了她。我感到很困惑，所以就来找你，请你能出于好心，把你所记得的一切都告诉我。"

"梵海尔辛医生，我想，我可以把一切都告诉你。"

"好，那你可以回顾事实的所有细节吗？并不是任何年轻女士都有这样好的记忆力。"

"不是的，医生，只不过我当时把一切都记下来了。要是你想要的话，我来拿给你看。"

"噢，哈克夫人，太感谢你了。你真是帮了我的大忙。"

不过我还是忍不住要卖个关子，我想，应该先让他感受一下原汁原味的第一手材料。所以我把那本用速记符号写的日记拿给了他。他感激地行了一礼，然后问道："我现在可以阅读它吗？"

"只要你愿意，当然可以。"我故意严肃地说。他打开日记脸色顿时不太好。

然后，他站起来向我行了个礼："哦，您真是聪明的女士！"他说，"很久前我就认为乔纳森先生是值得感谢的，但是瞧瞧，连他的妻子都有这么大的本事。你能不能帮我个忙，把它读一读？唉，我是看不懂速记符号的。"

我的小玩笑在此时结束了，我感到有点儿不好意思。所以，我把已经整理好的打印稿拿给了他。

"请原谅我，"我说，"我刚才同您开了一个小玩笑。但是，我猜您是想打听露西的事，所以，我怕您时间宝贵，恐怕没有时间多待，就打了一份给您。"

他接过稿子，眼睛发着亮，说："你真是个好人，我可以现在就阅读它吗？读完这些稿子我可能会有一些问题要问您。"

"完全可以。"我说，"我去准备午饭的时候，你就可以随意阅读，在我们吃饭时您可以向我提出各种问题。"

他向我行了个礼，坐在一个光线很好的地方，专心致志地开始看稿子。为了不打扰他，我亲自去准备午餐。当我回来的时候，他正在屋里踱步，满脸兴奋的样子。他看见我，就冲过来拉住我的双手。

"哦，哈克夫人，"他说，"您不知道您帮了我多大的忙。这本日记就像阳光一样为我敞开了大门。我都被阳光照耀得有点眼花了。但就算是如此强烈的阳光，背后还是乌云翻滚。不过您现在还不能理解。哦，但我还是十分感激您了，您实在是太聪明了，夫人。"

他接着严肃地说："如果有任何事您需要我为您效劳的话，请您一定开口。能够像朋友一样为您或您的丈夫服务是我的快乐和荣幸。作为朋友，我会尽全力为你们夫妇效劳。生活中既有阴暗，又有光明。您就是那一道阳光。你一定会生活幸福，您的丈夫也会因你有福的。"

"但，医生，您太过奖了，你也并不了解我啊。"

"不了解你？我是一个老头子，我花了毕生的精力去研究人，男人和女人。我的专业就是研究大脑，大脑的组成和大脑的思维方式！我已经读过你专门为我打出来的日记了，字里行间都透露着真实。我读过你写给露西的信，那些文字有关你的婚姻和你对丈夫的信任，那么美好的文字，您还觉得我不了解您？哦，哈克夫人，好女人每分钟、每小时、每天都在讲述这样的生活，这些内容只有天使才有机会读到。我们这些试图了解女人的男人，都需要有天使一般的眼睛。您有一位品德高尚的丈夫，而您也一样，这都源于您对他的信任。这样的信任是不可能出现在卑劣的人之中的。至于您的丈夫，告诉我他的情况吧。他还好吗？他的病痛痊愈了吗？他又像以前那样强壮健康了吗？"

"他觉得自己遇到了一个人，这个人让他想起了那些可怕的事情，就是那些事造成了他的脑热。"说到这里，我仿佛感觉被所有的事压垮了。我同情乔纳森，他经历了太多恐惧，他日记中提到的恐怖事件，一直在折磨我，这些情绪一下子爆发了。我想我可能有点儿歇斯底里了，因为我突然跪倒在他面前，伸出双手，恳请他医好我的丈夫。

他拉着我，扶我起来，让我在沙发上坐下，随后坐在我的身旁。他拉住我的双手，十分温和地对我说："我整天工作，没有时间经营友情，所以个人生活一片荒芜。但是，自从我的好朋友约翰·苏华德把我带到这里，给我机会认识许多这么好的人，体验到了许多高尚的情操，这样我越发感到自己的年迈和孤独。相信我，我满怀敬意地来找你，是你给我带来了希望，并不是说我在寻找希望，而是在这里，有一位可以给生活带来幸福的女士，她的生活和她的信仰能在未来指引孩子们向善。我很高兴，我的到来能对你有所帮助。因为，你丈夫的问题，正是我的研究范围。我向你保证，我会竭尽所能去帮助他，让他恢复强壮勇敢，让你生活幸福。现在，你必须吃点东西，你心绪繁重，过于劳累。你的丈夫绝不忍心看见你憔悴的样子，他的爱人变得憔悴，对他也没有好处。因此，就算为了他，你也应该吃饭，保持笑容。关于露西的事你都已经告诉我了，所以我们可以暂时不再谈她。我今晚会留在埃克斯特，我需要时间考虑一下你告诉我的那些事情。我想清楚了，也许会向你问一些问题。到那时，你也可以详细地告诉我乔纳森面临的麻烦，但现在不行。你现在要做的就是吃饭，你可以过后再告诉我所有的一切。"

吃过午饭，我们又回到客厅，他对我说："现在可以把他的事请全部告诉我了。"

当我和这个有学问的人谈到乔纳森的情况时，我开始担忧他会不会把我当成一个傻瓜，或者把乔纳森当成一个疯子。因为乔纳森的日记确实太奇怪了，我有点犹豫，不知道怎么继续说下去。但是他那么和蔼可亲。况且他也许诺过要给我帮助，我也很信任他。于是我说："梵海尔辛医生，我要说的事十分古怪离奇，请你千万不要嘲笑我们夫妇。从昨天到现在，我都一直心存疑虑。请你对我宽容一点儿，不要因为我对一些怪事半信半疑而把我当成傻瓜。"

　　他的举止和言语都向我做出了保证："哦，亲爱的，如果你知道我到这儿来是为了多么奇怪的事情的话，恐怕你就会嘲笑我了。我已经学会了不去轻视信仰，不管这个信仰多么奇怪。我会尽量保持头脑开放，去面对生活中不寻常的事，特别是奇怪的，超常的，让人怀疑自己到底是不是疯了的事。"

　　"谢谢，谢谢你，千万次的感谢！你的话让我一下子解脱了。如果你允许的话，我给你看一些笔记。内容很长，但我已经用打字机打出来了。那上面记录了我的疑惑和乔纳森的麻烦。这是他海外生活时记录日常生活日记的副本。对于这本日记，我现在什么也不敢说。你先读过之后，再作判断。也许我们下一次见面时，你会告诉我你的想法。"

　　"我保证，"当我把材料递给他时，他说，"如果可能，我会在明早尽快来和你们夫妇见面。"

　　"乔纳森大约十一点半时回家，你必须和我们一起吃午饭，然后和他聊一聊。之后你可以乘三点三十四分的快车，这样在八点之前你就会抵达帕丁顿。"

　　他显然对于我如此了解列车时刻表感到吃惊，他不知道的是，我已经把所有往来埃克斯特的火车时刻表都背下来了，这样，如果乔纳森有急事的话，我就能帮到他了。

　　他带上材料离开了，我则坐下来想事情，主要是胡思乱想。

梵海尔辛给哈克夫人的手写信

九月二十五日，六点

亲爱的哈克夫人：

　　我已经把你丈夫的那些日记读完了。你现在可以安心睡了。尽管日记里的事情很恐怖，但那都是事实！我用性命担保。对别人而言，可能了解真相并不是个好消息，但是对于你们二位则没有那么恐怖。他是个高尚的男人，我告诉您这些是凭借男人的经验。一个能够两次爬上墙，进到那个房间里的男人，是不会因为一次刺激或惊吓留下后遗症的。我发誓，他的头脑和心脏一切正常。在我们再次见面之前，请您好好休息。我还会有很多其他事情要问他。今天早上能见到你真是三生有幸，我一下子又了解了许多事，以至于我有点眼花缭乱。现在我必须好好想想了。

你最忠诚的，梵海尔辛

哈克夫人写给梵海尔辛的信

九月二十五日，下午六点半

亲爱的梵海尔辛医生：

万分感谢你热情的来信，我读过之后真是如释重负。如果这件事是真的，这个世上怎么会有这么可怕的事！如果那个男人，那个妖魔真在伦敦，那就太可怕了！我真的想都不敢想。我在写这封信的时候，我接到了乔纳森拍来的电报，他说他将于今晚六点二十五分从朗塞斯顿出发，预计晚上十点十八分抵达这里。这样我今晚就不会害怕了。这样的话，如果你不觉得太早的话，是否可以八点钟来我家吃早餐？如果你急着离开的话，就乘坐上午十点三十分的车，这样下午两点三十五分就能到达帕丁顿。你不必回信给我，这样如果我没接到回信的话，就说明你会按计划来和我们共进早餐。

相信我，充满感激的，你的忠实的朋友，麦娜·哈克

乔纳森·哈克的日记

九月二十六日

我原本以为自己再也不会写日记了，但现在是时候了。我昨晚回来时，麦娜已经把晚餐准备好了。吃晚餐时，她告诉我梵海尔辛医生来访的事，她还说她把我们俩的日记副本都给了他。她一直在担心我。然后她把医生的信给我看了，信上说，我在日记里写的事情都是真的。这几乎让我脱胎换骨。那些事情的真实性让我深感怀疑，我感到迷茫、无力、对一切产生怀疑。但，现在我了解了真相，就不再害怕了，哪怕对伯爵本人。看来他成功到达了伦敦，而且我看见的那个人就是他。我不明白，他怎么变年轻了？如果梵海尔辛真的像麦娜说的那样，他就一定可以揭露他的真面目，并且抓住他。我和麦娜聊天到很晚，话题就是这件事。现在麦娜正在梳妆打扮，我稍后就去旅馆把医生接过来。

我觉得他看到我的时候有点吃惊。当我走进他房间，向他介绍我自己时，他搂住我的肩膀，让我的脸冲着灯光。他仔细地打量了我以后，说："可是，哈克夫人说你生过病，她说你受过严重刺激。"

听到这位和蔼硬朗的老人称呼我妻子为"哈克夫人"，是很有趣的。

我笑着说："我确实生过病，也受过惊吓，但你已经把我治好了。"

"怎么回事？"

"这都归功于昨天晚上你给麦娜写的信。我一直都很疑

惑，以至于我开始怀疑所有的事，什么都不敢相信，什么都不敢做。因此，我只能让自己埋于工作，希望工作可以让我满足。但是后来，连工作也不能让我愉快了，因为我连自己都不相信。医生，你不会懂得怀疑一切、甚至连自己都怀疑是什么滋味。长着你这种眉毛的人，你这种面相的人，是不会懂的。"

他看上去开心极了，大笑着说："啊！原来你还是个相面先生。我在这儿，真是时时刻刻都能学到东西。能和您一起共进早餐实在令人愉快，先生，请接受一个老人对您妻子的赞美吧，您真是有一位好妻子。"

就算他一整天都夸赞我的麦娜，我也听不厌。所以我就点着头，站着听他说话。

"她真是上帝亲手塑造并派来的女人。上帝通过她告诉我们男人和其他的女人，天堂里的人是什么样子的，天堂的光芒可以普照大地。她是那么坦诚而温和，高尚且无私。我来告诉你，这个时代自私的人很多，而且年轻人大多又自私又空虚。还有你，哈克先生——我读过了您妻子写给露西的所有信件，其中有一些地方谈到了你，所以，我是通过别人才对你有所了解的。但是，我昨晚有机会见到了你真实的自我。你会帮助我的，对吧？让我们一生都做好朋友，好吗？"

我们紧紧握着对方的手，他那么热情，那么善良，几乎让我感动得哽咽了。

"现在，"他说，"你能再帮我一点儿忙吗？我要实施一个重要的计划，但首先，我要了解情况，在这件事上你一定能帮到我。你能不能告诉我，在你去特兰西瓦尼亚之前，到底发生了哪些事？以后我还会再向你请求帮助，关于另外一件事；但现在先暂时这样吧。"

"先生，"我说，"你做的事是与伯爵有关系的，对吗？"

"是的。"他庄严地回答。

"那么我会全力支持你，与你并肩战斗。因为你要去赶十点三十分的火车，因此可能来不及阅读这些资料。我会把它整理好，这样你就可以到火车上去看。"

吃完早饭，我送他去车站。分别的时候，他对我说："有可能的话，我需要您进城一趟，到时候请您也带上您的夫人。"

"只要你需要，我们都会到的。"我回答。

我为他买好了当天的晨报和前一晚的伦敦地方报纸。我们一边隔着车厢窗说话，一边等着火车启动。他翻动着这些报纸。突然，眼睛被一张报纸上的内容吸引住了，那是《西敏寺公报》。他的脸色一下子变得苍白。他仔细地读着那段新闻，嘴里自言自语道："上帝啊！太快了！太快了！"

我想他当时可能忘记我还在。这时，汽笛响了，火车渐渐开动了。他才惊觉过来，把身子探出窗户，向我挥手大喊："替我向哈克夫人致意。我很快会写信给你们的。"

苏华德医生的日记

九月二十六日

确实，一切都没有结束。我上次说"一切都结束了"的时候是在一周前。现在我要再出发了，又要继续写这本日记了。

几天下午前，我一直没有机会回忆最近都做了什么。壬菲尔德变得很稳定，各方面都这样。他不再捉苍蝇了，而是忙着养蜘蛛，所以到目前为止，他还没有惹过什么麻烦。

我收到了亚瑟星期天写的信，看信的内容，我猜他恢复得不错。有昆西陪着他，这会对他有好处的，因为昆西自己也是个乐观的人。昆西也写了一句话给我，看了它我就知道，亚瑟正在恢复往日的开朗。这样我就放心了。

至于我，我又一次满怀热忱地投入到工作之中，所以，露西留给我的伤口正在慢慢愈合。

但是，现在仿佛又要重提旧事了，大概只有上帝知道这一切何时才能真正结束。

我感觉梵海尔辛仿佛在掌控大局，但他只会在恰当的时机透露一点点。昨天，他去埃克斯特，在那里逗留了一整晚。今天大约五点半，梵海尔辛几乎是冲进我的屋子，随后把头天晚上的《西敏寺公报》塞给了我。

"你有什么看法？"他后退了一步，两臂交叉在胸前，问道。

我看了看报纸，不明白他指的是什么事情。他拿过报纸，指出一篇文章，那文章讲的是在汉普斯顿有小孩被拐走的案件。开始我还是没明白过来，直到我看到一段话描述了那些孩子们脖子上有小孔状的伤口。我心里一动，抬起头看向他。

"怎么样？"他说。

"和露西的伤口是一样的。"

"所以你有什么结论？"

"就是说，这些是有共同原因的。不管是什么，那些伤害露西的东西也对那些孩子造成了伤害。"

他接下来说的话我没弄明白，他说："这确实是间接原因，并不是直接原因。"

"你到底是什么意思啊，教授？"我问他。其实，我不希望对这件事太认真。因为，毕竟经过四天的休息，我终于从压力、焦躁不安中解脱，心情恢复过来。但当我看到他的脸色，我不得不严肃起来。因为我从没见过他露出如此凝重的表情，即便是我们为露西的情况处于完全绝望的时候，他也没这样过。

"告诉我吧！"我说道，"我真的猜不出来。我不清楚应该想些什么，我什么线索都没有，连猜测都没办法。"

"约翰，你是不是想说，你对露西的死因没有产生过任何怀疑，即便在已经有了那么多线索的情况下？你再想想整件事，我也给过你提示的。"

"她的死因是大量失血造成的休克。"

"那么她的血去哪儿了？"我摇着头，表示不明白。

他走过来，在我身边坐下，继续对我说："约翰，你很聪明，善于推测，聪慧勇敢。但你想问题太偏激。你视而不见，充耳不闻，在你生活以外的事你就毫不关心了。你难道不认为，世上总有一些你不明白的事，尽管如此，并不代表它们不存在。总有一些人能洞察真相，而有一些人却不能理解。这世上的确存在人类不能解释的事，而人们只愿意接受现成的理论。科学是有错误的，它的错误就在于，科学试图解释一切事物，如果实在无法解释，就干脆说这个东西不存在。但事实上，我们的周围，每天都在生成新的理论。人们以为这些都是新的概念，其实旧概念里都有，不过是新瓶子装旧酒罢了。我猜，你现在不会相信轮回吧？鬼魂现行、星云、读心术，还有催眠术，你都不相信吧？"

"我相信催眠，查尔考特①（Charcot）已经证明了这点。"

他笑了，继续说道："所以，因为有了这个理论，你就接

---

① 法国神经学家，现代神经病学的奠基人，被称为神经病学之父。

受了。对吗？当然如此，这样你就了解了这个理论的操作过程，然后按照查尔考特的伟大思路，即便现在他不再伟大了，跟着他的思路了解那些接受他的理论的病人有哪些心理感受。对吗？约翰，那么我可以认为你只是简单地接受理论，即便理论的推演过程是一片空白也无所谓，你已经满足了，对吗？那么请你告诉我，你为何可以接受催眠术的理论而否定轮回？还是让我来告诉你吧，朋友，如今电学里的新发现，在早些年被当时的科学家当成怪物，而那些科学家也差点被当成了巫师，活活烧死。生活总是隐藏着奥妙。为什么麦修彻拉可以活到九百岁，为什么'老帕隆'也活到了一百六十九岁？但可怜的露西，即便输进了四个男人的热血却一天也不能多活？"

"你懂得生和死的奥秘吗？你了解比较解剖学的理论吗？你告诉我为什么有人天性野蛮残忍，而其他人则没有？你能解释有些蜘蛛死得很早，但西班牙一个老教堂钟楼里的一只大蜘蛛活了几个世纪，而且越长越大，直到教堂里的灯油全部被喝光吗？为什么南美洲的潘帕斯大草原，或者其他某些地方，生长着大蝙蝠，到了晚上就去咬开牲畜的血管，把它们的血喝光？为什么西海岸的岛屿上生长的蝙蝠却终日倒挂在树上？还有一些蝙蝠，看起来像大坚果或大荚果那么大，当水手们为了凉爽睡在甲板上时，它们就会飞到他们身上，把血吸干，第二天早上他们会像露西一样苍白，成了死人，这一切都是为什么呢？"

"老天啊！教授！"我跳起来，惊叫道，"你是说，露西就是因为被这种蝙蝠吸血致死的，对吗？这样的事怎么会在十九世纪发生，而且发生在伦敦？"

他挥着手让我冷静，然后接着说："为什么乌龟的寿命比人的更长？为什么大象的寿命可以长到经历几代人？为什么鹦鹉被猫狗咬伤也不会死？为什么有的人希望长生不老？还有一些已经被科学验证过的事实：为什么蟾蜍可以封在只能容身的小石洞里，度过几千年？你能否告诉我，为什么印度的苦行僧在圆寂被埋葬后，在坟墓播种庄稼，等庄稼成熟收割了，然后再次播种收割后，人们把棺椁启封，里面的苦行僧非但没有死，还可以像正常人一样到处行走？"

我在这时打断了他。我越听越糊涂。他让我的脑子里充满了一大串超自然现象，我的想象力都要崩溃了。我隐约感觉到，他是在教我新的东西，就像以前那样，仿佛在阿姆斯特丹给我上课。但是，他那时候是先把结论告诉我，这样我可以保持通畅的思路。而我现在毫无思路，却还是希望能听懂他说的话。

因此，我说："教授，再给我一次做你学生的机会吧。请先告诉我结论，这样我才跟得上你说话的节奏。现在，我在脑子里的信息东一块西一块，毫无头绪。我感觉自己好像一个深陷沼泽的人，只能盲目地走来走去，一心向前，却不知自己将去向何处。"

"这个比喻很好，"他说，"好吧，现在我该把结论告诉你了。我的结论就是，你要相信。"

"相信什么？"

"相信那些你不相信的东西。我举例说明吧。有一次，我曾听过一个美国人这样给'信念'下定义：'信念是一种能力，一种让人们相信那些被公众认为不真实的事情的能力。'我明白他的意思。他是想说，我们要头脑开明，不要用有限的真理去检验无限的真理，这样做就是螳臂当车。我们已经获得了小部分的真理。这是件好事！我们应该记住它，重视它，却不能认为这些就是宇宙中存在的全部真理。"

"这么说来，你是说要在面对一些怪事时，不要被固有的观念影响和禁锢，我说得对吗?"

"啊，真不愧是我的得意门生。你是很值得教的。现在你已经有意愿去了解，这就是第一步。那么在你看来，那些孩子脖子上的小孔与露西脖子上的小孔是由同种原因造成的吗?"

"我想是的。"

他站起来，更庄严地说:"唉，真希望是那样啊! 但是你错了，事实不是如此的，而是更糟的情况，糟糕透了。"

"告诉我吧，看在上帝的分上，梵海尔辛教授，你到底是什么意思?"我叫道。

他绝望地瘫坐在了椅子上，一边用胳膊肘拄着椅子的扶手，一边用双手捂住自己的脸，说道:"那是露西干的!"

第十五章

苏华德医生的日记——续

九月二十六日

我一听，马上就火了。他这么说简直像当着鲜活的露西的面打了她一巴掌。我狠狠地拍着桌面，猛地站起来说："梵海尔辛医生，你是不是发疯了？"

他抬头看向我，不知怎么搞的，他脸上平静的表情让我马上冷静了。"比起事实，"他说，"我倒真的希望是我发疯了。哦，我的朋友，你想想看，我为什么这么长篇累牍，拐弯抹角的，就为了告诉你这么一件简单的事？是因为我现在怨恨你并且过去也一直都怨恨你吗？还是因为你在关键时刻救了我的命，我来恩将仇报吗？不是的！"

"请原谅我。"我说道。

他接着说："我的朋友，我只是不想说得太突然，以至于伤害你。我清楚，你从前深爱过那位温柔的女士。因此，我现在也不敢奢望你能相信。要当即接受这样一个怪诞的现实是一件很难的事，尤其是在你从未相信这件事存在的情况下，你一定会怀疑它的真实性。而且让人接受一个如此残酷而伤心的现实，特别是关于露西小姐的，会特别困难。今晚我会去证实这件事。你敢跟我一起见证吗？"

我有些犹豫。没有人愿意去见证这样一件事，如同拜伦在他的诗《嫉妒》里面写道：

"去见证他最恐惧的那件事。"

他仿佛看出了我的犹豫，对我说："我的逻辑很直接。不再是疯子逻辑那么毫无章法了。如果这件事不是真的，那么证实这个结果会让我们真正安心，或者说至少没有坏处。但如果事情是真的，那就可怕多了。但即便它再可怕，也是对我的理论支持，因为我还需要一些信心。来吧，我先把我的计划告诉你：第一，我们要去医院看望那个受伤的孩子。他就医的诺斯医院里有一位文森特医生和我是朋友，我想你也可能认识，因为在阿姆斯特丹时你修过他教的课程。就算他不让我们两个老朋友看看病人，那么，两位同行来会诊总说得过去。我们什么也别告诉他，只是去那里给我们的疑问寻找答案；然后……"

"然后怎么办？"

他从口袋里掏出了一把钥匙，举起来给我看，说："然后这个晚上，你和我两个人要守在露西的墓地里。这是打开墓门的钥匙。我本来是从棺材工人那里要来，准备给亚瑟的。"

于是我的心沉了下去，因为我意识到摆在我们面前的是一场严峻的考验。但我也没办法，所以，我只好打起精神来说我们最好抓紧时间，因为现在已经是下午了。

　　我们到医院时，孩子是醒着的。他已经补充了睡眠，也有进食，身体状况正在好转。文森特医生把他脖子上的绷带取了下来，指出小孔所在的位置，让我们看。没错，这伤口和露西身上的很相似。不过这些伤口更小，而且伤口边缘更新。我们询问文森特医生对孩子的意见，他回答说很可能是被某种动物咬伤的，比如蝙蝠。他个人的看法比较倾向于蝙蝠，他认为应该是一种生活在伦敦北边，为数众多的一种蝙蝠。"除了一些无害的种类之外，"他说，"可能是从南方迁徙来的一种凶猛的野生蝙蝠。可能是被水手带回了伦敦，后来逃走了。也可能是动物园养着的小蝙蝠逃出来了，或者是幼小的吸血蝙蝠。类似的事情曾经发生过，十天前就有一头狼从动物园跑了，我相信，它就潜伏在那个区域。之前，荒原上和山谷区的小孩只能玩'躲猫猫'这类的游戏，现在有了'布鲁福女士'的恐怖事件，孩子们就热闹了。甚至今天这个可怜的小朋友，在醒来之后，问护士他是不是可以回家。护士问起他想回家的原因时，他说他想要和'布鲁福女士'一起玩。"

　　"我希望，"梵海尔辛说，"这个孩子出院回家时，请你一定要告诫他的家长，让他们严格看管好孩子。他们孤身在外游荡太危险了，要是这个孩子再失踪一次，他很可能就活不成了。不过我想你不会让他在这几天出院吧？"

　　"当然不会，他还至少需要留院观察一周，如果伤口愈合得不好的话，住院的时间会更长。"

　　我们在医院探病的时间比计划的长，走出来的时候，太阳已经落山了。梵海尔辛看了看天色，对我说："不用着急。现在比我预想的要晚。来吧，我们先找个地方吃饭，然后再继续上路。"

我们在"杰克·斯特劳城堡"用了晚餐，饭馆里还有一些自行车手和聒噪地聊着天的客人。大约晚上十点钟左右，我们离开了饭馆。此时，天很黑了，当我们走在路上，点点路灯照射出一个个光晕反倒显得黑暗更明显了。教授显然是认识路的，因为他一直在朝前走，毫不犹豫，但我不太熟悉周围的地理环境。我们走得越来越远，路上遇到的行人也越来越少。到后来，我们还很惊讶地碰到了执行巡逻任务的骑警。

最后，我们终于抵达了墓地外围的围墙，翻墙进了墓地。因为天黑，我们又对这个地方很陌生，颇费了一番工夫之后，才找到了韦斯滕拉的家族墓穴。教授拿出墓地门的钥匙，打开了那扇叽叽嘎嘎的大门，他下意识地，很有礼貌地退后一步，示意让我先走。可是这个礼貌的动作有些微的讽刺意味，毕竟这是让别人优先进入一个恐怖的地方。他紧跟着我走进了墓穴。然后他查看了大门是明锁而不是暗锁之后，才谨慎地把门关上。因为如果大门是暗锁，我们的处境就糟糕了。随后他从包里摸出火柴和蜡烛，点亮了，走在前面。露西下葬的时候，我们在坟墓里摆满鲜花，因此墓室那时候显得安详肃穆。可过了几天后，就不一样了。鲜花都已凋零，白色的花瓣变成了腐烂的铁锈色，绿叶也变成了干枯的褐色；蜘蛛和小甲虫爬得到处都是；在微弱的烛光下，这个地方布满了褪色的石头，蒙尘的墙壁，生锈的铁器，污浊的铜器，灰蒙蒙的银器，这个地方只会比想象中的景象更凄凉。它在传递一个信息：人和动物的生命会死亡，万事万物都会随着时间的推移而腐朽凋零。

梵海尔辛有条不紊地实施他的计划。他举起蜡烛，以便读到棺材铭牌上的刻字。蜡油滴落在金属上，凝结成了白色的痕迹。他认准了露西的棺材后，从包里找出了一把螺丝刀。

"你这是要做什么？"我问他。

"我要开棺，这样你就能相信我的话了。"

说着，他开始扭松螺丝钉，最后掀开了棺材的盖子，露出下面的铅罩。我实在是受不了这个场景，这对死者是极大的侮辱。就仿佛在露西活着的时候趁她在熟睡剥去她的衣服一样。我抓住他的手，企图阻止他。

他只回答："你会明白的。"说完，他又从包里摸出一把小钢锯。然后用螺丝刀在铅罩上戳了一下，把我吓了一跳，只见他戳出了一个小孔，刚好足够把螺丝刀伸进去。我本来在想，存放了一周的尸体会飘出尸臭。作为医生，我们都了解自己可能面临的危险，所以我习惯性地向后退。但教授却一刻也不停歇。他先沿着铅罩的一条边锯了几英寸，然后换了个角度开始锯另一边。最后他抬起铅罩的一角，将铅皮翻开，然后，他把蜡烛伸进铅罩，示意让我过来看一看。

我走过去一看。棺材居然是空的！我没想到是这种情况，大吃一惊。但是梵海尔辛却不动声色。看来，现在他更加肯定了自己的结论，可以信心满满地继续他的行动。"你现在觉得满意吗，我的朋友？"他问我。

我身体中蕴藏的逆反情绪被他的话挑动起来了，于是我回击道："我满意了，但是尸体没有在棺材里，只证明了一个事实。"

"证明了什么呢，约翰？"

"也就是露西没有在棺材里。"

"目前来讲，"他说，"这个逻辑没问题。但是，你如何解释她为什么没在里面呢？"

"可能被盗墓了,"我指出,"或者丧葬人员把她的尸体偷走了。"我知道自己的话没有依据,是很蠢的。但是,这是我能找出的唯一理由了。

教授叹着气,说:"那好吧,看来我们还需要更多证据。请跟我来。"

他把棺材盖上,将所有工具收好放进包里,然后吹熄了蜡烛,也收进包里。我们打开墓室门,走了出去。他殿后把门挂上锁,然后把钥匙递给我,说:"你愿意保存它吗?这样你能更安心。"

我笑了,倒不是因为开心,我还是表示让他保管钥匙。"一把钥匙没什么大用,"我说,"还可能有很多备用钥匙,而且不管怎样,这样的锁,想要撬开也并不困难。"

他沉默地收回钥匙,把它装进了自己的口袋。然后,他让我查看墓地的一边,而他自己负责检查另外一边。

我躲在一棵紫杉树的背后,看着梵海尔辛的身影四处移动,最后消失在墓碑和树木之中。这种守候是很孤独的。我刚刚就位,就听见午夜钟声响了起来。随后,我又听到了一点,两点的钟声。我觉得很冷很烦躁,心里开始埋怨教授让我做这样的事,更气我自己居然听他的话。我饱受寒冷和困倦的侵袭,根本没法集中精神,但是也不可能睡着。总之,这段时间太难熬了。

突然,我转过身,仿佛在距离墓室最远的地方有一道白影,那影子在两棵紫杉树之间移动;同时,一团黑影从教授藏身处冲过来,迅速地跑向白影的位置。所以,我也跑了过去。但是我必须绕过许多墓碑和坟墓的围栏,所以跑得跌跌撞撞。天空中乌云密布,远处传来了公鸡打鸣的声音。我跑到一条通往教堂的小路附近,看到白影迅速朝着坟墓奔跑。

因为坟墓被树木遮挡住了，所以我没有看清白影消失在何处了。而我刚看到那个白影的时候，还能听到它移动时发出的响动呢。我再往前跑，看见了教授，他手里搂着一个小孩。他把孩子给我看，问道："现在呢，你现在满意了吗？"

我用挑衅的语气回答："不。"

"你难道没看见这儿有个孩子吗？"

"对，这里是有个孩子，可是谁带他来的？他身上受伤了吗？"

"我们来检查一下。"教授说。然后他怀抱那个熟睡的孩子，我们一起立即离开了墓地。

又走了一段路，我们走进一个树丛。教授点亮了火柴，借着光亮查看孩子的喉咙。上面没有发现任何抓伤或疤痕。

"我说对了吧？"我有点洋洋自得。

"那是因为我们来得及时。"教授感恩地说。

现在，我们需要商量一下，决定应该如何处理这个小孩。如果直接把他交到警察局，那我们就必须对昨天晚上的行动做出合理的解释，并让警察接受。至少我们得说清楚怎么会碰巧撞见这个孩子的。所以，我们决定带着这个孩子回到荒原附近，如果路上碰到警察，就把他放到警察可以发现的地方。这样我们也能尽快回家。

事情进行得很顺利。快到荒原的时候，我们听见远处传来了警察的脚步声，于是我们赶快把小孩放在路边，然后躲起来，因为那个警察手里拿着提灯，在晃眼的灯光下，他很快发现了那个孩子，并吃惊地叫出声来。然后我们就悄悄离开了。随后，我们很幸运地碰到了一辆马车，所以就直接坐车回到城里。

回家后我依然无法入睡，所以写下了这些日记。但是我必须要补眠几个小时，因为梵海尔辛中午还会来找我。他还要带我进行另外一次探险。

九月二十七日

当我们有机会行动的时候，已经是下午两点了。有一些葬礼在中午举行，那时也已经全部结束了，最后的逝者家属也依依不舍地离开了墓地。我们一直在墓地的棺木丛后面观察，确认教堂司事把墓地大门上了锁，我们才现身。我想，从现在到明天早晨，我们都是安全的。但教授说我们最多需要一个小时。我再次感觉到现实是很恐怖的，很多时候，恐怖到人类的想象力也无法达到的地步。我当然意识到，我们这种做法不仅亵渎神明，而且是违法的。而且说实在的，我觉得我们的做法毫无意义。私自打开别人的棺材，去查看一个一周前就死去的女人是不是真的死了，这就已经够野蛮了。现在我们已经知道棺材里空空如也，还要再次开棺，这不是荒谬到家了吗？

我耸了耸肩，沉默地站在一边。因为梵海尔辛是铁了心要这么去做，谁反对也没用。他拿出钥匙，用它打开墓室大门，再一次礼貌地要我走在前面。墓室里没有昨晚那么恐怖了，但在太阳的照射下，墓室的内景十分破败。梵海尔辛走向露西的棺材，我紧随其后。他弯下腰，又一次揭开了铅皮的一角，我被眼前的一切惊呆了。

露西躺在棺材里，看上去就像她葬礼前夜的样子。但事实上，她比以前还要美丽动人，以至于我都不敢相信她是一具尸体。她的嘴唇鲜红，比以前更红润，面颊也泛着红光。

"这是一个魔术吗？"我问梵海尔辛。

"你现在可以相信了吧？"教授回答我。说着，他伸出手，扒开露西的嘴唇，露出森白的牙齿，这动作简直让我全身发抖。"看，"他接着说道，"这些牙齿比之前更锋利。尤其是这颗，还有这颗，"他指着露西的两颗犬齿，"这些牙齿足够咬伤小孩了。你现在可以相信了吗，我的朋友？"

又一次，我产生了逆反心理。我不愿接受他的这个说法，太绝对了。于是，我争辩道："也许昨晚她被放回来了。"其实我当时觉得自己是有点强词夺理。

"真的吗？如果像你说的这样，那谁会这么干呢？"

"我不清楚。反正，有人干了。"

"另外，她是一周前死的。死了一周的人看起来不应该是这样的啊。"

这个问题让我不知如何是好，所以我就保持沉默。梵海尔辛好像并不在意我的无言以对，他的面色既不恼怒也没有显出洋洋自得，他注视着露西的面庞，翻开她的眼皮，查看她的眼睛，然后又扒开露西的嘴唇，检查了她的牙齿。

他转过身来，对我说：

"有一种东西是异于寻常生命的。它具有一种超自然的两重生命。露西被吸血鬼吸过血，当时她处于混沌状态，也就是梦游的时候。哦，对了，你还不知道这件事，所以很吃惊，但你会知道的，有机会的时候。人在混沌状态下，就可以被吸走更多血液。之后她死的时候，也是在混沌状态。虽然人类露西已经死了，但是那个恍惚的露西没有死。所以她是一个异于常人的'活死人'。白天，'活死人'在'家'里睡觉"，他一边说，一边用手臂划过棺材，向我指出吸血鬼的"家"是什么东西，"这时他们的脸就露出吸血鬼的特性。但，当他们不处于'活死人'状态的时候，他们的面容就和死人没差别了，现在她不具有攻击性，所以我们一定要在'活死人'睡着时置她于死地。"

听了他的话，我开始头皮发麻，心发冷，我开始逐渐接受了梵海尔辛的理论。但她要是已经死了，为什么杀她是一件可怕的事呢？

他抬起头来，明显看出我的表情产生了变化，因此问我："你现在愿意相信我了？"语气里夹杂着一点喜悦。

我回答："先不要给我太大压力，慢慢来。我想我会接受的。你需要如何杀死一个'不死人'？"

"我需要把她的头砍掉，在她的嘴里装满大蒜，然后用一根尖利的木桩刺穿她的身体。"

想到我深爱过的姑娘死后，身体还要被这样摧残，我不禁瑟瑟发抖。

不过，我的颤抖并没有想象中那么激烈。实际上，我是因为想到存在"活死人"这样的生命才感到恐惧发抖的。这种"活死人"，就是梵海尔辛提到的这个物种，我由衷地厌恶它们。爱到底是完全主观，还是完全客观呢？

过了很长一段时间，梵海尔辛一直没有动手。他站在原地，考虑了很久。然后他把背包的搭扣合起来，说："我想了很久，已经决定好了，这件事如何操作最妥当。要是按照我自己的想法，那么现在我就应该动手。但如果这样操作，以后的事情就会更加困难。道理并不难。她虽然暂时还处于死亡状态，现在行动可以永久地解决问题。但是我们以后该怎么面对亚瑟呢？怎么让他理解这件事呢？"

"你曾经见过露西喉咙上的小伤口，也曾经在医院见过那个孩子身上有类似的小伤口；你也见证了露西的棺材昨晚是空的，今天露西的尸体却又出现了；另外，露西作为一个已经死了一周的女人，外貌上毫无变化，反倒更加美丽动人。

你是亲眼见过这些的，可你还是不肯相信这个事实。那么，我们怎么能指望亚瑟，这样一个对一切证据一无所知的人相信这个事实呢？"

"露西濒死的一刻，我阻止了他和露西亲吻，他因此对我有所怀疑。他虽然已经原谅了那时我的做法，但他还是认为我阻止他们吻别的做法是错误的。现在他甚至有可能认为，露西是被活埋的，他甚至可能认为是我们杀了露西。他也许会指责我们，因为我们错误的想法害死了她，然后就陷入永恒的悲伤之中。他可能永远不能相信，那就糟糕了。他会时常想起他的爱人被活埋了，他也会因为露西受到的痛苦而备受煎熬。也许，他最终会认同我们的说法，也就是说，他将知道他的爱人曾经是一个'活死人'。不行！我曾经告诉过他，而且从那之后我又获得了更多信息，因此我可以确信这一切是真的。我相信想找到最甘甜的泉眼就要穿越最炎热困苦的大漠。可怜的亚瑟，他一定要亲眼见证这张美丽面孔的腐朽，才能让他的心灵彻底恢复平静。"

"我已经想好了。我们出发吧。今晚，你需要回到精神病院处理事情。而我，则会一直待在墓地中。明晚十点钟的时候，你去伯克利旅馆与我见面。到时我会叫上亚瑟一起。现在，我们得去皮卡迪利大街吃晚饭，日落之前我必须赶回墓地。"

接着，我们锁上墓室的门，然后轻车熟路地翻过围墙，离开了这里。

梵海尔辛留给约翰·苏华德的便条
（装在梵海尔辛旅行箱内没有寄出）

九月二十七日

约翰：

为以防万一，我给你写下这段话。

我今晚会一个人守在墓地。露西今晚应该无法离开，这样到了明晚她会更渴望血液。所以我要把大蒜、十字架这些"活死人"讨厌的东西放在墓室里，把墓室的门封上。她刚刚被转化成吸血鬼，对这些东西是很敏感的。放置这些东西的目的在于让吸血鬼出不来也进不去，到那时这个吸血鬼就会进行最后的抵抗，一定要找到帮她活下去的东西，不管这个东西是什么。

从今天日落之后到明天天亮，我会一直待在那里，这样我就可以了解一切细微的信息。露西小姐本人我并不害怕，但是，那个让露西成为吸血鬼的家伙，他有能力找到露西的坟墓。通过乔纳森先生告诉我的信息得知，那个人十分狡猾。当我们试图挽救露西的性命时，他也用尽了办法愚弄我们，所以我们最后失败了。吸血鬼的能力很强大。他的力量可以和二十个男人抗衡。所以，我们四个加起来也不是他的对手。另外，他还能召集狼群和别的生物。所以，要是他今晚出现的话，他一定会发现我，那我就死定了。但也许他根本就不会出现。他没有理由来到墓地。他有比这块墓地更宽广的狩猎场所。

我写这封短信，主要是怕万一发生不测。如果……到时候把这些纸拿走，这是哈克先生的日记还有一些其他的材料。你们读过这些文字，然后找到那个活死人的制造者，把他的头割下来，将他的心挖出来烧掉，或者用木桩刺穿他的心，如此这般，世界就可以恢复安宁了。

若真的有意外发生，那就永别了。

梵海尔辛

苏华德医生的日记

九月二十八日

昨晚一夜好梦，我的精神也好多了。昨天，我差点就接受梵海尔辛那些离奇的言论了。但现在想一想，这些言论真是耸人听闻，不合常理。他自己一定对这个理论深信不疑。我有点怀疑，他是不是有点思维不正常。当然，我一定能够合理解释这些神秘事件的。会不会其实就是教授自己干的？他的智慧超过常人，如果丧失理智，他有可能巧妙地做成自己想要的事情。我不喜欢这个想法，证明教授是不是疯了基本不可能。但不管怎样，我要认真观察。或许我能自己找到问题的答案。

九月二十九日

昨天，接近晚上十点的时候，亚瑟和昆西来到了梵海尔辛的屋子。教授把他的计划都告诉了我们，但主要是告诉亚瑟，仿佛我们的一切意愿都由亚瑟决定。

刚开始，他说希望我们和他一起参与，他说："因为我们要完成一项庄严的任务。"他问亚瑟，"收到我的信让你很吃惊吧？"

"是的，这些事让我很难受，我的身边最近发生了许多事情，我已经应接不暇了。但是，你说的事情，我也感到很好奇。"

"昆西和我谈过这件事，但是我们越说越糊涂，到现在为止，我还是不明所以。"

"我也是。"昆西表示认同。

"哦，"教授说，"那么你们二位已经快接近真相了，而约翰已经走了一段弯路，但是又回到起点了。"

很显然，即使我没说什么，他也看出来我的思维模式又还原了，重新对他产生了怀疑。然后，他转向他们两个人，严肃认真地说："请你们允许我今晚去做一件正确的事，我认为它是正确的。我知道，这个要求是过分的，尤其是你们知道我要做什么的时候，你们会知道这个要求到底有多么过分。所以，我想请求你们先向我保证，稍后即便你们可能会对我大发雷霆（这种情况很可能会发生），但你们无须为任何事情自责。"

"您的话说得很坦率。"昆西插话进来，"教授，我愿意答应。虽然您的想法我还不了解，但我绝对相信，他是个真诚的人，对于我来说做到这点就足够了。"

"谢谢你，先生，"梵海尔辛骄傲地说，"您这样信任我，把我当成朋友，我真的很荣幸，你的认可对我来说很可贵。"他向昆西伸出手，他们的手握在了一起。

之后，亚瑟说："梵海尔辛医生，我不喜欢盲目决定，我是一位绅士，也是一个基督徒，如果这件事有损我的荣誉或对上帝的忠诚，抱歉我不能发誓。如果你保证，你的做法不会有损这两条原则，我就马上答应你的要求，即便我一直无法理解你的做法。"

"我接受你的条件。"梵海尔辛说，"我只想请求你，在你想要批评我的做法之前，请先仔细想想，我保证我的做法不会对你看重的东西造成损害。"

"同意!"亚瑟说，"这很公平。现在我们已经达成协议了，我想问，我们要做什么呢?"

"我们，你们和我一起悄悄地去金斯戴德墓地。"

亚瑟的面色一暗，惊讶地问："那里是不是埋葬露西的地方?"

教授点点头，表示肯定。

亚瑟接着问道："到那儿去做什么?"

"进入墓穴!"

亚瑟站起来问道："教授，你这么说是认真的还是在开一个恐怖的玩笑? 请原谅，我看得出你确实是认真的。"然后他坐下了，但我看出，他坐下时坚定而自豪，保持着尊严。他安静了一阵子，又问道："进入坟墓以后呢?"

"开棺。"

"够了!"他气急了，站起来说，"任何事情，只要合情合理，我都可以保持耐心，但是这么做，这是对露西在天之灵的亵渎，露西是我的……"他太愤怒了，以至于说不出话来。

教授看着他，露出悲悯的神情，"我可怜的亚瑟，我希望你的痛苦可以由我承担，"他说，"上帝可以作证。但是今天晚上必须在一条荆棘路上行走，否则今后，永远，你的双足可能都要走在炼狱之焰炙烤的道路上。"

亚瑟面色惨白，他抬起头说道："先生，请你说话小心，再小心。"

"请你听一听我的话，好吗?"梵海尔辛说，"这样你才会了解我这样做的目的，我可以开始继续吗?"

"可以的。"昆西插话道。

梵海尔辛停顿了一会儿，尽力说："露西小姐已经死了，这是不是事实？是的！那就没错了。但是，假如她没有死……"

亚瑟跳了起来，说道："上帝啊！"他大叫着，"你的话是什么意思？难道我们错了，她是被活埋的？"他沉痛地吼着。

"我并没有说她是活着的，我的朋友。我没有这么认为。我是想说，她有可能成了一个活死人。"

"活死人！并没活着！你到底是什么意思？难不成这是一场噩梦吗，这到底怎么回事？"

"祖祖辈辈，人们都在试图解开一些谜题，但是只有一些问题被解答了。请相信，我们马上就要揭开一个谜团了，只是我还没有行动，我可以从露西小姐的尸体上割下她的头颅吗？"

"绝对不行！"亚瑟爆发了，"我此生决不允许任何人残害她的尸体。梵海尔辛医生，你要求的太多了。我有什么对不住你的地方，要被你如此折磨？那个可怜的姑娘，她又做了什么，你要如此糟蹋她的遗体？你是不是因为头脑发疯，才会有这种想法？还是说，疯了的人是我，来听你说这些鬼话？请不要再妄想了，你说的这些事我都不赞同。我必须保护她，让她的坟墓不受破坏，这是我的义务。我向上帝起誓，我一定会做到的！"

梵海尔辛原本一直坐着，这时他站起来，庄严肃穆地说："高达明勋爵，我也身肩责任。这份责任事关重大，关乎着大家的命运，你的命运，甚至死者的命运，我向上帝起誓，我说到做到！我现在需要你做的只是跟我亲临现场，亲眼看亲耳听，等以后我再以同样的事情请求你时，你可能还会比我更焦急地去完成。在此之后，不管你怎么看，我都会履行我的责任。之后，我会随你的心愿，让你处置我，详细地为你解释这件事的始末，无论任何时间，任何地点。"

他停了一下，接着面带同情继续说："但，我想求你，不要怨恨我。在我一生做过的事里，有许多事并不是我想做的，做这些事并不让人愉快，但是我还从未肩负过这样艰巨的重任。请你相信我，有一天你对我的看法会改变，你的一个眼神就可以让我的痛苦立刻消散，因为我会竭尽所能让你远离苦难。你想想看，我远离故土来到这里，起初是为了我的朋友约翰，希望他幸福，然后是为了对一位温柔的姑娘施以援手，而我也逐渐对她产生了深深的感情。关于她，我不好意思这么说，但是我应该告诉你，我也和你一样献出了我的血液。虽然我不像你，我不是她的爱人，我只是她的医生和朋友。无论白天黑夜，无论生前身后，我都曾守候着她。如果我死去对她有任何好处，就算她现在已经成了一个活死人，如果她需要，她也可以取走我的性命。"

梵海尔辛说话的时候，既温柔又严肃、骄傲，亚瑟深受感动。他握住梵海尔辛的双手，哽咽地说："我还是无法想象，也不能理解，但至少，我会跟你去那儿看看。"

第十六章

苏华德医生的日记——续

九月二十八日

当我们翻墙进入墓地时，离十二点差一刻。夜色暗沉，从浓云的边缘，透过一缕微弱的月光。我们彼此靠得很近，梵海尔辛走在前面带路。我们离坟墓越来越近，我一直在观察亚瑟的情况，因为我担心这里有太多痛苦的回忆，亚瑟会不适应，但他看上去还好。我猜，这个神秘事件在一定程度上转移了他的注意，让他没有那么悲痛了。教授打开墓室大门，他见我们都面露疑虑，所以就自己先走了进去。我们跟着他，随后教授关上了门。之后，他点亮了一盏昏暗的油灯，然后指向露西的棺材。亚瑟将信将疑地走过去。梵海尔辛问我："昨晚我们在一起。当时露西的尸体是在棺材里的吗?"

"是的。"

教授又对其他人说："大家都听到了，到现在为止还没有人有疑问吧？"

他又拿出螺丝刀，再一次把棺盖打开，亚瑟在旁边看着，面色苍白，但是一言不发。盖子打开后，他走了过去。显然，他应该不知道，或者说没想到棺材里还有一层铅罩。他走近，看到铅盖上的裂口，脸一下子通红，但很快脸色苍白，他依旧保持沉默。梵海尔辛把铅皮撬开，我们往棺材里面看，都吓得倒退几步。

棺材居然是空的！

有一刻，大家都沉默了。最后昆西打破了僵局，问道："教授，我要问你一个问题，我需要你的答案。请相信我并不是质疑或侮辱你，但这件事太不寻常了，我完全没有不尊重你的意思。尸体是你移走的吗？"

"我以圣灵的名义向你起誓，我绝对没有动过，或者碰过露西的遗体。事实是这样的，我和苏华德前天晚上就在这里，请相信，我们毫无恶意。那次，我打开了封闭的棺材和铅罩，发现棺材里面和现在一样，空无一物。之后我们就在墓园守着，在树林间见到过一个白影。第二天白天，我们再来的时候，她就又出现在棺材里了。情况是这样的，对吧，约翰？"

"是的。"

"那晚又有小孩走失的情况发生，幸好我们及时赶到，在墓地发现了他。感谢上苍，他安然无恙。昨天太阳落山前，我又来到这里，一直待到第二天天亮，因为吸血鬼是在日落后活动的。但是这一夜我没有看到任何东西，大概是因为我在墓室门口放置了大蒜的缘故。因为吸血鬼讨厌大蒜，我还放了其他能让他们恐惧的东西。因为昨晚她不能走，所以在今天日落前，我把布置好的大蒜等物收走了。这样，我们晚上就看见了这个空棺材。现在，请你们和我到外面去，因为一会儿还会发生更多怪事。

他把灯调暗，说："好了，现在我们出去吧。"然后他打开墓室门，我们鱼贯而出，他殿后，最后把墓室门锁上。

从恐怖的坟墓出来后，我们深深感到，夜晚的空气多么纯净清新，彩云追月是多么可爱，空气清新，死亡和腐烂的味道远离我们是多么美好。亚瑟保持沉默，我看得出，他正试图努力化解这个谜团。我又静下心来，开始耐心地抛弃疑虑，去接受梵海尔辛的结论了。昆西则成熟冷静，很坦然地接受了看到的一切。因为此时此地不能抽烟，他切下一大截烟草开始咀嚼。梵海尔辛则不慌不忙地从包里拿出了许多薄饼干，看起来很像华夫饼。他用餐巾纸把这些东西仔细包好。然后，他又拿出两把类似面团或灰泥的白色东西。他把饼干捏碎，然后将碎屑与白色的粉末捏在一起，然后把他们搓成条，再把小条塞进墓室门的缝隙里。我不太明白这是在做什么，就凑过去问他。亚瑟和昆西也很好奇，一起凑了过来。

他回答："我在封闭这个墓室，这样，吸血鬼就没法进去。"

"就用你塞进去的那些东西，能行吗？"

"可以的。"

"你是用什么东西把门塞住的？"这次发问的是亚瑟。

梵海尔辛虔诚地举着帽子回答："是圣饼，是我从阿姆斯特丹带来的圣饼。我是个教徒。"

这个答案让我们心头的疑云驱散了不少，教授做的事情需要这样神圣的东西，我们相信他是真诚的。我们沉默了，满怀着敬意，按照教授说的四散开，躲在坟墓周围，以便不被发现。我内心对另外两个人怀有同情，特别是亚瑟。我曾经有过一次类似的经历，知道它有多恐怖，而且一小时前，我又见到了露西的空棺材，所以我的心情很沉重。

柏树、紫杉树和红松的影子超出以往的凄凉；风拂过墓地的植物，草叶不祥地沙沙作响；树的枝丫发出噼啪的响声；远处的狗叫声更像是在黑夜里传送着一种不祥的预兆。

又过了一段时间，大家都保持着沉默，我们感到空虚和无聊。突然，教授嘴里发出咝咝声。我们朝着他手指的方向看去，在不远处的小路上，一个白影正在移动，那个朦胧的白影，怀抱着一团黑乎乎的东西。之后，人影停了下来，在一束月光的掩映下，我们看出那是一个穿着寿衣的黑发女子。我们无法看见她的面孔，因为她此时正把头伏在一个金发孩子的身上。之后，我们听到一阵尖叫声，就像孩子在噩梦时，或一条狗在梦中发出的叫声。我们试图继续靠近，但教授藏身在一棵紫杉树后面向我们示意，他的手势提醒我们原地别动。这时，白影又向前走了。现在的距离很近，所以我们看到了她的脸。在月光下，我感觉我的心冻成了冰，我听到了亚瑟倒吸一口冷气的声音，因为我们认出它是谁，那是露西·韦斯滕拉。

是露西·韦斯滕拉，但她的外貌产生了翻天覆地的变化。冷酷无情取代了甜美温柔，放荡荒淫取代了纯洁天真。

梵海尔辛从藏身处走了出来，我们也走了出来。我们四个人并排站在墓地门前。教授重新调亮了灯光，把灯举起来照亮露西的脸。只见她的嘴唇沾满鲜血，血液顺着嘴角下巴滴落下来，流在她的素色寿衣上，血迹斑斑。

我们吓得全身发抖，灯光也摇曳不定。借着亮光，我看到连梵海尔辛坚强的意志也几乎处于崩溃的边缘。我的身旁就是亚瑟，要不是有我，可以及时抓住他并支撑着他的身体，他应该已经倒在地上了。

当露西——眼前的东西之所以还能被称为露西，是因为它们共用一个躯壳，当它发现我们的时候，像一只受到惊吓的猫一样，怒吼着后退。然后，她的目光落在我们身上，紧盯着不放。眼睛还是露西的眼睛，无论是形状和颜色，但是露西目光里的温柔清澈已经消失了，现在这双眼睛闪着浑浊的光，里面充满地狱之火。那一刻，我残存的对露西的爱完全转变成了憎恶和厌烦。如果可以，我会很愿意，亲自动手杀死她。她盯住我们，眼睛里充满邪恶，脸上荡漾着暧昧色情的微笑。上帝啊，看着这些我真的忍不住颤抖！突然，她跌倒在地，像魔鬼发出咆哮。那个孩子一直被它搂在怀里，它朝孩子嘶吼，就像狗对他的食物——一根骨头狂吠一样。孩子惊声尖叫，然后躺在那里无望地发出呻吟。

看到露西的冷血举动，引得亚瑟忍不住呻吟了一声。于是露西伸出手，走向亚瑟，淫荡地笑着，他捂住脸，跌坐在地上不住地后退。

露西继续向前走，带着淫荡的神态说："来呀，亚瑟。别和他们在一起，快到我这里来。我的怀抱期待着你，来，我们可以比翼双飞，来吧，我的丈夫，快来啊！"

她的声调里包含着一种妖异的甜蜜感，像是玻璃被敲打的声音，十分清脆，即便她的话不是直接对我们说的，这些声音仿佛也穿透了我的脑子，一直在耳边回响。

而亚瑟，就如同被勾走了魂，把捂在脸上的手拿下来，打开他的怀抱。露西就要跳进亚瑟怀抱的一刹那，梵海尔辛突然冲过去阻止她。他站在二人中间，手中举着一个小小的金十字架。

露西被吓得退缩了，急忙躲开十字架。她突然愤怒地从教授身边猛冲过去，似乎要逃进墓室里去。

但是，就在离门很近的地方，她停了下来，好像被某种无形的力量阻拦住了。这时她转过身，在灯光和月光的映照下我们可以看清楚她的脸，但是这张脸不会再让梵海尔辛动摇了。

我从没见过这样一张脸，充满邪恶和怨恨。我也相信，没有人愿意被这样的眼神直视着。露西曾经美丽的面庞现在发着铁青色的冷光，她的眼睛好像要喷出火星，迸发出地狱之火的烈焰。她清秀的眉毛拧成一个结，好像美杜莎满头的毒蛇，曾经的樱桃小口现在沾满血迹，大大地张开，就像希腊和日本流传出来的人像面具。如果有一张脸可以代表死亡，如果有一种目光可以致命，那么那张脸，就是我们现在正面对的这张脸。

这样局面持续了整整一分钟，我们简直感觉过了一个世纪那么久，她就这样一直站在教授高举的十字架和被密封的坟墓大门之间。

梵海尔辛在此时打破僵局，问亚瑟："我的朋友，回答我！我可以继续我的行动了吗？"

"随你吧，朋友，随你的意愿吧。不能让这种恐怖继续了。"昆西哭诉道。

我和昆西同时走过去，把他扶住。我听见梵海尔辛把灯关掉了，他走近墓穴的大门，将原来塞在门缝里面的圣物拿出来，然后让开了。此时，我们被这个怪物的行动惊呆了，那个怪物和我们一样有血有肉，却轻而易举地从那个狭小的缝隙钻进了墓穴。随后，教授又把圣物放回原位，堵好了门缝，我们才长出了一口气。

然后，教授把孩子抱起来说道："走吧，朋友们。在明天到来之前没有什么是我们能做的了。明天中午将会在这里举办一个葬礼，所以差不多那个时候我们就在这里集合。死者的亲属大概在两点之前就会离开墓地，之后教堂司事会锁上大门，我们可以一直待在这里。之后我们要做一些事，但不会像今晚这样。至于这个小朋友，他没受什么伤，明天晚上就会好起来了。我们应该像之前那次一样，把他放在警察容易发现的地方，然后我们就可以回家了。"

紧接着他走到亚瑟身旁，说道："亚瑟，我的朋友，这一场严苛的考验，你经历过了，但以后回首往事时，你会明白这是一条必经之路。你现在深陷苦海，我的孩子，但是愿上帝保佑，明天此时，你就会逃脱生天，品尝到甘甜。所以，请不要过分伤心。到那时，我会求得你的原谅。"

亚瑟和昆西一起回到我家，在路上，我们试着互相安慰鼓励。我们选择了安全的地方把孩子安置好，然后我们都疲倦地睡着了。

九月二十九日，晚间

快到中午十二点时，亚瑟、昆西和我三人一起去找教授。我们三人都穿了黑衣服，这很奇怪。亚瑟穿着黑色是因为他在服丧，我们两人穿黑色大概是因为本能。中午一点半钟左右，我们来到了墓地。为了不被别人发现，我们在墓地周围四处转悠。掘墓人完工之后，司事觉得墓地里的人都走光了，就锁上了墓地的大门。这时我们就进入了墓地。梵海尔辛这次带的不是他的小黑包，而是带了一个像板球包似的长皮包，看起来沉甸甸的。

我们听到人们离开的脚步声逐渐消失，然后安静地跟随梵海尔辛进入了墓地。他打开墓室的门，大家走进去后又把门关上了。然后，他从背包里拿出灯，点亮了，又点燃了两根蜡烛，用融化的蜡油将它们固定在别人的棺材上，这么一来，墓室里就很亮了。

教授打开了露西棺椁的盖子，大家看向里面，我们在棺材里看到了尸体，还是露西的脸庞，亚瑟全身发抖。而我对露西的爱已经消失了，正在狠狠地憎恨那个霸占露西躯体的怪物。

亚瑟脸色木然。他问梵海尔辛："这是露西真正的躯体，还是魔鬼披上了露西的外壳？"

"这就是她的躯体，但现在还不是。过会儿，真正的露西就会出现了。"

那个躺着的身体看起来像露西的噩梦。突出的尖牙，沾满鲜血的嘴唇，毫无生气的脸庞，僵硬冰冷的躯壳，简直就是对纯洁温柔的露西的嘲笑。像往常一样，梵海尔辛按部就班地从包里拿出东西备用。他先取出烙铁和焊锡，之后是一盏油灯。他把点燃的油灯放在墓室的角落，燃烧的油灯发出蓝色的火苗。之后他拿出了手术刀，最后他拿出一根圆木桩，大约有两三英寸粗，三英尺长。木桩的一头被火烤过，尖的一头很锋利，他还拿出了一把大锤子。

对我来说，医生为工作做准备的过程让我感到兴奋和刺激，但亚瑟和昆西会因为这些东西觉得害怕。不过他们两个人都鼓足了勇气，安静地面对眼前的一切。

一切都准备好了，梵海尔辛说："我们开始动手前，我首先要告诉你们。我们要做的事是前人从未操作过的，那些研究过活死人得出的经验今天不会有用。人一旦成为活死人，他们的身体就受到了诅咒。他们会长生不死，日复一日地残害这个世界，给这个世界增加邪恶。所有被活死人吸血致死的人都会被转化成活死人，然后继续残害正常人。这样活死人的影响就越来越大，就像把石头丢进水里造成一圈圈扩大的水纹。"

"亚瑟，在露西死前，如果你吻了她，或者说昨晚你拥抱了她的话，那么你死了以后，就会马上变成东欧人口中的诺斯法拉图吸血鬼。然后你也会开始不停地制造活死人，这里就会很恐怖了。可怜的露西才刚开始吸血鬼的生涯，那些小孩也没有被她吸过太多血，但如果长此以往，孩子们就会继续被她吸血，最终依附于她，然后也会变成小吸血鬼。但如果她彻底死去，一切都会结束了。孩子们脖子上的伤口会愈合，他们会忘掉这一切，重新回归正常生活。但最重要的是，只要这个吸血鬼真正死了，我们深爱的露西的灵魂就自由了。她不会再深夜里出来残害别人，一天比一天坏；她应该与天使为伴。所以，我们这样做是解救她的灵魂，对她是只有好处的。我很愿意去做这件事，但是我们之间是不是有人比我更适合？这样当他夜不能寐的时候，他可以想着：'是我亲手送她去了天堂，这是一双最爱她的手，是她自己挑选的手'，这难道不是一件让人愉快的事吗？所以请告诉我，我们当中是不是有比我更合适的人选？"

我们都看向亚瑟。他明白了我们的好意，我们也明白了教授的好意。教授是在提议亚瑟亲手把露西之前留给我们的纯真记忆还原回来。亚瑟颤抖着双手，脸色惨白得像雪地一样，但他还是走上前，英勇地说道："梵海尔辛，我真正的朋友，我由衷地感谢你做的一切。请告诉我该如何操作，我会毫不犹豫地去做！"

梵海尔辛的手搭在他的肩头，说道："勇敢的孩子，完成这一切需要一鼓作气。你需要用这根桩子刺穿她的身体，这听起来很难，但是不要害怕，只消片刻，你以后的快乐就会远胜于痛苦。从墓地走出去，你会感觉一身轻松。但是这件事只要你开始做，就不能往后退。你要记住，真正的朋友，我们都在你身边，在这里为你祈祷。"

"说吧，"亚瑟的声音沙哑了，"我应该怎么去做。"

"左手拿木桩，把尖头对准心脏；右手拿锤子，对准木桩击打下去。之后我们会开始为逝者祷告，我带着《圣经》，我来起头，其他人就跟随我一起念，这一锤，以上帝的名敲打下去，这样逝者就获得了安宁，占有了她躯体的活死人就会消失了。"亚瑟拿着木桩和锤子，下定了决心，这时他的手不再发抖了。梵海尔辛翻开《圣经》开始大声朗读，我和昆西则跟着他读。

然后，亚瑟对准尸体上心脏的部位，用尽全力砸下了锤子。

棺材里的尸体开始蠕动。然后，从她的嘴里传出了一种恐怖的尖叫。她的身体在剧烈地颤动和扭曲，近乎疯狂。牙关紧咬，吱吱作响，嘴唇都咬烂了，嘴里冒出暗红的泡沫。但亚瑟毫不犹豫，他手起锤落的样子就像雷神索尔，周而复始的打击让木桩越插越深，被刺穿的胸膛里喷涌出殷红的血液。亚瑟神色镇定，脸上发出神圣的光芒。这样的场景鼓舞着我们，我们祈祷的声音在坟墓里不断回响。

最后，尸体不再挣扎了，她还在磨牙，面部还在抽搐。终于，尸体安静了，这项恐怖的任务大功告成。

锤子滑出了亚瑟的手。幸亏我们及时扶住亚瑟，否则他当场就要跌倒在地了。大颗大颗的汗珠从他的额头滚落，他累得气喘吁吁。这种精神压力对他来说太沉重了，若不是被比个人感情更强大的力量驱动，他是挺不过这一关的。

之后的几分钟，我们的注意力都在亚瑟身上，没有去看棺材里面的情况。等我们平静下来去查看棺材时，眼前的景象让我们忍不住发出惊叹。亚瑟感受到我们热切的目光，也站起来看向棺材。然后他的脸色露出兴奋的神色，之前的恐惧全部消失不见了。

棺材里躺着的再也不是我们厌恶和恐惧的怪物了，而是那个我们熟悉的露西。她的脸上洋溢着甜蜜和单纯，有着无与伦比的美丽。这张脸上也存在着关怀、苦痛的神色，就像在她生前我们看到的那样。这对我们来说弥足珍贵，因为这一切说明眼前的人才是我们认识的露西，真正的露西。她的神色宁静而神圣，像阳光普照在她受尽煎熬的脸庞上。

梵海尔辛扶着亚瑟的肩膀，问他："现在，可爱的孩子，我的挚友，你可以原谅我了吗？"

亚瑟迅速握住教授的手，将它举到嘴唇旁，轻吻了一下，说道："我已经原谅您了！上帝保佑，你把我爱人的灵魂找到了，并交还给了她，也把安宁还给了我。"

他的双手搭在教授的肩上，头靠在教授的胸口里，无声地哭泣着，而我们也沉默地站在那里。

亚瑟再次抬起头，梵海尔辛对他说："我的孩子，现在你可以亲吻她了。不知你是否愿意，但你现在也可以去吻她的唇，因为我知道这也是她所希望的。她已经不再是一个恶魔了，永远不再是可恶的生物。她真正地属于上帝，而不再是活死人了，她的灵魂与上帝在一起。"

亚瑟弯腰去亲吻了露西。之后，我们让他和昆西先出了墓穴。我和教授把木桩留在露西身体外面的部分锯下来，已经插入的部分就留下了。然后我们把她的头割下来，给她的嘴里塞满大蒜。我们把棺材的铅罩焊接好，盖上棺材盖，收拾了所有的工具，走出墓室。教授把大门锁好，然后将钥匙交给了亚瑟。

外面空气清新，阳光明媚，鸟语花香，世界仿佛变了个样子，处处洋溢着欢乐祥和。我们之所以有这样的感觉，是因为我们卸下了心中的重压，我们是快乐的，即便这快乐并不是永恒的。

离开之前，梵海尔辛对我们所有人说："朋友们，现在我们完成了一个重大任务的第一步，这一步对我们来说是最痛苦和艰难的。之后的任务会更艰巨，也就是我们要找出这一系列悲惨事件的始作俑者。我已经找到了一些线索，但是完成这项任务需要漫长的时间，而且这件事很危险，也有可能带来痛苦。你们愿意帮助我完成吗？我们已经获得了彼此的信任，不对吗？既然如此，我们能够逃避责任吗？不能！我们发誓，相互扶持走到最后，好吗？"

我们轮流和他握手，郑重承诺。我们一边走在回家的路上，梵海尔辛一边对我们说道："后天晚上七点，你们三人一起来和我共进晚餐。届时我还会带来另外两个朋友，你们现在还不认识他们，到时候我会把所有的计划和盘托出。约翰，你现在和我回家，我有一些事情要和你讨论，我需要你的帮助。我今晚会先回阿姆斯特丹，但是明晚就会赶回来。然后就可以开展这项神圣的工作了。但是在这开始之前，我会提醒你们许多注意事项，这样你们就可以有个心理准备，知道接下来要做什么。然后，我们要重新立誓。因为我们的任务十分艰巨，一旦开始启动，就没有回头路了。"

第十七章

苏华德医生的日记

九月二十九日

我们回到伯克利宾馆的时候，梵海尔辛收到了一封电报。

我将马上乘火车来，乔纳森留在惠特比。我有重要消息。

麦娜·哈克

教授十分高兴。"是哈克夫人，太了不起了"他说，"她真是个女中豪杰！她要到了，但我却不能留在此地。约翰，她只能去你那里了。请你去火车站接她。我要立即拍电报给她，让她知悉此事。"

发完电报之后，他边喝茶边告诉我，他有一本乔纳森·哈克在国外旅行时写的日记，他把日记的一份打印副本给了我。"拿着这日记,"他说,"仔细读一读。这样等我回来以后,你应该就知道事情的真相了,这会有利于我们开展下一步行动。把日记保管好,里面的内容很有价值。虽然你已经经历了今天发生的事,但是阅读这本日记时,你还是需要忠于自己的信念。"他的手拍了拍日记本,继续说道,"这里面说的,可能意味着你、我和大家的末日来临,也可能会给在世间横行的不死人敲响丧钟。希望你认真地阅读,用开明的态度接受这里的信息,如果你能找到新的线索,也写进去,因为一切信息都是重要的。你一直在写日记,记录发生过的怪事,对吗?等我们重逢时,我们可以一起讨论这些细节。"之后他立刻去了利物浦大街。而我赶去帕丁顿接哈克夫人,火车到站前的十五分钟,我到达了车站。

出站口的人群逐渐散去,我开始感到不安,生怕与我的客人走失。这时一个甜美秀气的姑娘向我走来,她很快看了我一眼,然后说道:"请问您是苏华德医生吗?"

"您就是哈克夫人吧?"我马上回答道。

她伸出手来,说:"我是根据可怜的露西在信中对你的描述认出你的。可是……"她突然脸红了,要说的话也只说了一半,就这样停了下来。

也不知道什么原因,我的脸也有些热热的,这样我们反倒放松了,二人心照不宣。我帮她提着行李,行李中还包括一台打字机。我先发电报给管家,让他马上为哈克夫人收拾出起居室和卧室,然后我们坐地铁到了芬彻奇大道。

我们按时到达了目的地。她虽然已经了解这里是一所精神病院,但在进门的时候,她还是有一点忍不住地发抖。

她说,她有很多事情想对我说,如果方便,她想马上来我的书房找我。所以我在等她的同时,也用留声机记下我的日记。到目前为止，尽管梵海尔辛留给我的日记就摆在眼前，我还没找到时间阅读它们，我需要帮她找点有意思的事做，这样我就有时间读那些日记了。她可能还不清楚，我们面临着什么样的重大任务，而且我们的时间太宝贵。我一定要小心点，不能吓坏她。她进来了！

麦娜·哈克的日记

九月二十九日

我梳洗整理了一下，就去了苏华德医生的书房。敲门前我停在了门口，因为我似乎听到他在和人谈话。但他曾告诉我要抓紧时间，于是我只好敲了敲门。他在屋里回答："请进来。"我走进了房间。

我感到很惊讶，因为房间里没有别人，只有他一个。他对面的桌子上摆着一台机器，通过造型，我判断那机器是一台留声机。我之前从没有见过真正的留声机，所以觉得它很有趣。

"希望你没有等我很久，"我说，"因为在门外我听到你的说话声音，以为书房里还有别人和你一起。"

"哦，"他微笑了一下，回答道，"我在录制日记，仅此而已。"

"你的录音日记？"我很惊讶地问道。

"是啊，"他回答，"这个被我用来录音。"他说着，用手抚摸留声机的表面。我觉得很稀奇，说："这比速记还好！你能放出来给我听一下吗？"

"当然可以。"他愉快地同意了，但是，当他站起来，刚准备播放的时候。他突然停了下来，表情有点为难。

"事实是，"他有点犹豫地说，"我只用留声机录制日记，所以这些日记几乎都是我个人的事，可能有点尴尬，我的意思是说……"他说不下去了。

我想尽量缓解他的尴尬，所以说："一直到露西离世前最后一刻，你一直在精心照料她，帮助她。我想听听她是怎么离开的，她是我非常非常亲近的人，这对我十分重要，我由衷地感激您。"

他脸上露出了惊吓的表情，这让我很吃惊，然后他回答我："把她的死告诉你？毫无可能！"

"为什么不可以？"我心里不太舒服，沉痛地问他。

他停顿了一会儿，他是想找个理由，我能看得出来。最后，他嘟囔着说："你瞧，我不会截取日记中的某一段放给你听，我不知道怎么操作。"

他的语气太天真了，连撒谎都撒不好，然后他还孩子气地对我说："我保证，我说的都是真的。"

我被他逗笑了，他做了个鬼脸，说："我瞒不住了！不过你可能不知道，我过去几个月一直在录制日记，但我真的没想过如果要查找其中的一段，我该怎么操作，我从来没想过。"

这时我确信，通过这位医生的日记我会更了解可怜的露西，所以我坚定地说："那么，苏华德医生，我最好用打字机给你的日记整理出一份纸质版本。"

他的脸色一下子变得煞白："不！不！不！不行。我不能把这么可怕的故事告诉你！"

我的直觉没错，果真有什么可怕的事情发生了！我思考了一阵子，同时目光扫视着房间里的东西，希望能找到什么对我有所帮助，然后我看到桌上有一叠打印出的稿子，他的目光一直追随着我，视线也落在了那叠稿子上，然后他知道了我在想什么。

"你对我还不甚了解，"我说，"等你看过那些日记——我和我丈夫的日记，都是我亲手打的，你就会对我了解更多。我不介意把我的想法和你分享。现在我们互相还不了解，所以你不够信任我也情有可原。"

他是一个品格高尚的人，露西看人的眼光不错。他站起身，拉开了一个大抽屉，抽屉里面摆放着许多整齐的黑胶录音带。

他对我说："你说得没错。我是因为不够了解你所以才不能信任你。但我现在已经认识你了，应该说我很早之前就知道你了。露西向你提过我，这我是知道的。因为，她也和我说起过你。希望这些录音带可以弥补我的过失，请仔细听听它们吧。前半打是关于我私人的事情，你应该不会被吓到。听完了这些，你会对我了解更深。我也要开始阅读这些日记，一直到晚餐时间。这样我可以更了解事情的经过。"

他亲自为我把留声机移到了起居室，为我调试好了机器。我相信，我会听到一些趣事。因为这些录音带里包含着一个爱情故事的一部分，而另一部分露西已经告诉过我了。

苏华德医生的日记

九月二十九日

我被哈克夫妇俩绝妙的日记深深吸引住了，我一直如饥似渴地读着，忘记了时间。

当女仆来告诉我准备开饭时，哈克夫人还没有下楼，所以我对女仆说："把晚餐推迟一个小时吧，让哈克夫人再休息一会儿。"然后，我又开始接着读日记。我刚刚读完哈克夫人的日记时，她走进了我的房间。她十分美丽动人，但是神色哀伤，眼睛里泛着泪花。她的样子感动了我。上帝知道，我最近伤心的事情太多了，但我一直强忍悲痛。现在我面对这双美丽的眼睛，和她眼里的泪光，心里的悲伤又翻涌起来。

于是我尽可能用温柔地语气对她说："让你感到伤心了，我很抱歉。"

"不，不，我没有伤心，"她回答我，"但是我没有办法表达对你的遗憾之情，这个机器很好，但它播放出的全是可怕的事实。它诉说着你内心的恼怒和苦痛，就像向上帝哭诉的灵魂。这些声音不应该再被人听到了！看，我希望这个能帮到你。我已经把录音里的内容打出来了。"

"没有人需要听到这些事，他们也不应该知道。"我喃喃地说。

她把手搭在我肩上，庄严地说："但是人们必须知道！"

"必须知道？为什么？"我问她。

"在这个悲惨的故事里，你的记录写下了重要的一笔。它叙述了露西的死和她的死因。我们接下来要和魔鬼斗争，这场战斗要求我们必须寻找一切线索，寻求一切帮助。我觉得你的录音带里还包含很多东西，比你想让我知道的更多的东西。我确信你的日记可以解决我们的谜团。你会同意我的帮忙的，不是吗？虽然你给我听的录音到九月七日就结束了，但我知道一切。我已经知道露西的病因，还有她怎样开始了悲惨的命运。从教授与我们夫妇会面后，乔纳森和我就一直日复一日地工作着。他现在在惠特比采集信息，明天他就会到这里协助我们。我们应该并肩合作，完全信任对方，我们之间不需要秘密，而是应该分享所有信息，这样，我们的力量会更强大。"

她用恳求的目光望向我,目光中充满了坚定的决心,我立刻被她的精神打动了。

我说:"你应该做你想做的任何事。若是我有什么做错了,请上帝原谅。我们还需要了解许多可怕的事情。最终的答案应该会给我们的心带来安宁。来吧,我们可以共进晚餐了。为了更好地完成任务,我们一定要保重身体。因为这项任务实在是残酷又艰巨。晚餐过后,我会把剩下的录音带给你。你若是有什么问题,都可以问我。"

麦娜·哈克的日记

九月二十九日

晚饭结束后,我跟随苏华德医生来到他的书房。他把留声机搬了回来,还替我找了一把椅子,把留声机摆放好,这样我想要调试留声机的话就不需要站起来了。他还教给了我暂停放音的方法,然后他还周到地搬来一把椅子放在我背后,背对我读书,这样我就更安心了,我把机器的金属设备戴到耳朵上听起录音来。

我听完了露西死去的故事和后续事宜后,全身发软,摊在椅子上,幸好我没有晕倒。苏华德医生看到我的情况,马上从椅子上蹦起来,从酒柜里拿出一瓶白兰地,让我喝了一杯,过了几分钟,我才慢慢缓过来。我的头脑晕乎乎的,但是想到露西已经获得了最终的安宁,又稍稍放心了一点。这一切都过于恐怖、诡异和神秘,要不是了解在特兰西法尼亚时乔纳森身上发生的事,我是肯定不会相信这些。

我的思绪很混乱,不知道做什么才好,但总觉得要干点什么事。所以我打开打字机，对医生说："让我把这些录音打成文字吧。我必须在梵海尔辛医生到来前做好准备。我已经给乔纳森发了电报，告诉他从惠特比返回伦敦后就直接到这儿来。现在，时间最重要，我想如果我们可以把所有资料整理好，然后按照时间先后排序，会有助于我们了解真相。你说过，高达明勋爵和莫里斯先生之后也会到这里。那时我们就可以把这些东西给他们看。"

于是苏华德医生调慢了留声机的播放速度，我从第七盘录音带的内容开始打字，我在打字时使用了复写纸，这样同时有了三个副本。我开始打字时已经是深夜，苏华德医生进行一次查房。然后，他又回到书房，在我身边坐下，开始读日记，有他在，我的工作就不会显得孤独了。他是多么体贴和细心啊！这世上还是好人多，尽管人群中还有魔鬼。

在离开之前，我想到乔纳森曾在他的日记里写过一件事：教授在埃克斯特火车站读过一份晚报，他当时神情十分慌张。我看苏华德医生还保存了一些报纸，就向他借了《西敏寺公报》和《帕尔默尔公报》，带回房间阅读。

我记得在《日报》和《惠特比公报》上都详细报道了伯爵登陆时出现的奇怪事件，我把那些文章剪下保存起来，以备不之需。从今天开始，我准备阅读每天的晚报，或许会有一些新发现。我并不觉得困倦，工作使我的心情平静。

苏华德医生的日记

九月三十日

哈克先生是在九点钟抵达的。他刚要出门时就收到了他夫人发给他的电报。他看起来很有智慧，而且精气十足。如果日记里面说的是真的（根据我的经历，那些故事一定不假），那么他一定是一个十分勇敢的人。要两次进入城堡里的那个房间需要很大勇气。读过他的日记，我想象他应该是一副阳刚雄壮的英雄形象，没想到他有一副温柔敦厚的商人模样。

过了一段时间。

用过午餐后，哈克先生夫妇俩回到了自己的房间，我经过他们的门口，凑巧听见传出打字机工作的声音。看得出来，他们在认真工作。哈克夫人说将所有资料都按照时间先后整理排序。哈克先生找到了一些信件，是那些箱子在惠特比的收货人和来自伦敦的发货人之间彼此的信件。他正在阅读他夫人整理好的我的日记。我很想知道他们从中会有什么发现。

以下：

多么奇怪啊！我从没预料到精神病院隔壁的房子很可能就是藏身的地方！我们从精神病人壬菲尔德处找到了线索！上帝作证！现在，购买房子的一应手续文件我们都保存了副本。唉，要是事先能知道这些事，或许可怜的露西就有救了！不行，不能这样想！不能发疯！

乔纳森回房间了，他要继续整理资料。他说在晚饭时间，他们就能把整个事情的来龙去脉搞清楚。他还认为我们该去见一见壬菲尔德，因为他的举止变化仿佛就是伯爵行踪的标志。

这一点我还不能确认，但是当我们把他的行为和伯爵出现的日期比对一下就会有所发现了。哈克夫人做了一件大好事！幸亏她把我的日记打成了纸质版，否则我们可能永远也无法发现日期的细节。

我发现，壬菲尔德正坐在自己的房间里，十分平静，他握着双手，笑容温顺。现在的他看上去和正常人没什么区别。我坐下来和他聊天，我们涉猎的话题广泛，他的回答都很自然。然后，他自己提出要回家，这个话题自从他来到这里，从来没有提到过。事实上，他很中肯地要求我们马上让他出院。我确信，若是我之前没有和哈克聊过他，并且对比过信件和他的发作日期，知道它们是吻合的话，估计再观察一下后，我就会放他回家。

但即便如此，我还是有所怀疑。他的发病情况都与伯爵的行踪有关，伯爵在附近他就会发作。那么他现在的镇定是不是有什么隐含意义？会不会他认为吸血魔王会获得最终胜利，因此感到心满意足？等等——他自己是吃生食的，而他发病时经常提到"主人"。看来这些可以证明我们的判断。不过，很快我就离开了，因为他现在太清醒了，如果试图通过向他提问来套取消息的话恐怕他就会警惕。若是他开始思考，可能……所以我就走了。我不相信他的心也像外表这样平静，所以我要求值班员密切监视他，为防不测，提前把束身衣准备好。

乔纳森·哈克的日记

九月二十九日，乘火车去伦敦的途中

我收到来自比灵顿先生的信件，他很礼貌地表示愿意把他能提供的所有信息都给我时，我觉得最好还是亲自去一趟惠特比，也可以向他当面咨询一些问题。现在我的主要目标是跟踪伯爵那辆恐怖的马车，查看它在伦敦的落脚处，以便我们以后的需要。小比灵顿，也就是比灵顿先生的儿子，是个好小伙。他去车站接我，并带我到他父亲的家，他们坚持留我在那里住一晚。他们十分热情好客，是那种真正的约克郡人的待客方式，他们坚持为客人提供一切，让客人宾至如归。

他们都知道，此行我十分匆忙，不会久留，所以比灵顿先生把所有关于托运箱子的文件都放在办公室，并且整理好了。差一点，我就有机会再次看到曾经在伯爵桌子上看到的信，那时我还对他的邪恶计划毫不知情。伯爵对一切都做好了周密的计划，计划的实施也安排得有条不紊。他似乎已经预料到计划实施时可能遇到的困难，并做好了准备，以备"万无一失"，他的计划得到了精准完成也不奇怪，因为他已经做好了充分的安排。

我看了发货单，抄录如下："实验用普通土壤五十箱。"我还看到了与帕特森运输公司往来信件的副本，比灵顿先生提供的全部信息都在这里了。之后我又去了港口，与海岸护卫、海关官员和海港局长见面，他们提到了箱子入港时发生的奇异事件，以及此事在当地造成的轰动影响。但是他们也无法对这"五十箱普通泥土"给出更多描述了。

之后，我又去见了火车站站长，他十分友好，还安排了我与箱子的收发员见了面。他们的说法和清单上的一致，只说那是"五十箱普通泥土"，又说箱子"很沉重"，搬运箱子的过程却很困难。

九月三十日

火车站站长非常友好，他已经帮我联络了他的老朋友——国王十字站的站长，所以我早晨到达伦敦时，就可以询问站长关于箱子到达之后的事了。他也马上安排我见到了具体负责的人员，他们的记录也和发货单的原件完全一致。

这条线索在此断掉了，我原以为这是一条解决问题的途径。无论如何，我已经很好地利用了这条信息，但我还不能接受这样的答案。

于是，我又拜访了帕特森运输公司的总部。他们礼貌地接待了我。他们帮我在工作日志和信函中查找这笔交易记录，并当即给国王十字的分部打电话，帮我问到了详情。幸运的是，当时负责运送的工人不忙，所以公司马上让他们赶来总部，并让他们带上将箱子运抵卡尔法克斯的相关手续和送货单。他们的记录和发货单的信息又是一致的。运送货物的人又补充了一些运单记录之外的细节。

很快，我就发现，他们补充的主要与他们的工作性质有关，毕竟他们的工作又脏又累，他们很希望获得理解和认可。我和他们聊了聊，也给了他们一些钱，他们好受多了，然后，一个搬运工说："那可真是一幢老房子啊，好先生，又老旧又古怪。我敢说里面有一百年没人住过，里面的灰尘厚得可以当床睡，都不会硌着骨头。那老房子总是关着门窗，满是油膏的味道，就像老教堂。我和我的伙计巴不得快点走，老天啊，要是晚上，我们准保一分钟也待不下去。"

他去过那房子，所以我很信他的说法。但如果他也知道我所了解的事的话，他确实没有说大话。

这件事现在已经有了满意的结果：所有从瓦尔纳出发运往惠特比的大箱子，现在都安放在喀尔珐科斯的一所老教堂中。总共有五十个，除非有些被移走了，就像苏华德医生的日记里说的那样。

稍后。

麦娜和我一直在工作，花了一整天时间，把所有资料都按照时间顺序排放好了。

麦娜·哈克的日记

九月三十日

我高兴得不能自已。我猜，这应该是我面对这个恐怖事件造成的应激反应，我担心揭开乔纳森的旧伤口会带给他不好的影响。他出发去惠特比时，我装出一副勇敢的样子，但是其实我怕极了。但是此行给他带来了好影响。他从未如此坚毅果敢，富有活力。就像亲爱的教授说的那样，他是一个真正的勇士，环境越恶劣，他就越勇猛。当他回来时，整个人宛如新生，散发着生命力、希望和坚韧的决心。我们今晚已经把所有材料都整理好了。我无法抑制自己的兴奋。也许会有人同情伯爵，因为他在被我们围捕。但实际上，他不是人，也不是猛兽。只要阅读一下苏华德医生日记中对露西死亡场景的描述以及之后的故事，任何人都不会对伯爵有丝毫怜悯之情了。

之后。

高达明勋爵和昆西先生比我们预期的时间早到了。苏华德医生外出办事，还带着乔纳森，所以我需要去接待他们。这次会面对我来说很痛苦，因为我会联想到露西不久前就应得的希望。他们一定听过露西谈起我，而且按照莫里斯先生的形容，似乎教授也对我"颇有赞誉"。这两个可怜人，他们并不知道我了解他们都向露西求过婚。而且他们也还不知道我对事情的了解程度，所以不清楚该说什么，做什么，只是在谈一些不太重要的话题。

但是我想了想，认为应该谈论一些当前更要紧的话题。读过苏华德医生的日记，我知道在露西去世，也就是真正死亡的时刻，他们都在场，这样我就不怕泄密了。因此我尽可能详细地告诉他们，所有的资料和日记我都读过了，而且我和我丈夫把它们打印出来，并按时间顺序理顺好了。我给了他们每人一份，以便他们到书房里阅读。高达明勋爵拿着文件，翻看了一下，问："这些都是你准备的吗，哈克夫人？"

我点了点头，他继续说道："虽然我不知道里面的内容，但是你们大家都太善良了，一直勤奋而富有激情地工作，我可以做到的就是毫无保留地接受你们的想法，并且做好协助。我刚刚学会人到死都要保持谦虚。况且，你也爱露西，我知道的……"

这时，他转过身，捂住脸。他的话语里夹杂着啜泣的声音。昆西则体现出性格里细腻贴心的一面，把手搭在他的肩膀上，之后默默地离开了房间。我猜女人天生就能让男人轻易地情绪失控，展现出感性的一面，又不会认为这种做法有损自己的男子气概。当高达明勋爵发现自己和我独处时，就跌坐到沙发上，彻底失控了。我坐在他旁边，拉着他的手。我希望他不要觉得自己唐突了我，即便事后回想此事也不要这么认为。我相信，他也不会这么认为，因为他是个真正的绅士。我能体会他的心碎，所以我说："我爱露西，我清楚她对你的意义，也知道你对她的意义。我们就像亲姐妹一般，现在她离开了我们，你能不能把我当作你的姐妹，让我为你分担苦痛呢？我知道你悲痛欲绝，虽然这种悲痛是不能计算的。但是如果同情能够对你有帮助，请让我帮助你好吗，看在露西的份上？"

这一刻，这个可怜人被痛苦的情绪压垮了。仿佛他一直在默默承受痛苦，在这一刻找到了发泄的出口。他开始歇斯底里地举臂挥舞，拍打双手。他时而站起，时而坐下，泪水滂沱，犹如倾盆大雨。我对他无比同情，毫不犹豫地对他张开怀抱。他抽泣着，头靠在我的肩膀上，孩子一样痛哭流涕着，身子也随着发抖。

女人天生就是母亲，当母性被激发时，我们就无比坚强。现在这个将头靠在我身上的悲痛的男人，让我觉得有一天我也会这样抚慰我的孩子。我轻轻摸着他的头，好像他就是我的孩子一样。我没想过那时的行为多么怪异。

过了一会儿，他的哭泣停止了，他坐起来为刚才的行为向我道歉，但是他丝毫没有掩饰自己悲痛的意思。他告诉我，在过去的日子里，他白天疲劳忙碌，夜晚不能入眠。他没能向任何人倾诉，一个男人也有倾诉感情的需要，但之前没有女人能够给他同情。或者说，他被悲伤的情绪包围，也找不到一个可以向其倾诉的女人。

"我现在知道自己承受了什么，"他说着，擦干了眼泪，"但我还不清楚，也不会有别人知道，你今天施与我的同情怜悯意味着什么。我想我一定可以逐渐了解的，请相信，我现在也很感激你，但随着我对你的了解，我的感激之情会与日俱增的。请你把我当成兄弟一样，可以吗？——看在露西的份上。"

我紧紧握住他的双手说："为了我们的露西。"

"还为了你。"他说，"如果你觉得我的尊敬和我的感激是值得你拥有的东西，那么今天你已经得到了它们。假如以后你需要帮助，请保证你一定会让我知道，我会竭尽所能不让你失望。我向上帝保证，你的生命永不会失去阳光。"

我看见了他的真诚与悲伤，而这些使我急于想要做些什么来安慰他，于是我向他承诺："我一定会的。"

当我走到走廊上时，看到昆西正望着窗外。他听见了脚步声，转过身来问我："亚瑟还好吧？"说完，他似乎看到了我哭红的眼睛，"我刚刚看见你在里面安慰他。这个时候他很需要别人安慰。当一个男人的心里受伤的时候，唯有女人才能帮到他。"

这个人独自承担了所有的痛苦，而我的心因为他的勇敢而流血。我看见他的手里拿着稿子，如果他已经读完了它，就该明白我究竟知道了多少，所以我说："我可以成为你的朋友吗？我希望我可以帮到所有受伤的人，包括你，在你需要的时候安慰你。等再过一会儿，你就会知道我为什么这样说。"

也许是我的真诚打动了他，他弯下腰，举起我的手，轻轻地吻了一下。他用这样的方式表明我已经慰藉了这个真诚而又无私的人。我忍不住冲上去亲了他。他的双眼湿润，哽咽了会，而后又平静地说："小女孩，在未来的日子里你将永远不会后悔。"然后他走进了书房。

小女孩这个词是他曾经用在露西身上的昵称，而现在他这样称呼我，我知道我已经是他的朋友了。

第十八章

苏华德医生的日记

九月三十日

我到家时已经是五点钟。现在日记和信笺的复印稿都已经被高达明与莫里斯找到并读过了，哈克出门去找送货工人，暂时还没回来，我也收到了汉尼西医生写的信。哈克夫人递给我们每人一杯茶，这让我觉得，自从我第一天来到这里，这个老房子就给了我家的感觉。等我们喝完了茶，哈克夫人对我说："医生，你能帮我一个忙吗？我很想和壬菲尔德见面。拜托让我见到他。你日记里写的那些关于他的一些事我非常感兴趣！"

她是如此的迷人，我找不到任何理由拒绝她，所以我带她去了壬菲尔德那儿。

我走进壬菲尔德的房间，告诉他门外有位女士很想见他。
"为什么?"他问我。

"她是过来看病院的，也想看看病院里的每个人。"我回答。

"那好吧，"壬菲尔德说，"但是请她再等一分钟，我先把这里收拾一下。"

很明显他害怕了，或者可以说对一些干扰开始产生怀疑。因为在我来得及阻止他之前，他吞掉了盒子里全部的苍蝇和蜘蛛。当一切都伪装好后，他很高兴地告诉我："现在就请她进来吧。"接着他坐在床沿边，低着头，微微抬起眼皮以便看清走进来的那个人。我突然意识到他有可能产生了杀人的想法，于是我不动声色地选择了一个可以立即抓住他的位置，这样如果他有什么举动，我可以马上制止他。

哈克夫人优雅地走了进来，她的优雅使她受到了所有病人的尊敬，因为在他们眼中，温厚是最值得尊敬的品质之一。

"壬菲尔德，晚上好。"她走到他面前，微笑地伸出手，"我听说过你，因为医生在我面前提到过你。"

壬菲尔德并没有回答，而是皱起眉打量着她。他的表情先是惊讶，继而又变成疑惑。"你不是那个姑娘，是吗?"他说出了让我惊讶的话，"那个医生想要娶的姑娘。哦，你不是。"他想想又补充，"你知道的，她已经死了。"

哈克夫人笑了："当然不是! 我的丈夫是哈克先生。遇到医生的时候我已经结婚了。"

"那你为什么来这儿?"

"我是和我的丈夫一起来看医生的。"哈克夫人说。

"既然这样就别留在这儿。"壬菲尔德说。

"为什么?"

我想她有点儿不高兴了，如果我是她我也会不高兴的，于是我打断他们的对话："壬菲尔德，你怎么会知道我要娶谁呢？"

他移开了停留在哈克夫人身上的目光，转而看向我，又马上移回去。"真是个愚蠢的问题！"他的声音很轻蔑。

哈克夫人立刻维护我："我不这么想，壬菲尔德先生。"

他面对她时态度又变得尊敬起来："哈克夫人你应该明白的，像医生这样一个可爱并且受我们尊敬的男人，他的任何事我们都会拿来讨论。医生不仅仅只是对家人和朋友很友善，对我们也是那样，我们中的一部分人并没精神失常，他们只是擅长于曲解事情的原因还有效果。我是这家医院里的一员，很容易就注意到这儿的一些人喜欢犯类似于诡辩的错误。"

我认真地注意现在这样一个新奇的发展。他是我的病人，而现在的他露出了我见过的最镇静的样子，就像一个优雅的绅士，在聊着基础的哲学问题。我不知道这是不是因为哈克夫人的存在触动了他内心深处的某个地方。如果真的是由于她无心的影响，那么她一定有着某种特别的天赋。

接下来我们又继续聊了一会儿，可能是因为现在的他看起来再理智不过，哈克夫人开始很怀疑地看了我一眼，然后尝试着将话题引到了他感兴趣的方面。我再一次被他震惊了，因为他依然清醒理智地述说了他的一些观点，甚至在提到一些事情时他还将自己拿来举例：

"我自己本身就带有一些奇怪的念头。在这方面，我的朋友表现得很警觉，他们坚持要我去接受一些控制。我曾把生命幻想成是一个正面的永不泯灭的实物，我们通过消灭其他的生物，不论被消灭的生物是多么的渺小，都可以使我们无限期地延长自己的生命。我一度很坚持这个信念，为此我曾尝试去杀人。医生可以为我作证，甚至有一次我试图想杀掉他，希望用他的血作为媒介来吸取他的生命，以此来增强我自己的生命力，而这些奇怪的念头源于《圣经》上的那句话：'血液即是生命。'是不是这样，医生？"

我只能点点头，这实在太令人惊讶了，我完全不知道该说什么，真的无法想象面前的这个人就在五分钟前还吃掉了那些恶心的蜘蛛与苍蝇。我看了下表，去车站接梵海尔辛的时间到了，于是我提醒哈克夫人应该走了。

她很高兴地跟壬菲尔德告别："再见先生，我希望我们以后还可以经常见面。"

壬菲尔德的回答却让我很吃惊："亲爱的，再见。但是我希望我不用再见到你那可爱的脸了。愿上帝保佑你！"

我去接梵海尔辛前，将亚瑟他们都留在了家里。亚瑟比之前要高兴一点，而昆西也比前几天更快乐。

梵海尔辛欢快地走出车厢。一看到我，他就立刻冲了过来："哈，是你啊约翰！最近还好吗？我其实挺忙的，不过如果你需要的话，我会考虑留下的。不用担心，所有的事我都给处理好啦，我有很多话想跟你说。哈克夫人是不是跟你在一起？还有她的那个好丈夫呢？对了，亚瑟和昆西呢？他们是不是都和你在一起？"

趁着马车往回驶去，我把所有的事都告诉了他，包括哈克夫人是如何让我的日记起作用的，这时我们的对话却被教授打断了："你说的是哈克夫人吗？她是一个很可爱的女人，上帝给了她男人一样的头脑和一颗女人的心，她就是这样一个美妙的组合。约翰，我很庆幸我们有这个女人的帮助，但是从明天起，她不能再跟这件事扯上一点关系。我们作为男人，既然已经下了决心消灭这个魔鬼，就不该让她再冒这个风险。这一切都不关她的事。就算她目前还没受到伤害，但是也会感到恐惧的。再加上她还这么年轻，刚刚新婚，应该也有很多其他的事。你之前告诉我说她已经打出了所有东西，如果是这样她应该跟我们大家一起商量，但是不管怎样从明天起她都要彻底撇开这件事，我们需要独自前行。"

他的说法我完全赞同，我告诉他之前我们完全没想到我家旁边的那所房子是德古拉买下的。他听到这个消息吃了一惊，一脸的难过。

"如果我们早些知道了，"他说，"也许我们就能早点捉住他，露西也就不会离开了。不过事已至此，就像那句话说的，'别因为打翻了的牛奶而哭泣。'过去的事就让它过去，我们要做的就是一直走下去直到结束。"之后他就一直保持沉默，直至我们进了大门。

晚饭之前，教授问哈克夫人："约翰告诉过我，你和你丈夫把到现在为止所发生的全部事情都按顺序排列好了？"

"不是现在，教授，"哈克夫人很冲动地说，"是到今天早上。"

"为什么是早上而不是现在呢？过去的教训已经让我们知道小事也会有很大的帮助。我们也都已经说了各自的秘密了。"

哈克夫人的脸微微泛红，她从口袋掏出一张纸，说："梵海尔辛医生，请你读下这个，我不太确定它能不能算数。这是我今天写的记录，我其实也觉得记录下现在全部的事情是很有必要的，无论它多么琐碎，不过这里面并没有什么，全是一些私人的事情。你看看它有用吗？"

教授接过来，认真读完后还给她："如果你不愿意，那它就不算数，不过我很希望它算。因为它，你的丈夫会更爱你，我们也会更加以你为荣，敬重你和爱你。"

哈克夫人的脸红了，她收回纸条，微微地笑着。

于是直到现在，我们整理好了手里所有的记录。吃过饭后，因为还没到九点会面的时间，教授拿走了一个副本去做研究。在书房开会时，因为我们都已经读过并且熟悉了全部的事，这样就能制订一个计划来和那个可怕而又神秘的对手作战。

麦娜·哈克的日记

九月三十日

吃完晚饭已经是六点钟，两个小时后，我们在西沃德的书房里见过了面，大家似乎有意识地自发组成了一个委员会。桌子首位的是梵海尔辛教授，他刚刚进来时就被苏华德医生示意坐在那儿。我坐在教授的右边算是秘书，我的旁边则坐着乔纳森。高达明勋爵坐在我们的对面，苏华德医生、莫里斯先生与高达明勋爵都坐在了教授的旁边，而苏华德医生就在他们三个人中间。

教授上来直接说道："大家都应该知道文件里写的事了吧？"看到我们都点头。他又继续说："我想我最好先说明一下我们对手的具体情况，首先我会告诉你们它的历史，关于这些我都已经弄清楚了。然后我们就一起商量下对策，看看应该采取什么行动。"

"从我们目前手上的一些证据来看，吸血鬼是真的存在的。就算我们自己没有遇到过有关他的不好的经历，如果我们够明智，过去发生的事也足以让我们正视他了。我得承认一开始我也很怀疑，直到有一天真相对我大声呼喊：'你看！

你快看！我证明了自己。'所以我很庆幸我一直对此保持着开明的态度。我有时候在想，如果我能早点知道这些，不，就算只是猜到了他，那么我们爱的人就不会失去她的生命。但是她已经走了，我们只能继续下去，以免越来越多的可怜人再受到伤害。诺斯法拉图这种吸血鬼不像蜜蜂那样，只要叮了一次人就会死，他只会变得越来越强，得到更多的能力来制造邪恶。我们要面对的这个恶魔像二十人那么强壮，他狡猾过人，因为他的智慧是一年年增长的。他同时也会巫术，字面意思上理解，就是会控制死亡，他能指挥他接近的所有死人。说他是野兽，但他比野兽还残忍，他就是天生的魔鬼，没有良心。"

"他能够在自己的控制范围内控制一切自然力，包括风暴、云雾、雷电，甚至还能指挥老鼠、猫头鹰、蝙蝠、飞蛾、狐狸和狼等下等生物，他可以随心所欲地变大变小，有时还能直接消失。我们要怎样才可以消灭他呢？朋友们，我们的任务异常艰巨，而失败的后果连勇者都会胆寒。"

"如果这场斗争失败了，我们的下场会是什么？对我而言，生命太过微不足道，我根本不在乎失去它。但是如果我们失败了，涉及的不仅是生与死了。从此我们会跟他一样成为黑夜里最丑陋的存在，没有良知，因为饥饿而捕食我们曾经最爱的人。天堂将永远远离我们——谁还能帮我们接近它呢？所有人都会憎恶我们，我们成了阳光里的污点，是插在上帝身体里的一支箭。如今我们面前摆着的是我们的责任，这个时候，我们能够退缩吗？对于我自己，我会说不，我已经不年轻了，在我生命里，阳光、美好、鸟儿的美妙歌声、生命中动听的音乐还有爱，都已远离，可是你们都还年轻。也许你们也悲伤过，但在你们面前还有美好的未来。你们说呢?"

教授说话的时候,乔纳森伸手握住我的手,我开始被他吓了一跳,我以为他是被我们目前危险的状况吓住了,可是当我感觉到他的有力的触摸时,我知道了他的自信与坚决。勇敢的人通常用手就能表明一切,他们甚至不需要女人来用爱来倾听。

等教授说完,我和丈夫对视一眼,我们之间不需要任何言语。

"我和麦娜都同意。"他说。

"带上我,教授。"昆西·莫里斯干脆地说,就如同他往常一样。

"我永远和你们一起,"高达明勋爵说,"就算不为了别的,也为了露西。"

苏华德医生只是在一旁点头。

教授突然站了起来,他放下了金色的十字架,然后伸出双手。我紧紧握住他的右手,而他的左手则抓住了高达明勋爵,我的右手和乔纳森的左手握在一起,右手那边的是莫里斯先生。我们一起手握手,订下了圣洁的契约。我的心就像冰一样冷冰冰,但这并没让我退缩。我们回到各自的原位,教授接着之前的话继续说下去,他的声音里带着愉快,我们的任务已经正式开始了。它就像我们生命中其他一些重要的交易一样,我们都将会严肃以待。

教授说:"大家都知道我们面对的是什么,我们并不是一无所有。我们很团结,而它是吸血鬼不具备的。我们还有科学,它让我们自由地行动和思考,我们与他的时间是相等的。我们所能达到的范围是无限的,我们能随心所欲地运用它们。我们还可以勇敢地自我牺牲,我们有着对目标无私的追求。

而这些就够了。"

"现在我们来了解一下他们的能力最多能承受到多大范围的限制，还有吸血鬼独自一人时做不到的事。总之，让我们都思考吸血鬼全部的局限性，尤其是单独的吸血鬼有什么局限性。"

"我们现在所能依靠的就只有传统与迷信。一开始事情只显示在生死的层面时，它们的效果并不明显，然而一旦超越了生死，所有事情就相同了。我们目前只能满足于此，因为现在我们还没有其他方法。再者，这些东西目前就是所有。其他人不需要知道吸血鬼是不是存在。但是我们知道！一年前，在这个满是科学的十九世纪，我们谁会相信看起来如此荒谬的可能性？我们甚至不能接受这些已经被我们亲眼证实的真相。接受这个事实吧，吸血鬼，包括他的局限性还有我们的对策。我告诉你们，他在很多地方都很有名。古希腊，古罗马，甚至整个德国，他都很活跃，在法国，在印度，甚至离我们那么遥远的中国，他都存在，也有一群相信他的人存在。远在冰岛上的狂暴战士的苏醒带来了他，也带来了恶魔的后代匈奴人、斯拉夫人、撒克逊人还有马扎尔人。"

"现在我们已经了解了我们将要对付的敌人，我再来说一些在我们所有不愉快的经历中被证实的事情。吸血鬼是永生的，不会因为时间的逝去而死亡，只要他可以吸到活人的血，他就能一直存活下去。甚至有时我们会发现他变得更年轻，他的生命力比以前更加旺盛，看起来一定是某些特殊的东西使他们焕然一新。"

"但是一旦没了这种东西，他就无法继续存活，跟我们不一样，他们不吃饭。乔纳森之前和他同住了几周，从没看过他吃饭，从来没有！他也没有影子，透过镜子看不到他们的影像。乔纳森还发现，当他关门挡住那些狼群，还有他帮助别人上马车时，他的手力气很大。他可以变成狼，就像上次我们在惠特比看到的那样，还有那次他把一条狗直接撕开。他也会变成蝙蝠，哈克夫人之前在惠特比时透过窗户看见过，关于这点约翰也见过，他曾经飞得离房子很近，昆西也在露西房间的窗户那儿见过他。"

"他会制造出雾，然后行走自如，那位船长曾证明过这件事，不过看起来，他制造的雾的范围很有限，那些雾只能紧紧围绕着他。"

"他可以化成尘埃在月光中飘浮，就像德古拉的城堡里乔纳森看见的那些女人。他也能变得很小，小到可以从坟墓里微小的缝隙里逃走，就像我们在露西死之前看到的那样。只要能找到出路，他就可以随意进出任何东西，无论那里多么严实，就算是被焊住了也无所谓。夜晚他也能看得很清楚。这点可不容小觑，因为在这个世上有一半的时间是黑夜，但是听我继续说。"

"他虽然能做很多事，但是有一点，他不自由。不仅这样，他甚至比那些帆船上面的奴隶和困在斗室的精神病患者还缺少自由。他是一个非自然的存在，可他仍然要遵从自然的法则，或许连他自己都不清楚为什么。除非房子里面的人同意，他不能随意进出别人的家。在他获得允许之后，他就可以随意进出。而在白天到来时，他那些邪恶的能力就没有了。"

"在某些特殊的时间里他才能得到很少的自由。如果他所在之处不属于他，他就只能在午间或日出日落时才可以改变自己。我们听过这些事，也能从我们的记录里找到相关证明。他能在自身的限制范围里为所欲为，他泥土的家中，坟墓的家中，地狱的家中和被玷污了的地方，正如之前他去了惠特比自杀者的坟墓，其他时间他就只能等待夜晚来临时变身了。我还听别人说他只可以穿过流动缓慢的水与潮水。还有一些别的东西能折磨他使他失去能力，比如大家都知道的大蒜，还有一些神圣的物品，就好比这个标志——十字架——在我们下决定时也陪在我们的身边，在它们面前他是不足一提的。只要有它们在，他便会充满敬畏地离得远远的，只能保持沉默。还有一些其他的，我都要告诉你们，将来我们在搜查中会需要用到。"

"如果在他棺材上放置野玫瑰会让他无法出来，往他棺材射进一颗子弹会真正地杀死他，或者是用桩子刺中他，砍掉他的头都可以使他死亡。这些我们都亲眼证实了。"

"我们可以按照这些方法找到他住的地方，将他关进棺材杀死他。但是他很狡猾。我询问过我的朋友——布达佩斯大学的阿米尼亚斯（Arminius）有关他的历史。他其实就是沃依沃德·德拉库拉（Voivode Dracula），因为跨过位于土耳其边境上的大河而战胜了土耳其人得名。如果这些都是真的，他一定异常聪明，因为从那时起，包括后来的几个世纪，他都被人称为是最聪明狡猾的和'森林之外'最英勇的孩子。智慧的头脑和钢铁般的意志伴随他一起走进坟墓，现在也随之出现在我们面前。阿米尼亚斯曾说过，德古拉家族伟大而且高贵，虽然总是有后裔会被认为曾和魔鬼有接触。在赫曼斯戴德河旁的山脉里，人们发现了这些秘密，而在那边，人们都认为他异常聪明。通过记载可以找到巫师、魔鬼和地狱等等词汇，而且有一份手稿把德古拉称呼为'吸血鬼'，这些我们现在都很清楚了。他来自于有着一个伟大男人和美好女人的地方，因为他们的坟墓的存在，地球就成了这个肮脏东西唯一可以住的地方。他不仅深深植根于一切美好事物上，而且如果一块土地没有神圣的过去，他是无法生存的。"

大家讨论的时候，莫里斯先生却一直紧盯着窗外，随后他站了起来，走出屋子。教授停下看了他一眼，继续说："我们必须马上制订出行动计划。我们已经有足够的资料，我们要立刻罗列出我们的计划。经过乔纳森之前的调查，有五十箱泥土从城堡里运到惠特比，目的地都是喀尔珐科斯，其中的一些箱子已经移走了。我认为我们应该去看下它们是不是还在隔壁，如果有一些已经不在，我们就要去追查……"

外面的一声枪响却打断了我们，子弹打到了对面墙上，窗户被击破，一地粉碎。我尖叫起来，这让我感觉自己内心深处仍是个胆小鬼。大家都惊跳起来，高达明勋爵飞快地跑去打开窗户。正当他准备这样做时，莫里斯的声音却在外面响起："抱歉！恐怕吓坏你们了，我进去告诉你们发生了什么事。"

过了一分钟，他走了进来说："我真是愚蠢，请你们原谅，尤其是你，哈克夫人，你一定被我吓坏了。事实上，教授讲话时，我看见窗台上有一只很大的蝙蝠。我最近对这些畜生有些恐惧，我无法忍受它，所以出去开枪打它，我这几天晚上只要看见了它们就会这样。亚瑟还为此笑过我。"

"你打中了？"教授问。

"我想应该没有，因为最后它飞进树林了。"他没再继续说下去，又回到了原位，教授于是继续说："每个箱子都要找到，我们必须做好准备，要么我们在他躲藏的地方捉住他杀死，要么我们试着让泥土失去它的作用，这样他也就没有地方可以躲藏了。最后在中午和日落之间我们会在他变成人时出现，我们必须趁他最虚弱时和他交战。"

"但是你，哈克夫人，今晚你的任务就结束了。你太珍贵了，我们不能让你去冒险。今天结束后，你不能询问这些问题。我们会找一个适当的时间把一切都告诉你。作为男人，我们可以承担，但是你对我们而言就像是希望，只有你安全了，我们才能安心地工作。"

听到教授的话，全部的男人，甚至于乔纳森，似乎都松了一口气，我并不希望他们为了我的安全去冒这个险，但是不管怎样，他们已下定了决心，我只能默默接受他们给予的保护，虽然这对我而言很痛苦。

莫里斯先生重新拾起话题："时间紧急，我建议现在就过去看看那边的房子。对付他，时间就意味着一切，早点行动或许还来得及拯救下一个受害人。"

当行动开始的时间一步步接近时，我的心慢慢沉下来，但我还是什么都没说，因为我担心一旦我成为他们工作上的障碍，他们会直接将我排除在小组之外。现在大家都带上撬门的工具，准备去喀尔珐科斯。

他们让我去睡觉——但是他们不知道一个女人在她爱的人处于危险时怎么能睡得着！不过我应该试着躺下来，假装我睡着了，免得等乔纳森回来后徒增担心。

苏华德医生的日记

十月一日，早上四点

在我们准备出去时，我却被告知壬菲尔德希望现在和我见一面，看起来他似乎有很重要的事。我告诉给我传话的人说我现在没空，要等到明天早上才能去。

值班员却说："先生，他很坚持，我从没看过他如此急切。我不清楚具体情况，但是我认为你应该马上去，不然他的狂躁又该发作了。"我知道如果不是原因特殊他是不会说这些的，于是答道："那好吧，我马上就去。"我告诉其他人我要去看壬菲尔德，请他们等我几分钟。

"我也去吧，约翰，"教授说，"你日记里提到他的事我很有兴趣。而且他和我们查的事情也有关，我很想见见他，尤其是当他精神失常时。"

"能带上我吗?"高达明勋爵问我。

"还有我。"昆西说。

"我也要去。"哈克也说。我点点头，跟他们一起去了走廊。

我们出现时壬菲尔德很激动，但他的举动却比原来正常得多。他有着非同寻常的理解力，并不像我以前的那些精神病人，他认为凭自己的智慧说服他人再正常不过了。我们五个一起进去了，一开始他们什么都没说。壬菲尔德要求马上让他从医院出去，送他回家。为了让我相信，他说他已经完全正常了，还说自己非常清醒："我希望你的朋友能帮帮我，也许他们不介意评价下我的事。另外，你到现在还没给我介绍他们。"

我吃了一惊，甚至于我都没发觉在一个精神病院里面介绍精神病人是件多么奇怪的事，而且，这个病人的举动里带有一种寻求尊严和要求平等的习惯，于是我马上介绍道："高达明勋爵，梵海尔辛教授，得克萨斯的昆西·莫里斯先生，乔纳森·哈克先生，这位是壬菲尔德先生。"

他与每个人都握了手："高达明勋爵，能在文德汉姆帮过你父亲我表示很荣幸，现在看见你的头衔，我很遗憾他已经离世了。每个熟悉他的人都对他爱戴和推崇，我听说，他年轻时创造了一种朗姆酒，那酒在德比郡的马场上大受欢迎。至于莫里斯先生，你的国家应该让你非常骄傲。在联邦制上他的宽容接纳开创了伟大的先河，从今往后都会有深远的影响，就算是在极地地区和热带地区也都被星条旗影响成了联邦体。条约拥有的力量完全可以成为扩张的巨大的来源，门罗主义则成了政治神话。不知道其他人见到梵海尔辛时用什么方式去表达他的快乐？我不会为我没对你使用任何传统的尊称而觉到抱歉。如果有人通过对头脑持续的教育而使治疗学发生了革新，传统的所有尊称都在他那儿不适用了，因为那些东西只会将他限制于某个阶级。先生，您因为您的国籍和天资，完全有权利在这个多变的世界里得到世人的尊敬，我相信我至少同那些享有完全自由的大部分人一样有着健全的精神。至于你，医生，我很确定，你是个确确实实的人道主义支持者，医学专家和科学家，请把这看作是一项道德义务，将我当成一个处于特殊环境里的人来看待。"他礼貌地说出了自己最后的要求。

他的话让我们很吃惊。我很清楚地知道他的特点和经历，我相信他确实已经恢复理智了，我突然很强烈地想告诉他我很满意他目前的清醒程度，看看有什么必需的手续，明天一早就让他走。但我知道在这之前必须要等一等，因为我一直都知道他曾有过突然的转变。所以我只是笼统地告诉他，他看上去恢复得很不错，我会找个早上的时间与他聊一次，到那时再评估一下他的状况。

但是这并没满足他，他很快就说："医生，恐怕你并没有理解我的想法。我想马上就走，现在，从这里，就这个时候，如果可以的话。我的时间很紧急，这同时也是合同上的要求。我在医生这样令人十分钦佩的实践家前提出这个看上去很简单但对我很重要的愿望，是希望它可以真正实现。"

他看着我，一脸的渴望，可我还是表达了否定的意思，他又望向其他人，但是再没有任何补充的答复，他只好继续说："难道是我判断错了？"

"是的。"我很坦率地回答，同时我也觉得实在无聊。

他停了很长的时间，只好慢慢地说："那我换一个要求好了。我请求得到特许的照顾，随便你怎么说好了。我这样子拜托你，并不是为了自己，而是为了别人。我不能告诉你原因，但是我可以保证，它们一定是好的、合理而且无私的，它出自我强烈的责任心。"

"先生，假如你可以体会我的心，你一定会和我有相同的感觉，你也会把我看成你最知心最真挚的朋友。"

他又再次恳切地望着我们。他突然的表现让我越来越确定这是他疯狂的另类表现方式，决定把他留一段时间，根据我的经验，他应该会像其他病人一样最后露馅了。梵海尔辛紧盯着他，眉毛几乎快要同视线的聚点拧成一条线了。他对壬菲尔德所用的腔调我当时并没觉得奇怪，只是后来当我想起的时候觉得十分惊讶，因为它完全秉持了平等原则，他说："我希望你能坦诚地告诉我今晚你想离开的真实原因？我向你保证，如果你告诉了我，对这样一个没有任何偏见且保持着开明习惯的一个陌生人，医生会出于责任心冒险给你特许。"

他摇摇头，很伤心的样子，一脸的遗憾神色。教授继续试着说服他："先生，请你仔细想想。你很讲道理，因为你让我们相信你是完全理性的。但是你这样做，却让我们不得不怀疑你是否清醒，因为你并没因为你的这个缺点中断治疗。如果你不能帮我们来选择一条最明智的道路，那你怎么能希望我们会履行被你强加给我们的责任？来，试着聪明点，满足我们的要求，这样我们也可以试着完成你提的心愿。"

壬菲尔德依然摇着头，说："梵海尔辛医生，我没什么能说的了。你的话很有道理，如果我能说，我一秒都不会迟疑，但是关于这件事我不能做主。我只能求你能相信我。如果你们拒绝了我，我就无法去尽责任了。"

我想应该要结束这次谈话了，现在的他越来越显得滑稽而又严肃，于是我说："走吧，朋友们，我们还有别的事要去做。晚安了，壬菲尔德。"说完我朝门口走去。

可是当我走出了门，病人又发生了新变化。他快速地走过来，开始时我还担心他又想来袭击我。不过我的担心显然错了，他举起了双手向我恳求，希望用感人的方式去表达他的要求。当他意识到过分的感情流露对他其实并不有利，因为我们的关系又回到原点了，他更加容易感动了。我朝梵海尔辛看了一眼，感觉他和我的想法一样，于是我更加坚决，告诉他任何努力都只是徒劳。我早就见过他同现在一样持续高涨的情绪，每当他提出一些他考虑很长时间的要求时，例如当他想要只猫时，我等着看他像原来那样被拒绝请求后表现出消沉的模样。

但是我所预料的并没发生，当他知道他的请求会失败时，他变得十分狂躁。他猛然跪下，举起双手，恳切地摆动着，眼泪沿着脸颊往下流，脸上充满了请求："拜托你，医生，我求求你，让我马上走吧，随便你怎么送我出走，送到哪儿都行，拿绳子和锁链捆住我都无所谓，我可以穿上那个紧身背心，戴着手铐脚镣，甚至去监狱我都可以，只要你肯让我离开。你不会明白让我留下来意味着什么，我是真的从我的内心和我的灵魂最深处请求你。你不知道谁被你错怪了，怎么被你错怪了，但我不能说。我真的很伤心！可是我就是不能说。请看在一切你认为神圣的存在的分上，看在一切你珍视的东西的分上，看在你那失去的爱人的分上，看在你所有的希望的分上，看在上帝的分上，让我走吧，不要让我的灵魂担负罪恶！你听不到我说的话吗？你不明白我的意思吗？你永远都不会懂吗？你知不知道我现在十分清醒，我的精神病并没发作，我是在为我的灵魂战斗！听我说！让我走，放我走，现在就放我离开！"

再这样他会越来越疯狂，然后狂躁症又该发作了，我上前把他搀起来。"可以了，"我严肃地对他说，"一切到此为止，上床休息吧，你应该再慎重一点。"

他停住了，若有所思地看了我好长一段时间。然而他又站起来坐回到床沿上，继续消沉起来，跟我预料的一模一样。

我是最后离开的，他异常冷静地说："医生，我相信，总有一天你会明白今晚我已竭尽全力去说服你了。我只能做到这些了。"

第十九章

乔纳森·哈克的日记

十月一日，早上五点

我从没见过这么强壮健康的麦娜，所以我们一行人出门搜查时很轻松。她会答应退出，让男人们来工作我感觉很高兴。不管怎么说，让她参与这件事实在太恐怖，她的工作全部都完成了，因为她用自己的精力、头脑和远见，将所有事整合在一起，事情现在才有了点眉目，她或许也觉得自己已经顺利完成了自己的任务，剩下的就可以交由我们来继续了。我们因为壬菲尔德都有点心烦。自从我们从他的房间出来后，一直都没人说话直到回到书房。

昆西跟苏华德说："约翰，如果我们看到的不是假象，那他就是我见过的神智最清醒的一个精神病人。我不是很确信，但是我觉得他肯定有一个重要目的。如果真是这样，他会因为他的愿望满足不了而很痛苦。"

我和高达明勋爵都没说话，梵海尔辛说："约翰，相对于我，你更了解精神病患者，我很高兴你做了理智的决定，如果是我，我很有可能会在他爆发前就放他走了。不过我们会通过这些事不断增长我们的经验，在我们目前进行的任务中，我们必须保证万无一失才行，正如我朋友昆西所说的那样。我们还是尽力让所有事都保持原状。"

苏华德却好像在做梦，他说："我不知道，不过我同意你的看法。假如他只是个很普通的病人，我可能就这么相信他了。但是很明显他同伯爵之间有着某种联系，我怕让他走会出问题。我还是不能忘记之前他找我要只猫时，同样也是那样强烈地向我恳求，还想用牙齿将我的喉咙撕开。此外，他称伯爵为"主人"，我猜他出去想帮他进行某些罪恶计划。那个恶魔身边有狼、老鼠和他的同类，他应该还不需要精神病人的帮忙。虽然，他看起来的确很诚恳。我希望我没做错。这些事跟那些棘手的人物搅在一起，真是伤透了脑筋。"

教授过来，将手放到他的肩膀上，深沉而又温和地说："不要怕，约翰。在这样悲伤可怕的事里完成我们的责任，我们就只能尽自己最大的能力。至于其他的，除了上帝给予的怜悯，还能指望什么呢？"

高达明之前悄悄地走开了一会儿，现在他又回来了。他拿着一个银色口哨，说："老房子里也许会有老鼠，有了这个我们会好点。"

我们从墙上翻过去，月光照射下来，我们小心地潜伏在树冠印在草坪上面的阴影里，保持这样的姿势直到门口。教授从包里拿出一些东西，将它们摆放到台阶上，分成四小份，分给我们每人一份。然后他说："朋友们，我们正向危险靠近，需要许多的武器。我们的对手不仅仅只是超自然的。记住，我们的对手比二十个男人还强壮，另外，虽然我们和其他普通人是一样的，我们的脖子与器官很容易就被折断，但是他也并非是不可战胜的。一个异常健硕的男人，或者一堆男人的集合，加起来力气都比他大，我们有机会找准时机制伏他，但是不能伤害到他。因此，我们必须要保护好自己别让他触碰到我们。把这个戴在胸前，"他一边说，一边递给我一个很小的银十字架，因为我距离他最近，"再戴上这个花环，"他又拿给我一个已经枯萎了的大蒜花环，"普通的对手就用左轮手枪与这把小刀对付，再加上小电灯，你们最好把它系到自己胸前，最重要的是，带上这个我们绝对不能玷污的东西。"

他将一块圣饼装入信封递给我。其他人也拿到了同样的东西。

"约翰，"他说，"万能钥匙你带了吗？我们可以直接打开门，就不用像之前在露西那边那样破门进去了。"

苏华德试了几把钥匙，外科医生所具有的灵活的双手帮了大忙。很快他就找到了一把适合的钥匙，前后尝试了几次，插销就松了，随着一阵咔咔的铁锈摩擦声，插销缩了回去。我们推开门，已经长满锈的合页发出吱嘎的响声，门慢慢地被打开了。面前的情景与苏华德日记里记载的打开韦斯顿拉小姐坟墓时的情况惊人地相似，我想其他人同样也意识到了这点，因为大家同时都往后退缩了。第一个走进房子的人是教授。

"主啊，请让我把自己托付给您吧！"他一边说一边画了个十字。我们关上门，以免点灯后，注意力被路口吸引走。

教授认真地检查了一下锁，以防我们离开时打不开门。然后我们点上灯仔细搜查周围。

　　灯光照射出的光线缠绕在一起，周围布满了我们的影子，这些光线交织出的阴影给屋内平添了各种诡异的效果。我想我一辈子永远都不会忘记这种感觉。如梦似幻，我突然记起那时在特兰西瓦尼亚经历的噩梦。每个人似乎都有和我一样的感觉，每当房间里响起了一个新声音，或者出现了新的影子，大家都紧张地到处张望。

　　这里到处都是厚厚的灰。灰尘在地上似乎堆积了几英寸厚，有些地方印着新鲜的脚印，我把灯放低，能清晰地识别出是靴子上的平头钉的痕迹。墙壁很粗糙，布满灰尘，角落里也挂满了很多满是灰尘的蜘蛛网，有些蜘蛛网都已经被过于沉重的灰尘压塌了，破破烂烂的，就像一块破布。大厅的桌子上摆着一串钥匙，每把上都贴着一个发黄的标记。钥匙很明显被使用很多次了，因为周围的灰尘有好多处痕迹，那些痕迹与教授拿起钥匙后出现的印记是一样的。

　　教授问我："你熟悉这儿，乔纳森。你画过这里的地图，最起码比我们要了解。我们要走哪条路去教堂？"

　　虽然上次我没能进去，但是我知道它怎么走，于是我在前面带路，在走了好几次弯路后，来到了一个用铁箍条支住的低矮的拱门前。

　　"就是这里。"教授将灯靠近这所房子的地图旁照着，这是之前从那封关于房屋出售信息的信上复制来的。我们花了一些工夫，从那串钥匙里找到了一把，打开了这扇门。开门前我们已经做好了充足的准备来面对可能会出现的不愉快，因为在我们只稍微推开一点门缝时，就有一股恶臭味从缝隙中传出来，之前谁都没想到会遇上这种情况。这里只有我一个人接触过伯爵，可是我看见的他要么是封闭在房间里禁食，要么就是充满了鲜血待在废弃的空间，但是这里既狭小又很密闭，长久的废弃使这里的空气变得十分污浊而且带有恶臭。至于气味本身，该怎样才能正确地描述呢？

它里面透露着死亡的气息和来自血液的十分刺鼻的气味，就好像是腐烂物自己都腐烂了。想到这儿我觉得很恶心。那个恶魔呼出的每口气都好像被遗留在这里，使这儿更加恶心。

如果是平时，这种臭气一定会打击到我们冒险的心理和我们的信心，让他们低落到极点，但是这次情况不同，我们肩上承担的神圣而又严肃的使命让我们有了超越所有生理考验的能力。我们只在第一次闻到这恶心的气体时忍不住颤抖了一下，之后我们都正常开始工作，好像这个肮脏的地方其实是个玫瑰花园。

我们把这里认真检查了一遍，教授刚开始就说："先数一数还有几个箱子剩下了，然后我们必须检查这里的每个洞，每个角落，每条缝隙，看能否找到一些有关失踪箱子的线索。"

箱子剩下的数目一眼就能看出，这些箱子都很大，不会数错。

这里只剩下二十九个箱子了，原本应该是五十个！有一瞬间我被吓到了，因为当时高达明勋爵突然看向门外黑不见底的走廊，我也随着向外看，那时我的心脏仿佛停止了跳动。某处，透过重重叠叠的影子，我好像看到了伯爵那张噩梦般的脸，那鼻梁，血红的眼睛，红得仿若滴血的嘴唇和让人感觉无比冰冷的苍白。但那只是一小会儿，之后高达明勋爵说："我刚刚好像看见了一张脸，不过只是个影子。"然后他又继续去搜查，我将灯照向那边，进到走廊里面。没有任何迹象，那儿没有墙角，没有门，连缝隙都没有，只有墙壁，就算是他也不能找到藏身之处。之前或许是太过恐惧才产生了幻影，我决定对此事绝口不提。

过了几分钟，昆西突然从他所在的角落往后倒退，我们都密切注视着他，紧张感快速地在我们心中蔓延，一团鬼火在我们面前闪烁，像是天上的星星。我们本能地往后退。整个房间因为老鼠的出现而活跃起来。

有那么几秒我们都吓呆了，高达明勋爵还好，看起来他对这种情况早已做好准备。他向那扇被医生称之为上面捆着铁条的橡木大门冲过去，转动了一下锁里面的钥匙，拉开沉重的门闩，将门打开。然后，他掏出那只银色的小口哨，吹出一声十分低沉刺耳的响声。狗叫声在苏华德医生的院子里面响起，一分钟后有三只小猎犬包围了房子。我们不自觉地向门口走过去，我们缓慢向那儿移动时，我发现周围灰尘的痕迹十分明显，那些箱子就是在这里被移走的。但是这时，老鼠数目突然剧增，整个房间好像顷刻间就被老鼠充满了，灯光打在它们快速移动的黑色身体和那闪着恶毒光的眼睛上，这里好像成了萤火虫的世界。狗冲上去，到了门口它们却突然停下狂吠起来，同时仰起鼻子，开始悲伤地嗥叫。老鼠还在继续成千上万的不断增加中，我们只好出去了。

高达明勋爵抱起一只狗，将它放在地板上。它刚刚触碰到地面时就好像又充满了勇气，向敌人冲去。另外的两只以同样的办法放进屋子，他们还没捕到一只老鼠，所有老鼠都一下子都消失了。

它们的消失好像也带走了那些鬼怪，小狗们欢跃着，兴奋地叫着，就好像它们打败了敌人，并在他们的身上刺了一枪，然后把他们抛掷在空中猛烈地翻滚着。我们终于松了口气。虽然不清楚是因为门被打开，净化了里面的空气，还是因为现在我们都在室外觉得无比安心，但可以确定恐怖的阴影宛如一件长袍从我们各自的身上脱落，我们站在这里似乎没有觉得像之前那么害怕了，虽然我们一直都没忘记决心。我们先将大门重新锁上，带着狗开始搜索房子。但是除了许多灰尘，我们什么都没发现，所有东西都没动过，只有我第一次过来这儿时遗留的脚印。狗也没什么不安的表现，甚至当我们回教堂时，它们依然在欢跳，仿佛在夏季树林里追赶兔子。

我们出来时天都已经泛白了。教授将大门上的钥匙拿下来，然后锁上门，将钥匙放进了口袋。

"到现在为止，"教授说，"我们这一晚很成功。我们没受到任何我原先害怕会遇到的伤害，也确定了不见了的箱子的数目。最高兴的是，我们第一次，也许还是最危险最困难的一次计划成功完成了，并且没让哈克夫人受到一些不好的影响，让她在清醒时或是入睡时都被那些可能永远也无法忘怀的恐怖景象、声音与气味所烦扰。我们也知道了，伯爵并不能让那些野兽完全听从于他的指挥，看，伯爵可以召唤那些老鼠，但是就如同你离开时或者是那个可怜的妈妈哭泣时，他在城堡顶端召集来的狼群一样，它们虽然为他而来，却还是被那条那么小的狗给吓得不行。那个魔鬼的存在使我们今后面临着越来越多的事、越来越多的危险、越来越多的恐惧——他以后还是会指挥野兽去发挥他自己的威力。或许他现在去了别处。这很好！我们有了一次机会在这盘棋里喊一次'将军'，这局棋我们是为人类现在拥有的灵魂下的。现在我们都回家。天要亮了，我们第一次的行动显然是令人满意的。也许以后还有无数个这样的日夜，充满了危险，我们依然要继续前进，不能被危险吓得退缩。"

回到精神病院后，四周鸦雀无声，除了远处的病房传来一个可怜人的尖叫，还有低低的呻吟从壬菲尔德房间里发出，他肯定是在精神错乱后，带着他的痛苦想法在折磨自己。

我踮起脚尖静悄悄地走进房间，麦娜已经睡着了，只有将耳朵靠近，我才能听见她那轻柔的呼吸声。她更加苍白了。我希望她不是在为今晚的会议心烦。我很高兴我们未来的计划，乃至我们的讨论她都没参与。对于一个女人来说，我们的压力实在太大。我开始还并不这么觉得，现在我了解了。所以我很高兴现在的决定。也许有些事她听了会害怕，但是当她察觉到我们有所隐瞒，告诉她这些事比隐瞒她要好得多。在一切结束前，我们的任务对于她而言就是一本被密封了的书，直到地球少了一个来自地狱的魔鬼，那时我们就会把一切都告诉她，我敢说我们之前绝对互相信任，一开始对她保持缄默真的很难，可我不能动摇，而且我明天也不会告诉她今晚的事。为了不打扰她休息，我今晚就在沙发上睡了。

所有人都睡过头其实很正常，昨天真的太忙了，我们一个晚上都没休息。就算是麦娜也一定感觉筋疲力尽了，我起床时已经日上三竿，可她起得比我还晚，我喊了她好多次，她才醒来。她睡得实在太熟了，在她被我叫醒时，开始都没马上认出我，只是一脸惊恐地望着我，就像是刚刚做了场噩梦。她解释说自己太累了，于是我就让她继续休息直到很晚。现在的情况是，箱子被搬走了二十一个，如果这些箱子是集中一次或几次搬走的，我们就还有希望找到全部的箱子。这样我们会省许多的力气，而且这事越早越好，我今天就该去见下托马斯·斯乃令。

苏华德医生的日记

十月一日

快到中午时，教授过来叫醒了我，他看起来比平时高兴，昨晚的行动显然让他安心了些。

回忆完昨晚发生的事后他说："我对你的病人很感兴趣，今早能让我去见一下他吗？如果你很忙，我可以一个人去。看见一名精神病患者谈论哲学，说话还很有条理，这真是件新鲜事。"

我还有一些紧急工作要完成，我很高兴他独自前去。我喊来值班员嘱咐了几句。教授离开前，我警告他别被我的病人蒙蔽了。

"但是，"他说，"我希望他能聊聊他自己和他对于生命消费的理论。就是你昨天日记里写的那个，他曾经告诉哈克夫人他有过这种信念。你笑什么呢，约翰？"

"抱歉，"我说，"不过你要的答案就在这。"我指着那些打印出来的材料，"当这位看起来神志十分清醒且博闻强识的病人陈述他对生命消费的见解时，他的嘴巴里却是他趁哈克夫人没进房间前快速吃掉的那些苍蝇与蜘蛛散发出来的臭味。"

他也笑了："好吧！你记得没错，约翰。我应该想起来的。就是这些奇怪的想法与记忆使得心理疾病如此吸引人。也许他的愚蠢所给我的东西远比那些智慧的人所教给我的还多。天知道呢？"

我继续着我的工作，很快就进了状态。似乎没过多久，梵海尔辛回来了。"我打扰你了吗？"他在门口很礼貌地问我。

"当然没,"我回答,"请进吧,我已经完成工作了,现在很闲。如果你乐意,我可以跟你一起过去。"

"不必了,我见过他了。"他说。

"怎么样?"

"他似乎不是很喜欢我,我们之间的对话很短。我进去时,他就坐在房间中央的板凳上,胳膊肘撑着膝盖,表现得非常不满。我尽量表现得高兴一点跟他讲话,但他压根不理我。'你忘记我了吗?'我问他。他却回答我:'我已经够了解你了,你就是那个蠢蛋梵海尔辛。我希望你跟你那些愚蠢的理论待到别处去。大脑袋的荷兰人统统都去见鬼吧!'然后他就再不说话了,紧绷着一张脸,对我毫不在意,好像我不在那儿一样。既然这样,我只好放弃了从这个聪明的病人那里了解点线索的机会了,我离开后,同那位哈克夫人聊了一会儿,让自己开心起来。约翰,我真高兴她不用为这些恐怖的事而担心痛苦了。虽然我们很怀念她过去的帮助,不过最好还是依旧保持这样。"

"我很同意你的想法,"我说,我不想他对这件事太犹豫,"哈克夫人再也不要参与这些了。对于我们男人来说,这些都够受的了,我们经历过太多危险了,这不是女人应该做的,如果她还继续跟这件事有联系,一定会受到伤害。"

于是梵海尔辛就去跟哈克夫妇讨论了,昆西与亚瑟则出去寻找箱子。而我要去完成我自己的工作,我们约定了晚上会再见面。

麦娜·哈克的日记

十月一日

我很奇怪我今天完全被蒙在了鼓里,这么多年来乔纳森对我一直是绝对的信任，现在他却明显在回避某些事，应该是那些最为关键的事。经过昨日的疲劳，今早我睡到了很晚，乔纳森也比平时起得晚，不过还是比我要早。他出去前跟我说了会儿话，他从来没这样甜蜜温柔过，可是他依旧对昨天去伯爵房子里发生的事一个字都不说。他肯定知道我有多担心。我猜他一定比我还要苦恼。他们一致决定不要再让我参加到那项工作中去，我答应了。可是想到什么他都不让我知道！我现在哭得像个傻瓜——我知道那是出于我丈夫深深的爱和这些男人们对我的好意。

他们所作所为都是为我好，总有一天我会知道全部的事。为了使他觉得我没有对他隐瞒什么，我会跟以前一样接着写日记。这样假如有天他担心他失去了我的信任，我就把日记给他看，那上面为了亲爱的他写满了我心中所有的想法。今天我觉得尤其伤心，情绪也很低落，可能因为我太过激动了。

昨晚等大家走了，我就直接去睡觉了，因为他们走前要求我这样做。我其实一点儿都不困，心里满是不安。我反复想起从乔纳森到伦敦来看我后发生的每件事，每件事仿佛都是悲剧，命运安排了早就被注定了的结局。我们做过的每件事都没有错，可是老天却给了我们最悲痛的结果。假如我那时没去惠特比，也许露西现在仍然在我们身边。她就是因为跟着我才会到教堂墓地那去的，如果她白天没有和我一起过去，晚上她就不会梦游时也跑到那里了。如果她晚上没有在那边睡着，就不会被那个魔鬼伤害了。天哪，我为什么要去惠特比呢？我怎么又哭了！我不知道今天到底怎么了。绝不能让乔纳森看见我这样，要是他知道我在一个早上哭了两次——我从未为自己哭过，他也从没让我掉过泪，他一定会很担心的。我要试着表现得勇敢点，就算我真的要哭，也绝不能被他看到。我想女人们必须学会这种技能……

　　我忘了昨晚我是怎样睡着的了。我记得我后来听见到狗叫声还有很多奇特的声音，像是有很多人在一起祈祷，这声音是由壬菲尔德房间里传出的，位置就在我房间的下面。接着又是死一般的寂静，静到让我不禁毛骨悚然，我爬起来朝窗外看。外面很黑暗很寂静，月光的影子无声地诉说着沉默的秘密。没什么令人不安的存在，但我总感觉一切都是那么的可怕，仿佛带着死亡与宿命的气息。薄薄的雾穿过草丛慢慢地向着房子蔓延开来，好像它带着知觉与生命。可能分心会有益于我的睡眠，因为等我再次回到床上的时候就感觉到了阵阵困意袭来。于是我躺了一会儿，可还是没有睡着，我只好又爬起来看着窗外。雾还在蔓延，现在它已经靠近了房子，我都可以看到墙上厚厚堆叠的一层，仿佛它在故意悄悄地朝着窗户贴近。壬菲尔德那儿的声音更吵了，虽然我还是没听出说的究竟是什么，但我可以感觉到声音里带着一种诚恳的哀求。然后就是打斗的声音，我知道是值班员过去对付他了。我很害怕，又重新回到床上，把衣服盖在了自己的头上，手紧紧堵住耳朵。我那个时候根本就不困，起码我感觉是这样的，但我后来肯定睡着了，因为直到乔纳森喊醒我时，中间的事除了梦以外我什么都记不起来。我费了些劲才想起我现在在哪，还好乔纳森还在我旁边。我的梦实在太奇怪了，是那种典型的将白天思考的东西糅进了梦中，或者说是继续在梦中发展。

　　我感觉自己像是在睡觉，我在等乔纳森的归来。我挺担心他的，但我不能动弹，我的腿，我的手，甚至我的大脑都非常沉重，一切都无法正常活动了。我不安心地睡着，思考着。然后我意识到空气变得非常沉重、潮湿与寒冷。我拿开脸上盖着的衣服，惊奇地看到周围变得十分朦胧。我之前点的汽灯现在变得很昏暗，像是在雾中透出的一点微弱的红色火星。雾越来越厚了，绵绵不绝地进入了房间。我猜测是不是因为上床前没关好窗户，我想起来确认下，却被沉重的困意捆住了手脚甚至包括我的意志。我安静地躺下忍受，只能这样了。我闭上眼睛，却还是能透过眼皮看见（梦对我们开了一个多好的玩笑，我们的想象又是如此的方便）。雾变得越来越浓，现在我可以看清它是如何进来的了，它就像一阵烟，又像是烧开的水里冒出的水蒸汽，不是通过窗户，而是钻过门的缝隙处流进来的。雾越来越厚，最后好像聚合在一起形成了云柱状的东西，顶端的闪光像只红色眼睛。我开始头晕目眩，好像这团雾在屋里不停打转，我想起在《圣经》上看到的一句话："白天它是云柱，到了晚上就变成火柱。"难道进入我梦中的是那句话？但是面前的柱子既像是白天的却也带着夜晚的特点，因为红色眼睛里就带着火，我越来越觉得有意思，直到我发现那团火自行分开了，变成两只红色眼睛，穿过雾霾照在我的身上，就像是当初露西在悬崖上暂时精神错乱时，她告诉我落日的余光仿佛照在了圣玛丽教堂里的窗户上。我惊恐地想到乔纳森看到的那些可怕的女人就是在月光下旋转着的雾里变成现在的样子的，我想梦里我一定昏过去了，因为周围一切都是黑暗。最后有意识的画面就是一张无比生动的白色脸庞从雾中透出伏在了我的身上。

我必须要注意提防再做这样的梦了，这样的梦太多只会让人失去理智。我也许应该找梵海尔辛医生或是苏华德医生，让他们给我开点药可以让我睡着，但是我又不想惊动他们。这个时候这样的一个梦只会让我感觉更恐惧。今天晚上我会尽力自然地睡下。如果还是不行，明晚再找他们给我开麻醉药，一次两次不会有什么伤害的，而且我也可以睡个好觉。
昨晚我比没睡觉还要累。

十月二日，晚上十点

昨晚上我睡着了，并没做梦。我肯定是睡得很熟，乔纳
森上床时都没能吵醒我，可是充足的睡眠没能使我振作，我
今天觉得很虚弱而且没精神。昨天一天我都在读书，或是躺
下休息。到了下午，壬菲尔德问我能不能见个面。真是个可
怜人，他很温和，我走的时候他还吻了下我的手并祈求上帝
要保佑我。不知道为什么我觉得很感动。我一想到他就会哭
起来。这是我的一个新弱点，我必须要小心。如果让乔纳森
知道了会很痛苦。他和其他人到晚饭时间才回来，看起来都
非常疲倦。我尽力使他们开心起来，我猜做这种努力是有好
处的，这样一来我就会忘了自己其实也很累。吃过饭他们就
让我去休息，然后他们就到别处抽烟去了，他们是这么告诉
我的，但我明白他们是要聚在一起汇总这一天发生的事。乔
纳森的行为让我看出他有事要说。我本来很困，可是现在却
一点也不想睡了，所以我找苏华德医生拿了一点麻醉剂，因
为我昨天晚上也没睡好。他很好心地给了我一点安眠药，告
诉我这药十分温和，对我没什么害处，我吃下了药，等着睡
眠的来临，虽然对于它我还是想要敬而远之。我希望我没做
错，当睡意来袭时，我又产生了一种新恐惧，害怕我这样的
做法是十分愚蠢的。也许我更需要的是清醒。现在我要睡觉
了，晚安。

第二十章

乔纳森·哈克的日记

十月一日，晚上

我是在贝特那尔格林找到托马斯·斯乃令的，只可惜他把一切都忘了。他很高兴因为我的到来他又能喝啤酒了，很快他就醉得不省人事。不过他的妻子跟我说，斯摩莱特是真正的负责人，她丈夫只是助手而已。于是我又前去瓦尔沃斯。我在约瑟夫·斯摩莱特的家里和他见了面，他穿一件长袖衬衫，正在喝茶。他看起来十分庄重，也很聪明，是一个很可靠的好工人，可以独立思考。他回想了一下那些箱子，从座位旁的一个容器里掏出个很小的记录本，上面是粗粗的铅笔写下的潦草日记，他在里面找到箱子运送的目的地。他说当时从喀尔珐科斯一共运送了六个大箱子到麦尔恩德纽镇上的奇科三德街一百九七号，还有六个则运去了伯蒙德赛的杰麦卡路。假如伯爵是想将自己的藏身之处分散在整个伦敦，那这些位置肯定就是他第一批选定的地点，以后他还会将它们送往更多的地点。他的做法很有条理，我觉得他是不会将自己限制于伦敦两边的。目前他锁定了的是北海岸最东端，南海岸东端，还有南面。北面与西面绝对不会被他邪恶的计划遗漏的，更别提城市本身，包括西南边跟西边伦敦最为繁华的区域了。我于是又问他还有没有别的箱子被搬走了。

他说："先生，你真够意思，"因为我刚刚拿了半个金镑给他，"我会把我知道的全部都告诉你。我听说有个家伙叫山姆·布劳克斯，他四天前曾在宾撒小巷说他跟他的朋友们在一个老房子里做了很多脏活，那房子好像是在帕夫利特。他说的那种脏活可不多见，你去找山姆也许能知道点什么。"

我想知道哪里能找到山姆。我让他帮我找到地址，到时我答应再给半个金镑。于是他喝完了自己的茶就起身去找。

他停在门口，说："先生，我现在就不留您了。我也许很快就会找到山姆，也许一直都找不到，但是不管结果怎样，今晚要他给你什么消息都是不太可能的。他只要一喝酒就完全不清醒了。你最后给我留一个贴上邮票的信封，上面写好你的地址，我找到山姆时，会把地址寄过去给你。你早上最好是早点起，在他喝酒时找他不太好。"

这是个好主意，我找来一个孩子，给了他一便士让他去帮我买一个信封跟一张纸，剩下的钱就当小费。拿到信封后，我在上面写上地址，粘上邮票，得到斯摩莱特又一次真诚的保证后，我终于回家了。现在我们已经得到线索了。今晚我觉得很累，很想睡了。麦娜早就睡熟了，脸色苍白。眼睛看来像是曾经哭过。真可怜，我的隐瞒或许让她觉得很苦恼，这会使她更加担心我跟其他人。不过最好还是继续这样。目前让她觉得失望或者苦恼总比让她神经崩溃要好。医生坚持不让她参与进来是正确的。我必须要坚定，因为实际上是我在承担着对她保持缄默的责任。任何情况下，我都不能跟她提到这个话题。不过这也没有多难，因为她自己对这件事也很沉默，自从上次知道了我们做出的决定，她就再没提过伯爵了。

十月二日，晚上

这一天过得漫长而又兴奋。邮车的第一趟把信给我送来了，信纸皱巴巴的，用铅笔凌乱地写着几个字："布劳克山姆，考克兰斯，波特斯考特四号，巴特尔大街，瓦尔沃斯。到那找帝派特。"

我坐床上看完了信，起来时并没喊醒麦娜。她看起来很累，脸色很苍白，情况不是很好。等我今天回来后，我会将她送去埃克斯特。也许她回到自己的家会开心一点，家务活更能吸引她，而不是在这里被大家忽视。我走前见了下苏华德医生，告诉他要去的地方，并向他保证一旦出现任何情况立即回来通知其他人。稍后我就赶往了瓦尔沃斯，好容易才到了伯特斯考特。信里的拼写让我被误导了，我一直都在问波尔斯考特但应该是伯特斯考特。还好我到达了伯特斯考特，很快就到考克兰斯了。

我向开门的人询问"帝派特"是谁时，他摇摇头说："我不认识。这里没有叫这个名字的。我也没听说过他。别指望这周围什么地方有这个人了。"

我拿出了斯摩莱特先生写给我的信，当我重读一遍的时候，我突然想到之前那次误导我的错误。"你是谁?"我问他。

"我叫帝派迪。"他回答。

我又找到线索了。我又一次被拼写错误误导了。我给了两个半先令给他当小费，换他回答我全部的问题。从他那儿得知布劳克山姆昨夜在考克兰斯那喝多了酒，早上五点钟就离开到波普勒去工作了。他不清楚具体的工作地点在哪里，但是大概有个模糊的记忆，好像说是种"新型工地"。带着这么点线索我找到波普勒，十二点钟时我才找到关于这个地方的还算满意的小提示，我进到一个咖啡厅，里面有工人在吃饭。他们中有个人说在克罗斯安琪街那儿正在盖一所新的房子，而那里正符合之前说的那个"新型工地"，我立刻赶去，在那又遇到一个脾气很坏的看门人跟一个比看门人脾气还坏的工头，不过他们都被我用钱搞定了，给我提供了布劳克山姆的信息。我告诉工头愿意付他布劳克山姆这两天的全部工资，用来换取一些时间问他几个问题，于是布劳克山姆被叫过来了。他很聪明，虽然他的言谈举止很粗俗。我向他承诺会付给他一些钱并给了他保证金后，他告诉我，他曾给在喀尔珠科斯与皮卡迪利街上的一所房子送过两次物品，从前者往后者一共送了九个大箱子，"箱子都很沉。"为此他还特地租了辆马车。

我向他询问房子上的门牌号，他回答我："先生，我把号码搞忘记了，不过它就在一所白色大教堂旁边，或许不是教堂，反正就是挺新的。那房子看起来也很老了，虽然我们拿走箱子的房子更脏。"

"你怎么进去那两间房子里的?"

"有个老人在帕夫利特房子里等我，他帮我一起把箱子搬到了马车上，我得说他是我所见过最强壮的人了，但他已经老了，留着白胡子，瘦到你甚至感觉他都不可能有影子。"

我的心紧张得怦怦直跳！

"他举那些箱子的时候就好像只是举着几磅茶叶，我自己可是费了很大劲才扛起来的。"

"那皮卡迪利街的那个房子呢，你怎么进去的？"我问他。

"还是他。我想他马上出发，然后在我到之前赶到那儿的。我按门铃时，他就过来帮我开门，还跟我一起把箱子扛到了大厅。"

"一共只有九个？"我问。

"是，第一次五个，第二次有四个。真的很累，我都记不清当时我是怎么回到家的了。"

我打断他的话："你是直接在大厅里把箱子放下的吗？"

"是的。大厅非常大，里面什么都没有。"

我又问："你没钥匙吧？"

"不需要用钥匙。是那个老人开的门，我离开的时候，门也是他关的。不过我记不太清最后一次，当时我喝了点酒。"

"那门牌号码呢？"

"也不记得。不过先生你用不着担心。房子很高，正面是石头砌成的，有一个拱门在上面，门前的台阶很高。我知道那个台阶数，因为我和另外三个想来挣点小钱的无聊的人一起把箱子扛上了台阶。那个老人给了他们几先令，他们本来还想拿更多。但他抓住其中的一个想把他扔下去，于是他们就骂骂咧咧地走了。"

听完了他的描述想找到那房子应该不是难事，于是我给了他钱，准备过去皮卡迪利街。这让我又有了新的痛苦经历。很明显，伯爵自己就可以搬动箱子。假如是这样，时间就更宝贵了，他现在已经做完了一部分分配，他随时都可以悄无声息地完成所有任务。在皮卡迪利街，我给了马车费就向西走去。我找到了那所房子，它紧挨着德古拉的那所藏身之处。这里看起来已经很久没有人住了。窗户上都是灰尘，百叶窗也都开着。全部的框架都黑了，铁上面的漆基本已经脱落了。看起来阳台前之前一直竖立着一块很大的公告牌，直到最近才被谁粗暴地拔了出来，但是支撑着它的柱子依然还在。阳台围栏的后面，我看到有几块板子散乱地摆放着，板子粗糙的边缘微微泛白。如果公告牌还没损坏就好了，也许我可以从那上面找到些主人的信息。我想起自己在调查与购买那栋喀尔珐科斯房子时的经历，也许我可以去找房子原先的主人，从他那儿或许能发现进去的办法。

房子里面向皮卡迪利大街的方向已经找不到什么了，我什么也做不了，只好绕到后面去看能不能发现什么线索。街上的大部分房子都被占用了，商店都很兴隆。我问了旁边的几个马夫与帮手关于这个空房子的一些情况。其中有一个人告诉我房子最近被人买了，不过他不知道买者是谁。他还说，到现在为止，那仍然竖着"出售此房"的公告板，我也许可以从房屋代理商孙坎蒂公司的米歇尔处知道一些情况，因为他之前在上面看到了那家公司。我不想让自己看起来太过急切，以免他猜出太多东西，于是我装作很平常地谢了他，散着步走了。现在时间越来越晚了，我马不停蹄地从旅店的地址录上查到孙坎蒂公司的地址，马上出发去了他们的办公室。

是一位绅士接待了我，他很和蔼，也很沉默寡言。他一直都把那所房子称为"公馆"，他只是告诉我，房子卖出去了，然后对话就结束了。我问他谁买下了，他瞪着眼睛，沉默几秒钟，然后依然回答："房子已经售出了，先生。"

"抱歉，"我礼貌地说，"不过我想知道买主是谁，这对我很重要。"

　　然而他只是停顿了更久，接着抬起眉毛，"已经卖了，先生。"还是这样简短的答案。

　　"我知道，"我说，"你应该不介意让我知道更多吧？"

　　"我确实很介意，"他说，"我们公司保证所有客户的事在我们这儿绝对安全。"

　　这个人太一本正经，逼他也没用。我找到了一个迎合他想法的办法，于是我说："先生，若是您的客户知道您这样坚定地保管秘密一定非常高兴。我也是这个圈里的人。"

　　我递上名片，继续说："我并非因为好奇才想知道，是高达明勋爵委托我问的，他想了解下这栋房子的信息。"

　　效果果然立马就出现了。他说："我很乐意效劳，哈克先生，我尤其愿意能为勋爵效劳。在他还是亚瑟·霍姆伍德阁下时，我们就为他租过房子。如果你能提供勋爵他现在的地址，我会认真考虑下今天的事，无论怎么样，我晚上都会和他通信讨论这个问题。如果只是违反下规则，但能给勋爵他要的信息，我会很乐意这么做的。"

　　我并不想增加一个敌人，于是向他表示感谢，给了他苏华德家的地址。天已经黑了，我又疲倦又饥饿。于是去"松软面包屋"享用了一杯茶，然后坐火车回帕夫利特。

　　他们都在家。麦娜看上去疲倦又苍白，但是她仍努力让自己看起来比较高兴。我猜是我的隐瞒让她焦虑。但是感谢上帝，我们不用再为对她保守秘密而感到苦恼了，因为这是最后一次她与我们一起开会。我一直努力坚持阻止她加入到我们中来。她也更顺从了，也许她本身也反感了这些，每次当我们不小心谈到这件事，她都会不自觉地颤抖。我很高兴之前及时下了决心，越来越多信息的出现，对她而言宛如一种折磨。

我只有在单独相处的时间才能说出今天的事。等吃过了晚饭，我放了些音乐用来装装样子，我将麦娜带去房间睡觉。她现在和我更亲近了，她紧紧贴住我，似乎想留住我，但是我还有很多事必须要离开。依然谢谢上帝，隐瞒并没拉开我们的距离。

我回来的时候，大家都坐在书房里的壁炉旁等我。我之前在火车上已经将发生的事都在日记里记下了，所以我直接读了我的日记给他们听，这是能让他们最快知道所有事情经过的方法。

等我念完日记，梵海尔辛说："进展很大，乔纳森。失踪的箱子我们已经有了一些线索。如果箱子还在那个房子里，那我们就快结束工作了。但如果箱子比之前少了，我们还是要继续寻找，直到全部找到为止。那时我们才能进行最后一击，彻底地击败那个无耻的家伙。"

我们相对无言，各自坐了片刻后，莫里斯突然说："你说！我们要怎么才能进入那个房子呢？"

"我们已经到旁边的那所房子了。"勋爵马上回答。

"亚瑟，你得明白，这次不一样了。在喀尔珐科斯，我们可以破门而入，那是因为有夜晚和围墙保护了我们。皮卡迪利街就完全不同了。不管是白天还是晚上。我找不到任何方法进去，除非办事处的那个人能找到钥匙给我们。"

高达明勋爵皱起了眉头，站起来在屋子里来回踱步。过了会儿，他停下来，不停地看向我们里的一个人，他说："昆西是很冷静的。夜盗罪也不是说着玩的。我们虽然之前成功了，可是我们现在的工作很麻烦。只能去找伯爵的钥匙。"

早上之前什么也做不了，最好就是等着米歇尔寄过来的信了，我们决定早餐前不进行任何主动的行动。我们坐一起吸了很长时间的烟，顺便讨论问题。我抓紧时间，补完了今天写的日记。我实在太困了，需要睡觉……

就写这一行。麦娜看起来睡得很好，呼吸也很平稳。在她前额上排列着细小的皱纹，仿佛她在梦中也思考着。她的脸色依然苍白，但是比早上好多了。我多么希望到了明天一切都好了，她会待在埃克斯特我们的家里。唉，我真的很困了！

苏华德医生的日记

十月一日

我又被壬菲尔德搞糊涂了。他的思想变化得太快，我很难能捉摸得透，同时他的心思不只是代表了他的健康程度，也变成了一项有趣的研究。早上壬菲尔德拒绝了梵海尔辛后，我又去看他，他看起来就像个可以正常支配自己命运的人。但实际上，他只是在主观上支配而已。他不在乎地球上的事物，而是宛如在云端上向下俯视着可怜的凡人们的弱点与需要。

我想继续推进目前的状况以便知道一些信息，问道："苍蝇这几天怎么样？"

他傲慢地笑着："亲爱的医生啊，苍蝇有个很明显的特点。它的翅膀会通灵。古人会称灵魂为蝴蝶是不是很巧妙！"

我尝试把他的举例变得尽量合乎逻辑，于是很快地问他："所以你现在所渴望的东西是灵魂，对吗？"

他的理智被疯狂所击败，他坚定地摇头，脸上开始露出疑惑的表情，他很少会这样。

他说："不是！我不想得到灵魂，只有生命才是唯一我想要的。"他突然高兴起来，"不过我现在并不关心这个。生命已经有了。我得到了我所有想要的。医生，你应该去找别的新病人了，如果你还想继续研究食肉动物的话！"

我感到十分迷惑，只好继续引导下去："你是说生命被你掌握着。你就是个神，是这个意思吗？"

他轻轻笑着，带着一种无法名状的骄傲："当然不是！我的身上怎么会具备上帝的特质。我甚至毫不关心他在想什么。如果一定要形容我的地位，就只是地球上的生物而已，大概类似于我心中《以诺书》①的位置！"

我遇到个难题。我想不起《以诺书》了，所以我只好问了一个简单的问题，虽然我感觉这样只会降低我在他心中的地位："为什么会是《以诺书》？"

"因为他与上帝同路。"

我看不出有什么相似之处，但是我不太想承认这点，于是我提起回到他之前否认的问题："所以你并不在意生命，也不需要灵魂。为什么？"我快速地问他，带着点严肃，希望这能让他感觉措手不及。

我的努力没白费，那一刻他又显出原来卑躬屈膝的态度，弯着腰，接近于摇尾乞怜般对我说："我不要任何的灵魂，真的，真的！我不需要。就算我有了他们也没有任何作用。他们毫无用处。我又不能把他们吃掉，也不能……"

他突然停顿了，狡猾的神情又重新回到脸上，宛如一阵风轻拂过水面。

"医生，你觉得生命到底是什么？就比如你得到了你想要

① 《以诺书》：启示文学之一，内容记载了在大洪水之前以诺与上帝同行三百年所见的异象。

的所有东西，就再没有想要的了。我有友情，有好朋友，就像你，医生。"他边说边瞟了我一眼，难以形容的狡猾，"生命对我而言永远都不会缺少。"

他的陈诉很混乱，我却能感到些敌意，因为他固执地保持着沉默。等了一会儿，我想现在他不太开心，就算跟他说什么也没用，所以我就走了。

晚些时候，他找人喊我过去。一般除非特殊情况我是不会过去的。不过我正好对他很有兴趣，想去尝试一下。而且我也希望他现在能好点了。哈克外出查线索了，高达明勋爵和昆西也是。梵海尔辛在书房研究哈克夫妇整理好的记录。他似乎觉得如果能熟悉全部细节，他或许会找到新的线索。如果没要紧事他是不喜欢在工作时候被打扰的。我本来想喊上梵海尔辛一起去的，不过觉得上次他被拒绝过，应该不想再过去了。而且如果有第三者在，壬菲尔德可能不会那么自由地跟我说话了。

我进屋就看见壬菲尔德坐在中间的板凳上，一般这个动作表示他现在挺有活力。看见我来了，他立即说话了，好像那个问题一直在他的嘴边等待着我一样："我们来聊聊灵魂行吗？"

我推测对了，毫无疑问，他的大脑开始发挥作用了，就算对面是一个精神病人。我还是决心弄清楚这件事。

我说："那你的灵魂呢？"

他没有马上回答，而是不停地环看四周，好像希望能找到一些灵感。

"我不需要灵魂！"他道歉地说，看起来却很虚弱。他好像因为这件事苦恼了，所以我打算继续利用这件事，我说："你喜爱生命，所以你想得到它？"

"是的！不过还好。这个用不着你担心。"

"但是，"我问他，"如果你不需要那些灵魂，那你怎么得到你要的生命呢？"

这个问题难倒他了，我又说："总有一天你要离开这。无数的苍蝇、蜘蛛、猫、鸟的灵魂都围在你身边呻吟。你已经拿走了那些生命，那你就得忍受它们灵魂的烦扰！"

他好像被影响到了想象力，因为他闭着眼睛，举起手放在了耳朵上，使劲地扭着，好像个小男孩将肥皂涂在脸上时那样。我突然被感动了。我好像明白了，我面前的正是一个小孩，虽然外表已经很成熟，络腮胡子也变白了。很明显，他正在进行痛苦的心理挣扎，我想以前他的情绪被一些并不相关的东西干扰了，我应该尽力和他一起用他的方式思索。

首先要恢复他的自信，于是我很大声地问他，这样就算捂住耳朵他也能听到我的话："你需不需要一点糖再把那些苍蝇聚集起来？"

他突然清醒了，摇摇头，大笑着答道："算了吧！苍蝇也是很可怜的！"停顿了一下，他继续说道，"不过我也很讨厌苍蝇的灵魂嗡嗡地在我耳边叫。"

"蜘蛛呢？"我继续问他。

"蜘蛛毫无用处！别提它们了！它们有什么可以让我们吃……"他突然停下了，似乎是想到另一个禁止提到的话题。

"注意这个！"我告诉自己，"他第二次在'吃'这个词前停住了。这代表什么？"

壬菲尔德马上意识到自己的错误，他很快地回答我，好像想让我分散注意力："这些东西再也不会出现在我儿这了。'老鼠跟小鹿，'莎士比亚曾这样说，'来自储藏柜的嫩肉'，这样称呼它们感觉也很好。我早没那些奇怪的想法了。如果你愿意，你可以叫其他人吃了它们，但是我不会再吃肉了，我很清楚放在我面前的都是些什么。"

"我懂了，"我说，"你想拿大一些的东西去填满你的胃口？把一头大象做早餐怎么样？"

"胡说什么呀？"他看起来太清醒了，我应该把他逼得更紧点。

"谁知道呢，"我说，"你知道大象灵魂怎么样吗？"

我要的效果马上就有了，因为他又从那高高的位置上跌下来，挫败得像个孩子。

"不管是大象的灵魂还是其他什么灵魂我都不需要！"他沮丧地坐了一段时间。突然他跳了起来，眼睛里闪着光，十分亢奋，"你就跟你的那些灵魂去见鬼吧！"他叫道，"你为什么总要拿灵魂折磨我？就算没有那些灵魂，我也够痛苦够疯狂了。"

他看起来很有敌意，我想他又要疯狂了，所以吹了下口哨。

然而，在我吹完的一瞬间，他又冷静下来，抱歉地说："医生，请原谅我。我刚刚把自己忘记了。你并不需要帮助我。我只是最近很烦，很容易被激怒。如果你是我，能够体会那些我面对的问题，相信你会体谅我的。我拜托你别给我穿紧身背心。我需要思考，一旦身体被它们束缚，我就无法思考了。我希望你能理解我！"

他看来可以控制自己了，值班员来时我通知他们已经没事了，于是他们就离开了。壬菲尔德注视着他们走远。关上门后，他庄严却又亲切地说："医生，你太照顾我了。请相信我，我是真的十分感激你！"

最好还是让他继续保持现在的状况，于是我离开了。他的情况确实需要我好好思考，如果把几个地方连起来，好像

可以称为美国访问者说过的"故事",那么把它们按照正确的顺序列出来,就是:

"喝"永不会被提及。

担心会因为任何类型的"灵魂"产生烦恼。

不害怕未来"生命"会逝去。

轻视所有低等生物,虽然很害怕那些生物的灵魂会过来打扰他。

这些线索都表达了相同的结论!他确信自己会成为高等的生物。

害怕灵魂带来的负担,那么很明显他渴望的是生命,人类生命!

可是他为什么会这么确定……

上帝啊!伯爵肯定已经在他身边了,恶魔一定在进行一轮新的计划!

巡视完一圈,我去找梵海尔辛,告诉他我的怀疑。他听完后很严肃,思考了一会儿,他让我带他过去看看壬菲尔德。当我们靠近门口时,发现壬菲尔德正在唱歌,好像非常快乐,就像他以前那样,刚刚的那段时间似乎是很久之前的事了。

我们进去后,他依然像从前那样撒上了糖。秋天里的苍蝇昏昏欲睡,嗡嗡地飞进房间。我们努力想让他再回到刚刚对话里提到的话题,很遗憾他只在一边唱着歌,把我们当隐形人一样,完全不理睬我们。他拿着一张纸,将它折成了笔记本。我们一无所获,只好离开。

他真是奇怪。我们今晚一定要再来一次。

孙坎蒂公司的米歇尔写给高达明勋爵的信

十月一日

亲爱的勋爵：

　　能够实现您的愿望我们感到很荣幸。至于您的想法，我们已经从哈克先生处获悉了，对此我们向您提供以下信息。这座位于皮卡迪利大街 347 号的房子原来的主人是已故去的阿齐保德·温特萨菲尔德（Archibald Winter-Suffield）先生的遗嘱执行者。而买主是一个外国贵族，德维里伯爵，购买手续是他自己去办理的，他将购房款直接交给了经纪人。除了这些，其他我们一无所知。

　　　　　　　　　　　　　您最忠诚的仆人，米歇尔

　　　　　　　　　　　　　　　　孙坎蒂公司敬上

苏华德医生的日记

十月二日

　　昨天晚上我在走廊里安排了人记录壬菲尔德房间传出的任何声音，一旦有任何异样，就马上告诉我。晚餐过后，哈克夫人去睡觉了，我们又聚到书房的壁炉旁，一起讨论今天发生的事。而我们之中只有哈克先生有收获，我们都很希望那些线索能起到作用。

　　睡觉之前，我巡视了一下房间，透过观察窗，他看起来睡得很香，胸部因为呼吸而平稳地起伏。

　　早上起床后值班员告诉我，从半夜一点起，他就开始躁动不安，很大声地祷告着。我问他还有没有别的情况，他说没有了。他的回答让我觉得有点可疑，我猜他是睡着了。他否认了，但是承认他"打了会儿盹"。这回答真是太糟了，看来不监视他们，就没法真正相信他们了。

哈克今天出去找寻线索，亚瑟与昆西留下来照顾马。高达明认为我们最好时刻都准备好马，这样一旦得到信息，就不用浪费时间可以立刻出发。我们必须赶在日出日落之间的时间差里毁掉进口所有的泥土。只有这样，我们才有可能趁伯爵最为虚弱的时候抓住他，就算失败了他也没有可去之处。梵海尔辛则去博物馆查找一些古代药方的书籍。古代医生发现的东西并未为后人接受，教授想看看有没有能用的巫术或者是克制恶魔的方法。

有的时候我觉得我们肯定全都疯了，也许只有穿上了精神病人的束身衣时，我们才有可能会清醒过来。

我们又聚在一起开了个会，讨论最后发现的一些线索。说不定明天就会有一个新的开始。我不知道这和壬菲尔德最近的平静是否有关。他的情绪向来都随着伯爵的动态精确变化，也许这个魔鬼的末日快到了，而他也受到了影响。要是可以通过我们今天的谈话，以及他捉苍蝇的举动中找到蛛丝马迹，我们也许能获得一些有用的线索。不过他好像安静了挺长时间了……这声音是他的吗？我似乎听到他房间里有狂野的喊叫声传出……

值班员冲过来报告，好像是壬菲尔德出了意外。他刚刚听见了壬菲尔德的叫喊，于是冲进房间查看，却发现病人趴在地上，周围是血。我想我应该立即去看看……

第二十一章

苏华德医生的日记

十月三日

我会将我经历的所有事情记录下来，尽我所能地准确回忆，从上次所写的日记计算。事无巨细，现在，我需要开始冷静回忆。

我去了壬菲尔德的房间，见到他躺在左边地板的血泊之中。我走了过去，帮他移动了一下，他显然受伤了，十分严重。我目所能及的便是看到他的脸被撞伤了，似乎是被人砸在地板上了。事实上，地板上面的血迹便是从他脸上的伤口流下来的。

我们将他的身体翻了过来，在他身体的一边跪着的值班员对我说："先生，我觉得他背部也受伤了。您看，他的脸，右侧的手臂与腿全部呈瘫痪状态。"值班员感到十分困惑,不知道这样的事情是怎么发生的。他似乎不知所措,说话的时候双眉紧皱:"我知道他自己可以头往地面上砸去将自己弄成现在这个样子,我在艾夫斯菲尔德精神病院曾见过有个女人这么做过,没有人来得及制止她。那么我猜测壬菲尔德如果抽筋了,那他可能从床上掉了下来,这期间将脖子给摔伤了。可是我所不理解的有两点,一是假如他背部受伤了,那他便无法自己砸自己的头;二是假如他先将自己那张脸弄成这样,之后再从创伤面摔下来,那便会有痕迹啊。"

我吩咐道:"请梵海尔辛医生过来吧,叫他立刻过来,一分钟也别耽搁。"

值班员跑着离开了,不一会儿,梵海尔辛教授便来了,身上穿着睡衣,脚上还拖着拖鞋。他见到壬菲尔德在地上躺着的样子,盯着观察了一段时间,便将头转了方向看我。想必他通过我的眼神理解了我对这件事情的想法,便平静地对我们说,而这番话很明显是说与值班员听的:"啊,这个事故太悲惨了,我们需要认真照顾他。我将和你一起,可是我得将自己的衣服先穿上,你先在这里看着,过几分钟我就过来。"

壬菲尔德急促地呼吸着。

没一会儿,梵海尔辛便迅速赶来了,身边还带了一只外科手术用的箱子。他已经思考过了,而且已下定决心,在给病人治病以前,他先悄悄跟我说道:"叫值班员先行离开,我们得和病人单独相处。"

于是我对值班员说道:"西蒙斯,现在我想已经差不多了,该做的我们都做了。你出去巡查一下吧。梵海尔辛医生要给他做手术,要是有急事,即刻过来通知我。"

　　值班员走了以后，我们便仔细检查了病人的身体。表面上只能看到他脸部受的那些伤，实际上他的颅骨都已经凹陷下去，并且延运动神经开始扩展。

　　教授进行了一番思考，接着跟我说："我们必须保持冷静，尽可能回归正常状态。快速充血说明他受伤十分严重。他身体的整条运动神经似乎都出现了问题。脑部充血的速度会越来越快，现在得立即为他进行开颅手术，不然就来不及了。"

　　正当我们说话时，突然听到门外有轻微敲门的声音。我走了过去，将门打开，原来是亚瑟与昆西，他们俩还身穿睡衣，脚踩拖鞋。亚瑟开口道："我刚刚见到值班员找梵海尔辛教授，说是出了什么事情。所以我找了昆西，他当时并没睡着。这一段时间之内，事情发展太突然，太诡异，没有人能睡安稳觉。我总是觉得明天晚上我们会见到不同的事情。现在我们要往前看，比我们现在所做的更加向前一些。我们现在能够进门吗?"

　　我点头表示答应，将门打开让他们两个进来，又立马关门。昆西见到壬菲尔德在地板上躺着的状态和姿势，又见到地上的血迹，轻声叫道："上帝呐! 他是出什么事情了啊，这可怜的人!"

　　我简要地讲述了病人现在大概的情况，并且告诉他们现在要动手术让他恢复知觉，哪怕只是一小会儿。昆西听完之后便走到床角坐了下来，高达明则在他的旁边坐下，我们全部耐着性子在等待。

　　梵海尔辛对我们说："我们需要等待，等待开颅的最佳位置，只有这样，我们才可以用最快的速度和最准确的动作将血块移开，现在血正在大量流失。"

　　过去的每一分每一秒都异常地缓慢。我心中产生了不祥的预感，梵海尔辛教授的脸上也显示出了他内心的恐惧，他害怕即将要发生的事情，我则害怕壬菲尔德到底会说些什么。我都不敢想象，可是我相信，将有一些事情要发生。曾经阅读过一些濒死之人写下的文字，那个人的呼吸便是喘气，十分不稳定，每一个时刻他都好想要睁眼说句话，可是马上又会吸一口长长的气，接着陷入更深的昏迷状态。我看惯了病床，看惯了死亡，但我心中依旧有着越来越深的悬念，我能够听到自己的心跳声，也似乎能够听到太阳穴涌进大量的血液的声音，那声音汩汩作响，像是一把锤子在击打。过于安静变成了苦闷。我一一观察着身边的同伴，他们脸涨得通红，神情沮丧，大家都经历着同样的煎熬，在我们的心中，都存在着一个悬念，就如我们的头顶都悬挂着一个铃铛，我们不希望铃铛响起，但它偏偏不合时宜地大声响起来。

　　病人的状况在最后那一段时间不断地恶化，随时可能停止呼吸，离我们而去。我抬起头来，望了教授一眼，他居然也在看着我，神情严肃，接着他说道："我们不可以再将时间浪费下去，他说出来的话也许可以换回很多生命。我站在这儿时，便一直这么想着，也许有某个灵魂现在正处于危难之中！现在，我们就在病人耳朵上方进行手术。"

　　接下去他便沉默了，开始进行手术。有那么一会儿，壬菲尔德一直沉重地呼吸着，接着又是一阵长长的呼吸，似乎要将胸膛撕裂开来。忽然之间，他睁开双眼，那眼神十分呆滞，茫然无助。过了一会儿，又转为惊喜而愉悦，他叹了一口气，开始痉挛，开口说道："医生，我会保持安静。帮我脱下身上的紧身背心吧。我刚刚做了噩梦，所以现在没有力气，动不了。不知道我的脸发生了什么，我感到它似乎肿了起来，并且特别疼。"

他努力尝试着转头，然而眼神又开始呆滞了，我轻手轻脚地将他摆回原位。接着，梵海尔辛教授说话了，语气平静而又庄重："壬菲尔德先生，告诉我们，你做了什么梦。"

一听见这声音，听见这句话，病人的脸部表情就变得活跃起来，他对教授说："梵海尔辛医生，你在这里，我觉得很荣幸。我口渴，帮我弄一些水来吧，我尽量和你说我梦见的……"

他似乎又晕了过去。我轻声嘱咐昆西："去我书房拿一杯白兰地，速度要快！"昆西以飞快的速度奔了出去，回来时拿了一个杯子，一瓶水以及一瓶酒，我们将病人干裂的嘴唇用水湿润，不久，他又醒来了。

他的眼睛里闪烁着一种苦恼，我永远都会记得："我不该自我欺骗，这并不是梦，这是事实，太可怕了。"

他望着四周，见到床沿坐着两个人，他便继续说道："要是我现在不肯定，我也能从他们身上获知。"

他下意识地闭上双眼，这并非觉得疲倦或是感到痛苦，似乎是用尽全部的力气了。当他再次睁开眼时，便开始迅速地说话，仿佛获得了更多能量。他说道："医生，快一点，我快死了！也许就几分钟的时间，我必须得死了，再用白兰地湿润我的嘴唇。我有话必须对你们说，在我死亡以前，谢谢你。那个晚上，我恳求你将我放走，当时我并没说什么，因为我觉得舌头好像打结了，可是当时我感到十分清醒，就像现在这样。你离开以后，很久很久，也许有几个小时那么久，我都觉得绝望。突然之间，我便平静了，大脑似乎又冷静了，我知道自己身处何方。屋子后面有狗叫的声音，可是他并不在那里。"

他说话时，梵海尔辛的眼睛一眨不眨，他伸出手来，将我的手紧紧握住。不管怎样，他并没背叛自己，轻轻点头，声音低沉地道："继续吧。"

壬菲尔德说："他在一团浓雾之中来到窗前，与之前一样，可是那时他十分真实，不是鬼，他生气时眼神就像男人一般凶猛，嘴巴是猩红色的，他咧嘴大笑，回望身后的树丛，狗叫声从那里传过来，我看见他锋利的牙齿微光闪烁。一开始我没喊他进来，我知道，他想要进屋，一直如此，接着他开始用东西诱惑我，并非只停留在语言上面，还行动了。"

忽然，教授打断他的话，问道："他是如何做的？"

"立即兑现承诺。就如太阳照进来的时候他会送苍蝇进来，苍蝇又大又肥，翅膀上面还有蓝宝石。晚上呢，则是蛾子，背部有骷髅。"

梵海尔辛点头回应，同时轻轻地问我："是不是你称为'骷髅飞蛾'的那个东西？"

壬菲尔德继续说："接着他悄声说道：'老鼠，是老鼠！成千上万，都是一个个鲜活的生命。狗也食，猫也食，那一切全是生命！鲜红色的血，苍蝇嗡嗡在叫！'我开始嘲笑他，想看一看他究竟能做什么。狗开始不停地狂吠，在他身后的树丛中。他招了招手，叫我去窗前，我站了起来，往外看去，他将手抬起来，似乎是在召唤，然而没有语言。接着一团黑漆漆的东西穿过草坪，是火焰的样子。他将雾左右移动，我便看到了无数眼闪红光的老鼠，那眼睛就像他的一样，只不过小了一点。他将手举起来，它们便停住，他的意思似乎是：'我将这些生命全部都给你，往后的日子中，还有更大更多的东西，你只要双膝跪地朝我膜拜！'接着有团红色的云，颜色如血，飘了过来将我眼睛遮挡住。我没意识自己做了什么，只发现自己将窗户打开，和他说道：'主人，请进！'刚刚的那些老鼠全都消失不见，可是他却从窗户进来了，虽然窗户只开了一英寸，但他像月光一样，最小的缝隙也能进来。"

壬菲尔德越说越虚弱，我便用白兰地酒再次润湿他的嘴唇，可是听得出来，他的记忆出现了跳跃，故事一下子往前进了。正想将他拉回之前说的地方，梵海尔辛及时阻止了我："让他按现在说的继续，别去打断。他已经回不去了，一旦思路被打乱，就有可能什么都说不出来了。"

只听得壬菲尔德继续道："整整一天，我都等待着他给我消息，可是什么也没有，连绿色的苍蝇都不送给我了，月亮升起之时，我已经变得特别生气。虽然窗户处于关闭状态，他敲都没敲就通过窗户溜了进来，我便对他发了脾气。他从云雾中将他那张苍白的脸蛋弹了出来，嘲笑我，那双红眼睛闪闪发光，似乎整个房间都是他的，而我什么都没有。我无法抓住他，可是我觉得哈克夫人似乎来过这间房间，我不知道什么原因。"

一直在床角坐着的两人突然站起身，来到他的身后，壬菲尔德看不到他们，可他们能够在屋中任何地方听到他的讲话。两人保持着沉默，教授却大吃一惊，整个人都颤抖了，神情异常严肃。壬菲尔德并没注意，继续刚刚的话题："下午哈克夫人过来看望我，我觉得她变得不一样了，就如掺了水后的茶。"听到这里，我们都不自觉地动了一下，可是没有人说一句话。

"我都不知道她来了，直至她开始说话。看得出来她与原先不再一样。我并不喜欢脸色苍白之人，我喜欢人浑身充满血液，可是她看上去好像严重缺血。当时我并没料到发生了什么事情，她离开之后，我便开始思索，是他正在慢慢要她的命，我知道以后都快发疯了。"我感觉我们几个人都浑身发抖着，但我们依旧没动弹。"今天晚上他来时，我便有所准备。那一团雾正从窗户进来，我就抓住了他，紧紧地抓住，并不放开。据说发疯之人自有超自然力，我知道我有时候是个疯子，所以决定用我的超能量。他感受到了，从雾里显现原型，与我进行搏斗。我紧抓他不放，觉得马上要赢他了，我不希望他吸夫人的血液，可我一看见他那双眼睛，他的眼神便直直地射入我心中，我所有力气便消失了，像水一样的无力。他成功逃脱，我再次努力尝试向他靠近，他便将我举了起来，重重摔倒在地。他化作一团红颜色的云，发出电闪雷鸣的声音，似乎是从门的下面离开了。"

他越发虚弱，呼吸声则越来越大。梵海尔辛站起来，说："现在，我们已经知道最坏的那个结果了，他就在这儿，我们获知他来的目的，也许并不晚。我们一起将自己武装起来，像那天晚上那样，不要浪费时间，一分一秒都是宝贵的。"

我们感到的恐惧，或是我们拥有的信念，已经没必要转化成文字，大家都有着相同的感情。我们快速冲回屋中，拿起武器，和那晚潜入伯爵房屋一样。教授已准备完毕，我们汇合在走廊里，他指着这些东西，意味深长地说："就算整件事情结束，它们也不会离我而去。朋友们，保持聪明的头脑。这并不是一般的敌人。否则哈克夫人将受到伤害！"他说到这便停住了，声音变得哽咽。愤怒和恐惧依然将我的心占据。

我们来到哈克夫妇的房间门外，昆西和亚瑟向后面退，昆西问道："我们应不应该打扰她？"

教授一脸严肃地回答："非做不可。要是门锁了，那就将门撞开来。"

"这样她会不会吓坏？擅闯女士房间不是好事。"

梵海尔辛回答："你说得对，可是这件事情生死攸关，对于一名医生而言，所有房间都一样，就算确实有差别，今天晚上就是个意外。我去转动门的把手，如果没有打开，约翰，你便用肩膀撞开它，我的朋友，你们也是。就现在!"

他边说边去开门，但门并没被打开。我们便用肩膀撞门，门咣啷一声开了，我们几个人几乎跌进屋中。教室的确摔倒了，他努力地站立起来。这时，我向前望去。

那场景令我胆战心惊。我觉得自己浑身上下的汗毛全部竖起来了，心脏也似乎停止跳动了。

月光皎洁，即便用厚实的窗帘遮挡住，依然照亮了屋中的一切。乔纳森·哈克躺在靠近床的一侧，整张脸通红，沉重而艰难地呼吸着，已经陷入了昏迷。他妻子则在床沿跪着，脸朝外，她身边站着高高瘦瘦的一个男人，一身黑衣，背对我们而立。一看到他，我们便知他就是伯爵，无论从哪个角度，甚至是他额头上面那道伤疤来看也是如此。他用左手抓着哈克夫人的双手，紧紧将它们拉住，右手则将其脖子抓住，脸压到哈克胸口。她那件白色的睡衣已经满是鲜血，哈克身上那件衣服被撕破了，胸膛裸露着，有鲜血细细流淌下来，三个人的姿势，就好像小猫被一个小孩摁在一碗牛奶中，强迫将牛奶喝下去一样。我们强行闯入房间，门打开的一刹那，伯爵猛然回头，我以前听说的可怕模样就如他的脸，他那眼睛似乎喷发着红色的火焰，看得出来愤怒极了，就如魔鬼一样，大大的鼻孔，高高的鹰钩鼻，嘴唇上还滴着血，咬牙切齿就像一头野兽。他一用力，便将哈克夫人扔回床上去了，转而向我们扑来。这个时候，教授已然站稳，将装有圣饼的那个信封高高举了起来。突然之间，伯爵便停了下来，和露西在自己坟墓外一个样子，往后退缩着。他越发往后退去，我们手举十字架越发靠近。一大朵黑色的云划过天际，遮挡住了雨。昆西划亮火柴，将汽灯点亮，我们便看到一团烟雾，除此之外，什么都没有。烟雾从门下面溜走了，那门又回到原来所在的位置。梵海尔辛，亚瑟以及我走向哈克夫人，只见她倒吸一口冷气，凄惨地叫喊了起来，声音十分刺耳，透着绝望，我想这叫喊声会在我的耳边一直回响着，直至死亡。有一会儿，她保持着那个姿势，显得无助至极，衣冠凌乱，脸如鬼魅般苍白。她喉咙中滴下了鲜血，眼睛里满是恐怖的神色。接着她用手将脸捂住，手上面还有当时伯爵抓着的红痕，她痛哭起来，声音低沉，而又凄惨。

梵海尔辛走了过去，用床单轻轻盖住她的身体，亚瑟望着她的脸，露出绝望的神情，冲出了门外。

教授悄悄地对我说道："乔纳森现在正处于昏迷状态，我们都知道，这是那吸血鬼做的事情。我们不要对哈克夫人做任何事情，让她自己恢复神智。现在我们一定要喊醒乔纳森。"

他把毛巾一端用冷水浸湿，在乔纳森脸上面轻轻拍打，哈克夫人仍然保持着刚刚的姿势，绝望地啜泣着，让人听后心碎。我将窗帘拉开，透过窗户，看到昆西越过草坪，躲进了紫杉树阴影中，我不懂他这么做的原因。月光皎洁而明亮。就在这时，乔纳森后知后觉地大叫了起来，他把头转向床，脸上满是大吃一惊的表情。几秒钟过后，他似乎完全清醒过来，一下跳起来了。

哈克夫人因为他的举动也突然醒了，向乔纳森伸出了手臂，像是准备拥抱他。可她忽然又将手臂缩回去了，重新捂住脸，浑身颤动起来。

哈克喊道："上帝啊，究竟发生什么事情了？梵海尔辛医生，这究竟是怎么一回事？发生什么了？到底怎么了？亲爱的麦娜，她发生了什么？为什么有血？天啊！我的上帝！救救我们吧！救救麦娜！"他站了起来，用力击掌着。

忽然，他又从床上蹦下来，开始自己穿衣服，仿佛身体内的男子汉气概全部恢复了，他不停地大声喊道："究竟发生了什么？请告诉我一切，梵海尔辛医生，我知道的，您爱麦娜，那就救救她！还不迟，你们保护麦娜，我要去找他！"

他妻子见状，虽然仍悲痛欲绝，立马暂时忘记自身的感受，将他抓住，叫喊道："乔纳森，别！你不可以离我而去。今天晚上我太痛苦了，上帝看到了一切，幸好他没伤害到你。我们要在一起，与我们的朋友待在一起，他们会将你看护好！"她接近疯狂，于是乔纳森屈服了，由她将他拉回自己身边，让她紧靠着。

我和梵海尔辛尝试安慰他们，先让他们保持镇静。教授将金色的十字架举了起来，用冷静的语气说道："亲爱的，别怕。我们就在这，十字架就在你的身边，这样邪恶之物便不能靠近你。今天晚上你是安全的，我们一定要保持镇定，一同商量事情。"

她保持着沉默，浑身颤抖着，倚靠在乔纳森胸前。她将头抬了起来，见他白色的睡衣沾上了她脖子与嘴巴流出来的血，便立马退缩了，低声痛苦着，接着又轻声说着："不纯洁了！不纯洁了！以后我不可以再亲吻你，抚摸你了，现在我便是你的敌人了，你最该感到害怕的便是我。"

乔纳森听后语气坚决地对她说："麦娜，不许胡说。这样的话是一种耻辱，没有人会这样说你，我不允许，你也不允许这么说。上帝会根据我的功与过来评价我，用更沉重的痛苦惩罚我，只要我做了什么或是希望了什么，导致我们发生什么事情的话！"

他揽她入怀，让她在自己怀中啜泣。他则抬起头来望着我们，鼻孔颤抖着，神情沮丧，但表情十分严肃，就如钢铁一般。

过了一段时间，他慢慢不再啜泣，于是和我说，他在假装冷静，我猜想他肯定将自控力用到极致了。

这时，乔纳森开始发问，声音急切："医生，现在请将所有的事情跟我道来吧，我想要听到发生过的一切。"

我将发生的所有事情都说与他听，他看上去并没有什么感觉，除了我跟他描述伯爵如何把他妻子用双手固定成那恐怖的姿势，强迫她用嘴去吸他胸前流出的血液，那个时候，他的鼻孔翕动，眼睛闪烁着光芒。有趣的是，即便看到他惨白而扭曲的神情，但他依旧温柔抚摸着妻子的头。我刚讲完便听到高达明与昆西敲门的声音，我们一声允诺，他们便进来了。梵海尔辛望了望我，我理解他，他是在问我要是有可能，就此转移乔纳森夫妇对于自己与对方的注意力。我点了点头，表示同意他的想法，他便开始询问，他们两个看到什么了，又做什么了。

高达明勋爵回答道："我将这里所有的房间都找过了，没有找到他。我去书房看了一看，发现他曾经到过那里，现在已经离开，可是，他……"忽然，他停住了，望着那情绪低沉的人。

梵海尔辛用庄重的语气对他说："亚瑟，继续，不用对我们隐瞒任何事情，现在我们希望获知一切事实。尽管说。"

然后，亚瑟继续道："他到书房去过，时间可能很短，书房被他破坏得一塌糊涂。所有手稿他都烧毁了，你留声机中那几卷录音带也被扔到炉火中去了，录音带上的蜡还越烧越旺。"

这个时候我将他打断，说道："我们有备份，真是谢天谢地啊！"

他高兴了一小会儿，继续描述，只是严肃的神情又恢复了："我下楼也没有发现什么迹象，往壬菲尔德房中望去，也没什么痕迹，只是……"他停住了。

"继续说。"乔纳森声音嘶哑地说道。

高达明于是低下头了，舔了舔嘴唇，说："壬菲尔德已经死了。"

哈克夫人这个时候抬起头来，向我们一一望过来，语气庄重地说道："上帝执行了他的意旨！"

我觉得亚瑟似乎隐瞒了什么，可是我知道肯定事出有因，便没说什么。

梵海尔辛便转向了昆西，问他道："昆西，那么你呢，有没有什么要说？"

昆西回答道："有一点，我现在说不太清楚，但高达明勋爵所说的是对的。要是有可能，我最希望知道伯爵离开之后会去哪里。我并没有见到他，只看到有一只蝙蝠飞出了壬菲尔德那个屋子的窗外，往西边去了。我以为可以看到他回喀尔珐科斯，可并没有，他显然去了别处藏身。今天晚上他不会再回来，东方既白，黎明将至，明天我们一定得开始工作起来了！"

他说完之后便开始保持沉默，有那么几分钟，整个屋子那么寂静，都能见到我们的心跳声了。

接着，梵海尔辛把手放在麦娜的头上，温柔地说："哈克夫人，亲爱的，现在请告诉我们究竟发生什么事情了，我并不希望看见你痛苦，可是我们必须得知道所有发生的事情。

现在的我们比之前要更认真更迅速地将所有工作完成。我们要将这一切结束，要是这样，就趁现在这个机会让大家都学习一下。"

哈克夫人浑身颤抖，我知道她十分紧张，所以将乔纳森拉得更加近了，把自己的头颅深深埋进他怀里。过了一会儿，她倔强地抬起头，伸出手让梵海尔辛握住，只见他弯下腰，恭恭敬敬地吻了一下，之后便紧紧握着那一只手。她将另外的手交给了丈夫，哈克则将她紧紧抱着。她停了一会儿，整理好思路，便开始讲道："你好意为我开了安眠药，我吃了下去，但是一直没有发挥应有的作用。我似乎更加清醒，恐怖的想法一个个开始涌现，与吸血鬼，血，苦难与死亡相关。"她转向乔纳森，听到他不由呻吟了一下，于是她继续说道："亲爱的，别害怕。你要坚强，勇敢，帮助我一起完成这任务。如果你懂得我要多努力才可以将这件事情说出来时，你便会理解我多么渴望你的帮助。我知道安眠药对我有好处，所以下定决心睡觉，不久之后，我便睡着了，不记得发生了什么。乔纳森上床睡觉的时候我没有被吵醒，我有意识的时候他便已经在我身边躺下了。这个时候，房间又起了一团薄雾，以前就有了，不知道你们知不知道，但待会你们可以从我的日记看到，以前我似乎就有这种莫名的恐惧，好像什么在我身边一样。我转过身，想喊醒乔纳森，可是他睡得太熟，就像那安眠药是给他吃了，而我并没吃。我尝试把他喊醒，但没有成功。我感到更害怕了，便惶恐地望着周围，床前有个人从那团雾里走了出来，又或者，那团雾居然变成一个人了，云雾消失，就只有高高瘦瘦的一个男人，在那里站着，浑身穿着黑色。我听过他人的描述，立马知道那是伯爵，他的脸是蜡黄色的，鹰钩鼻，猩红色嘴唇，露出白色的利牙，眼睛也是猩红色的，我曾经在惠特比圣玛利教堂见过一样的。乔纳森在他前额上面留的红疤我也认了出来。那一瞬间，我觉得整个心脏都不跳了，想要叫喊出声，但我发现自己全身瘫痪，没了力气。他用手指向乔纳森，低声说道，声音尖锐：'安静点！如果你敢出声，那我就将他脑袋摔个粉碎，就在你面前。'听到这句话，我整个人都吓坏了，不知该如何是好。他露出了讽刺的微笑，把他的手搭在我肩膀上面，将我紧紧抓住，再用另外一只手扼住我喉咙，边说边动：'先是补充能量，奖励一下我自己。你得保持安静。我喝你的血解渴，又不是一两次了。'听后我感到十分困惑，奇怪的是，我没有想要阻止他。可能是他接触自己牺牲者的时候会在他们的身上下诅咒。上帝啊，可怜一下我吧！他开始用猩红色的嘴巴贴在我喉咙上面了！"乔纳森听到这，便呻吟了起来，她便握紧了他的手，怜惜一般地望着他，就像他是受害者，接着她继续道："我觉得全身力气一点点在褪去，我有一些要晕过去的感觉。不知这件事情到底持续了多长时间，但我觉得很长，在他移开那肮脏恶心的嘴巴前。我还看到他嘴巴上面的鲜血！"有那么一会儿，回忆似乎将她压垮了，她将头垂下，要不是乔纳森支撑着她，她便要倒了。经过自己的努力，她恢复了过来，继续道："接着他嘲讽道：'你居然和他们一起玩花招，帮他们抓我，让我受挫！如今你知道一部分，他们知道一部分，没多久我的一切你们都要知道了，但对付我可没那么容易。我是一个先于他们几百年就出生的人，曾为统治国家，出谋划策。要和我耍花样，我就在暗中将他们挫败。你是他们最珍贵的，如今你同肉共血，以后我们是伙伴与助手。你以后要被他们报复，谁也不会帮助你，你自己做过什么事情都要自己接受惩罚。现在你将听我指挥，我命令你时，就算漂洋过海，你也要为我服务。'"

"他将自己的衬衫揭开，用自己长长的尖牙在胸前画出了一个伤口。血液喷溅，他将我双手紧握，按住我脖子，让我的嘴巴贴住伤口，我要么窒息，要么将他的……吞下，上帝啊！我到底做了什么！为什么会有这样的宿命，每一天我都尽力成为温柔正直的人，可怜一下我！这个灵魂比死去还要可怜，同情一下珍惜我灵魂的人吧！"说完她便不断擦拭着嘴唇，像是要将污染擦去。

东方渐渐亮起，一切变得清晰。哈克依然保持着沉默，十分安静。在听麦娜叙述时，他脸上乌云过境，直到阳光照在他脸上。

在我们的安排下，我们轮流照看这一对可怜的夫妻，直至他们恢复，一起商量接下来的行动。

我确信，在今天太阳升起来之后，地球不再会出现这样悲惨的家庭了！

第二十二章

乔纳森·哈克的日记

十月三日

我必须要开始行动了，不然真的要发疯，于是我便开始写日记。现在时间是六点，半小时之后我们大家会面，吃一些晚餐，地点约在书房。梵海尔辛医生与苏华德医生的观点是，只有吃饱，才能认真工作。上帝清楚，我会竭尽所能。我一直在这样写着日记，不想停下来。事无巨细，都得记录下来，也许最终记录下来的东西会对我们大有用处。不论这次的教训是大是小，今天我和麦娜遭遇的是空前的灾难。但我们需要希望与信念。刚刚麦娜泪流满面地跟我说，我们之间正接受着忠诚度的测试，一定要彼此信任，上帝才能一直帮助我，直到最后。上帝啊！哪里才是尽头？工作！

　　我们开始商讨接下来的行动计划。苏华德医生跟我们说，梵海尔辛医生与他一同下楼去到壬菲尔德的房间，只见他缩成一团，躺倒在了地板上面。脸已经被撞坏，颈椎被摔断。

　　苏华德问过走廊里的值班人员，有没有听到什么声音。值班人员承认那个时候自己正打着瞌睡，可是却突然听到屋中传来巨大的声响，壬菲尔德大喊了几声"上帝啊"，接着听到有东西摔下的声音。他走进房间一看，只见壬菲尔德脸向下躺倒在地板上面，就如两位医生所见。梵海尔辛医生进一步问他听到的是"一些声音"还是"一个声音"，这个问题他却回答不出。他说开始的时候似乎是两种声音，可是屋中只有一人。要是有需要，他可以对上帝发誓，那几声"上帝"是壬菲尔德喊的。

　　只剩我们几个人时，苏华德医生便说，不想让值班人员掺和进这件事情。我们无法将真相说出，那是没人能相信的，但是问问题时需要仔细斟酌。他可以根据值班人员刚刚说的，开一份死亡证明，说是意外从床上摔落，以防万一验尸官要，而且会有正式审讯，即使结果一样。

　　我们商量着接下来该怎么办，大家一致决定将所有事情告诉麦娜。不管多么艰难，都不该将她隐瞒，她本身也同意，她是如此勇敢而悲伤，现在又显得绝望。

　　她说道："不要再隐瞒我什么事情了，我们所要承受的太多，我所遭受到的痛苦，世上已没有东西可以补偿我。不管发生什么，我现在都已有新的勇气与希望。"

　　教授一边听，一边神情严肃地望着她，之后镇静地问道："哈克夫人，你难道不感到害怕吗？自从发生这件事后，你就不是为自己了，是为了他人去抗争。"

　　麦娜也开始一脸严肃，眼中闪烁信念之光，像一位殉难者，说道："是的，我不怕，我决心已定。"

"决心做些什么？"他的问题问得很轻，我们每个人都保持着沉默，大家都有各自模糊的一个想法。

她回答得很简洁，而且直接，就仿佛只是陈述事实："我会时刻保持警惕，要是我发现自己有伤害任何人的倾向，我便去死。"

梵海尔辛医生的声音都嘶哑了："你是想自杀？"

"是的，如果我失去了爱我的这些朋友，还有谁能全力以赴地救我呢！"她边说边望着他，显得意味深长。

梵海尔辛医生本来坐着，现在则站了起来，朝麦娜走去，把手置于她头顶，严肃地说："孩子，有一种方法与你有利，我也会为你找一种方法安乐死，甚至现在，也是最好而且安全的！可我的孩子……"

他开始抽泣，哽咽地说不出话来，过了一会儿，继续道："有些人会阻挠你走向死亡。你不可以死，绝对不可以被他人杀害，你可以自行动手。那个人，将你的生命污染，他死之后，你才能够死去。要是他活着，你死去之后会变得与他一样。所以，你现在一定得活着！不管是用什么方法，请努力维持自己的生命。死亡虽是种解脱，但现在你一定得与之抗争，不管痛苦与快乐。别想着死亡，除非恶魔死去。"

她脸色苍白，浑身颤抖着，就如潮涨之时流沙般晃动。我们保持着沉默，做不了任何事情。过了一会儿，她恢复了冷静，向他伸出手，满含悲伤地说道，语气一如既往的温柔："亲爱的朋友，我保证，上帝若要我活，我不会死去。直到恶魔死去，我所有的恐惧都将消失。"

她勇敢又善良，我们都觉得自己变得更为强大了。为此能做得更多，承担更多苦痛。接下来我们就一起探讨具体的行动计划。我跟他说，好好保管所有文件，不管是留声日记还是文件。她显得很开心，因为能够做些事情了。

梵海尔辛医生一如既往地比我们考虑得深远，他正在准备详细的工作计划。

他说道："也许，我们先去喀尔珐科斯是对的，先不要对房中的木箱做任何手脚。否则伯爵肯定能知道我们想做什么，那么他便会想出对策，转移其他箱子以防我们去破坏。现在他并不知道我们有什么意图。更有可能的是，他还不知他那些藏身之处我们也有能力摧毁，如此他便不能再使用。"

"我们现在所知的藏身之处非常多，接下去我们要搜查皮卡迪利大街的房子，我们便可能找到他那些剩下的木箱。今天属于我们，我们仍有希望，太阳会在这一天都好好保护我们。太阳下山之前，恶魔会保持一个箱子，他将被迫受限于他尘世那副躯壳，不可以变气体，不可以往缝隙钻。要是他想进门，必定得如凡人般将门打开。我们现在有整整一天的时间找出他的藏身之所，一举毁掉。我们如今没将他抓住，没将他消灭，但是今天是他的死期，我确定，我们能将他抓住，并消灭。"

我跳了起来，原因是这想法令我难以忍受，麦娜的生命在我们旁边一分一秒地流逝着，而我们还不能行动起来。可是，梵海尔辛医生举起手，警告我说："乔纳森，你们有一句谚语，最快回家之路也是最为漫长之路。我们需要等待时机的成熟，然后快速地行动起来。现在最为关键的是，皮卡迪利大街那一所房子之外，伯爵还有没有其他房子，他有房产证书，以及钥匙等，他有纸，有支票。在我们不知道的地方，他可能放了很多东西，随时进出房子，即使人来人往，也不会有什么人注意他。我们要去那里搜查，等知道那里藏了些什么，我们再将泥土摧毁，将老狐狸抓住，大家觉得如何？"

我大声喊道："现在就行动吧，别浪费宝贵的时间！"

梵海尔辛医生并没有行动，而是说："我们如何进入位于皮卡迪利大街的那一所房子呢？"

我说："无论用什么方法，只要能达成目的。假如有必要的话，我们也可以破门而入？"

"要是警察看到该如何是好？他们会对我们说什么，做什么呢？"

我觉得十分犹豫，可是我清楚，梵海尔辛医生肯定有理由才打算推迟，于是我尽量保持镇静，对他说："别太晚，我现在忍受着太多折磨了。"

"当然明白，孩子。我不愿意为你增添更多的痛苦。不过你想，我们必须在行动之前弄清楚我们自己的行动，做好规划，然后等时机成熟。最有效的方法最简单。我们想去房子里面，但是没钥匙，是不是这样？"

我点头表示认可。

"要是你现在是屋主，但自己进不了自己的房子。要是不想破门而入，你会怎么办呢？"

"找锁匠，我信得过的人，叫他帮我将门打开。"

"那你觉得警察会干涉这件事情吗？"

"要是锁匠做的事情是正当的，那么他们肯定不会干涉？"

他敏锐地看着我，说道："要是这样的话，大家都会将注意力集中于那名锁匠，关注他的意图是好还是坏。警察热心而且聪明，肯定会亲自过问。要是你表现得做这件事情十分正当，那就是正当的，没人会干涉。曾经我听说过有一名绅士拥有一所豪宅，位于伦敦，他去瑞士过暑假前，将自己房子锁好了，有窃贼破窗而入，进了房子。接着打开前屋的百叶窗，在警察视线之下，进出房子。之后他对房子进行了拍卖，还制作了一个巨型广告牌。一天，他将绅士的一切都物品廉价处理了。接着，他找到一名建筑工人，将房子卖给他，约他签好协议，将房子推倒，并在规定时间将一切东西全都搬运走。工程管委会与警察会尽量帮他。绅士度假回家，发现房子已变成了大坑，而这些事情是一名盗贼光明正大地做成的。所以我们要做也要做得光明正大。别去太早，那会引起警察的怀疑。十点过后我们可以行动，到那个时候，人来人往，我们就开始开门，像房子就是我们的自己一样。"

到这个时候，我才明白他的决定有多么正确。麦娜也放松了下来，这样的讨论让我们感到了希望的存在。

梵海尔辛医生继续说道："只要能进入那一所房子，便能够找到更多线索。我们几个人分开行动，一些人待在房里不动，一些人去伯蒙德赛和麦尔恩德寻找其他的木箱。"

这时候，高达明勋爵站起身来，说道："我也许能够起到一些作用，我拍电报让人备好马车，整装待命。"

昆西说道："老朋友啊，一切就绪，以防万一要用到马车，这个想法是对的，可你不认为豪华马车在瓦尔沃斯与麦尔恩德行驶太过招摇了吗？我倒认为要是我们去往东方和南方，可以租一辆普通马车，到时候停在邻居家即可。"

教授赞同道："昆西说得有道理，我们所做之事十分困难，不能让其他人注意到我们。"

麦娜对这一切流露出了浓厚的兴趣，她暂时将昨晚的痛苦遗忘了，我感到很欣慰。只是现在，她依旧脸色苍白如鬼魅，嘴唇也变薄了，牙齿还有一点突出。我没有提及这件事情，为了避免她的痛苦。但一想到露西那个时候的变化，我身体中的血液仿佛暂时停止流动了。然而牙齿并没变得锋利，可能时间还不长。这一切都让人担心。

接着，我们探讨起我们几个人的行动顺序以及任务分派。最后，我们决定出发之前先将我们旁边那个伯爵的藏身处给摧毁掉。他现在处于物质形态，最为虚弱，我们也可能会找到新线索。

关于我们各自的任务，教授则给出建议，我们先一起去喀尔珐科斯，再一同去皮卡迪利大街。梵海尔辛医生与苏华德医生和我一起留在那边的房子里，高达明与昆西去另外两所房子找木箱子，将它们毁掉。伯爵也有可能在白天出现于皮卡迪利大街那所房里，要是果真如此，我们便在那儿将他消灭。我对这样的计划表示强烈反对，因为我想要在这儿保护好麦娜。我已下定决心，可是麦娜丝毫不理会。她说有些法律上的事情可能需要我的协助，我可以凭经验在伯爵的文件中寻找线索。要是对付伯爵，需要大家一起出力。所以我投降了，她觉得，她的希望便是我们可以一起战斗。

她说道："我现在并不感到恐惧，因为最坏的事情已经发生。不管怎样，希望总能带给我安慰。去吧，要是上帝愿意，在我一个人的时候，他便能够保护我，就好像你还在我身边。"

我便大声喊道："上帝啊，让我们立刻行动，时间在一点点消逝，我们要赶在伯爵之前到达皮卡迪利。"

这时梵海尔辛医生举起手，说道："这不会发生的！"

我便问他原因。

他露出了微笑，说："别忘记，他昨天晚上已经饱餐一顿，肯定会睡得很晚。"

我把这件事忘了吗？我应该忘吗！我们每一个人，都不可能将那恐怖的场景忘怀，麦娜努力维持她现在的表情，只是太过痛苦，她便将脸捂住，浑身颤抖。梵海尔辛医生并非故意提起，他刚刚一直在思考，并没想到麦娜已加入我们这个事实。

麦娜握住他的手，泪流满面，声音嘶哑地对他说："我并不会忘记，我会记得很清楚。你们现在快要出发。早餐已备好，大家都该吃点东西，让我们更强壮。"

我们都觉得这顿早饭吃得非常奇怪，大家尽量地维持开心的笑容，相互鼓励着，麦娜显得最开心。吃完早饭，梵海尔辛站了起来，对我们说道："朋友们，我们即刻出发，一起去完成那恐怖的任务。大家有没有像那天晚上一样将自己武装好，准备好进行世俗与精神双重的袭击？"

我们向他做了保证。

"好，那么现在，哈克夫人，一直到太阳下山之前，你都处于安全的状态，我们也会在那之前回来，要是……我们肯定能回来！离开之前，我来检查一下你有没有做好准备。我在你房里放了大家熟知的东西，这样的话他便进不去。我再帮你做好一个防护措施，用上帝之名，将这圣饼放上你的额头……"

麦娜突然尖叫起来，我们听了心脏几乎都快要停止跳动。梵海尔辛医生将圣饼放上额头的那一刹，上面便有了烙印：像是烙铁般烧到皮肤了。可怜的麦娜痛不可忍，当得知那一事实是什么含义时，她太过紧张以至于发出凄惨的尖叫声。

声音回响在房中，久久没有停止，她屈辱地往地上一跪，用头发遮住脸，像一个麻风病人般带上了面罩。她大声哭喊："不干净，不干净，上帝都不愿接受我肮脏的皮肤！我要带着这个标记去最后审判之日了。"

他们全部不敢动弹，我则无比悲痛，在她身边跪下，搂她入怀。我们的心脏在那一段时间一同跳动，朋友们默默地转过头，流下了眼泪。接着，梵海尔辛医生郑重地说："也许你只得带上这标记去见上帝，可他也一定能将错加于地球子民身上的误解全部纠正。亲爱的哈克夫人，爱你的人能在那儿见证这块错误的记号消失，将你额头变得与你心灵一般纯净无瑕。我敢肯定，上帝将我们身上的重荷去除之时，伤疤也将消失。我们将在胸前画十字，一如我们遵守他意愿之时那般。他可能在对我们开玩笑，但我们需要按照他的吩咐做事情，不管是耻辱的还是鞭策人心的，不管会流眼泪还是流鲜血，怀疑或是恐惧。"

他这一番话包含着安慰与希望，希望我们能够接受命运所给予的。我与麦娜都能感觉到，所以我们俩各自握住他的手亲吻。我们几个人保持着沉默，双膝跪地，互相拉着手，发誓保持忠诚。几个男人一起发誓要为她取下绝望的面罩，大家都用各自的发誓爱护着她。我们祈求着指导与帮助。该出发了，我们一起与麦娜告别，大家永远都不会忘记这一个时刻。

我决定，要是麦娜成了吸血鬼，她不该独自一人去往那恐怖而未知的领域。

出发了。我们轻轻松松进到了喀尔珐科斯，一切与上一次见到的没有任何差别。在这么一个灰尘满布，遍地腐烂，平凡而不惹人注意的地方，居然住着这么个恐怖的东西。我们若不是早就下定决心，恐怖的回忆时刻鼓舞着我们，工作肯定进行不下去。什么文件都没有找到，这个地方并没有人使用。老教堂中的那些木箱依旧保持着原样，没有动过。

我们在梵海尔辛医生的面前站着，他神情严肃地与我们说道："朋友们，我们开始完成任务吧。将这些泥土毁掉，泥土多么神圣，却被用来做这种肮脏的用途。让泥土回归神圣吧，它们被迫待在这里，我们将其奉献给上帝。"

他说着便从包中拿出螺丝刀与扳手，快速撬开了一个木箱盖。泥土散发着无法忍受的臭气，我们都没在意，所有的注意都集中在了梵海尔辛医生那儿。他将一块圣饼从自己带的盒子中拿出来，心地虔诚地放上了泥土，又将盖子盖上，拧紧螺丝，我们则在一旁协助他。

其他箱子以相同的方法处理了，又一一复原，然后我们才离开。所有箱子中都放了圣饼，我们将大门关上，梵海尔辛医生郑重地说道："这边的任务顺利完成，也许接下来也能这么顺利，那么今晚落日来临，哈克夫人的额头将不再有任何污点。"

我们越过草坪，赶往火车站坐火车，经过疗养院前门时，我向里张望，看到麦娜正站在我们房间那个窗口。我朝她挥了挥手，又点点头，告诉她已经顺利结束这边的工作。她点头表示回应，并挥手向我们告别。我们心情沉重，来到火车站，正好赶上那一趟火车。我就是在车上将这些日记写下来的。

皮卡迪利大街十二点三十分

我们即将到达芬彻池大街之时，高达明勋爵跟我说："我和昆西两个人去找锁匠。你别和我们一起，未免遇到什么麻烦。我们擅闯空房本身是件坏事，但你是律师，而且是法律协会成员，这一点你应该懂的。"

我表示反对，不能一起分担危险对我而言是耻辱，于是他继续说："我们人多就会引起他人的注意。锁匠会因为我这个头衔而帮助我们，警察也可以因此摆平。你与约翰以及教授三人一起在格林公园等我们，要是看到门开了，锁匠离开了，便过来与我们会合。"梵海尔辛医生赞道："这个主意好。"于是我们保持沉默，高达明与昆西租了辆马车离去了，我们则坐了另外一辆车子，跟在他们后面。之后我们便去了格林公园。我望着那间屋子，想着它给予我们的希望，突然之间心跳加快。与活跃的邻居相比，这一所房子太过安静了，已处于废弃的状态。我们便坐在视野不错的一把椅子上面，吸起烟来，尽量保持低调。等待的过程总是那么的缓慢。

过了一会儿，一辆马车行驶过来了，高达明勋爵与昆西从马车上跳出来，还带了名工人，携带着一个工具箱。昆西把钱给了马车夫，车夫便走了。高达明将任务交代给工人，那人便脱下衣服，与刚走来的警察讲了几句话。警察点头表示理解，那人便双膝跪地，打开工具箱，拿出几样工具，按照顺序摆放在一边。接着他站了起来，盯着锁孔往里吹气，转过头来与高达明讲话。高达明勋爵则面露微笑。那人拿出一连串的钥匙从中挑了一把，试着插进去，感受一下钥匙该有的形状。接着又试另外几把。不久，他便将门轻轻一推，门果然开了，他们一起走进了大厅。我们几个则静静地坐着等待，直到那名工人走了出来，见他将门半开着，一边用膝盖固定住，一边用钥匙试锁。最后，他将钥匙给了高达明勋爵，后者掏出钱包，付了费用。锁匠将帽子抬了抬，拿上他那个箱子，穿起衣服，便走了。这一整场交易都没有引起任何人的注意。

锁匠离开之后，我们便穿过了大街，来到了房子前敲门。门立即打开了，开门的是昆西，高达明则在他旁边，点着一只雪茄烟。

我们一进门，高达明勋爵便说："这里实在太难闻了。"

确实是这样，和喀尔珐科斯的教堂一样。经验告诉我们，伯爵使用这个地方时十分随意。接着我们便对房子进行搜查，我们一行人都待在一起，防止突然被袭击。我们的敌人十分强大，诡计多端，况且，我们并不知伯爵在不在这栋房子中。

走过大厅，来到了餐厅里，我们见到八只木箱子，其实应该有九只，而这里只有八只！我们的任务仍然没有完成，除非找到另一只失踪了的箱子，不然任务永不结束。

拉开百叶窗，露出石板铺就的院子和马厩，看上去前面像一所小屋子，屋子并没窗户，因此不怕有人监视我们。一秒钟都没有浪费，我们立刻打开箱子检查起来，一个接着一个，和在老教堂时做的工作一样。很明显，伯爵并不在这间屋子里，我们便在屋中寻找有没有其他的财产。

地下室以及其他的所有房间我们都匆匆检查了一遍，得出结论：餐厅中那些东西可能是伯爵自己的，于是又细致地对那些东西进行检查。

里面有皮卡迪利大街这所房子的房产证，以及伯蒙德赛以及麦尔恩德的房产证，还有信封信纸，钢笔墨水。这些东西上都盖了一层薄形的包装纸，为了避免灰尘落在上面。其中还有一把梳子，一个脸盆，一个刮子以及一把衣刷。盆中装有肮脏的水，似乎被血染了一样。还有一堆钥匙，也许是另外几所房子的。高达明勋爵与昆西两人记下了另外两所房子的准确地址，拿上那一串钥匙，出门将那两个地方木箱中的泥土摧毁。剩下我们三个人，尽可能耐心等待他们回来，抑或是伯爵的到来。

第二十三章

苏华德医生的日记

十月三日

等待的时间似乎总是特别漫长，我们在等高达明与昆西回来，这期间，教授一直叫我们思考问题，保持我们思维的活跃。他经常望着乔纳森，我知道他用心良苦。哈克太可怜了，整个人充满着悲痛，让人不忍直视。昨晚他依旧是快乐率真的小伙子，身体健康，年轻有活力，而如今却像个精神憔悴的老年人。可是他依然有活力，事实上他现在好像熊熊燃烧的一团火焰。要是今天顺利完成任务，那么对他而言就是一种救赎，他将走出绝望，回到现实生活。我本来觉得自己足够悲惨了，但看到他……

教授十分理解他的状态，所以尽力让他活跃思维。在这样的状况下，他所讲的话很有吸引力。我将自己所能记住的回忆写出来："关于这一个恶魔的材料，我已经反复研究了很多遍。越是深入研究，越觉得完全有必要铲除它。我在布达佩斯的一个朋友，名叫阿米尼雅斯，给了我这些研究材料。里面有他的生平经历，记载了他所拥有的力量与知识。生前他是一个完美的人，是一名军人，一位政治家，还是一名炼金术士。在他的时代，他掌握的炼金术促进了科学的发展。他十分聪明，学问也广博，勇敢无畏。那个时代，他几乎涉及了所有领域的知识。"

"他所拥有的大脑力量让他免于形骸的死亡，然而他的记忆不如以前。一些脑部机能还像孩子一样。可是他不断成长着，以前幼稚之处如今也成熟了。他不断实践着，而且实践得很成功，除非我们阻止他，不然他将成为某种新生物的始祖，而这群新生物的出现需要经过死亡之路，而非生命之路。"

乔纳森哀号道："这便是我们所面临的事实！可他如何实践呢？我们知道的这些信息有助于我们将他打败。"

"他到了这里以后，便一直尝试着自己的能力，但看得出来，事情进展的速度比较缓慢。虽然他的大脑在不断地工作，可对我们而言，他拥有的还只是孩子一般的大脑。要是他的计划一开始就布置周密，那我们早就望尘莫及了。不管怎样，他要是想成功，也有几百年的时间可以慢慢来，他有的是时间，可以慢慢运作。"

乔纳森觉得有些厌倦："我不懂，能说得再直白一些吗？我的大脑因为痛苦与哀伤而迟钝了。"

教授轻轻地将手置于他的肩膀，对他说："孩子，我会解释得更直白一些。难道你没看到，魔鬼正如何进行着他自己的实验吗？他是怎么利用食肉者壬菲尔德，然后进入约翰家的？对吸血鬼而言，不管他可不可以随意进出他人住宅，第一次都需要经过住在该屋之人的同意，才可以进去。可这并非他最为看中的实验。我们知道刚开始的时候那些木箱是如何搬运过来的。他自己知道非这样不可。他的大脑一直处于成长状态，于是他便考虑到自己可不可以搬运木箱，所以他开始亲身试验。当他发现可行之时，便自己动手了。之后他将自己那么多的坟墓分散，只有他一个人知道木箱的藏匿地点。"

"本来他可以将其埋于地下，要是那样，他随时都可以使用，并且没有人知道他的藏身的地方！但是，不要感到绝望，因为他明白得太晚！他所有的木箱都被我们毁去，除了一个大木箱。我们在太阳下山前可以将这件事完成，之后他便失去了藏身之所。今天早晨我拖延的原因就在此。他现在与我们一样，正处于危险中，所以我们要更加仔细。现在我的表显示的是一点钟，要是一切顺利，昆西与亚瑟正在回来的途中。"

"今天是我们的，必须要做到万无一失，宁可慢点做事。只要他们回来，我们就是五个人了。"

我们正在说话，突然响起一阵敲门的声音，大家都吓了一跳。是一个孩子，来送电报的。我们显得很冲动，想要到大厅去，但是梵海尔辛伸出手，阻止了我们，他示意保持安静，然后走到大门口，打开门。男孩将一封电报递给了他。教授将门关上，拿起电报，大声朗读道："大家要小心，伯爵于中午十二点四十五分从喀尔珙科斯出发，正向南走去。他可能是想巡视一下，想见你们。麦娜。"

大家沉默了片刻，乔纳森突然说道："谢天谢地，我们终于要见面了！"

梵海尔辛医生快速转向他，对他说："上帝自有安排，别害怕，别高兴。我们有可能等到的便是自我的毁灭。"

乔纳森却激动地说："现在我什么都不在乎，只要魔鬼被我们毁灭，就算将自己的灵魂出卖都可以。"

梵海尔辛医生说："上帝可不想要没有智慧的灵魂，魔鬼倒是有可能要买，只是没有忠诚度可言。但上帝具有公正仁慈的品质，了解了你们夫妻的忠诚与痛苦。试想要是你夫人听到了你说的这些愚蠢的言语，她会有多痛苦？别担心我们，大家都将献身于这一项事业，而且就在今天，就会尘埃落定。行动就要到来，吸血鬼受限于凡人的躯壳，一直到太阳下山。他来到这里需要花一定的时间。现在是下午一点二十分，他还要花些时间，不会这么快就过来的。希望高达明与昆西可以在他到来之前先回来。"

拿到电报后半个小时，又听到一阵敲门声，声音冷静而果断，一听便知是绅士所为。我和教授的心怦怦直跳。我们互望了一眼，一同向大厅走去，准备好武器，左手握着对付非人类的武器，右手握着对付人类的武器。梵海尔辛将插销拉开，半开门，往后退去，两手准备完毕，见机行事。见是高达明勋爵与昆西两人进来，我们欣喜万分，立马将大门关上，越过大厅。

高达明勋爵说："两个地方我们都找到了，每个地方藏有六只木箱，我们都将它们摧毁了。"

教授问："已经摧毁了？"

大家共同沉默了大约一分钟，接着昆西说："对，除了等待，我们什么也做不了。不管怎样，要是他五点前还不出现，那我们就要出发了，哈克夫人不可以在日落后独自一人待着。"

梵海尔辛拿出自己的小本子看了看："不久他便会来，哈克夫人发来电报，说他离开喀尔珐科斯，往南走了，说明他想过河，但要等到潮水平稳的时候，也就是一点之前。对我们来说，这个行动传达了一些信息。他现在受到怀疑，所以他会先到最不令人生疑之地。"

"你们俩肯定是先他一步到了伯蒙德赛，那个时候他还在渡河。朋友们，请相信我，没有多久了。我们要制订一下计划，机会才不会错失。现在时间紧迫，把你们的武器准备好！"他边说边举起手来表示警告，大家都听到了大门门锁中传来钥匙轻轻插入的声音。

在这么危急的时刻，我万分钦佩作为一名精神领袖所有的气魄。在任何时刻，梵海尔辛教授都是计划与行动的安排策划者，我与亚瑟早就习惯了绝对服从他的话。他现在又开始无意识地领导起我们来，只见他快速往房间里一瞥，接着便布置行动计划，无声地用手势安排我们站在特定位置。

梵海尔辛教授，乔纳森和我就站在门背后，如此一来，门一打开，教授便能将我们掩护，我们就跑去站在门与来人的中间。高达明与昆西则处于视线以外，他们俩一前一后，准备在窗前行动。几秒钟似乎十分漫长，像噩梦一般。我们听到一阵谨慎而缓慢的脚步声，很显然，伯爵为意外的发生做了准备，因为我们至少能感到他的害怕。

忽然之间，伯爵便猛地跳进了房间，已经越过我们所站立的地方，没有人抓住他。他如豹子一般敏捷，而非人类，我们一下从激动之中清醒了过来。乔纳森最先行动，他飞速冲向房间门前。伯爵一见到我们，便愤怒地咆哮，将长长的尖牙显露出来，接着又开始微笑，十分邪恶，然后又凝视我们，像狮子般傲视群雄。我们冲动地向他走去，但遗憾的是，我们并没制订出完善的袭击计划，我每时每刻都在猜大家接下去会做什么，连我自己都怀疑手中的致命武器到底有没有用。

乔纳森跃跃欲试，他拿起大刀，迅速向伯爵身上砍去。这一击对我们十分有利。伯爵猛地往后跳，保护了自己，但是刀锋将他的外衣划破了，掉出来一捆票据与一堆金币。伯爵此刻凶狠至极，我开始担心乔纳森的安危。他再次向伯爵砍去，我本能地想要上前保护他。我左手的十字架与圣饼让我觉得满满的力量，我看到魔鬼正向后退缩着，于是大家一起做了和我一样的动作。伯爵脸上的表情我很难描述，那是满满的怨恨与魔鬼的愤怒混合的表情。眼睛像是燃烧了一样，显得蜡黄的脸庞又黄又绿，皮肤苍白，然而红色伤疤像是在跳动。他躲过乔纳森最后一刀，抓起散落在地板上的一把金币，冲出了房间，从窗户跳了下去，穿过后院逃跑了。我在玻璃的振动声中，听见了金币叮叮当当的声音，想必是掉在石板上了。

我们赶忙跑了过去，想看一看他有没有受伤，只见他跳了起来，立马冲上台阶，穿过院子，推开大门。临走前一刻，他回头向我们恐吓道："想打败我，没那么容易，你们每一个人都将后悔。你们排排站像是屠夫手下待宰的羔羊。你们觉得这样我便没有地方去了吗，太天真了。我才刚开始复仇，而这一场复仇将持续几百年，我最多的便是时间。那个你们爱的女孩子已经属于我，你们，以及其他所有的人，最后也会属于我，做我的工具，听凭我吩咐。我要是想吃饭，你们便是走狗！哼！"

他不屑地笑了一声，飞快地将门关上，我们都可以听见门闩因为生锈而发出的吱嘎声。接着外面那扇门被打开了，又关上了。梵海尔辛教授最先说话，他知道要追到伯爵很困难，我们便都往大厅走去。

"我们得知了一些信息……不，是非常多的信息！虽然他说得很勇敢，但无意中表露了他害怕的事实。他怕时间与需求！要不是这样，为什么他那么匆忙？他被自己的声音背叛了，抑或是我被自己的耳朵背叛了。他拿钱的原因是什么？假如你是追踪者，或是猎人，你便会明白。我从中得知，他在这儿已经没有什么有价值的事物，不然他便会回来。"

教授边说边将钱放入口袋，将那捆证书拿上，其余东西都扔进壁炉，点燃火柴，烧了它们。

高达明与昆西冲到院中，乔纳森则跳窗追赶伯爵。但是伯爵将门闩插上了，当三人打开门时，伯爵早就不见了踪影。我和梵海尔辛则将房子后面检查了一遍。商店没人，所以他离开时没有人看见。

现在已经很晚，太阳快要下山。我们不得不承认此次行动结束了。我们同意教授的话，但是大家的心情都很沉重："回哈克夫人那里吧，我们已经竭尽所能。现在要去保护她。大家不必感到绝望，我们要将最后一个木箱找到，做完这事，一切就都结束了。"

看得出来，教授是在尽量表现得很勇敢，以此安慰乔纳森。乔纳森快要失控了，不断呻吟着，想念着自己的妻子。

我们几个黯然地回去了，看见哈克夫人在等待着我们，脸上满是喜悦，更显出她无私与勇敢的品质。但她一见到我们的脸色，便面如死灰，将眼睛闭了一会儿，似乎是在祈祷。

接着便欢喜地说："真是太感谢你们了。"同时还将手捧着乔纳森的头，给了他一个吻。

"休息一会儿吧，什么都会往好的方向发展的。我们会受到上帝的庇佑，要是他也如此认为的话。"乔纳森呻吟了一下，没有任何语言能够形容他所受的痛苦。

大家潦草地吃完晚饭后，心情似乎好了一些。可能是太饥饿了，从早到晚只吃了一顿早饭，又或者觉得有人在陪伴着我们，有种温暖的感觉。我们的痛苦减少了，感觉明天也并非毫无希望。

我们答应要将一切告诉哈克夫人。一听见她丈夫有危险，她马上脸色惨白，而听到她丈夫对她多忠诚时，她又满脸通红，一直处于静静聆听的状态。

她拉着乔纳森的手，在我们中间站着说话。我无法描述出那一番场面。她温柔而且善良，浑身充满着青春的活力，额上留着一道红色的伤疤。她的存在让我们减少了仇恨、恐惧与疑虑。我们知道上帝已经接受了她的纯洁、忠诚与善良。

"乔纳森，"她喊道，语气中满是爱意与温柔，像是唇间流露出来的音乐，"还有各位朋友，这段时间你们都各自承受了很多，我明白，你们会坚持战斗，就像摧毁假的露西一般摧毁他，如此露西就可能继续存活。这并非关于仇恨，那个最可怕的灵魂才是最为可悲的。要是他所有的坏都能消失，所有的好都能在精神上面得到永生，我想他会无比快乐。你们要对他有怜悯心，虽然他不可能与你们合作，从而将自己毁灭。"

乔纳森听妻子说这话，脸色越发阴沉，他出自本能，紧握住妻子的手，直至她手关节都发白了。我觉得她肯定觉得痛，但她并没挣脱，而是向他投以恳求的眼神。

她说完那番话，乔纳森便跳起来，将她的手放开，语气坚定地说道："让我将他的躯体毁灭吧，要是能将他那灵魂送入地狱，那我肯定照做！"

"别这样说，别让我觉得害怕。我今天一直在想，可能某一天我也希望得到同样的怜悯，其他人会像你这样，出于愤怒而拒绝我！我们还有其他的方式。我恳请上帝别在意你说的这番话，这只是一位心感绝望的男人的哀号。他这一生并没做错什么事情，然而却经历了太多悲痛！"

我们几个男人都掉下了眼泪，并没有加以控制，而是任它自流。乔纳森向她跪下，将她抱紧，把头埋在裙中。梵海尔辛医生向我们示意退出房间，让他们两人单独相处。

休息前，梵海尔辛医生布置了一下他们那间房，防止吸血鬼进入，之后他让哈克夫人安心睡觉。她尽力去相信一切会安宁，假装十分满足。教授还放了一个铃铛在他们的手边，要是发生什么紧急状况，随时都能响起。昆西，高达明与我三人决定，轮流在门外看守，确保哈克夫人的安全，第一个是昆西，我和高达明尽快回去休息。

高达明已将任务完成，我是第三班，现在也完成了工作，准备上床。

乔纳森·哈克的日记

十月三日到十月四日，近午夜

我觉得昨天似乎永远无法结束。我想要睡觉，隐约觉着醒来事情便会发生改变了，而且都往好的那个方向发展。分开前，我们探讨了接下来的行动计划，但是并没得出结果。唯一确定的便是还有一个木箱没找到，除了伯爵，没人知道它藏在哪里，要是他存心谨慎地将它藏起来，并花几年时间把我们打败，想到这里，便觉得太过恐怖。完美的女人，那个女人便是我的妻子，昨天晚上她富于同情心的一番话，我觉得我更爱她了。她拥有的同情心使我的仇恨黯然失色。麦娜睡着了，并没做梦。我十分担心她做梦，不知会是怎样。日落之后，现在她最为平静。我没有睡意，虽然很累，极其疲倦。不管怎样，我都要尽量入睡。还有明天，一直到……

不久，我肯定睡着了，因为是麦娜将我喊醒的。她在床上坐着，一脸吃惊。我清楚地看到了她的表情，她将手捂住我的嘴，低声在我耳边说道："别说话！走廊有人！"我悄悄地站了起来，走到门口，轻轻开了门。

外面放了个垫子，上面躺着昆西，他并没有睡。见我出来，他抬起手，让我安静，并悄声说道："别说话！回床上去，没有什么事情。我们轮流在这里看守，确保万无一失！"

我便回到房间，将这件事情告诉麦娜。她叹了口气，脸色苍白，露出了一抹微笑，将我抱住，小声地跟我说："真庆幸有他们！"接着又叹了口气，在床上躺下睡觉了。我将这些记了下来，因为没有睡意，现在再次尝试睡觉。

十月四日，上午

昨天晚上，我再次被麦娜喊醒了。我们这次睡得不错，醒来已快要天亮。

她急切地跟我说道："快去把教授请来，我想要马上见他。"

我不解地询问道："为什么啊？"

"我想出了一个办法，我想肯定是在晚上想出来的，这个想法渐渐成熟。我想要教授在天亮前将我催眠，那个时候我便可以讲话了，哈克，快点，没有时间了。"

我把门打开的时候，见到了躺在垫子上面的苏华德医生，一见到我，他便跳了起来，警惕地问我："出什么事情了？"

我回答："没有，只是麦娜想要立即见到梵海尔辛医生。"

"我来。"说完他便快速走进了医生那间房。

过了一会儿，就见梵海尔辛医生身穿睡衣匆匆赶来，昆西，高达明以及苏华德医生三个人站在门口。教授一见到麦娜，脸上显露的焦虑便转为了一抹微笑。

他摩擦着自己的双手，说道："原来的哈克夫人又回来了！我能为你效劳吗？但这时候你并不需要我啊。"

麦娜说道："我希望你将我催眠，一定要在黎明前做，我觉得这时候我还能说话，非常自由。赶紧吧，时间紧迫。"听完之后我什么话也没有说，便示意她，让她在床上坐着。

教授望着她，在她前面比画，从麦娜头顶开始向下，并且两手交替。麦娜专注地盯着，几分钟过后便慢慢闭上了眼睛，一动不动。此间我的心怦怦直跳，就如锤子在敲打一般，觉得危机慢慢靠近了。她的胸部起伏着，证明她依然有生命。教授继续了一会儿，之后便停下来，额上布满了汗珠。这时候，麦娜双眼睁开，与先前的她判若两人。她神情迷离，声音似梦呓。我并没听过她这样的声音。教授把手抬起来，示意我保持安静。我将另外三人喊进来，他们蹑手蹑脚，将身后那扇门关上，进屋站在了床尾，认真注视着。麦娜似乎并没看到他们。梵海尔辛医生开始说话，为了防止打断她思考，他说话的声音显得很低沉："你现在在哪儿？"

麦娜含糊地回答说："我也不知道。"连续几次都保持沉默，麦娜仍然纹丝不动，教授则目不转睛。

我们其他几个人都不敢呼吸，屋子里越发亮堂。梵海尔辛医生让我将窗帘拉开，我照做了。天似乎快亮了，红色的朝阳洒进房间，这个时候，教授又问："现在你在哪里？"

回答似梦呓，但听得出目的，她似乎想要解释什么。她以前将自己写的速记笔记读出来的时候我曾听到过和她现在一样的语调。

"我不知道。一切都十分奇怪。"

"你看到什么了？"

"一片漆黑，什么也看不见。"

"那你听见了什么？"教授的声音一直很有耐心，但是很显然又透露着紧张。

"水拍打的声音，水流声，浪花的涌动声，从外面传来。"

"所以你在船上面？"

我们面面相觑，想要在对方的脸上得到什么信息。我们都不敢思考了。

麦娜这次回答得很迅速："对，是的！"

"那你还听到什么没有？"

"有人在我头顶来来去去，锁链发出吱嘎声，还有起锚的叮当声。"

"那你现在在做什么事情？"

"我像死亡了一般，一动不动！"麦娜又将眼睛闭上了，深深呼吸着。

昆西与高达明想要往外走，梵海尔辛医生却平静地喊他们回来："朋友们，都坐下来。不论船在哪里，这个时候肯定在伦敦港口开始起锚。我们要到哪里去找？谢天谢地，我们得到了新线索，我不知这条线索会将我们引到哪里去。男人容易鲁莽，我们就有点鲁莽。我们现在已经知道了伯爵心中是什么想法，乔纳森的袭击让他感到害怕甚至感到危险，可是他还不忘将钱捡起来，说明他想逃离这儿。他知道自己在这里只剩一只木箱了，还有一群人在他后面追杀他，就如狗追狐狸，伦敦不再适合他待了。他将最后那个木箱运上船，离开了这里。没那么容易逃跑的，因为我们要去追赶。老狐狸太狡猾了，所以我们得以其人之道还治其人之身。所以我也变得狡猾，猜测他的想法进行思考。我们现在可以安心休息。太阳出来了，一整天又属于我们。大家先洗澡吃早餐，舒舒服服地享用我们的美食。因为现在我们与他不在同一片土地了。"

麦娜望着他，迫切地说道："要是他已经离去，为什么我们还要去追他？"

梵海尔辛医生捧起麦娜的手，轻轻抚摸着，回答说："先别问我。我们边吃早饭，我再回答。"于是他保持沉默，大家各自去换衣服。

吃完早餐后，麦娜又问了这个问题。他神情严肃，语气夹杂着悲伤："哈克夫人，因为我们现在更迫切地要将他找到，即便通往地狱门口！"

她的脸色更加苍白，虚弱地问道："这是为什么？"

教授回答道："因为他能活几百年，而你却是凡人。他将印记留在你喉咙上面，时间便是我们要担心的事情。"

听完她晕了过去，我立马上前，将她扶住。

第二十四章

梵海尔辛医生口述，苏华德医生录制的日记

乔纳森·哈克：

你留在麦娜身边照顾她，我们去搜查，准确地说，是寻找、辨认、确定。照顾麦娜这项职责最为神圣。今天魔鬼不会来。

我将我们四人已知的事实告诉你。伯爵已走，他正在回特兰西瓦尼亚城堡的途中，对于这一点，我十分清楚。他为这一趟回程做好了准备，那一只木箱子正在被运往某一个地方，所以他随身带了钱，临走之前才那么着急，怕我们日落前会抓到他。这已成了他唯一的希望，他本以为露西与他成了同一种生物，为他敞开大门，让他进入坟墓，但事实并不是这样。这种做法一旦失败，他便采取了最后措施。他十分聪明，清楚地意识到这里的游戏已结束，所以准备回家。他已获知自己来时的那条路线，找到了回去的船，现在已经在船上。

所以我们现在去寻找那一艘船在哪里，去往何处。一旦得知消息，我们便会及时告知你。希望我们回来时，能够用新希望将你们安抚。你要是仔细思考，那便是一个新的希望。我们所要找的那个魔鬼，花了几个世纪赶来伦敦。我们得知他的诡计，便必须将他消灭。他力量并非无穷，虽然它造成了那么多悲剧。但我们也有强大的力量，有着相同的目的，我们加起来便更加的强大。哈克，还有麦娜，重新振作吧。战斗才刚刚开始，我们最终会取得胜利。放松一些，等着我们回来。

梵海尔辛

乔纳森·哈克的日记

十月四日

我将梵海尔辛医生的留言读给了麦娜听，她显得相当开心。得知伯爵已离开了这片土地，她觉得十分欣慰，她得到了安慰便得到了力量。我简直不可置信，那危险已渐渐离我们而去，甚至我曾经于德古拉城堡遭遇的恐怖经历都觉得过去已久，久到像是一个被自己遗忘了的梦。现在，这儿秋高气爽，空气清新，阳光灿烂。

当我思考之时，目光停留在麦娜额头的红色伤疤之上。它只要存在，我们便不会遗忘。我们俩担心自己懒散，便拿出日记，一遍一遍地重温着。日记中所记载的事实使我们心情沉重，但恐惧与痛苦却没有之前强烈了。麦娜说我们最终会幸福的。我也应该这么想，我们都没有谈论过未来，最好等他们回来。

　　这一天过得比我想象的快。现在已是下午三点。

麦娜·哈克的日记

　　报告会。出席者：梵海尔辛医生，高达明勋爵，苏华德医生，莫里斯先生，乔纳森·哈克，麦娜·哈克。

　　梵海尔辛医生将他们一整天所做的事情向我们描述了一下，包括他们获知伯爵逃跑所乘的船，航行目的地以及他们通过什么方法找到这些线索的。

　　"他是想要回到特兰西瓦尼亚，我认为他肯定要过多瑙河河口，或是黑海某地，他来时走的路线便是经过那儿的。我们一无所知，便开始询问昨晚有什么船离开了这儿去到黑海。他乘坐的是一艘帆船；根据哈克夫人描述，船帆张开了。高达明勋爵建议我们去商船协会找所有扬帆行驶的船只名单。我们只找到了一艘，随着潮水一同出行。它叫女沙皇凯瑟琳号，从杜利特尔码头出发，前往瓦尔纳，再沿多瑙河往其他港口驶去。"

　　"于是我说道：'那便是伯爵乘的船。'于是我们来到杜利特尔码头，在那边的办公室见到一人。我们便问他女沙皇凯瑟琳号的出行状况。他张口便骂粗话，大嗓门，红脸，但不失为一个好人。昆西在口袋中掏出了什么东西塞给他，他将其卷起，发出了噼啪的响声，接着放进衣服里面的一个口袋里。然后他的态度转变了，像我们忠顺的仆人。他带我们去询问了很多言行粗鲁之人，很多话我听不懂，只能靠猜测。

不管怎样，他们将我们想要得到的信息告诉了我们。昨天下午大概五点左右，一名男子匆忙过来，他高高瘦瘦的，脸色苍白，高鼻梁，白牙齿，眼睛血红。他身穿一身黑，戴了一顶草帽，与他整个人，与这个季节完全不搭。他把钱给他们，问有没有开往黑海的船，去哪儿登船。有人将他带往办公室，带到船边，可是他并不上船，却在岸边跳板上坐下来休息，叫船长过去。

一开始，船长并没过去，当他得知可以拿到很多钱，便去了。可那人已经离去，是租马车去了。不久之后又回到船边，自己驾驶着马车，车上放着个大木箱，他一个人将箱子扛下来，而他们却要好几个人才搬得动，放在手推车上面。他和船长谈了很久，说把箱子放哪里，如何放。船长有些不高兴，便对他说他要是愿意就自己来看该放哪儿。他拒绝了，说是有其他的事情要去完成。船长叫他尽快，潮水转向前，船就要起航。接着那人便笑了，告诉船长他会在适当的时候出发，而不是现在。船长很生气，开始用多国语言谩骂，而那人却鞠了一躬，跟船长说出发之前他会上船。听到这些话，船长更为生气，跟那人说不要法国人上船。之后那人问要去哪里买船票，便离开了。没人关心他去了哪里，也没人知道，大家都有自己的事情。不久，浓雾开始在河面上蔓延，逐渐扩大，不久便将船包围住了，女沙皇凯瑟琳号无法准时起航了。船长心情不好，但又无能为力。水越涨越高，他觉得快失去时机了。潮水涨到了最高点时，那人又来了，说想看一下箱子放在了哪里。船长回答，真希望箱子和他都去见鬼。那人听完并不生气，跟着水手去看箱子，之后便站上甲板，在浓雾中发呆。后来便离开了，没人关注他。浓雾散去，一切变得清晰。船在退潮时出发了，早上便会到河口。哈克夫人，我们现在需要休息，魔鬼在海面上，有雾听他的指挥，向多瑙河河口方向行驶。航船速度并不快，我们在陆地上行走要快得多。到时候我们在那儿与他碰面。要是白天能在木箱中见到他，便是我们的希望，那时他无法反抗，而我们将会把他消灭。我们有几天的时间准备计划，他要去的地方我们非常熟悉。我们见到了船主，见到了有关的文件。箱子会运到瓦尔纳，交给那里的一名代理员。有一位商人朋友非常得力，他问我们是否出事了，要是如此，他便可以发电报到瓦尔纳，要求调查，我们否决了，因为这事不能惊动警察，我们要自己来完成，用我们的方式。"

梵海尔辛医生讲完这些话，我便问他，是不是确定伯爵就在那一艘船上面。他回答："我们最有力的证据便是从你那儿得知的，早晨催眠的时候。"

我又继续发问，是不是必须继续去追踪伯爵，我很怕乔纳森离我而去，要是大家都去，他肯定毫不犹豫。一开始，教授还很平静地回答，可是说着说着便越发激动起来，语气也越发地坚定，大家都发现，他当领袖那么久，个人魅力越发迷人。

"对，这么做非常有必要。首先是因为你，然后是因为拯救人类。伯爵作恶不断，眼界狭窄，短时期内，他仍然在黑暗中独自摸索。我讲这些都告诉了其他的人，你也会在乔纳森日记或是约翰那盘留声日记中发现的。我向他们解释他如何远离自己那一片无人踏足的贫瘠土地，来到新的、到处有人烟的地方。他思考了几百年，要是有另外一个与之相同的生物帮助他，无论过去还是将来，对他而言都非常有益。他是一个不死之人，他待了几百年的地方，充满了各种神奇。那个地方有山谷，有火山，可能还不断向外喷射特殊物质，足以复活或是消灭生物。这个地方的神秘力量中蕴含着磁电物质，对生物有着奇特的作用力。战争年代，伯爵一直非凡，头脑中充满着智慧，心脏中跳动的是勇敢。他身上有十分神奇的品质，随着身体的逐渐强壮，头脑也在逐渐成长。你已经被他传染，请原谅我，我不得不说到这一点，他即便什么也不需要再做，你也会活着，像原来那样，之后会像任何普通的人类那般死去，可是他却将你变成了与他相同的生物。我们不允许这样的事情发生，大家都发过誓。人类不能交予魔鬼，魔鬼横行便是对上帝的侮辱。我们要去拯救灵魂，像十字军那样，要是失败，我们也死得其所。"

他停了下来，我便问："难道伯爵不知反击？他被迫逃离伦敦，不会躲避吗，就如老虎躲避曾被追捕的那个村子？"

他回答："你这个比喻很恰当。老虎一旦知道人血的味道，便不会再爱上其他的猎物，他将不停觅食，直到人的出现。我们也在追捕老虎，一只食人的老虎，他将永不停止觅食。他曾经活着的时候，踏上了土耳其的边境，进攻敌人。他失败了，却没有停止，只是一次次地进攻。他是那么的顽固，有恒心。很久很久之前，他便计划要来大城市。他是怎么行动的呢？他找了最具希望的一座城市，至少他这么认为，接着便不断地思考，进行着各种准备。他学习新语言，学习在新的环境下重新生活，适应那里的经济、政治、法律、科学与习俗。在这里，他只是匆匆一瞥，这样便更激起了他的胃口。受挫会使他起航，他的头脑会越发成熟，他独自一人，完成这些事情，在一个废弃的坟墓里，在一片被人遗忘的土地上面。当他知道了一个新世界，有什么是他所不可以做的呢？他会对死亡露出微笑，没人杀得了他。要是上帝派他来这个世界，那么我们是有多幸运。我们发过誓，要让世界重获自由。对我们而言辛苦的便是只能保持沉默，付诸的努力都会成为秘密。我们愿意牺牲自我的灵魂，来拯救人类，以及带给上帝荣誉。"

经过一番讨论，我们觉得今天晚上无法做出什么决定。大家回去好好休息，争取明天能够得出结论。明早一起吃早饭，各自说出各自的看法，接着便一起制订出行动计划……

我觉得今天晚上十分平静，心情也惬意了不少，似乎久久萦绕于心头的事物不见了，可能是……

我并没有停止猜测，镜子中我依然能见到那红色印记，我依然不干净。

苏华德医生的日记

十月五日

大家都早起了，睡眠对我们都起了很大的作用。吃早餐的时候，我们之间洋溢着一种久久未曾回归的喜悦。

人类具有精神恢复的力量，可以去除障碍物，恢复最初的喜悦与希望。很多次，我们一起围坐着，我都怀疑那些事情是不是一个梦。当看到哈克夫人的那块红色印记，我才又回到现实中来。即便是现在，我们正在讨论这一件事情，我都怀疑那些灾难的始作俑者是不是依旧存在呢？哈克夫人似乎也将自己的烦恼暂时忘记了，除了有些时候她想到自己额上那一块红色印记。一个半小时之后，我们约在书房见面，讨论行动计划。我觉得哈克夫人已经做出了自己的决定，直觉告诉我那决定是正确的。但她却没有说出来，或是不能说出来。等我和梵海尔辛医生单独相处时，我会提出这一点。想必她身体中一些邪恶的因素发挥作用了。伯爵给她喝自己的血，肯定有其目的。要是我的直觉正确，那么我们就遇到了重大的困难，一个未知的危险。我不敢再想下去，否则我便是在侮辱一位灵魂高贵的夫人！

不久之后。

教授来找我，我们一起讨论了一下。我知道他已经有了自己的看法，欲言又止。过了一会儿，他对我说："我必须单独和你谈一谈，约翰，稍后再让其他人知道。"

他停了一会儿，继续说道："哈克夫人正在发生变化。"

这便是我的担心之处，听到教授这么说，我情不自禁地打了一个冷战。他继续说道："露西那件事就是前车之鉴，这一次我们必须非常小心，决不能让事态往更严重的方向发展。这次任务空前艰巨，每时每刻对我们而言都异常珍贵。她的脸已经显现出了一些吸血鬼的特性，虽然十分细微。她的牙齿已变得锋利，眼神也开始变得冷酷。和那时候的露西一样，她越来越沉默。我现在担心，要是我们催眠，她便能得知伯爵的所见所闻；那反过来，伯爵也会逼她泄露她内心知晓的信息。是不是很有可能？"

我点了点头，表示同意。于是他继续说："我们现在要做的，便是防止这个可能性的发生，接下来，不能让她得知我们所制订的计划，她如果不知道，那么便不会说出来。这个任务很痛苦，想起来我就觉得很悲伤，但我们必须要这样做。今天见面时，我会告诉她，不能让她在我们的讨论会上出现了，但我们会保护她。"

他擦了擦满头大汗，这个决定太过痛苦，想必他的灵魂已饱受折磨。

要是我跟他说我的想法与他一致，他可能会觉得欣慰一些，于是我说出了自己的想法，以此安慰他。

快要见面了，我们俩人各自去做准备。我知道，梵海尔辛医生只是想独自祈祷。

不久之后。

会议一开始，我们便得知哈克夫人不再加入我们，她托乔纳森传话，说这样我们便能自由讨论，不需要因为她而觉得尴尬。这使梵海尔辛医生和我都觉得欣慰。要是哈克夫人意识到自身的危险性，这么做不只是规避风险，还避免受到痛苦。我们俩对视了一眼，做出沉默状，都同意不说出我们的疑虑。接着我们马上开始讨论行动计划。

梵海尔辛医生将事实大致叙述了一遍："昨天早上女沙皇凯瑟琳驶离泰晤士河。就算它全速前进，最快也需要三周时间才到瓦尔纳。要是我们走陆路，三天便能到瓦尔纳。我们很清楚伯爵能改变天气，所以减掉两天行船天数，我们也可能会耽搁一天一夜，那么也有两周左右的时间。所以，我们最晚十七号出发，最起码比那艘船提前一天，到达瓦尔纳，做好准备。我们要全副武装，以抵御邪恶。"

这个时候，昆西说道："我知道，伯爵生长在狼的国度，他说不定会先我们而到。我提议增加装备，大家配上温彻斯特连枪，要是遇到麻烦，我们就射杀狼，亚瑟还记不记得，那时我们被狼群追赶，当时还在托博斯克。"

教授赞成道："很好，带上枪，昆西十分冷静，考虑周到。但多数情况而言，相比于狼群，人的威胁更大。我们待在这里，不能干什么事情。大家都对瓦尔纳这个地方不熟悉，何不提前去那里？同样是等待。我们在今天晚上与明天做准备。要是一切顺利，我们一行四人便能出发了。"

乔纳森立即质疑："我们四人？"

教授回答得很快："当然，你需要照顾妻子，必须留下来。"

乔纳森思考了会儿说道："早上再讨论吧，我要与麦娜商
量商量。"

此时，我觉得梵海尔辛应该警告乔纳森，别将计划向麦
娜泄露，可是他并没这么做。我望着他咳嗽了一下。他却将
手指放在了嘴唇上面，转身便离开了。

乔纳森·哈克的日记

十月五日，下午

今早开完会之后，我很久无法思考，对于事情的发展，
我觉得疑虑重重。麦娜拒绝与我讨论，叫我独自思考，所以
我便自我猜测。现在我一头雾水，为什么大家都接受这样的
决定，之前大家还一致决定不该隐瞒麦娜。麦娜现在睡着了，
面容平静，像个小孩子。她的唇线十分漂亮，脸上露出幸福
的表情。

我看着麦娜睡觉，自己也快乐了起来，好奇怪。夜幕降
临，太阳渐渐西沉，大地也渐渐昏暗起来。

这个时候，麦娜突然醒来，看着我温柔地说："乔纳森，
你要向我保证，也要向上帝保证，就算我向你下跪，哭着求
你，你也不许违背誓言。快，现在就保证。"

我对她说："麦娜，我现在不能做这样的一个保证，我也
没有权利这么做。"

她说道："可是这便是我希望的，不为自己。你可以去找
梵海尔辛医生，向他咨询我的决定正不正确，要是他也不同
意，那么你随意。要是你们都赞成，那么做这样的保证能够
拯救大家。"

"我向你保证。"听到这句话，她似乎特别开心，虽然于我而言，只要额上的红色伤疤还在，她便不会感到幸福。

"你要保证，不会将你们制订的任何计划透露给我，不可以暗示我，它存在一天，你便一天不能告诉我。"她神情严肃地用手指向伤疤。我知道她是认真的，所以我也严肃地说："我保证！"我们俩的沟通之门便就此关闭了。

午夜。

一整个晚上，麦娜都显得很开心，她的心情似乎为大家鼓起了勇气。大家早早便休息了，现在，麦娜睡得很香，就像是个孩子。谢谢上帝给予她这样的时刻，暂时忘掉她的烦恼。我也该尝试一下入眠了。

十月六日，早上

麦娜又一次早早地把我喊醒，让我去请梵海尔辛医生。我觉得很惊讶。显然，教授早已预料我会去找他，他已经穿戴完毕，半开着门。一听到开门声音，他便马上冲了过来。来到房间，他向麦娜征求意见，问她另外的人能不能进来。

她做出了十分简单的回答："不，没必要，你可以转告他们，我得与你们同行。"

听到这话，我和教授都吃了一惊，过了一会儿，教授问道："为什么呢?"

"带我在你们身边，我会更加安全，你们也会变得更加安全。"

"你知道，哈克夫人，我们最为神圣的职责，便是确保你的安全。我们这次去冒险，你最容易遭受伤害，因为发生的事情……"他感到了尴尬，便就此打住了。

麦娜用手指了指额头，回答说："这便是我要去的原因。

也许我以后看不到太阳升起的时候了。伯爵要是有需要，我必须跟着他走。要是他命令我偷偷这样做，我便不得不用任何的方式来欺骗你们，就算是乔纳森也不例外。"听此我不知道说什么好，只能将她的手紧紧握住，以抑制我激动的心情。

她继续道："你们单独一人就已非常勇敢，非常强大。团结起来便更为有力量了。我也有我的用处，你们能催眠我获知连我自己也不知的事情。"

这时候，梵海尔辛医生神情严肃地回答："哈克夫人，你是智慧的化身。我们会带着你一起出发，一起获得胜利。"

他说话之时，麦娜保持着沉默，接着又躺下来，睡着了。我将窗帘拉开，阳光洒进房间，她都一直沉睡着。

梵海尔辛医生示意我一起出去。我们进了他的房间，一分钟不到，高达明、约翰与昆西都过来了。

他将麦娜的原话转述给他们听，然后说道："今天早晨我们便出发，我们现在的问题便是哈克夫人。她心灵真诚，对我们说的这番话使她备受煎熬，但又是那么正确。我们及时得到指点，以确保万无一失。我们一定要准备周全，船一到，我们便立即行动。"

这时昆西问道："具体我们应该怎么做呢？"

梵海尔辛医生停顿了会儿，回答说："我们先上船，找到那一个木箱子，在箱子上面放上野玫瑰，紧紧系在上面。只要野玫瑰在，便什么也不会出现。看上去是迷信，但我们必须相信。最开始的时候，迷信便是人们的衷心。接着，等到周围没人出现，我们便将箱子打开……一切就成功了。"

昆西说："我不会将任何机会错过，一看见那木箱，我便要打开它，消灭魔鬼。就算那时候有一千双眼睛盯着我，就算我会因此被判死刑！"我握住他的手，让他明白我的心意。

梵海尔辛医生说道："孩子，你非常勇敢，是一名真正的男人。相信我，这里所有人都不会退缩，我现在说的是我们一定要做的事情。事情的发展有多种可能，方式与结果也各异，我们并不能保证什么。大家要做的就是将自己全方面地武装好。今天大家一起安排好一切事情。我们不知道结果，不知道结束的时间。我的任务便是考虑全局，其他事我不需要做，所以现在我来安排出行事宜，办好所有手续。"

安排完毕后，我们就分散开来了。我将需要准备的东西整理完毕，等待未知的来临。

我将遗嘱写好，要是麦娜幸存，她便是我的继承人，要是她不幸去世，那么曾善待我的都能够得到我的遗产。

太阳就快落山，麦娜显得十分不安。每天日升日落都代表着新危险，新痛苦。我将所有一切都写进日记，因为不能与麦娜进行沟通。有一天，她可能会看到，所以我做好准备。

第二十五章

苏华德医生的日记

十月十一日，晚上

乔纳森让我将这件事情记下，因为他觉得麦娜不可能在这次任务中得到平等的待遇。

日落之前，我们去看望哈克夫人，大家渐渐明白，于她而言，日出日落是她珍贵的自由时间。这段时间她将恢复原来的样子，没有压制或是束缚他的力量，要求她做什么事情。通常来说，是日出前半小时到太阳高升，或是日落前半小时。开始的时候，状况并不是很好，接着便回到自由的状态。

今天晚上，我们见到她便觉得她有一些表现不自然，可能是内心的挣扎外露了。我最先将她的暴力倾向压制住。

几分钟之后，她便将自己完全控制，所以她丈夫在她身边坐下，而我们围坐成一团。

她将乔纳森的手拿起来，说："这也许是最后一次如此自由地集合在这里，我知道的，你会一直陪着我，到最后。"接着，她便转而对我们说道："我们早上就出发，去执行任务。你们同意带我去，真是太好了。你们一定要记住，我和你们不再一样了。我的心脏，我的血管，都流动着邪恶的毒药，也许它会将我毁灭，除非有转机。朋友们，我们都明白，我所拥有的灵魂正处于危难之中，我知道我有出路，可我们都不可以把它赶走。"她看着我们，流露出恳切的眼神。

梵海尔辛医生声音嘶哑地问道："你指的出路是什么？"

"我要是现在就死了，不管是借他人之手还是自我了断。一旦如此，你们便将解放我的灵魂，就如曾经对露西所做的一样。死亡如果是我唯一的出路，那我并不会拒绝。但不可以就这样死去。我们看到了前方的希望，所以我将放弃那永生的安息，来到黑暗中！"

我们都保持沉默，大家的直觉告诉我们这只是刚刚开始。哈克面如死灰，他可能比我们都容易猜测接下去的会是什么。

她接着说："这属于我财产的一部分。而你们都会拿出什么？我知道，是生命，你们会把什么给我呢？"她表情中充满着质疑。昆西似乎明白了，他向她点点头。只见她立马变得喜悦，说道："我直说了，我需要你们保证，在场的所有人，即便是乔纳森，只要时机来临，就要将我杀死！"

昆西问道，声音低沉："你说的时机是指什么时候？"

"你们要是确定，我只能通过死亡才能获得永生之时。我死之后，不要耽误一秒钟，立刻拿木桩插入我的心脏，将我的头砍去，或是做任何能够让我得到安息的事情。"

沉默了片刻，首先行动的是昆西。他在她的面前跪下，握住她的手，郑重地说道："我本是粗鲁之人，如此荣誉我也许不配得到，可我用我一切宝贵神圣的事物起誓，要是时机来临，我将不会推卸这个责任。我向你保证会办好事情。"

她顿时泣不成声，弯腰亲吻了一下他的手，就说了一句："真正的好友！"

梵海尔辛医生说道："哈克夫人，我也起誓！"高达明跟着说道："还有我！"他们一个个向她发誓，接着乔纳森望着她，脸色苍白，问："我也要发誓吗？"

"是的，你也一样，"她的眼神流露出悲伤，声音充满着爱怜，"你不可以退缩，在这个世界上，我们最为亲近，我们两个灵魂已结合，一生如此。试想，曾经有群勇敢的男子，为了避免妻子落入敌手，便将妻子杀死了，他们将武器拿起来，没有一丝一毫的犹豫，因为这是爱人的请求，这是男人应尽的义务。假如我一定会死在别人手中，我希望死在你手里。梵海尔辛医生，我不会忘记露西一事中，你对她所爱之人给予的仁慈。"她的脸唰地红了，"要是那时刻再次出现，那么我希望是乔纳森的手将我从束缚之中解放。"

教授高声喊道："我发誓！"

这时，她笑了，顿觉松了口气，继续躺下说道："现在我要向你们提出警告，要是那样的时刻到来，肯定是突然而迅速的，你们千万不能将机会浪费。因为我可能在那时，与恶魔一起同仇敌忾。"

她接着又严肃地说道："我还想请你们帮我办一件事情，要是你们愿意的话。"

没有人说话，大家都表示默许。

她拿起乔纳森的手，放到自己的胸前，继续道："我要你在我的葬礼上说话，终有一天，你要为我读的，不管是什么，都是我们幸福的回忆。你是我的爱人，我希望你可以读点什么，要是这样，我的记忆里将永远留存你的声音。"

乔纳森恳求着说："但是你离死亡还很遥远。"

她举起手表示警告："不，现在谈死亡比任何时候都沉重。"

我该怎样形容那样的场景呢，满是忧伤与恐惧，却也带着甜蜜。即便怀疑论者也会感动。乔纳森的声音温柔，语调悲戚，对着那一段美丽简单的文字，他读读停停，我已泣不成声，再也写不下去！

她有着正确的直觉，当时，我们所有人都受到了她的影响。

乔纳森·哈克的日记

十月十五日，瓦尔纳

十月十二日早晨，我们从查令十字街出发，当天晚上到了巴黎。接着坐东方快车到了瓦尔纳，到达时间是五点左右。高达明去领事馆查看电报，其他人便入住了奥德萨斯旅馆。

旅途中发生了些小故事，但我着急行动，并没在意。现在唯一感兴趣的便是女沙皇凯瑟琳号何时到达港口，除此之外，世上的任何事都无法引起我的兴趣。麦娜的身体状况不错，气色逐渐恢复了。整个旅途她几乎都在睡觉。日升日落前，她又异常清醒。梵海尔辛便在这时帮她催眠。一开始很费力，需要做非常多的动作。可现在越发简单，似乎养成了一个习惯。他好像有特殊的力量，让她服从，一直问她所感知到的所见所闻。

一开始，她回答："一片黑暗，什么都没有。"

接着，她又说："浪花拍打着船，有水流声，有帆被拉紧的声音，桅杆吱嘎作响，风十分大，桅索被吹动了，浪花敲打着船头。"

这说明船依旧没靠岸，一直航行在海上。高达明刚回来，他拿着四封电报，从出发开始，我们每天能收到一封，每次的回复都是船仍没有向商船协会汇报。这是高达明安排在伦敦的代理员，要求他每天发一封电报告知有没有船的消息。就算没有任何信息，也要发电报。

我们吃完晚饭，早早上床了。明天要去见领事馆的副领事，让他安排，船一到我们便能到船上去。梵海尔辛医生说日升日落之间是我们上船的机会，即便伯爵变成了蝙蝠，也不能随便飞越海水，所以他会在船上。为了避免引起怀疑，他肯定会在木箱里乖乖待着。要是这样，我们就能随便将他摆布，在他醒之前，把箱子打开，将他杀死。这个国家，只要行贿，就可以横行，幸好我们钱财充足。唯一担心的是，在我们没得到任何信息前，船就在日升日落之间驶入港口。

十月十六日

麦娜的报告一直不变，还是波浪，海水，黑暗以及顺风。我们很幸运，只要一有船的消息，我们便能立即行动。只要它到达达尼尔海峡，我们便能获知消息。

十月十七日

一切已经准备就绪，就等伯爵到来。高达明对托运之人说，这个木箱也许装了他朋友被盗窃的一些东西，几乎已经同意我们能够随意将它打开。瓦尔纳那的一名代理员也授权给高达明，我们见过了那个人，他对高达明的亲切举止颇有好感，而我们也十分满意他对我们的帮助。

打开木箱后，大家的任务都已安排妥当，要是伯爵躺在里面，那么梵海尔辛与苏华德两名医生便立马将他的头砍下，将木桩插进他的心脏。我们其他几人便时刻准备使用武力，防止外界干扰。梵海尔辛教授对我们说，要是我们一切顺利，伯爵不久之后会变成灰烬。要是被指控涉嫌谋杀，这样便没有了证据。若非如此，我们也做好了另一手准备。将来某天手稿便是我们的证据，避免被捕。对我而言，我十分感激机会的来临，计划实施前我们要做好完全的准备。女沙皇凯瑟琳号一出现，相关人员便会来通知我们。

十月二十四日

等了整整一周，一直没有消息，高达明每天收到的电报都一样，麦娜的催眠报告也没变。

高达明今天收到伦敦船商协会如福斯·史密斯的电报，说今早收到了女沙皇凯瑟琳号从达达尼尔海峡发来电报。

苏华德医生的日记

十月二十五日

真是怀念我的那个留声机，用笔记日记太烦了！可是梵海尔辛认为我必须要这样做。昨天船商协会向高达明发来电报，我们每个人都激动万分。现在我终于明白战士听到号角声是什么样的一种心情。

哈克夫人出乎我们的预料，她没什么感情变化。我们也格外小心，避免她知道这事，她在场时，我们尽量恢复平静。过去的三个星期，她的变化非常大，不管我们如何隐藏，她都能察觉到我们的感受。

她越来越嗜睡，看上去虽然健康，气色不错，可是我和梵海尔辛都表示怀疑。我们俩常常讨论哈克夫人，但对别人只字不提。要是让哈克知道了，他肯定会心碎的。梵海尔辛医生跟我说，催眠时他有认真检查哈克夫人的牙齿，他的观点是，牙齿若没变锋利，那就不会恶化，一旦有变化，就不得不采取行动。我们知道行动指的是什么，想起来就害怕，但没有人会退缩。

达达尼尔海峡到瓦尔纳需要行驶二十四个小时左右，根据之前该艘船的行驶速度，我们判断早上船会到达这里，我们很早便去休息了，而且一点钟就起床，做好该做的准备。

十月二十五日，午夜

依然没有船的消息。哈克夫人的催眠报告一如既往。男人们十分兴奋，除了乔纳森异常平静外。他双手冰冷，一个小时之前，我便见到他磨刀霍霍，对伯爵而言，喉咙被这把锋利的刀刃割破，是一个悲惨的结局！

我和梵海尔辛医生今天觉得哈克夫人不对劲。中午那会儿她便嗜睡，虽然我们没说什么，但彼此知道心情不好。今天早上她醒来时很不安，乔纳森还说她睡得很香，一直喊不醒。我们便去他们的房间看望她，她看上去十分安详，呼吸自然，对她而言，睡眠是现在最好的状态。她有太多事情需要遗忘，睡眠能够帮助她。

不久之后。

我们证实了自己的想法，几个小时过后，哈克夫人醒来了，她看上去很开心，日落时分教授又为她做了一次催眠。不论伯爵身处何方，他都在赶往死亡的道路上！

十月二十六日

还没有那艘船的消息，不久之后应该就会到达。很显然，它还在海上航行着，从哈克夫人的催眠报告可以推断出。也许是雾的原因，船延误了。昨天晚上到港的部分轮船说海港那边与北边起雾了。我们要继续保持清醒，因为船随时都有可能发出信号。

十月二十七日，中午

船依旧没有消息，这令我们感到十分奇怪。哈克夫人的催眠报告一如既往，只是多了句"波浪很小"。收到的电报也没什么新的消息。梵海尔辛医生感到焦虑，我觉得伯爵正想方设法躲避我们。

医生深沉地说道："哈克夫人嗜睡，我并不喜欢，昏睡时记忆与灵魂都会干怪事。"我刚想继续问他，却见乔纳森进来了，他将手举起表示警告。我们一定得在催眠时让哈克夫人说更多的信息。

十月二十八日

高达明今天收到伦敦船商协会如福斯·史密斯的电报，说女沙皇凯瑟琳号一点于加拉茨登陆。

我们并没有想象中的惊讶。因为我们无从得知伯爵会在什么时候，怎么样，从哪儿逃走。但大家都预料到了这些意外。我们来瓦尔纳便知道一切不可能那么顺利。我们等待着哪儿会产生变数，我相信，事情会按照应该发展的轨迹发展，而并非按我们预料的发展。梵海尔辛医生将手高举，以抗议上帝。可是他并没说什么，不久便神情严肃地站了起来。

高达明得知此消息，脸都发白了。我感到头晕，望着大家一脸的吃惊。昆西将自己的皮带收紧，我再熟悉不过了，我们过去一起相处的时候，便知他这么做的时候便表示要采取行动。哈克夫人则脸色苍白，额上的伤疤似乎像是燃烧了一样，却依旧双手交叉，耐心地做着祈祷。乔纳森却是在笑，是绝望之人在黑暗中发出的苦涩笑容，可他的动作与表情则形成了鲜明的对比，我看到他情不自禁地去握刀柄。

梵海尔辛问我们："什么时候能坐到下趟去加拉茨的火车？"

"明早六点半！"听到哈克夫人的回答，我们全都大吃一惊。

亚瑟开口问道："为什么你会知道？"

"你忘了吗，或许你并不知道，但梵海尔辛医生与乔纳森知道，我将列车时刻表熟记于心。以前在家中我经常制作时间表，来帮我丈夫。我现在便养成了研究这种时间表的习惯。我知道，要去德古拉城堡，肯定要经过加拉茨，或是布加勒斯特。我便将时间表记了下来。但显然没用，因为要明天早上才出发。"

教授轻声赞道："好女人！"

高达明问："能不能乘专车？"

只见梵海尔辛摇摇头，说道："不行，这地方与我们所待之处并不一样。就算乘专车，估计还没普通的列车快呢。我们还得做准备。现在我们需要思考，重新安排一下。亚瑟你去买火车票，确保大家明早能够出发。乔纳森，你去商船代理员那儿要封写给加拉茨代理员的信，授权我们可以上船搜查。昆西，你找副领事确保我们途中能够一切顺利，要是这样，那么我们便不会在多瑙河浪费时间。约翰和哈克夫人与我待在一起，要是时间太长，你们晚归，那么即便太阳下山也没关系，我同哈克夫人便在这儿做记录。"

哈克夫人显得很高兴："我将尽我所能帮上忙。自己思考，为你们做记录，像原来一样。我身上有什么转移走了，现在觉得空前的自由。"

其他三人听了之后很开心。只有我和梵海尔辛两人互望了一眼，心神不宁，但并没有说什么。

他们三人去执行任务，梵海尔辛则叫哈克夫人寻找乔纳森当时在城堡中写的日记。

趁哈克夫人不在，我们便关上门，他对我说："我们的想法一致，你说出来！"

"有些变化让我感到说不出的不舒服，我想她有可能欺骗我们。"

"对，你明白我让她去拿手稿的原因吗？"

我回答说："我不懂，难道是想和我单独在一起聊这件事情？"

"约翰，你只猜对一半，还有一半。我正在冒险，但我觉得值得。三天前我将她催眠，伯爵将精神附在她身上进行了解读，说是他将夫人带上了船，因为日出或日落时他能自由行走。那个时候他便知道我们的行踪，哈克夫人可耳听，可目观，所以有很多可说，他却在棺材中全封闭。现在，他极力躲避着我们。到目前为止，他并不需要她的帮助。"

"他确定她会听话，所以切断了他们之间的联系，将其推出自身力量之外，她便无法去他身边。我们人类的脑袋比他的更有智慧，他在坟墓中待了几百年，太久了，并且自私自利，发展不到我们这样的水平。哈克夫人回来了，我们别将这些事告诉她，不然她绝望的，而我们此刻更需要她富有希望与勇气。我来和她说，你在一旁听着。约翰，我们现在身处陷阱。我感到害怕，以前从来没有过这样的感觉。嘘，她过来了！"

我担心教授会歇斯底里，就如当时露西死去之时，可是他克制住了，尽量表现沉着。哈克夫人进屋了，脸上露出了喜悦的表情，似乎工作让她暂时遗忘了自己的那段不幸。她将一叠文字稿交给梵海尔辛医生，他认真阅读着，突然开心起来。

他将这些纸夹在手指间，说："约翰，你经验丰富，哈克夫人略显经验不足。大家别怕思考。我脑中有一个不怎么成熟的思想，只是不敢说出，现在我知道更多了，便再次思考那想法，我发现它在不知不觉中已变得成熟，就像安徒生笔下的丑小鸭，变成了白天鹅，可以展翅飞翔。看，我把乔纳森写的信读出来：后代一次次横渡大河，征战于土耳其人的土地之上。每一次挫败，都激励着我们重回战场。他独自一人，从战场归来，只有他，能够最终获得胜利。你们能从这些话中得出什么？伯爵说话十分自由，你们没看出什么，一直到刚刚，我也没看出什么。这不过就是一句话，没经过思考而说出来的话。你们有没有研究过犯罪哲学？约翰研究过，那属于精神病研究的一种，哈克夫人并没接触过，除了一次。当然，我说的是普遍情况，并不是特殊情况。犯罪的人都有同样的特点。最起码犯过一次罪，才能称之为罪犯。这名罪犯聪明而狡猾，但还是小孩的头脑，他注定要犯罪。小动物们并非从原理中去学习，而是在经验之中，他一步一步学着做，便越做越多。阿基米德曾经说过：'给我一个支点，我便能将地球撬动。'他想做的事情太多，但每次却像原来所做的一样，他一直在不断地重复着同样的事情。我看到你的眼睛变大了，哈克夫人，现在你想到了什么?"他边说边握住了她的手。我的直觉认为他将食指与拇指置于她的脉搏之上了。

只听她说道:"伯爵与普通罪犯一样，只是头脑不健全。遇到了困难，他便从自身习惯里寻找对策，他亲口将自己的过去说了出来，我们都已知道，他途经试图要征服的土地回到自己的国家，他并没放弃，只是为下次征战做准备。于是准备充分又回去，最后打赢了仗。他想去伦敦征服一片新的土地，只是失败了，当失去成功的希望之后，他自身也陷入危机，便渡海回家。就如上一次，他从土耳其人的土地穿过多瑙河逃回家一样。"

"非常好，你真是聪明!"梵海尔辛十分激动，弯腰在她手上亲吻了一下。过了会儿，他跟我说:"脉搏是七十二下，并且那么激动。我觉得有希望。"

他又对哈克夫人说:"继续说下去，要是你愿意，别害怕。我会跟你说正不正确。别怕，说出来!"

"要是我自负了，抱歉。我尽量试试。"

"别怕，我们关心的是你。"

"作为一名罪犯，他自私，而且智力低。因为以自私做基础，那么他的行动便只有一个目的，十分狭隘，但是目的很残忍。那时候他越过多瑙河，将自己的军队留在敌方，任人宰割。现在他就是以自身安全为目的，其他漠不关心。所以他把我的灵魂解放了出来。我能够感觉到，自从可怕的那一刻开始，我的灵魂从没这么的自由。我只是担心他会利用我处于催眠或梦境时，用我所知道的达到他自私的目的。"

教授听完，站了起来，对夫人说道:"他便是如此利用你的头脑，将我们留在瓦尔纳，自己冲向加拉茨，毫无疑问，在那个地方，他已经做好了准备，从我们的掌心逃脱。但他孩童的智力太过肤浅，原本所依靠的却成了他最后的自我伤害。就如诗篇中所说，猎人反而掉入了自己设的陷阱。他认为可以完全摆脱我们，他认为与你切断联系，你便不能进入到他自己的精神中。大错特错，他上次让你做的殉教，足以使你自由进出他的精神世界。你从他给你的遭遇之中，获得了有益于自身与他人的能力，幸运的是他自己并不知道。不管怎样，我们并不自私，现在所处的黑暗，以及所有的黑暗时刻，我都相信上帝与我们同在。我们要跟随他的脚步，不退缩。即便现在我们也有可能变得与他一样危险。约翰，这个时刻太重要了，我们又向前迈了一大步。你将这一些全部记下来。其他人回来后，你让他们看，让他们与我们知道的一样。"

我便在等待中将这些记了下来，哈克夫人则在一旁将这些事用打字机写了下来。

第二十六章

苏华德医生的日记

十月二十九日

　　这篇日记写于由瓦尔纳去往加拉茨的火车上。昨晚日落前，我们聚在了一起，大家都尽力完成自己所负责的任务。我们做好了准备，包括这次火车之旅以及到达加拉茨之后的行动。然后为哈克夫人催眠，这一次梵海尔辛医生花了很长时间，极大的努力才催眠成功。通常而言是暗示她，这一次教授问了问题，而且语气坚决，最后她回答："我看不到任何东西，我们处于静止的状态，听不见波浪声，但有水轻轻冲刷着深锁的涡流的声音。我听得到别人的叫喊声，时而远，时而近，船桨吱嘎地摇摆着。我听到了什么地方传来枪声，回声悠远。头顶一直有脚步声，绳索与锁链的拖拽声，我感受到了一束光芒，感受到了有微风拂来。"

这个时候，她停了下来，像是受到驱使一般，从沙地站了起来，双手举起，掌心朝上，像是在举重。我和梵海尔辛对望了一眼，立即明白了。昆西则将眉毛微扬，一动不动地盯着她，乔纳森则情不自禁靠近刀柄。听了很长的一段时间。我们都明白，她已不再说话，我们说什么都已没用。

忽然，她坐了起来，睁开眼睛，语气十分温柔地说道："谁要喝茶？大家一定很累了！"

为了让她开心，我们都同意了，于是她便跑了出去，准备茶水。梵海尔辛医生说："朋友们，他靠岸了，已经离开木箱了。可他必须得要上岸。他晚上也许会藏在某一个地方，要是他没有被带上岸。就能变身飞上岸或是跳上岸。否则他便逃不了，除非有谁带着。要是果真如此，那海关便会发现木箱中的东西。所以不管怎样，要是今天晚上或是黎明之前他没有上岸逃走，便会失去整整一天的时间。那个时候我们便能及时赶到了，他会躺在木箱之中任凭我们的摆布。"

没有什么好说的，我们便一起等待天亮，那个时候哈克夫人便能告诉我们更多信息。

今天催眠时间更长了，梵海尔辛医生竭尽全力，终于按他意志进行了。哈克夫人开始说道："周围黑漆漆的，我听到了水的声音，还有木头发出的吱嘎声。"太阳已经升起，她便停了下来。我们只能等晚上再次催眠了。

按照列车时刻表，我们将在深夜两点与凌晨三点之间到达加拉茨，但我们晚了三个小时到达布加勒斯特。因此日出前我们不会到达终点。这样的话还要将哈克夫人催眠两次，任何哪次的催眠报告都将让我们知道现在正在发生的事情。

不久之后。

太阳下山了。在火车上没有发生什么分心的事情，各人都有着安静的隔离空间。这次催眠又比上一次更困难了。我害怕她进入伯爵精神的能力在消失，而我们现在最为需要得到她的信息。她在催眠状态之时，就是在陈述一些最为简单的事实。如此下去，肯定会误导我们的。但要是伯爵对哈克夫人的控制能力也一样能够慢慢消失的话，那便是一件高兴的事情了。只是我觉得事情并不会如此简单。

她说的话让我觉得困惑："出去了一些东西，我可以感觉冷风在我旁边经过。远处传来一片混乱的声音，似乎是有人在说着奇怪的语言，水流很大，还能听到狼叫声。"她停了下来，浑身颤抖着，并且越发强烈，最后她竟如痉挛般开始摇晃。她没再说话，教授强制她回答也没有用。她醒了过来，便觉得冷，筋疲力尽。她什么都记不得，只问了我们她刚刚所说的。告知她之后，很长时间内，她陷入了思考，接着便沉默了。

十月三十日，早晨七点钟

我们快到加拉茨了，待会儿可能没有时间记日记。我们全都焦急地等待早晨的日出，催眠愈发困难，梵海尔辛医生很早便开始催眠了，却一直没有用，在日出之前的一分钟才成功。教授便节约时间问了问题。

她快速地回答说："漆黑一片，有水流动的声音，木头发出的吱嘎声。远处传来牛叫的声音。还有非常奇怪的声音，好像……"她停了下来，脸色越发苍白。

"继续说，我命令你！"教授痛苦地喊道，他的眼中闪过了一丝绝望。太阳升了起来，映红了哈克夫人的脸。她双眼睁开，接下来所说的吓了我们一跳，声音温柔，状似漫不经心："教授，我明明无法做到的事情为什么你要我做？我记不清任何事情了。"接着她看到我们一脸的惊诧，便困惑地望着每一个人，问道："我说什么了？我做什么了？我什么也不知道，只知道自己在这里躺着，半醒半睡间，你说，'继续说！我命令你！'好像我就是坏孩子，你命令我，让我觉得很滑稽。"

梵海尔辛医生十分悲伤："哈克夫人，这便是证据，证明我爱你，尊敬你，我真诚地说出为你好的一句话，听起来很奇怪，而我却以服从你为荣！"

外面响起了汽笛声，我们快到站了，人人心中都觉得迫切与焦虑。

麦娜·哈克的日记

十月三十日

昆西把我带到旅馆里，他们拍电报预定好了房间，他不会说外语，所以被抽了出来。

任务分派大致与在瓦尔纳时相似，高达明勋爵去领事馆会见副领事，他的头衔或许对官员而言是最直接的一个保证，我们十分急切。其余三人找了船商代理员，去了解女沙皇凯瑟琳号的详细状况。

不久之后。

高达明回来了。领事并不在，副领事则生病了。一切日常事务交由办事员处理。他十分乐于助人，愿意向我们提供帮助。

乔纳森·哈克的日记

十月三十日

九点钟我与两名医生一同拜访了商船代理员。他们收到了从伦敦来的电报，是对于高达明发出的电报的回复，让他们为我们尽可能提供方便。他们显得很友善，立马带我们去女沙皇凯瑟琳号，它在河港外面停靠着，我们在那儿遇到了船长，他跟我们说了一遍这趟行程。他从没这么顺风顺水过："但是我们反而感到害怕，觉得此行必遭厄运。伦敦向黑海行驶的那一段航程一直有风，就像魔鬼对着我们的风帆吹风一般。这个时候我们发现，每次接近其他的船，或是港口，或是山岬，便有大雾笼罩，直到大雾散去，我们往外一看，什么都看不到。直到直布罗陀海峡，我们才有信号，到达达尼尔海峡时，我们又遇到了大风，开始的时候我想要将风帆放下，迎着风斜着行驶，等雾散去，有的时候，我就像，难道是魔鬼希望我们尽快到黑海？要是我们行驶太快，便不会失信于船主，也不会不利于航行，那名老人也会感谢我们没妨碍他。"

梵海尔辛医生听完之后，对他说："朋友，魔鬼比想象的聪明，他很清楚什么时候有对手相逢。"

船长继续道："我们到达博斯普鲁斯海峡时，船员开始抱怨，有个罗马尼亚人要让我将一只木箱扔到海中，那个箱子是出发前一个长得很怪异的老人放上来的。船员见到那个老人，便将两根手指伸出来，以保护自己，不受邪恶破坏。外国人的迷信很荒谬！我让他们别多管闲事。又下了一场大雾，整整五天没有散开，我便任由风来开船，魔鬼要去什么地方的话，他便会去，要是不想，我们便多加注意即可。接下来一路顺畅，两天之前，朝阳从浓雾中升了起来，我们便发现船漂到了加拉茨。那帮罗马尼亚人像疯了一样，非要我将木箱扔到河里去，我与他们起了争执，后来他们都下船了，我对他们说，不要管什么邪恶的目光，物主所托付的财产以及他们的信任比较重要，他们将木箱搬了上去，箱子上标记着从瓦尔纳运到加拉茨，我觉得等我们卸货时一起卸下去吧。那天我们没怎么打扫，就停在了那儿。日出之前一个小时，有个人上船了，随身携带着英格兰来的命令，说要接收德古拉伯爵的木箱，很显然，他是来处理这事的。我看了看文件，非常高兴将它摆脱，我已经开始感到不安了。要是魔鬼真的往船上放什么了，肯定就是那玩意!"

梵海尔辛医生急切地问道:"来人叫什么?"

"等等，我立刻告诉你!"他回答，立即去船室拿来一张收据，上面的签名是以马内利·伊尔德塞姆，地址为勃艮施特劳斯大街十六号。我们知道船长将知道的一切和我们说了，便感谢了他，立马离开。

我们在办公室找到马内利，是一名犹太人，头戴土耳其帽子。经过讨价还价，他将所知道的告诉了我们，虽然简单，对我们来说却十分重要。他收到伦敦德维尔先生写来的信，让他日出之前去拿一个木箱子，为了逃避海关，会由女沙皇凯瑟琳号带到加拉茨。接着就将这件事情委托给佩洛夫·斯金斯基，他已经和港口的斯洛伐克人打好了交道。报酬是英国银行的一张钞票，已在多瑙河的国际银行换好了金子。斯金斯基找到他时，他便将其带上了船，将木箱交给他。他知道的就是这些。

我们接着找寻斯金斯基，但就是找不到。邻居似乎不喜欢他，说是两天以前他便搬走了，没人知道他在哪里。房东也证实说，有人将他的房门钥匙和房租送了过来，是一些英国的钱币，大概在十点与十一点之间。我们说话时，有人向我们跑了过来，气喘吁吁地说，圣彼得大教堂的墓地围墙内，有人见到了斯金斯基的尸首，似乎是什么猛兽将他的喉咙撕破了。与我们说过话的那些人全都跑过去看，女人大声尖叫道："斯洛伐克人干的！"我们赶忙离开，生怕被牵扯进去被警察扣留。

回家的路上我们也没得出什么结论，肯定的是木箱正沿着水路到某地去，到底是去哪儿，还得进一步调查。于是我们心情沉重地回到了旅店，去和麦娜汇合。

我们集合讨论，首先便是商讨麦娜能不能回到讨论里来。虽然希望渺茫，最起码有一个机会，即使很冒险。

麦娜·哈克的日记

十月三十日，傍晚

他们全都神情沮丧，精神疲惫，回来后什么都没有做，我建议他们先躺半个小时，将所有事情全部记录下来，我非常感谢发明了旅行用的打字机的发明家，感谢昆西将它送给我。要是用钢笔记录，我肯定会抓狂。

全部事情记录完毕。乔纳森受苦了，他躺在了沙发上，几乎听不到他的呼吸，他眉头紧皱，非常痛苦。或许他是在思考，我看到他整张脸因注意力集中而紧皱。要是我能够帮忙，就好了。梵海尔辛医生将所有的文件都给我看了，他们休息之时，我便认真阅读了一下，说不定我可以得到什么结论。我得向教授学习，不带任何偏见，思考所有的事实……

也许是天意，让我有了灵感，我找出地图看了一下。

我确信自己是对的，新结论已经出现，所以我将所有人集合，说给大家听，他们能够做出判断。

麦娜·哈克备忘录

（附于其日记中）

调查基础：德古拉伯爵的目的是回自己的城堡。

1. 要有人带他回去。很明显，假如他能随意走动便能变成人的模样，或是狼，或是蝙蝠，或是其他样子。他要是感到无助，不想被发现，便会在白天将自己关进木箱。

2. 如何带走，我使用了排除法，也许能够帮助我们。有三种方法：走陆路，乘火车，以及乘船。

第一，走陆路

首先走陆路的话会遇到太多麻烦，特别是离开城市时。很多人会感到好奇，有人会调查木箱中装了什么。暗示，猜测，或是怀疑便会将他毁掉；其次需要通过海关以及入市税征收官员；最后，可能会遇到追踪者，这是他感到最害怕的一点。为防止有人告密，甚至将我这个牺牲品也拒绝在外。

第二，乘火车

没人看箱子，需要承受拖延的风险。拖延便可能致命，敌人有可能在拖延期间得到了线索。他晚上确实能逃走，但要是来到一个陌生之地，无处可去呢？他不会想要冒如此风险的。

第三，乘船

这个方法最为安全，也是最危险。水面上他无法施展力量，除了夜晚。但即便在夜晚，他的力量也只是表现在召集雨雪雾，呼唤狼群。要是船只遇到危险，那他便将淹没在水中，遭遇危难。

通过催眠报告，我们得知他在船上，那么我们现在该做的便是找到他在哪条河上面。

首先，我们需要认清的是，伦敦计划只是他总计划的一个部分，现在他最为紧迫的便是将这一切安排好，确保安全。

其次，我们要尽量通过已知事实，推测他在干什么。

显然，他想去的是加拉茨，但却把票送至瓦尔纳迷惑我们，以防我们得知他的行踪。而当时他直接的目的便是逃跑。他写给马内利·伊尔德塞姆的那封信便是证据，吩咐他在日出前去取大木箱。同时吩咐佩洛夫·斯金斯基，当然这是一种猜测，肯定给了他信或是什么信息，原因是他去找了伊尔德塞姆。

至今为止，他的那项计划进行得非常顺利。女沙皇凯瑟琳号以前所未有的速度航行，船在大雾中顺风而行，像被人蒙上了眼睛，直接到达加拉茨。这便说明伯爵所制订的计划非常成功。伊尔德塞姆将箱子取走了，交予斯金斯基。箱子被斯金斯基取走之后，我们便失去线索了。只知大木箱子在某一条河上行驶。避开了所有的入市税征收所和海关。

我们现在讨论一下伯爵来到加拉茨以后所干的事情。

日出前，箱子到了斯金斯基手中。日出时，伯爵恢复原样。所有的人中，为什么伯爵要选斯金斯基协助他？乔纳森在日记中曾经提及，他与港口的斯洛伐克人有交道，还有传言他便是被斯洛伐克人杀死的。伯爵是想借此孤立他。

我推测，在伦敦的时候伯爵便决定选择最为安全而且隐秘的水路回到自己的城堡。斯洛伐克人将他带出城堡，并将物品运到瓦尔纳，然后再从水路运到伦敦。伯爵很清楚谁能够提供这一项服务。木箱着陆后，日出前又或是日落后，他便出了木箱，见了斯金斯基，吩咐他如何将木箱安排走水路。一切都完成之后，他便将斯金斯基杀掉，将证据销毁。

地图上面显示，普鲁特河与锡雷特河这两条河对于斯洛伐克人最合适。教授给我的记录中，我被催眠的时候，我听见了牛的叫声以及水流声，木头摇晃声。那个时候伯爵躲在木箱中，而在其上的是一条敞篷船，船夫在用桨或是竿往前划去。河岸离得很近，所以他正逆流而行，要是顺流而行，声音不是这个样子的。

当然也有可能不在这两条河中，我们可以进行调查。若是推测正确，那么普鲁特河航行更为容易，可锡雷特河将方都与比斯特里察连在了一起，将波尔格通道包围起来，这一条线路显然最为接近城堡。

我读完以后，乔纳森将我抱住，亲吻起来。另外几个人便用手将我摇晃着。梵海尔辛医生说道："麦娜又当了一次我们几个人的老师。她发现了我们没有发现的地方。这样我们便有了新线索，这次我们很可能成功。魔鬼现在正处于最为无助之时。要是白天我们将他找到，我们也就将工作完成了。他在水上面无法加速，也无法从木箱中出来，不然会引起运输之人的怀疑。他们只要怀疑起来，便可能将箱子往河里一扔，他就死了。他很清楚这一点，因此不会那么做。我们现在开始制订计划。"

高达明说："我去找汽艇追赶他。"

昆西说："我在岸上骑马，防止他到岸上来。"

教授赞成道："你们的想法都很好，但是不能单独行动。斯洛伐克人为人粗鲁，身强力壮的，还有厉害武器。"大家都笑了，因为他们携带着微型军械库。

昆西接着说道:"我有一些温彻斯特连枪,便于携带,路上还可能遇到狼。伯爵应该还有另外一些措施。哈克夫人并没有听清或是明白他下的什么指令,所以我们需要做好万全准备。"

苏华德医生说:"最好是我和昆西一起。我们经常一块打猎,武装也到位。不管遭遇到什么,都可以应对。亚瑟也不能单独前往,因为有可能会跟斯洛伐克人进行搏斗,他们身上可能没有枪,但要是你被他们推下水,那么我们计划的一切就全都毁了。我们不能在这时冒险。我们不可以休息,直到伯爵死亡。"

他说这些话的时候望着乔纳森,乔纳森却望着我。我知道他的心在流泪,他想要与我在一起。但船上计划确实是消灭吸血鬼最具可能性的一个。

他保持沉默,思考了一会儿,这个时候,梵海尔辛医生对他说:"乔纳森,为什么安排你和高达明在一起,我给你两个原因。一是你勇敢又年轻,善于战斗;二是最有权力将他消灭的便是你,就是他造成了你们夫妻的悲剧。别担心麦娜,我来照顾她。我已经老了,跑不快了,而且长时间骑马我不习惯,暴力武器我也不会使用。但我有其他的作用,用另外的方式参加战斗。要是有需要,我能像年轻人那样死去。我的任务是这样的。高达明与乔纳森坐汽艇逆流而上,约翰与昆西骑马守着岸边,而我呢,便与哈克夫人直接去魔鬼的心脏。他在木箱中,沿着水流漂着,不敢上岸,不敢出来,这个时候我们便重走乔纳森曾经走过的道路,从比斯特里察出发,经过波尔格通道,到达城堡。哈克夫人的催眠报告也将对我们有所帮助,虽然前方路途遥远,充满着未知,我相信我们各自可以找到各自的路。我们需要做很多事情,需要净化很多地方，然后毁掉魔鬼的巢穴。"

乔纳森显得很激动，他反对道："梵海尔辛医生，你是说你要带麦娜一起去往那个地狱？绝对不行！不管怎样都不允许这样做！"

有那么一段时间，他几乎是说不出话，接着说道："你知道那是什么地方吗？你见过那是什么巢穴吗？你知不知道那儿的月光都有着恐怖的形状，风中每一粒尘埃都是魔鬼的胚胎？你有没有感受过喉咙就在吸血鬼嘴边的感觉？"

这个时候他转向我，望着我的额头，双臂高举，哭喊着说："我们到底做什么了，非要遭受这样的灾难？"他崩溃了。

教授又开口说起了话，声音柔和而清澈，安抚了我们的心："朋友们，我想将哈克夫人从那地狱中救出来，这便是我这么做的原因。净化德古拉城堡以前，需要做许多工作，都非常辛苦。我们现在身处险境，要是这次还让伯爵顺利逃走，他那么强大而狡猾，可能再沉睡一百年，早晚有一天，哈克夫人会被召唤去他身边，就如你曾见过的那一些人。你跟我说听到过她们开怀大笑，听到她们打开伯爵给她们那个袋子时恐怖的笑声。你现在在发抖，这是正常的。原谅我必须让你经历痛苦。这场战争我们迫在眉睫，我有可能在这次行动中死亡，要是必须有人要赴死的话，那也应该是我。"

乔纳森泣不成声，浑身颤抖着，说道："按你所希望的做吧，我们将命运交给上帝。"

看到他们认真工作，我能够学到很多，女人该如何帮助这些勇敢，忠诚而又真挚的男人呢？令我欣喜的是，高达明与昆西十分富有，他们愿意为此次行动慷慨解囊。若非如此，我们便无法如此迅速，而且全副武装。距离安排完任务还不到三小时，此时高达明与乔纳森已经有一艘汽艇了，随时都可出发。苏华德医生与昆西找到六匹马，也已整装待发。梵海尔辛医生与我将地图与工具准备齐全，今天晚上十一点四十分将乘火车去魏瑞斯提，到那里之后，再买马车前往波尔格通道。因为是要购买马车，所以我们随身携带了非常多的钱。这趟旅程我们没有可信任之人，所以需要亲自驾驶。梵海尔辛医生会多种语言，我们一路将十分顺利，身上也有武器，我甚至也配了把左轮手枪。我需要全副武装，否则乔纳森会生气。温度越来越低，暴风雪也断断续续，就像在发出警告一样。

不久，我与乔纳森道别，我们有可能没有见面的机会了。我要勇敢，梵海尔辛医生正满眼恳切地望着你，似乎是提醒，不要流泪，除非是喜悦的泪水。

乔纳森·哈克的日记

十月三十日，晚上

汽艇炉门外有光透进来，我便借此记了日记。高达明正在发动汽艇。他在这方面富有经验，在泰晤士河和诺福克河便拥有属于自己的游艇。我们最终决定认可麦娜的猜想，要是伯爵走的是水路，那么锡雷特河便是他会选择的。北纬四十七度左右的某一个地点便是穿越喀尔巴阡山脉与河流之间的地方。晚上我们也全速逆流而上，河流在奔腾，河岸两边相隔的很远，即便是晚上也非常容易行驶。高达明让我先睡，他说一人看守足够。但我无法睡着，麦娜身上还有着巨大的危机，而她正往恐怖之地而去……

唯一值得安慰的是我们将命运交给了上帝，所有烦恼都可摆脱，死亡也无所畏惧。昆西与苏华德医生先我们出发，他们沿着河岸右边，爬上高地，便能俯瞰一整条河，以免漏掉什么转弯的地方。为了避免引起注意，他们雇了两人帮他们将多余的四匹马骑着或牵着。一段时间过后，便将人打发走，自己来照看马匹。有可能我们也将加入他们的队伍。要是如此，我们六个人都将有马骑。其中一匹马的马鞍带可移动鞍头，麦娜骑比较合适。

我们这一趟是冒险的疯狂旅程，现在正向黑暗前进，河里冒出来的冷气似乎在往上升，周围有各种各样神秘的声音。不知不觉中，我们似乎在经由一条未知道路前往未知领域，充满了各种恐怖与黑暗。

十月三十一日

还是在路上。白天我看守着，轮到高达明睡觉。我们都穿上了厚厚的皮衣，早上仍能感受到刺骨的冷，幸亏炉中冒出的热气可以暖身。我们这艘船到现在为止遇见了几艘敞篷船，但并没有见到任何木箱或是相同大小的包裹。我们一用灯光照船上的人，他们便跪下祈祷，显得很害怕。

十一月一日

整整一天毫无消息。我们并没找到想要的东西，现在已进入比斯特里察，要是推断错误，那我们便已错失机会。每艘船不管大小我们都仔细检查了。今天大清早，一名水手以为我们是政府船只，十分热情地款待我们。于是我们便发现了如何扫除阻碍的方法。我们找了一面国旗，是罗马尼亚的，并将其放到引人注目的位置。每次检查过往船只，我们这个手段总能成功。我们听一些斯洛伐克人说，有条大船超过了他们，速度非常快，船员也比平常多。但他们不清楚那艘船是继续航行于锡雷特河还是进入了比斯特里察，我们并没听其他人描述过，那么经过这儿的时候肯定是在晚上。我觉得困倦，但寒冷使我保持了清醒，但我们必须要休息。高达明坚持他先守船，愿上帝保佑。

十一月二日，早晨

天亮了，但高达明并没把我叫醒，他说那会是罪过，我睡得很香，似乎忘却了一切的烦恼。我睡觉他守夜，听起来十分自私，然而状态还不错。今天我精神充足，所有力量都回来了。高达明在我旁边睡着了，我能同时做好驾驶、监视以及注意引擎这几件事情。麦娜和梵海尔辛医生不知道已经到了哪里。按理说周三中午时分他们便能到魏瑞斯提，但买马车需要费些时间，要是一开始行走得比较艰难，那么现在他们可能在波尔格通道上面。我不敢去担心究竟会发生什么，希望我们能走快些，但现在已是开足马力，全速前进了。苏华德医生与昆西的状况也不清楚，山上有数不清的溪流流下来汇入大河，但都比较细小，骑马之人可能遇到的障碍并不大，真希望在到斯彻斯巴前能够遇到他们。因为那时候我们如果还没追到伯爵，便需要一起讨论下一步行动了。

苏华德医生的日记

十一月二日

已经在路上花了三天时间。没有什么消息，每分每秒都十分宝贵，因此即便有也没时间记录。只有马需休息之时我们才休息，但我和昆西都能挺住。我们不得不努力地往前走，直到再见高达明他们的汽艇。

十一月三日

到了方都之后，有人告诉我们，汽艇已驶入比斯特里察。外面很冷，感觉要下雪，如果雪太大我们便需要停下。要是真遇到这样的情况，那得像俄国人那样，找个雪橇前进。

十一月四日

今天有人告诉我们，汽艇因故停了下来。斯洛伐克人行驶的船只因为有绳与经验丰富的驾驶员，都顺利地在湍流中过去了。高达明在装配方面有经验，相信他能够将汽艇调整好。

在当地人的帮助之下，他们又开始重新起航，开始追赶。这一次事故我担心对汽艇不利，要是汽艇再遇到缓流，时不时地还会停下来，我们不得不加快速度，说不定他们需要帮助。

麦娜·哈克的日记

十月三十日

中午我们到达了魏瑞斯提。梵海尔辛医生说今天他几乎催眠失败，我也只说了"黑暗，安静"这几个字。现在他出去买马车，和我说会多买些马，路上可以随时更换。我们的路程超过了七十千米。这个国度美丽而有趣，如果现在不是在这样的情况下，那有多开心。要是我和乔纳森两个人驾驶到这里，肯定非常快乐。看看这边的人，了解他们生活中的风俗习惯。但是……

不久之后。梵海尔辛回来了，他把要买的东西都准备好了，包括皮衣等各种可以保暖的物品。我们点了饭，一小时内准备出发。女店家给我们备好一大筐食物，看上去像一队士兵的饭量了。教授感谢她，给了小费，还低声跟我说一周之后我们才能再吃得下饭了。

马上就要出发，我无法想象前方会有什么等着我们，命运掌握在上帝手中，他知道我们会遇到什么。愿上帝保佑乔纳森，不管发生什么，他都会明白，我有多么爱他，尊敬他。

第二十七章

麦娜·哈克的日记

十一月一日

整整一天我们都在全速行驶。马儿似乎明白我们的善待，竭尽全力地奔跑着。梵海尔辛医生说话简洁明了，他给了农民很多钱，说我们要去比斯特里察，让他们帮着更换马匹。我们喝完咖啡，茶与热汤，便上路了。这个国家十分美丽，到处都是美景，人们身体强壮，民风淳朴，但非常迷信。我们第一次停下来休息时，那提供服务的女人见我额头的伤疤，便开始画十字，伸出了两根手指，指向我以此避免邪恶目光。我们吃的食物中放了特别多的大蒜，我不喜欢。从此以后，我便轻易不把帽子或面纱摘掉，以避免他们猜疑。

梵海尔辛医生似乎不知疲倦，整整一天他也不休息，只是让我休息。日落时他将我催眠，据他所说，我仍然回答"黑暗，浪花拍打的声音和木头的吱嘎声"。以此判断，魔鬼仍然在水路上行驶。我不敢去想乔纳森，但我不再担心他，也不再担心自己。我们在农舍等待更换马匹，我便将这些写了下来。梵海尔辛医生便趁此机会睡觉。他看上去十分疲倦，脸色苍白，然而嘴唇却如征服者那样坚毅，他在梦中都充满了决心。等我们出发，我要逼迫他睡觉，我来驾驶。往后还有很长的一段路，他不能在最危急的时刻垮掉……一切都已准备就绪，我们就此上路。

十一月二日，早晨

我成功说服了教授，一整个晚上我们都在轮流驾驶。现在已是白天，十分寒冷，空气莫名显得凝重起来，我不知道怎么形容，想要表达的是我们被空气所压迫。黎明时分，梵海尔辛医生将我催眠，他跟我说，我的回答是"黑暗，木头吱嘎响着，河水在咆哮"，显然，水产生了变化。真希望乔纳森是安全的，愿上帝保佑我们。

十一月二日，晚上

整整一天我们都在赶路，越是往前走，人烟便越稀少，在魏瑞斯提时，喀尔巴阡山脉看上去还离我们很遥远，现在似乎将我们包围住了。我们俩精神充足，似乎都努力让对方感到快乐，也让自己感到高兴。梵海尔辛医生估计，早上我们将到达波尔格通道。房子越渐稀少，最后的那一匹马不得不一直在我们身后跟着，因为无法更换，后来他又弄来两匹马，组成了一辆简单的四驱马车。马儿没制造任何麻烦，都非常听话，又有耐心。我们并不担心遇到其他旅客，所以我也能驾驶。我们并不着急，只需白天到波尔格通道即可，两人的睡眠也十分充足。明天我们将遇到什么呢？愿上帝保护乔纳森以及我们的朋友，他们都面临着危险。我现在并不值得上帝保护，因为我是不洁之身。

亚伯拉罕·梵海尔辛备忘录

十一月四日

写给我的老朋友约翰·苏华德，以防万一我无法见到他。今天早上我于火边写这个备忘录，火燃了一整个晚上，没有熄灭，哈克夫人在一旁帮助我。天气很冷，天空灰暗而低沉，一直在下雪，我想会下一整个冬天的雪。这似乎对哈克夫人有影响。整整一天她都显得昏沉，不像原来的她。平常她很机灵，现在一直睡，几乎没做什么事情。她也没胃口，也不再记日记，本来无论发生什么她都会记录。我觉得情况不是很好。但不管怎样，今天晚上她睡得不错，精神很好。日落时分我本想将她催眠，但没有成功。她所有的能力渐渐减弱，到了今天晚上，一点都没了。一切全是天意！

因为今天她没记日记，我便只能用自己传统的方式记录下来。

昨天早上，太阳刚刚出来，我们便到达了波尔格通道。

黎明时分，我见时机到了便准备为夫人催眠。我们将马车停了下来，下车用毛皮当卧榻，避免受到干扰。哈克夫人在上面躺下，催眠的过程很艰难，她给出的反应也很短。答案一如既往是"黑暗，旋转的流水"。之后她便醒了，精神焕发。我们继续行驶，不久便到达波尔格通道，她那时特别兴奋，像是体内有一种新的力量在指引着她，她指着通道说：

"就是这里了。"

我好奇地问道："你是如何知道的?"

她停顿了会儿,回答说:"当然,乔纳森不是以前走过,记录了下来吗?"

一开始的时候,我觉得有些奇怪,但之后我便发现这里只有这一条路,很少有人踏足,与布科维纳到比斯特里察的宽阔马路不一样。

我们继续在通道上前行,当遇见别的岔路时,我们并不能确定那是路,因为太不起眼,被大雪盖住了,只有马儿知道。于是我让马儿自由行驶,它们都十分有耐心。接着我们便见到了乔纳森曾经在日记本中提及的东西。开始的时候,我让哈克夫人试图睡觉,她很快入眠了,但后来我觉得很可疑,便想要唤醒她,试了试却并没成功。我并不想太粗鲁,怕伤害她。她受了太多苦,睡眠于她而言十分宝贵。我自己也昏昏欲睡,突然又觉得内疚,像是做错事了。我握着缰绳,马匹像之前那样慢慢行驶着。哈克夫人依然睡着。太阳快要下山了,阳光洒在雪地上面,就如黄颜色的洪水,我们的影子则在地面上拉长。我们正在往上爬,周围一片荒芜,像是到了世界终点。

我把哈克夫人喊醒了,这次她很容易便醒来了。我尝试进行催眠,但她无法进入状态。太阳已经下山,我们俩突然陷入了黑暗。我转身看哈克夫人,她露出了笑容。此刻的她十分清醒,精神状态空前的好,自从我们去到喀尔珐科斯,她从没这么好过。我感到十分惊讶,又很不安。但她依然温柔活泼,还细致地照顾我,我暂时忘却了害怕。我点燃火,取来木材,接着便去喂马,哈克夫人则准备食物。等我一切准备就绪,她已为我准备好晚餐,但她微笑着跟我说,她吃完晚饭了，刚刚觉得太饿，所以便先吃了。我表示怀疑，但又怕把她吓着，便没说什么。吃完晚饭，我们俩便将毛皮裹在身上，在火堆旁坐了下来。我让哈克夫人睡觉，自己值班。但我后来将值班这件事情忘记了，等记起来时，看到哈克夫人安静地躺在那里，并没有睡着，那双眼睛亮闪闪的。后来我便睡着了，一直到天亮才醒来，本想催眠，哈克夫人也顺从地将眼睛闭上，但却没成功。太阳越升越高了，她才沉沉地入睡。我便把她抱了起来，放进车厢中。自己则做好行车准备。哈克夫人一直睡着，脸色在睡梦之中更为健康红润，我不喜欢她这个样子，而且十分担心。我担心所有的事情，可是不得不往前走。我们在用自己的生命做赌注，或是更多，因此绝对不可以退缩。

十一月五日，早晨

我要将每件事情都记录下来，因为见了太多奇怪事，也许你会觉得我疯了，因为一直处于恐惧中，精神长时间高度紧张。

昨天我们一直在赶路，山离我们越来越近，周围越发荒芜。这里悬崖高耸，瀑布湍流，自然似乎在这儿狂欢。哈克夫人还是在睡觉，而我觉得非常饿，但依然没将她叫醒。

我害怕这个地方开始对她起了作用。我便自言自语说：要是一整天她都在睡觉，那么晚上我也不准备睡觉了。现在的道路崎岖不平，没有修缮过。我垂下了头，也睡着了。

我感到了一阵负罪感，醒来发现她依旧在睡觉。夕阳下山了，一切都在改变。山脉看上去离我们很远，而我们却离山顶越来越近，而乔纳森日记中提到的城堡便在那个山顶，我突然觉得一阵狂喜，但又感到害怕，不管结果好坏，事情已接近尾声。

我把哈克夫人喊醒，想要进行催眠。但完全没有反应，而时间却已过去。黑暗到来之前，周围一片朦胧。我下车喂马生火，这个时候，哈克夫人醒了，更加迷人，我便叫她坐在围毯上面。我将食物准备好，但她不吃，觉得不饿。我并没强迫她，知道不起作用。我必须要保持强壮的身体，所以将晚饭吃完了。也许是出于对即将发生的事情感到恐惧，我围着她画了个圆圈，在圆圈上撒上圣饼的碎屑。她则静静坐着，就如死去之人。

她越发苍白，一言不发。我向她走近的时候，她将我抱住，我感觉到了她全身在颤抖。

恢复平静后，我问她："你能不能来火边？"我是想要测试她能够做些什么。她则听话地站起身，迈出一步便停了下来，像受伤了一样。

我问道："怎么不继续？"她摇摇头，回归原位。接着，便将眼睛睁大，似乎刚刚睡醒，对我说："我不能!"我很高兴，我知道她不能什么，她不能做我们所害怕之事。虽然身体处于危险之中，但灵魂是非常安全的!

不久马便开始惊叫，我走了过去，安抚它们。当感觉到我在抚摸它们时，它们便愉悦地鸣叫起来，舔舐我的手。一晚上有好几次，我都走到它们身边安抚着。火开始渐渐熄灭，我正想重新将它点燃，一阵雪横扫而来，伴着寒雾。黑暗之中似乎有光，风雪雾像一位穿曳着长衣的女人。一切都处于寂静之中，只剩马儿们仿佛吓坏了，不断地嘶鸣。我渐渐觉得害怕起来，便站在了圈中，有了些安全感。突然之间，雪与雾旋转着，模糊之中仿佛看到亲吻过乔纳森的那几个女人。马匹在往后退，痛苦地呻吟着。这些恐怖与疯狂并不是冲它们而来，它们能逃跑。那几个女人越靠越近，渐渐将我们包围起来，我十分担心哈克夫人。当我望向她，却发现她镇静地坐在那里，向我微笑。我本想去点燃火堆，她却一把拉住我，低声说话，仿似梦呓："别出去，这里最安全。"

我转过身子，看着她，问："那么你呢？我担心的是你！"

她却大笑出声，听上去不是很真实，说道："担心我？为什么啊？我是世界上最安全的人！"我思考着她这句话的意思，一阵风吹来，火焰又重新开始燃烧，我见到她额上的疤痕。于是我明白了。那些雪雾旋转之中的影子越来越近，但一直在圆圈之外。她们渐渐显现。

眼前的三个女人便是乔纳森曾经提到的，她们亲吻过他的脖子。三个人对着哈克夫人在笑，笑声打破了夜晚的安静。她们用手指着哈克夫人，用那刺耳却甜蜜的声音说道："来啊，妹妹，来我们这里！"

我万分惊恐，转头望向哈克夫人，见到她的一刹那，喜悦之心油然而生。她的眼中满是憎恶与恐惧，对于我而言便是希望。感谢上帝，她和她们不一样。我从身边抓了些木柴，拿出圣饼，放进火中。她们见状便后退了，低声笑着，十分可怕。我将火点燃之后，便不再害怕，我知道我们处在安全的地方，只要不出去，她们也无法进来。马儿们也便安静了，静静地躺在地上。雪落在马儿身上，它们变成了白马。

我们一直待在那个地方，直到朝阳升起。我觉得很悲哀，同时又感到恐惧。太阳慢慢升起在地平线，我觉得自己又重生了。清晨的第一缕光洒了下来，人影便渐渐消失于旋转着的雪与雾中。

我本想进行催眠，可哈克夫人又睡着了，我无法将她喊醒。我又尝试在她沉睡时进行催眠，也毫无反应。白天来临，我依然不敢动。我将火柴点燃，去看望马匹，发现它们都死亡了。今天我要做的事情很多，有些地方我必须去，即使雪与雾将那里的阳光挡住了，对我而言依旧安全。

我吃了早餐，补充体力，接着便开始工作。哈克夫人还是在睡觉，面容平静……

乔纳森·哈克的日记

十一月四日，傍晚

汽艇发生了事故，我们觉得十分糟糕，要不然我们肯定能赶上伯爵，现在麦娜也能够获得自由。我现在都不敢去想她，我们身处荒山野岭，就处于那恐怖之地的附近。我们找了马匹，继续追赶。高达明在做准备，我则将这些记录下来。要是斯洛伐克人想找我们打架，我们携带了武器，他们必须万分小心。要是昆西，苏华德能够与我们汇合就太好了。再见，麦娜，我们不能再往下写了。

苏华德医生的日记

十一月五日

黎明时分，我们见到一群斯则哥尼人以及一辆四轮马车，从河边飞驰而过，像是要突出重围。雪轻柔地飘落，然而空气中却洋溢着一股怪异的兴奋感。也许是我们的错觉，我听到了远方狼的号叫，要是它们往山下冲来，那所有人都面临着危险。马匹一准备好，我们便立刻出发，……

梵海尔辛医生的备忘录

十一月五日，下午

感谢上帝，我的神智依旧清醒。我叫哈克夫人在圆圈内睡觉，自己则往城堡方向走去。乔纳森之前的日记帮助了我，顺利找到了去往老教堂的那一条路。我要在那里开始我的工作。天气闷热，似乎散发着一股硫黄的臭味，让我有些头晕目眩，耳边响起了咆哮声或是远处狼的嚎叫声。我想到哈克夫人，我曾经发过誓言。这个时候我有些进退两难。

我很清楚至少能找着三个可以居住的墓穴。先找到了一个，那个女人处于睡眠之中，看上去生气勃勃，美丽妖娆，我忍不住开始颤抖，虽然我的目的是来杀她。我想以前也有很多男人来做与我同样的事情，一再地推迟行动，直到这妖娆而淫荡的不死之人将他催眠。他一直待到太阳下山，吸血鬼便醒来了。之后吸血鬼张开美丽的双眼，用那张充满肉欲的嘴巴吻他，男人便虚弱了。于是吸血鬼的世界又多了一名成员，壮大了不死之人的队伍……

那种魅力也打动了我，虽然她常年躺在积了几百年灰尘的墓穴之中，散发着伯爵避难所里那样的臭味。我还是被她打动了，带着仇恨，却依然渴望推迟行动，她似乎开始将我神经麻痹，阻碍我的灵魂。我变得昏昏沉沉，开始想要睡觉，远处传来哀号声，满是悲哀，将我唤醒。因为那是哈克夫人的叫喊声。

我变得很紧张，开始执行任务，我将坟墓盖子掀开，里面还藏着一个女人，我没有停下来，怕像刚刚那样被迷惑。不久，我又找到了另外一个女人，从迷雾中显现。她看上去漂亮极了，神采奕奕，分外妖娆，出于男性的本能，我想要保护她，爱她。还好哈克夫人的哀鸣声一直在我身边回响着，于是我振作起精神，开始行动。我将教堂中所有坟墓都搜查了一遍，晚上我们只见到了三个幽灵，我想是没有这样的不死之人了。还有一个坟墓无比巨大，庄严气派，属于德古拉。那个吸血鬼王所有的坟墓，因为他，才有了更多吸血鬼，与我所想的一致，坟墓里面是空的，我在上面放了些圣饼，使他永远进不去。

接着，我要处理那三个人，要是一次也就罢了，要连续做三次，但这三个于我而言是陌生人，并不可怕。她们已经活了几百年，时间越久，她们越强大。

约翰，这就是屠夫般的工作，要不是为其他死者以及笼罩在恐怖阴影之下的生者着想，我都觉得做不下去。我浑身颤抖着，直到这一切结束。

我走出城堡前，将入口牢牢地封锁住了，伯爵再也不可能进入他的城堡里了。

我回到哈克夫人身边，走进圆圈里，这时，她醒过来了，望着我，哭喊道："我们走吧，离开这恐怖之地！去找乔纳森，我知道，他正赶来。"她看上去脸色苍白，身体瘦弱，然而眼神纯净。见到她憔悴的样子，我居然感到高兴，因为脑中一直盘旋着那些吸血鬼的可怕记忆。

我们满怀着信念与希望，当然还有恐惧，往东方走去，找朋友汇合，还有伯爵，哈克夫人说他正在朝我们而来。

麦娜·哈克的日记

十一月六日

快到傍晚时，我们开始往东面走，我知道，乔纳森正往我们这个方向赶来。路是下坡路，我们却走得不快，因为有厚重的披肩与围毯。我们无法想象，如果没有这些保暖品，在这冰天雪地，我们该怎么办？身边还带了些粮食，这里放眼望去，一片荒凉，走了一英里左右，我便筋疲力尽了，坐下来休息。往后看时，城堡在天空的映衬下显得非常鲜明，喀尔巴阡山则高耸入云。这地方充斥着恐怖与野性，远处还传来狼的号叫声，声音似乎很遥远，却依旧恐怖。梵海尔辛医生是想找寻战略据点，使我们不容易在敌人面前暴露。道路依旧崎岖不平，我们继续在积雪中行进着。

不一会儿教授便向我示意，我站了起来，来到他身边。他找到一个非常有利的地方，是个天然石洞，两边有圆石，构成了一个出口。他拉起我的手，带我走进去。

教授对我说道："这便是你的地方，隐蔽又安全，要是真的有狼，我便能——对付。"

他又把毛皮大衣拿了进来，为我布置了温暖舒适的小窝，接着给了我些食物，一定要让我吃。我不想吃，虽然我希望可以让他开心，但我依旧吃不下。他显得很伤心，但并没有责备我。

于是教授拿起望远镜，站在石头之上，往远处看去。

突然，他叫喊起来："哈克夫人！快看！"

我赶忙跑了出去，他将望远镜递给我，指向前方。雪越下越大，还刮起了大风。但我依旧能够看到在很远的地方，有蜿蜒的河流，像黑色的缎带，离我们不远的地方，有一群人骑着马飞奔而来，他们的中间有辆四轮马车，道路崎岖不平，车子也左摇右晃，像是狗尾巴一样地摇晃。从来人的穿着可以看出，他们是吉卜赛人或农民之类的。

马车上面放着一个方形木箱，一见到它，我的心便怦怦直跳，最后一刻即将来临，傍晚渐渐靠近，我十分清楚，日落时分囚禁在箱中的怪物将重获自由，用无穷的方式逃离。我转过头去，发现教授在我身下画圆圈，就如昨天晚上一样。

完成之后，他来到我身边，说："这样你至少是安全的。"他拿过我手中的那个望远镜，说道："看呐，他们正全速前进，不停地鞭打着马匹。"

停顿了一会儿，他又说道："他们正在与落日比赛，很可能我们来不及了，天意使然啊！"雪不停地下着，已经看不见前方。但不一会儿就停了，他再次拿起望远镜，突然叫喊起来："快看！南边有两个人紧跟而来，肯定是昆西与约翰。赶快看！"于是我接过望远镜看了起来。确实如此，反正乔纳森不在，但我知道他就在不远的地方。我向四围望去，北边也有两个人飞驰而来，其中一人我看出来是乔纳森，另一个人自然便是高达明，他们也正全速追赶着马车。我将这个消息告诉教授时，他就像是一名小男孩，欢快地叫出了声，我们一直盯着，教授拿出一把温彻斯特枪，架在出口那块石头上面，为战斗做好准备。

他说："等他们汇合后，时机一到，我们便从四周包抄吉卜赛人。"我将自己的手枪拿出来，放在手里，就在说话之时，我觉得狼的号叫声渐渐近了。雪变小了，奇怪的是，眼前虽在下雪，外面却升起了太阳，并且越渐明亮。远处山顶处处可见有圆点移动。狼群正向猎物靠近。

一分一秒都是那么漫长。风吹得很猛烈，雪也纷纷而下，有时候，我们都看不见一臂以内的食物；有时候，风吹过，又觉得周围像被净化了一样，视线变得清晰。日出日落我们早已看习惯，知道什么时刻会到来，不久太阳便要下山了。

难以置信的是，我们才在山洞中待了一小时不到。风越来越大，从北方持续地刮来，像是要把雪吹走。我们看得清楚各个群体，那帮吉卜赛人丝毫没意识到，或者他们并不在乎有人追赶。

现在他们越发离我们近了。我们俩在石块后面蹲着，将武器准备妥当，看得出来，教授已下定了决心，不放过这群人。而并没有人意识到我们的存在。

这时有两个声音响了起来，一个是乔纳森，一个是昆西，同时在喊"停下来！"吉卜赛人可能听不懂我们的语言，但不论说了什么，用什么语气，他们听到之后，都本能地将马勒住。说时迟那时快，他们两队人马分别从两个方向冲了上来。这群吉卜赛人的领导凶狠地命令他的人继续往前赶。他们抽打着皮鞭出发了。可后面四人举起了温彻斯特枪，命令他们，让他们停下。我和梵海尔辛医生从石块后站了起来，拿起武器，瞄准他们。见已被包围，他们便停了下来，领导说了一句话，吉卜赛人每一个都拿出武器，不管是刀是枪，准备开战。

领导拉动缰绳，冲向最前方，指了指落日，又指向城堡，说了什么话，但我完全听不懂。乔纳森他们四人则向马车冲去，面对危险，乔纳森本应非常害怕，可我也像他们一样，斗志昂扬，一点也没害怕。见我们行动，吉卜赛领导立马下了指令，他们将马车团团围住。

乔纳森在一边，昆西包围了另一边，两人都想冲进去。很显然他们下定决心要完成任务，没有东西能阻止他们。吉卜赛人的刀，身后狼的号叫，他们对此都毫不畏惧。乔纳森很激动，似乎吓到了吉卜赛人，他们本能地往后退，让他冲了进去。他即刻跳上马车，不可思议地举起箱子，扔了下去。昆西使用武力在另外一边冲破包围。我屏气凝神，一边看着乔纳森，一边看着昆西，吉卜赛人的刀往他身上砍去，他巧妙地避开了，开始的时候我以为他安全进入了，但见他走到乔纳森旁边，左手按住肋骨，指头之间有鲜血喷出。但他没有耽搁片刻，他与乔纳森一人在一端砍着箱子。通过两人的努力，盖子松动了，听到钉子刺耳的声音，木箱被他们成功打开。

这个时候，吉卜赛人知道自己被温彻斯特枪包围住了，完全受制于高达明与苏华德，所以他们便投降了，不做任何反抗。夕阳马上下沉了，我看到伯爵在泥土中躺着，像死亡般苍白，那双眼睛似乎还闪着仇恨。

他看见下沉的夕阳，仇恨的神情化成成功的喜悦。

就在这时，乔纳森大刀一挥，砍下了伯爵的脑袋，昆西则用长长的猎刀将他心脏刺穿，见此场景，我大声尖叫起来。

像是奇迹一般，我们眼前的那个伯爵，在顷刻间灰飞烟灭，消失于这个世界。

我将用一生铭记这一刻，他脸上竟然露出了安详的神情，这是我从未想过的。

城堡依旧耸立于红色天空之中，城墙上每一个石块在夕阳的照耀下全都清楚可见。

吉卜赛人见状，一声不响地骑马离去了，狼群已散去，跟随者吉卜赛人的马蹄声，逐渐远离我们。

然而昆西则向地面倒去，他用手肘支撑起整个身体，一手按住肋骨。鲜血不断地涌出，我向他冲过去，梵海尔辛医生和苏华德医生也冲过去。乔纳森则在他身后跪下。

　　他叹了声气，将我的手握住。想必他看到我一脸的痛苦神情，便微笑着说道："很高兴我还能够有用处！"突然，他挣扎着坐了起来，用手指向我说道："我死得其所！看！"

　　夕阳正在山顶盘旋，红色的光芒照到了我脸上。大家一起看向我，全部跪了下来，真诚地喊了声"阿门"。

　　昆西已经奄奄一息，他说道："感谢上帝，我们所做的并非徒劳！看啊！雪花都不如她的额头纯洁！诅咒不见了！"

　　我们其他几人都痛苦地看着这一切，他则宁静地死去，脸上还挂着微笑。他是一名勇敢的真男人！